STACEY HALLS

Stacey Halls est une journaliste anglaise née dans le comté de Lancashire, où a eu lieu le funeste procès des sorcières de Pendle, en 1612. Fascinée par cette histoire, elle se documente, retrace les événements et écrit un roman historique acclamé par la critique : *Les Sorcières de Pendle* (Michel Lafon, 2020). Il est suivi de *L'Orpheline de Foundling* (2021) et de *La Nurse du Yorkshire* (2022).

L'ORPHELINE
DE FOUNDLING

ÉGALEMENT CHEZ POCKET

Les Sorcières de Pendle
L'Orpheline de Foundling

STACEY HALLS

L'ORPHELINE
DE FOUNDLING

*Traduit de l'anglais
par Fabienne Gondrand*

Titre original :
THE FOUNDLING

L'éditeur de cet ouvrage s'engage dans une démarche de certification FSC® qui contribue à la préservation des forêts pour les générations futures.

Pour en savoir plus :
www.editis.com/engagement-rse/

Le Code de la propriété intellectuelle n'autorisant, aux termes de l'article L. 122-5, 2° et 3° a, d'une part, que les « copies ou reproductions strictement réservées à l'usage privé du copiste et non destinées à une utilisation collective » et, d'autre part, que les analyses et les courtes citations dans un but d'exemple et d'illustration, « toute représentation ou reproduction intégrale ou partielle faite sans le consentement de l'auteur ou de ses ayants droit ou ayants cause est illicite » (art. L. 122-4).
Cette représentation ou reproduction, par quelque procédé que ce soit, constituerait donc une contrefaçon, sanctionnée par les articles L. 335-2 et suivants du Code de la propriété intellectuelle.

Première publication en Grande-Bretagne, 2020, Manilla Press
Texte © Stacey Halls, 2020
Ex-libris et carte © Patrick Knowles, 2020
Illustrations intérieures © Lucy Rose Cartwright, 2020
Tous droits réservés

© Éditions Michel Lafon, 2021, pour la traduction française
ISBN : 978-2-266-32352-9
Dépôt légal : septembre 2022

À mes parents, Eileen et Stuart

Sortir avec des lanternes, se chercher...
Emily DICKINSON

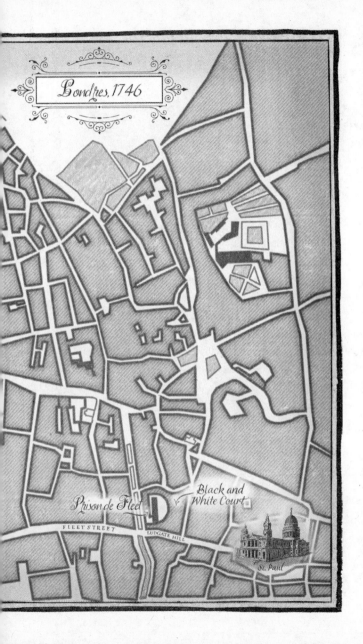

PREMIÈRE PARTIE

BESS

Fin novembre 1747

PREMIÈRE PARTIE

Chapitre 1

Tous les nourrissons étaient emmaillotés comme autant de présents parés à être distribués. Certains étaient élégamment habillés – bien que leurs mères ne le fussent pas – de minuscules brassières brodées et de châles en laine épaisse, car l'hiver était là et la froidure de la nuit était mordante. J'avais emmitouflé Clara dans une vieille couverture qui avait attendu d'être ravaudée des années durant, et qui ne le serait jamais plus, à présent. Nous étions une trentaine environ, agglutinées autour des colonnes de l'entrée comme autant de papillons de nuit, à la lueur des torches qui brûlaient aux appliques, le cœur battant comme des ailes de papier. Je ne m'étais pas attendue qu'un hôpital pour bébés abandonnés eût des allures de palace, étincelant de cent fenêtres et bordé d'un espace suffisamment grand pour que les calèches y fissent demi-tour. Deux longs bâtiments somptueux se découpaient de part et d'autre d'une cour, reliés en son centre par une chapelle. Sur la portion nord de l'aile ouest, la grand-porte était ouverte, jetant sa lumière sur les dalles. Le portail de l'entrée semblait loin, déjà. Parmi nous, certaines repartiraient les bras vides ; d'autres remporteraient leur enfant dans la nuit froide. L'incertitude nous contraignait à baisser les yeux pour éviter que nos regards ne se croisent.

Clara était agrippée à mon doigt, qui s'insérait parfaitement dans sa paume minuscule, telle une serrure accueillant sa clé. Je l'ai imaginée plus tard en train de tendre le bras, et sa main happer le vide. Je l'ai serrée tout contre moi. Mon père, que mon frère Ned et moi, comme ma mère autrefois, appelions Abe, se tenait légèrement en retrait, le visage plongé dans l'ombre. Il ne l'avait pas tenue dans ses bras. Tantôt, la sage-femme – une voisine corpulente, aussi discrète que bon marché – lui avait proposé de la prendre tandis que je gisais échouée au fond de mon lit, luisante de douleur, et il avait secoué la tête, comme devant le fruit d'une vendeuse des quatre-saisons.

Un homme mince à perruque avec des jambes grêles nous a fait entrer dans un vestibule. Je n'avais jamais vu un tel endroit. Toutes les surfaces brillaient, de la rampe en noyer à l'horloge en bois poli. Seuls le froissement de nos jupes et le claquement de nos talons sur les dalles brisaient le silence – nous formions comme un petit troupeau de femmes aux seins gonflés de lait, encombrées de leur progéniture. Un tel lieu exigeait des voix douces et feutrées, pas celle de marchande ambulante comme la mienne.

Notre petite procession a gravi les marches d'escalier recouvertes de tapis bordeaux jusqu'à une salle haute de plafond. L'encadrement de la porte laissait passer seulement une jupe et un enfant emmailloté à la fois, de sorte que nous nous sommes mises en rang sur le seuil, comme des dames au bal. La femme devant moi avait la peau brune et ses cheveux noirs tombaient en boucles de sous sa coiffe. Son bébé agité faisait plus de bruit que les autres, et elle le faisait rebondir sur sa hanche avec cet air inexpérimenté que nous avions toutes. Je me suis demandé combien d'entre nous s'étaient vu expliquer par leur propre mère comment langer ou allaiter. Ce jour-là, j'avais pensé à la mienne cinquante fois, plus qu'au cours de l'année qui venait de s'écouler. Autrefois, je sentais encore sa présence dans le craquement des lattes du parquet et dans la chaleur des draps.

La salle dans laquelle nous venions d'entrer était tapissée de vert, et festonnée de moulures au plafond. Il n'y avait pas de feu dans l'âtre, pourtant il faisait bon et l'espace était lumineux, avec ses lampes étincelantes et ses murs parés de peintures aux cadres dorés. Un lustre jetait une lueur dansante au centre. Jamais je ne m'étais tenue dans une pièce si raffinée, et j'ai soudain constaté qu'elle était pleine de monde. Je m'étais imaginée que nous serions seules, en présence peut-être d'un régiment de bonnes d'enfants prêtes à emporter les bébés sélectionnés, alors qu'en réalité, une vingtaine de visages se découpaient sur les murs – des femmes, pour la plupart (et assurément pas des bonnes d'enfants) qui s'éventaient en souriant avec curiosité. Tout aussi élégantes que fascinantes, elles paraissaient beaucoup s'intéresser à nous. Elles semblaient tout droit sorties des tableaux qui décoraient la pièce ; à leurs cous étincelaient des bijoux et leurs jupes à crinoline étaient aussi colorées que des tulipes. Elles portaient leurs cheveux sur le haut de la tête enveloppés d'un halo de poudre.

Une demi-douzaine d'hommes se tenaient çà et là dans la pièce, le ventre débordant sur la boucle argentée de leur ceinture – rien à voir avec Abe, dans son manteau terne comme du fourrage à chevaux. Les hommes avaient l'air plus sévère et plusieurs d'entre eux dévisageaient une jeune mulâtresse comme si elle était à vendre. Ils tenaient des petits verres dans leurs mains gantées, et tout à coup, j'ai compris que pour eux, il s'agissait là d'une réception.

J'avais encore des saignements. Clara était née le matin même avant l'aube, et je sentais encore la déchirure de mes entrailles. J'étais mère depuis moins d'un jour, pourtant je la connaissais aussi bien que moi-même : l'odeur de sa peau, les petits battements de son cœur qui avaient palpité en moi. Avant même qu'on ne la sorte de mon ventre, rouge et hurlante, je connaissais déjà la sensation de son corps contre ma poitrine. Je priais pour qu'ils la prennent tout en espérant qu'ils ne la prennent pas. J'ai pensé au visage parcheminé d'Abe, ses yeux rivés au sol, ses mains calleuses qui me tenaient la porte. Il était le seul père dans la salle. La plupart des autres femmes étaient venues seules, mais certaines étaient accompagnées d'une amie, d'une sœur, d'une mère qui observait la scène avec tristesse. Abe était incapable de soutenir mon regard, à peine avait-il parlé le long de notre lente marche malheureuse depuis Black and White Court où nous habitions en ville, pourtant sa présence à mes côtés avait été aussi réconfortante qu'une main posée sur mon épaule. Lorsqu'il avait empoigné son manteau en décrétant qu'il était l'heure de nous mettre en route, j'avais failli pleurer de soulagement ; je n'avais pas imaginé qu'il m'accompagnerait.

Dans la salle, le silence s'est fait au moment où un homme campé devant l'immense cheminée a pris la parole, d'une voix aussi raffinée et soyeuse que les tapis qui recouvraient le sol. J'ai posé les yeux sur le lustre tandis qu'il nous expliquait le tirage de la loterie : une balle blanche signifiait qu'un enfant était admis, une balle noire qu'il était refusé et une rouge qu'il fallait attendre qu'un autre enfant échoue à l'examen médical. Il m'a fallu des trésors de courage pour écouter ses propos.

— Il y a vingt balles blanches, poursuivait l'homme, cinq rouges et dix noires.

J'ai déplacé Clara contre ma poitrine. La houle de visages qui ourlait la pièce nous a observées plus hardiment, se demandant lesquelles d'entre nous seraient chanceuses et lesquelles seraient réduites à laisser mourir leur enfant dans la rue. Qui parmi nous n'était pas mariée. Qui était prostituée. Une infirmière a commencé à faire le tour de la pièce, tendant à chacune un sac en toile dans lequel piocher. Quand elle est arrivée à ma hauteur, mon cœur battait à se rompre et j'ai senti l'indifférence de son regard tandis que je basculais Clara sur un bras pour plonger l'autre dans le sac. Au toucher, les balles étaient lisses et froides comme des œufs. J'en ai serré une dans mon poing, tentant de déceler sa couleur. L'infirmière a secoué le sac d'un geste impatient tandis qu'une voix m'intimait de lâcher cette balle pour en prendre une autre, alors je me suis exécutée.

— Qui sont ces gens qui nous regardent ? l'ai-je interrogée.

— Des invités, a-t-elle répondu, l'air blasé.

J'ai empoigné une autre balle, l'ai lâchée, et elle a de nouveau secoué le sac.

— Pour quoi faire ? ai-je insisté à voix basse, consciente des nombreuses paires d'yeux fixées sur moi.

J'ai songé à leurs fils et filles dans leurs demeures grandioses de Belgravia et Mayfair, assoupis sous des couvertures épaisses, lavés de frais et le ventre plein de lait. Peut-être les parents passeraient-ils par la nursery avant d'aller se coucher, dans un accès de sentimentalité, pour déposer un baiser sur leurs petites joues endormies. Une femme me regardait fixement, comme si elle m'intimait par la pensée de tirer au sort une couleur en particulier. Corpulente, elle s'éventait d'une main et tenait un petit verre dans l'autre. Sa chevelure était parée d'une plume bleue.

— Ce sont des bienfaitrices, a répondu sèchement l'infirmière.

Consciente d'avoir épuisé sa patience et que l'heure était venue de piocher, j'ai jeté mon dévolu sur une autre balle, que j'ai soupesée de la paume. J'ai ressorti ma main et le silence a enveloppé toute la pièce..

La balle était rouge. J'allais devoir attendre.

L'infirmière s'est approchée de la femme suivante, sous le regard des spectatrices qui observaient sa progression dans la pièce, les mâchoires crispées, le front plissé tandis qu'elles essayaient de deviner ce qu'elles tiraient du sac et les couleurs qui restaient encore à distribuer. À la grille, on nous avait mises en garde : les bébés devaient être âgés de deux mois maximum, et en bonne santé. Beaucoup d'entre eux étaient de petites choses chétives et affamées que leurs mères avaient essayé d'allaiter. Certains avaient six mois au bas mot, même si on les avait serrés dans leurs langes pour qu'ils paraissent plus petits, à tel point que l'inconfort leur arrachait des pleurs. Clara était la plus petite et la plus jeune de tous. Depuis notre arrivée, elle avait gardé les yeux fermés. Si nous étions en train de vivre nos derniers instants ensemble, elle ne s'en rendrait pas compte. Je ne désirais qu'une chose, m'endormir en boule autour d'elle comme une chatte autour de son petit et revenir dans un mois. J'ai pensé à la honte silencieuse d'Abe. À Black and White Court, elle engorgeait tout l'espace ; elle salissait les surfaces comme de la poussière de charbon, elle putréfiait les poutrelles. Je songeais à emmener Clara à Billingsgate et à l'asseoir sur l'étal de mon père, telle une figure de proue miniature. Une sirène trouvée en mer et exposée aux yeux de tous à l'étal de crevettes d'Abraham Bright. J'ai brièvement envisagé de la prendre avec moi au cours des ventes à la criée, en la nouant contre ma poitrine pour avoir les mains libres de puiser des crevettes sur mon suroît[1]. J'avais déjà vu des marchandes ambulantes avec leur bébé sanglé sur le ventre, mais qu'advenait-il quand l'enfant ne faisait plus la taille d'une miche de pain ? Quand il se transformait en petite créature dotée de poings, de pieds et d'une bouche avide ?

Une femme a commencé à gémir, une balle noire serrée dans sa paume. Son visage et celui de son enfant présentaient le même faciès désespéré.

---

[1]. Les vendeuses ambulantes couvraient leur tête d'un chapeau de pêche (un suroît), sur lequel elles posaient en équilibre une corbeille remplie de crevettes et une demi-pinte leur servant de mesure. En 1740-1745, le peintre William Hogarth a peint *La Marchande de crevettes*, une toile aujourd'hui exposée à la National Gallery de Londres et restée inachevée, dont le réalisme reproduit fidèlement l'allure de ces femmes du marché de Billingsgate.

— Je ne peux pas le garder, s'est-elle écriée. Vous devez le prendre, je vous en supplie.

Tandis que les domestiques la calmaient, et que nous autres détournions le regard pour épargner sa dignité, j'ai bâillé si copieusement que j'ai cru que mon visage allait se fendre en deux. Je n'avais guère dormi plus d'une heure en deux nuits, depuis que Clara s'était annoncée. Ce matin même, Ned s'était assis à côté du bébé devant la cheminée pour que je puisse me reposer, mais la douleur était telle que je n'avais pas pu fermer l'œil. À présent encore, il n'y avait plus une once de mon corps qui ne soit endolorie, et j'allais devoir travailler dès le début de la matinée. Je ne pouvais pas rentrer à la maison avec Clara. C'était impossible. Mais je ne pouvais pas non plus la laisser sur les marches de l'hôpital à la merci des rats. Enfant, j'avais vu un bébé mort abandonné à côté d'un tas de fumier au bord de la route, et j'en avais fait des cauchemars pendant des mois.

La lumière dans la salle était crue, et dans mon épuisement, j'ai senti tout à coup qu'on m'entraînait dans une petite pièce attenante. Là, on m'a intimé l'ordre d'attendre. Abe, qui m'avait suivie, a fermé la porte derrière lui, chassant les sanglots et le tintement des verres de xérès. J'aurais tant aimé une tasse de lait chaud ou une gorgée de bière ; je n'arrivais plus à rester éveillée.

Sortie de nulle part, une bonne d'enfants a surgi et m'a ôté Clara des bras, mais je n'étais pas prête ; tout arrivait trop tôt, trop brusquement. Elle m'expliquait qu'il y avait une place pour elle, parce qu'une femme s'était présentée avec un enfant âgé d'au moins six mois, ce qui était beaucoup trop, et que s'était-elle imaginée, qu'on ne ferait pas la différence entre un nourrisson de deux mois et un de six ? J'ai songé à la mère et à son enfant, me suis demandé distraitement ce qui allait leur arriver, avant d'écarter cette pensée. La coiffe à volants de la bonne d'enfants a disparu par la porte, et je me suis sentie sombrer, en proie au délire, soudain démunie sans le poids de Clara dans mes bras, le souffle court.

— Elle n'a même pas un jour, ai-je lancé dans le sillage de la bonne, mais elle avait disparu.

J'ai entendu Abe bouger derrière moi, puis le craquement du plancher.

À présent, un homme était assis devant moi, occupé à remplir un ticket avec une plume épaisse. Je me suis efforcée d'ouvrir les yeux, et les oreilles aussi, parce qu'il avait commencé à parler.

— Le médecin l'ausculte pour s'assurer qu'elle n'a pas de maladie…

J'ai desserré les mâchoires :

— Elle est née à quatre heures et quart ce matin.

— … Si elle est en mauvaise santé, elle se verra refuser l'admission. L'examen permettra de constater si elle est porteuse de maladies vénériennes, de la scrofule, de la lèpre ou d'une infection contagieuse.

Je suis restée prostrée dans une stupeur muette.

— Désirez-vous ajouter un signe distinctif à votre mémorandum ?

Le clerc a enfin levé sur moi les yeux qu'il avait sombres et solennels, et qui juraient avec ses sourcils, jaillissant de son front de manière plutôt comique.

Un gage : oui. Je m'étais préparée, car j'avais entendu dire que les bébés étaient enregistrés à l'aide d'un objet distinctif laissé par la mère. J'ai plongé la main dans ma poche pour ressortir le mien, que j'ai placé sur le bureau en bois poli qui nous séparait. C'est mon frère Ned qui m'avait parlé de l'hôpital des Enfants-Trouvés, l'hôpital de Foundling – un orphelinat situé aux abords de la ville. Il connaissait une fille qui y avait laissé son enfant : elle avait découpé un carré d'étoffe de sa robe pour le consigner avec lui.

— Et si on ne laisse rien et qu'on y retourne ? l'avais-je interrogé. On risque de repartir avec un enfant qui n'est pas le sien ?

Il avait souri, m'avait répondu peut-être ; reste que l'idée m'avait fait froid dans le dos. Je me représentais une pièce remplie de gages du sol au plafond et le mien qu'on jetait sur la pile. L'homme a pris l'objet entre le pouce et l'index et l'a examiné en fronçant les sourcils.

— C'est un cœur. En os de baleine. Enfin, la moitié d'un cœur. Son père avait l'autre.

J'ai rougi violemment, les oreilles écarlates, plus consciente que jamais de la présence d'Abe. Il se tenait derrière moi en silence, ayant refusé de s'asseoir sur la chaise à côté de moi. Jusqu'alors, il ne savait rien de l'existence de ce gage. Le bibelot était de la taille d'une pièce d'une couronne : j'en possédais la partie droite, aux bords lisses d'un côté et irréguliers de l'autre. On y avait poinçonné la lettre « B », et dessous, d'un tracé plus grossier, un « C », pour Bess et Clara.

— Qu'allez-vous en faire ? ai-je demandé.

— Il sera consigné, au cas où vous souhaiteriez passer reprendre l'enfant. Elle sera enregistrée dans le grand-livre sous le numéro 627, à la date d'aujourd'hui, suivie d'une description du gage, a-t-il expliqué avant de tremper sa plume dans l'encrier et de s'atteler à son travail d'écriture.

— Vous noterez bien qu'il s'agit de la moitié d'un cœur, n'est-ce pas ? ai-je insisté en regardant les mots qui s'écoulaient de sa plume, mais dont le sens m'échappait. Au cas où il y aurait aussi un cœur entier, pour qu'on ne les confonde pas.

— Je noterai qu'il s'agit de la moitié d'un cœur, a-t-il confirmé, sans méchanceté aucune.

J'ignorais où on avait emmené mon enfant, et si j'allais la revoir avant de partir. J'avais peur de poser la question.

— Je viendrai la prendre, quand elle sera plus grande, ai-je annoncé comme si l'affirmer à voix haute en faisait une vérité absolue.

Derrière moi, Abe a reniflé, et le plancher a craqué. Nous n'avions pas encore abordé la question, mais j'étais sûre de moi. J'ai lissé ma jupe, striée par la boue et par la pluie. Les jours de lessive, elle avait la teinte étain laiteuse d'une coquille d'huître ; le reste du mois, elle était du gris sale des rues pavées.

La bonne d'enfants est réapparue à la porte en hochant la tête. Elle avait les bras vides.

— Examen médical réussi, elle est admise.

— Elle s'appelle Clara, ai-je répondu, submergée par le soulagement.

Quelques mois plus tôt, alors que mon ventre s'arrondissait à peine, de passage dans une des rues distinguées qui entourent l'église St. Paul, là où les maisons mitoyennes s'élancent jusqu'au ciel et se bousculent pour accueillir les imprimeries et les librairies, j'avais aperçu une femme élégamment vêtue d'une robe bleu nuit qui brillait tel un joyau avec sa chevelure blonde étincelante. Au bout de son bras rose et rond, elle tenait une petite main appartenant à une enfant coiffée des mêmes boucles dorées. Un instant, je l'avais regardée lui tirer le bras, sa mère s'arrêter pour se pencher, sans se soucier que ses jupes allaient balayer le sol, et incliner son oreille à hauteur des lèvres de la fillette. Un sourire avait illuminé son visage. « Que tu es drôle, Clara ! » avait-elle lancé avant de lui reprendre la main. Elles étaient passées devant moi, et comme je me frottais le ventre, j'avais décrété que si j'avais une fille, je l'appellerais Clara, de sorte que je serais un peu comme cette femme.

L'homme a arboré un air indifférent.

— L'enfant sera baptisée et renommée en temps utile.

Ainsi serait-elle Clara pour moi et personne d'autre. Pas même pour elle. Je suis restée sans bouger, le dos raide, à serrer et desserrer les poings.

— Et comment saurez-vous la reconnaître, quand je reviendrai, si elle a changé de prénom ?

— Nous attribuons à chaque nouveau nourrisson une étiquette en plomb portant un numéro permettant de l'identifier dans le registre.

— 627. Je m'en souviendrai.

Il m'a considérée un instant et ses sourcils se sont creusés avec sévérité.

— Si votre situation vient à changer et que vous désirez reprendre possession de votre enfant, des frais de garde vous seront demandés.

J'ai avalé ma salive.

— Qu'est-ce que cela veut dire ?

— Il faudra payer les frais que l'orphelinat aura déboursés pour assurer ses soins.

J'ai hoché la tête. Je n'avais aucune idée de la somme d'argent que cela pouvait représenter, pourtant je n'osais pas poser la question. J'ai attendu. La plume grattait la surface du papier et, quelque part dans la pièce, une horloge égrenait patiemment son tic-tac. L'encre avait la même couleur que le morceau de ciel nocturne qui se détachait derrière lui par la fenêtre, dont les rideaux n'avaient pas encore été tirés. La plume dansait sur le papier telle une étrange créature exotique. Je me suis soudain rappelée la femme corpulente avec la plume bleue dans ses cheveux, et la fixité de son regard sur moi.

— Tous ces gens dans la salle d'à côté, ai-je demandé. Qui sont-ils ?

Il m'a répondu sans lever les yeux :

— Les épouses et relations des administrateurs. Les tirages au sort sont l'occasion de lever des fonds pour l'orphelinat.

— Mais sont-ils obligés de regarder quand on emporte les enfants ?

Je savais que mes questions n'avaient pas leur place ici, et son soupir ne m'a pas échappé.

— Les femmes sont très touchées par ces instants-là. Plus leur émotion est grande, plus leurs dons sont généreux.

Arrivé au bout de sa feuille, il a apposé sa signature d'un grand geste. Puis, le temps qu'elle sèche, il s'est adossé à sa chaise.

— Que va-t-il lui arriver, une fois que je serai partie ?

— Tous les nouveaux admis partent vivre à la campagne, où ils sont pris en charge par une nourrice. Ils retournent à la ville aux alentours de cinq ans et vivent à l'orphelinat jusqu'à ce qu'ils soient prêts à travailler.

— Quelle sorte de travail ?

— Les filles deviennent apprenties domestiques : nous leur apprenons à tricoter, à filer, à raccommoder – toutes les occupations ménagères prisées par les employeurs. Les garçons se forment à la corderie, où ils fabriquent des filets de pêche et des cordages pour se préparer à la vie maritime.

— Où Clara sera-t-elle mise en nourrice ? Dans quelle campagne ?

— Cela dépend des placements. Elle pourrait se retrouver tout près, à Hackney, comme elle pourrait se retrouver au fin fond du Berkshire. Nous ne sommes pas autorisés à dévoiler ces informations.

— Je peux lui dire au revoir ?

Le clerc a plié le papier sur le cœur en os de baleine, sans pour autant le cacheter.

— Mieux vaut éviter les effusions. Bonne soirée à vous, mademoiselle, ainsi qu'à vous, monsieur.

Abe s'est approché pour m'aider à me relever.

L'hôpital de Foundling se situait aux abords de Londres, à l'endroit où les hautes bâtisses et les places d'agrément cédaient le pas à des routes de rase campagne et des champs qui bâillaient tristement à perte de vue. Il se dressait à une lieue[1] à peine de Black and White Court, où nous habitions dans l'ombre de la prison de

---

1. Environ trois kilomètres (toutes les notes sont de la traductrice).

Fleet. Pourtant cent lieues semblaient nous en séparer, avec au nord les fermes et les troupeaux de vaches, et au sud les rues larges bordées de maisons mitoyennes. J'étais accoutumée aux cours et ruelles encrassées de charbon, alors qu'ici, les étoiles étaient visibles et le ciel ressemblait à un immense rideau de velours qui recouvrait toute chose d'une chape de silence. La lune pâle illuminait les dernières calèches des riches convives qui nous avaient regardées abandonner nos enfants. Rassasiés par cette soirée de divertissements, ils rentraient se coucher.

— Il faut que tu manges quelque chose, Bessie, a déclaré Abe tandis que nous regagnions les grilles d'une démarche lente.

C'était la première fois qu'il parlait depuis notre arrivée ici. Comme je me taisais, il a continué :

— Il restera peut-être des tourtes de viande à Bill Farrow.

Il me précédait d'un pas lourd, et je n'ai pu m'empêcher de remarquer l'affaissement de ses épaules et la raideur de son pas. Les cheveux qui tombaient de sous sa casquette avaient perdu leur rousseur pour le gris de l'acier. Désormais, quand il travaillait sur les quais, il devait plisser les yeux pour bien voir et les jeunes commis venaient lui montrer du doigt, parmi les centaines de bateaux qui sillonnaient les eaux, ceux qui venaient de Leigh avec leur chargement de crevettes. Cela faisait trente ans que mon père tenait une échoppe de crevettes au marché aux poissons de Londres. Il les vendait par lots à des camelots et des débardeurs, à des colporteurs et des poissonniers, à l'instar de deux cents autres vendeurs de crevettes comme lui, et ce de cinq heures du matin à trois heures de l'après-midi, six jours sur sept. Chaque matin, j'apportais une bourriche à l'étuve tout au bout d'Oyster Row et je vendais son contenu à la criée. Nous ne vendions pas de morue ; pas plus que du maquereau, du hareng, du merlan, de la sardine ou des sprats. Ou encore du gardon, du carrelet, de l'éperlan, du flet, du saumon, de l'alose, de l'anguille, du goujon, ou de la vandoise. Nous vendions des crevettes, par centaines, par milliers, tous les jours, à tour de bras. Il existait pourtant quantité d'autres produits de la mer plus agréables, tant à regarder qu'à vendre : le saumon argenté, le crabe rose, le turbot. Mais notre subsistance et l'acquittement de notre loyer dépendaient du plus laid d'entre tous : celui qui ressemblait à une créature arrachée aux entrailles de quelque insecte gigantesque, doté de deux yeux noirs aveugles et de petites pattes recourbées. Si nous vendions des crevettes, nous n'en consommions pas. J'avais par trop souvent respiré leur odeur avariée et gratté du bout des ongles leurs longues pattes minces mêlées aux mailles de mon suroît, leurs globes oculaires écrasés comme des œufs de poissons. Si seulement mon père avait pu officier au marché de Leadenhall plutôt qu'à celui de Billingsgate, j'aurais vendu des fraises, auréolée d'un parfum de prairies en fleurs, le suc des fruits plutôt que l'eau de mer me coulant le long des bras.

Nous étions quasiment arrivés à hauteur des grilles quand j'ai entendu le miaulement d'un chat. J'avais le ventre vide et douloureux, l'esprit obnubilé par la perspective d'une tourte et de mon lit. J'étais incapable de penser à mon enfant, de me demander si à son réveil elle avait réussi à trouver quelque réconfort. Je n'avais pas la force. Les miaulements ont continué de plus belle. Soudain, la surprise m'a arraché un cri.

— C'est un bébé !

Mais où pouvait-il bien se trouver ? L'enceinte de l'orphelinat était plongée dans la pénombre, et le bruit provenait d'un peu plus loin sur notre droite. Il n'y avait plus personne alentour – en me retournant, j'ai aperçu deux femmes qui quittaient le bâtiment. Droit devant, les grilles étaient fermées, sous la surveillance d'une conciergerie en pierre dont la fenêtre était allumée.

Abe s'était arrêté et fouillait l'obscurité des yeux.

— C'est un bébé, ai-je répété tandis que le bruit redoublait.

Avant tout ça, avant d'être enceinte et de donner naissance à Clara, je ne prêtais pas attention aux enfants qui pleuraient dans la rue ou hurlaient dans notre quartier. Mais à présent, le moindre gémissement me sautait au visage comme s'il m'était adressé à moi personnellement. J'ai quitté l'allée pour m'approcher du muret qui encerclait l'orphelinat.

— Bess, où vas-tu ?

En quelques pas, je l'avais trouvé : un petit paquet de langes abandonné dans l'herbe, appuyé contre le mur suintant d'humidité, comme pour le mettre à l'abri. Il était emmailloté, tout comme Clara l'avait été, et seul dépassait son minuscule visage, avec sa peau sombre et de fines mèches de cheveux à ses tempes. J'ai repensé à la jeune mulâtresse. Sans doute s'agissait-il de son enfant ; elle avait dû piocher une balle noire. J'ai pris le bébé dans mes bras et l'ai bercé doucement. Je n'avais pas encore de lait, mais mes seins étaient gonflés et je me suis demandé s'il avait faim, s'il fallait essayer de l'allaiter. Je pouvais toujours le confier au gardien à la loge, mais accepterait-il de le prendre ? Abe, l'air interdit, contemplait le petit fardeau dans le creux de mes bras.

— Qu'est-ce que je dois faire ?

— Ce n'est pas à toi de t'en occuper, Bessie.

Soudain, une vive agitation a enflé de l'autre côté du muret : des pas précipités, des cris, des hennissements. En dehors de la ville, l'obscurité et les sons semblaient amplifiés, comme si nous foulions une terre inconnue aux confins du monde. Je ne m'étais encore jamais rendue à la campagne ; à vrai dire, c'était la première fois que je sortais de Londres. Le nouveau-né s'était assoupi dans mes bras, ses minuscules traits plissés par le sommeil. Abe et moi nous sommes approchés du portail. Des badauds s'agglutinaient sur la route tandis que des hommes munis de lanternes se précipitaient autour d'une calèche pour tenter de calmer ses quatre chevaux affolés qui donnaient des ruades, la robe trempée de sueur. Plusieurs visages que le choc avait fait pâlir se tenaient penchés vers le sol. Je me suis glissée par la grille pour y regarder de plus près, le bébé serré tout contre moi. Deux pieds dépassaient de sous la limonière. J'ai distingué une jupe maculée de boue, des mains fines à la peau brune. Un gémissement guttural est monté du sol, comme surgissant d'un animal blessé. En voyant ses doigts frémir, d'instinct j'ai fait volte-face pour préserver l'enfant de cette vision.

— Elle est sortie de nulle part, plaidait le cocher. On allait au pas, et soudain elle s'est jetée sous les roues.

J'ai rebroussé chemin jusqu'à la conciergerie, qui semblait momentanément abandonnée, le portier l'ayant sans doute quittée pour se précipiter sur les lieux du drame sans prendre le temps de la verrouiller. À l'intérieur, le feu bas dans la cheminée réchauffait l'atmosphère, et la flamme d'une bougie vacillait au milieu d'une petite table couverte des reliefs d'un dîner. J'ai décroché le manteau en peau de chamois accroché à une patère, j'en ai emmitouflé l'enfant avant de le déposer sur la chaise, dans l'espoir que le gardien comprenne qui il était et le prenne en pitié.

Au loin, plusieurs fenêtres de l'hôpital des Enfants-Trouvés brillaient d'une lueur jaune, mais la plupart étaient plongées dans le noir. Derrière ses murs, des centaines d'enfants tentaient de trouver le sommeil. Se doutaient-ils seulement que leurs mères se tenaient au-dehors, et pensaient à eux ? Nourrissaient-ils l'espoir secret qu'elles viennent les chercher, ou étaient-ils parfaitement heureux, habillés de leur uniforme, de s'attabler devant des repas chauds, d'apprendre leurs leçons et de pratiquer la musique ? Peut-on souffrir de l'absence d'une personne que l'on ne connaît pas ? Ma propre fille passait sa première nuit derrière ces murs, son petit poing serré sur le vide. Mon cœur en os de baleine était emballé dans une feuille de papier. Je l'avais connue l'espace de quelques heures seulement, et pourtant c'était comme si je l'avais connue toute ma vie. La sage-femme me l'avait tendue ce matin à peine, encore visqueuse de sang, mais depuis la Terre avait fait un tour complet et ne serait plus comme avant.

Chapitre 2

Contrairement à l'ordinaire, ce n'est pas le bruit de mon frère pissant dans un seau qui m'a tirée de mon sommeil. Pour la simple et bonne raison qu'il n'était pas rentré. Voyant le lit de Ned vide, je me suis penchée pour vérifier qu'il n'était pas avachi par terre de l'autre côté. Il lui arrivait parfois de tomber du matelas, emberlificoté dans ses draps. Le lit n'avait pas été défait, rien au sol. J'ai roulé sur le dos dans un mouvement qui m'a arraché une grimace. Je me sentais meurtrie de l'intérieur ; découpée en filets, j'aurais laissé à voir une chair violacée. De la pièce voisine me parvenaient les bruits de pas d'Abe qui faisaient craquer les lattes nues. Les fenêtres découpaient encore leurs carrés noirs et le jour ne poindrait pas avant plusieurs heures.

Mes seins avaient coulé pendant mon sommeil, et ma chemise de nuit était trempée, comme si mon corps pleurait. La sage-femme m'avait prévenue de ce phénomène, qui n'était pas censé durer longtemps. Mes seins avaient toujours attiré le regard des gens, qui prenaient d'ailleurs rarement la peine de remarquer autre chose chez moi. La sage-femme m'avait recommandé de me bander la poitrine afin d'éviter que le lait ne tache mes vêtements, pourtant c'est un liquide aqueux et transparent qui s'épanchait de moi. Le corps perclus de douleur, j'avais l'impression que des lieues me séparaient de la pompe de la cour. Malgré tout, c'était à moi de faire la corvée d'eau du matin. Après un lourd soupir, j'ai saisi le seau à ordures. Au même instant, Ned a franchi la porte d'entrée dans un grand fracas. Notre logement situé au numéro 3, Black and White Court, était au deuxième et dernier étage d'un bâtiment qui donnait sur le fond glauque d'une cour pavée. C'est entre ces murs que j'étais venue au monde et vivais depuis dix-huit ans. C'est sous la soupente, sur ce plancher pentu qui craquait et soupirait comme la carcasse d'un vieux navire, que j'avais appris à marcher. Il n'y avait rien au-dessus de nos têtes que les oiseaux nichant sous le toit, crottant les cheminées et les flèches des églises qui déchiraient le ciel. J'aimais le calme et l'intimité du dernier étage, à l'écart des cris perçants des enfants qui jouaient en bas. Au cours des huit premières années de ma vie, ma mère avait vécu ici avec nous, puis nous avait quittés. Quand Abe avait ouvert la fenêtre pour laisser partir son esprit, j'avais pleuré ; je voulais qu'il reste et m'étais précipitée pour le regarder s'élever vers les cieux. Je ne croyais plus en tout cela, aujourd'hui. On avait emmené sa dépouille. Ensuite Abe avait vendu les possessions de ma mère, ne conservant que sa chemise de nuit, dans laquelle j'avais dormi jusqu'à ce qu'elle perde l'odeur de ses longs cheveux noirs et de sa peau laiteuse. Après toutes ces années, ma mère ne me manquait plus. Je m'étais attendue à moins souffrir de son absence avec l'âge, mais quand mon ventre s'était arrondi et quand les contractions étaient arrivées, j'aurais donné n'importe quoi pour qu'elle soit là et me tienne la main. La nuit dernière, j'avais envié les filles accompagnées de leurs mères, le visage empreint d'amour.

Ned a fait irruption en titubant dans la chambre que nous partagions. À peine a-t-il ouvert la porte en coup de vent qu'il a trébuché sur le seau que j'avais laissé dans le passage, renversant l'urine sur le plancher.

— Espèce de gros lourdaud ! Tu pourrais frapper avant d'entrer.

— Merde, a-t-il lâché en ramassant le seau qui avait roulé par terre.

Dans les deux pièces que Ned, Abe et moi habitions, tout était de guingois : la ligne du toit était irrégulière et les lattes du plancher obliques. Ned a réussi à redresser le seau sans perdre l'équilibre. Ce qui voulait dire qu'il n'était pas totalement ivre. À mon retour du marché, les pieds endoloris et la nuque raide, je n'allais donc pas le retrouver pâle comme un linge, gémissant au fond de son lit dans une puanteur de vomi.

Il s'est laissé tomber sur le matelas et s'est escrimé à retirer sa veste. Mon frère avait trois ans de plus que moi, la peau nacrée, les cheveux roux et suffisamment de taches de rousseur pour deux. Il avait l'habitude de dépenser la maigre solde qu'il gagnait comme balayeur de passage dans des tripots et des débits de gin.

— Tu travailles aujourd'hui ? ai-je demandé, connaissant pourtant la réponse.

— Et toi ? Tu as accouché hier à peine. Le vieux ne te demande pas d'être à pied d'œuvre, si ?

— Tu plaisantes ? Tu as cru que j'allais passer la journée au lit avec une tasse de thé ?

En entrant dans la pièce attenante, je me suis aperçue qu'Abe avait eu la délicatesse d'aller chercher de l'eau pendant que je dormais, et qu'il avait mis la bouilloire à chauffer. La pièce principale, sommairement meublée, était accueillante, avec le petit lit d'Abe contre un mur et la chaise à bascule de ma mère devant l'âtre. De l'autre côté se dressaient une table et deux tabourets, tandis que toute notre vaisselle tenait sur deux étagères jouxtant une petite fenêtre. Fillette, j'avais accroché des images aux murs, des dessins représentant de jolies paysannes et des bâtiments célèbres : St. Paul et la tour de Londres. Comme nous n'avions pas les moyens de les mettre sous cadre, elles s'étaient décolorées et cornées au passage des ans. Armée d'un chiffon mouillé, je me suis appliquée à récurer le plancher de ma chambre. L'odeur m'a arraché une grimace mais ne m'a pas rendue nauséeuse. Les premiers temps, quand j'étais enceinte de Clara, le moindre effluve du marché me donnait des haut-le-cœur.

Ma tâche terminée, j'ai posé le seau à côté de la porte pour le descendre dans la cour, et Abe m'a tendu une timbale de bière. Je me suis assise en face de lui, encore vêtue de ma chemise de nuit. Les événements de la veille planaient en silence entre nous. Je savais que nous finirions par aborder le sujet un jour ou l'autre, mais qu'il se dresserait encore longtemps entre nous comme une paroi de givre. La voix de Ned m'est parvenue depuis la chambre.

— Alors comme ça, ils ont pris la petite ?
— Non, je l'ai rangée sous le lit.

Il n'a pas réagi, puis au bout d'un moment il m'a demandé :

— Et on peut savoir de qui elle était ?

J'ai lancé un regard à Abe, qui a plongé le sien au fond de sa tasse, avant de l'écluser d'une gorgée.

En m'attachant les cheveux, j'ai répondu à mon frère :
— Elle est à moi.

Ned a surgi en bras de chemise dans l'encadrement de la porte :

— Je sais bien qu'elle est à toi, espèce de nigaude.

— Hé, interjeta Abe. Tu es encore tout débraillé. Tu ne vas donc pas travailler ?

Ned toisa notre père d'un regard furieux.

— Je commence plus tard.

— Les canassons ont décidé de ne pas crotter de la matinée ?

— Si, mais j'ai pas trouvé où fourrer mon balai. Tu as une idée ?

— Je vais m'habiller, ai-je annoncé.

— Tu la fais trimer après hier ? a insisté Ned. Tu es son père ou son maître ?

— Elle ne rechigne pas à la tâche, contrairement à d'autres sous ce toit.

— Tu n'es qu'un sale négrier. Laisse-la se reposer pendant une semaine.

— Ned, ferme ton clapet, tu nous pompes l'air, ai-je lancé.

J'ai lavé nos timbales dans l'eau qui chauffait sur le feu et les ai rangées sur l'étagère avant de me glisser à côté de Ned pour aller me préparer. J'ai pris soin d'empoigner une bougie au passage. Ned a lâché un juron en flanquant un coup de pied au cadre du lit, avant de se laisser tomber dessus en me tournant le dos. Je savais qu'à notre retour, il aurait débarrassé le plancher.

— Va donc te coucher, veux-tu ? Cesse de l'énerver, lui ai-je ordonné.

Je me suis rapidement déshabillée pour enfiler ma robe. Le mouvement m'a arraché une grimace.

— Tu t'entends parler ? C'est toi qui devrais être au lit.
— Je ne peux pas. Je n'ai pas travaillé hier.
— Parce que tu étais en train d'accoucher !
— Ça n'a pas eu l'air de beaucoup te préoccuper, d'ailleurs, hein ? T'étais passé où ?
— Comme si ce genre de spectacles m'attirait.
— Très bien, dans ce cas, arrête tes palabres. Demain, c'est jour de loyer, l'ai-je tancé d'une voix pleine de mépris. Tu as ta part, ou Abe et moi allons encore devoir la régler ? Ce serait gentil que tu paies le loyer, de temps en temps. On n'est pas à l'auberge, ici.

J'ai mouché la bougie, que j'ai déposée sur la commode. Abe avait terminé de boutonner le col de son vieux manteau et m'attendait à la porte.

La voix revêche de Ned m'est parvenue depuis la chambre.

— Tu n'es pas exactement la Vierge Marie, alors ne fais pas ta dévote avec moi, espèce de petite putain.

Les lèvres d'Abe ne formaient plus qu'une ligne sombre, ses yeux aux reflets gris pâle se sont posés sur moi. Sans un mot, il m'a tendu ma coiffe et m'a fait signe de sortir. J'ai franchi le seuil jusqu'au couloir froid et nu qui empestait la pisse et le gin de la veille, laissant la porte se refermer derrière nous.

Cap sur le fleuve. Tous les matins, Abe et moi quittions Black and White Court avant même que le cadran parant le fronton de St. Martin n'affiche quatre heures et demie. Laissant les hauts murs de la prison de Fleet sur notre droite, nous descendions plein sud par Bell Savage Yard jusqu'à l'artère de Ludgate Hill, puis bifurquions à l'est en direction du dôme opalin de la cathédrale St. Paul. À cette heure, déjà, la large chaussée était animée. Nous y croisions des balayeurs de rue, des charrettes de livraison et des femmes engourdies de sommeil faisant la queue devant les fournils avec leurs pains prêts à enfourner, ainsi que les porteurs faisant la navette entre le fleuve et les cafés pour apporter les nouvelles du large. À hauteur du pont, la circulation maritime s'amplifiait. Depuis les quais, on voyait les mâts danser sur l'eau avant de dériver au loin derrière la silhouette des échoppes serrées le long des rives. Les hommes, la bouche pleine de bâillement, marchaient jusqu'aux quais et aux jetées, l'esprit encore auprès de la femme qu'ils avaient laissée sous les draps. Quand bien même il faisait nuit noire – ici et là, des torches brûlaient au-dessus des portes, mais le brouillard de novembre les noyait comme autant de petits soleils pâles sous une épaisse couche de nuages –, Abe et moi aurions pu trouver notre chemin les yeux fermés.

Une fois passée la grande boucherie de Butchers' Hall, nous tournions en direction du fleuve, qui étendait ses eaux basses et scintillantes devant nous, encombrées déjà de centaines d'embarcations chargées de poisson, de thé, de soie, d'épices et de sucre à destination des débarcadères. À cet endroit, la route escarpée n'était pas facile à négocier dans la pénombre. Quand enfin nous arrivions, quelques minutes avant que la cloche ne sonne les cinq heures, les porteurs commençaient à accoster, charriant les paniers de poissons des débarcadères aux échoppes. Sur le coup des six heures, les poissonniers, marchands ambulants, aubergistes, friteurs et domestiques affluaient de la ville, chargés de charrettes à bras et de bourriches, prêts à marchander aux vendeurs trois douzaines d'éperlans, un boisseau d'huîtres ou un esturgeon bien charnu. Les uns montaient l'enchère quand les autres baissaient le prix, pour trouver un terrain d'entente. Le soleil se levait alors dans une pâleur aqueuse, si bien que les voix des grossistes – vantant « les belles morues, vivantes, vivantes ! », « il est fin fin fin, mon aiglefin » et « ils sont beaux nos éperlans, nos flets, nos aloses, nos goujons, ah les belles vandoises », en faisant sonner chaque syllabe – cédaient la place à la mélopée des négociants aux joues rouges et à leurs épouses. Chaque cri était particulier, et j'aurais su en nommer l'auteur les yeux fermés. Une certaine somptuosité se dégageait du marché aux poissons de Billingsgate, de la lueur du soleil levant qui venait illuminer les mâts grinçants de l'embarcadère et les porteurs aux cous d'airain qui se faufilaient dans la foule chargés de quatre, cinq, six paniers empilés sur le crâne. À sept heures du matin, le sol n'était plus qu'une masse barattée de boue, constellée d'une myriade d'écailles de poissons comme autant de pièces de monnaie étincelantes. Les échoppes étaient un vaste fouillis de cahutes en bois aux toits de guingois qui nous déversaient dans le cou des filets d'eau glacée tout au long de l'hiver. Les paniers en osier débordaient de piles de soles argentées et de crabes grouillants, tandis que les charrettes à bras grinçaient sous le poids de quantité de poissons lustrés. Sur les quais, Oyster Street devait son nom aux rangées de bateaux amarrés tête-bêche et pleins à ras bord de coquilles couvertes de sable. Si vous cherchiez des anguilles, il suffisait de demander au marinier de vous conduire jusqu'à l'une des embarcations de pêche néerlandaises sur la Tamise. Là, des hommes d'allure étrange, avec des chapeaux de fourrure et des bagues serties de pierres précieuses se tenaient en équilibre au-dessus d'immenses soupières remplies de créatures semblables à des serpents qui se tortillaient dans un bouillon vaseux. Les yeux bandés, j'aurais su faire la différence entre un carrelet et une sardine, entre un maquereau du Norfolk et un du Sussex. Parfois, les pêcheurs attrapaient un requin ou un marsouin, qu'ils crochetaient à la vue de tous; un jour, un porteur facétieux avait affublé d'une robe une de ces prises et lancé à la cantonade qu'il s'agissait d'une sirène. Et puis il y avait les épouses de Billingsgate, comme des marsouins en jupons, avec leurs grosses mains teinte écrevisse et leurs poitrines larges comme des proues de navire, qui fendaient la foule en poussant des cris de goéland. Elles portaient des anneaux en or aux oreilles et l'hiver, on les voyait téter en douce des flasques de brandy. Dès mon plus jeune âge, j'avais décrété que je ne deviendrais pas comme elles : je n'épouserais jamais un gars de Billingsgate, même pour toutes les crevettes de Leigh.

Vincent, le porteur, venait nous déposer nos trois premiers paniers de crevettes grises, qu'Abe faisait glisser dans nos bourriches. Pas question de lambiner, sinon les autres vendeurs de crevettes risquaient de nous coiffer au poteau. Une fois le déchargement terminé, j'emportais une grande corbeille à fond plat à l'étuve. Là, une femme avec des bras comme des jambons, originaire du Kent et répondant au nom de Martha, les faisait cuire pendant que j'allais chercher mon suroît à l'entrepôt. Martha était taciturne sans être antipathique ; il y a très longtemps, nous avions tacitement convenu qu'il était beaucoup trop tôt pour bavarder. Quand les crevettes avaient la même couleur que la face rougeaude de Martha, elle en emplissait ma corbeille à grandes poignées qui tombaient en cliquetant dans un nuage de vapeur. Je hissais mon panier sur ma tête. À force, je m'étais habituée au poids ; mais moins à l'eau, qui, dégoulinant dans mon cou, me brûlait. Pourtant, c'était sans commune mesure avec les mains à vif de Martha, au point d'y avoir perdu toute sensation.

— Comment ça va, *Pidge*[1] ? m'a lancé Tommy, un porteur aux joues vérolées qui s'octroyait une pause pendant sa livraison d'éperlans de la Tamise. Je te croise au Darkhouse un peu plus tard ?

— Pas ce soir, Tommy.

C'était notre rituel quotidien, à Tommy et moi. Nous échangions invariablement le même dialogue. Il m'arrivait de me demander combien de temps j'allais encore devoir me plier à cette mise en scène. Les jours où je

---

1. Rondouillarde.

ratais son passage, j'étais bien soulagée. Il m'appelait *Pidge* à cause de ma grosse poitrine. Un après-midi, il y a très longtemps, Tommy m'avait croisée en sortant du Darkhouse, le pub le plus malfamé de toute la rive nord de la Tamise. Il m'avait plaquée contre une échoppe. D'une main, il avait entrepris de me tripoter les seins pendant qu'il se paluchait de l'autre, tout en me forçant à le toucher. Fort heureusement, il s'était rapidement arrêté dans un soubresaut en se vidant sur mes jupes.

— Et si on se trouvait un petit coin sombre rien que toi et moi, qu'est-ce que t'en dis, *Pidge* ?

— Pas aujourd'hui, Tommy.

Il m'a gratifiée d'un clin d'œil avant de s'éclipser vers l'échoppe de Francis Costa. J'ai entamé la côte qui s'éloignait des quais en direction de la ville. Londres se réveillait pour de bon, recouverte d'une marée basse d'employés et d'hommes d'affaires en route, qui pour son bureau de comptabilité, qui pour son estaminet. Le plus souvent, leurs épouses ou leurs domestiques leur préparaient un petit déjeuner – du maquereau fumé, des œufs ou de la bouillie d'avoine servie dans des bols en porcelaine. J'aurais pu compter sur les doigts d'une main le nombre de matelots qui m'achetaient ma marchandise, écœurés qu'ils étaient par les fruits de mer. Non, moi, je visais plutôt les fabricants de souricières, les garçons cireurs et les plâtriers quand ils s'accordaient une pause tabac. Mais aussi les vendeurs de lavande et les balayeurs qui s'arrêtaient le temps de s'étirer le dos, ainsi que les rémouleurs, les perruquiers, les maraîchers qui retournaient à la campagne après avoir écoulé leurs denrées ; les mères débordées au milieu des cris de leurs enfants qui se partageaient une poignée de crevettes ; les ivrognes qui ne s'étaient pas encore couchés. Une fois ma corbeille vide, une à trois heures plus tard, je retournais à Billingsgate refaire le plein. Le pire, c'était l'été, quand la ville empestait, et moi avec. En cette période, dès midi, notre cargaison était bonne pour les chats. L'hiver était effroyable, mais au moins la marchandise restait fraîche jusqu'à la fin du marché au crépuscule.

Gauche, droite, gauche, droite ; chaque jour, je marchais d'un pas cadencé, lançant des « crevettes fraîches, arrivage du jour, deux pence la demi-livre, monsieur, pour vous, madame ». J'avais bien du mal à rivaliser avec les cloches des églises, les roues des calèches et le vacarme ordinaire d'une matinée d'hiver. J'ai remonté Fish Street et dépassé la colonne pâle du Monument pour m'enfoncer dans la ville. Je me suis arrêtée un instant à l'angle de Throgmorton Street pour me réchauffer les mains en les frottant vigoureusement. D'un coup de pied, j'ai repoussé un chien qui reniflait mes jupes, mais je n'ai pas tardé à me remettre en marche. À rester immobile trop longtemps, je risquais de geler. C'est à ce moment-là que j'ai aperçu les boutiques avec leurs os de baleine.

Elles étaient quatre ou cinq et, à elles seules, fournissaient tout Londres en corsets. Des symboles paraient leurs linteaux : une baleine en bois, une ancre et un soleil, un ananas. Des paniers en osier remplis d'ossements de baleine étaient mis en valeur en devanture. Les squelettes de baleine descendaient le fleuve depuis les entrepôts de Rotherhithe. Les os étaient triés par des marchands, puis taillés fins comme des brins d'herbe avant d'être enveloppés dans du lin, de la soie ou du cuir. Les maîtres du *scrimshaw* sculptaient les fanons pour en faire des objets décoratifs. Comme des cœurs. D'instinct, j'ai posé la main sur mon ventre ; cela faisait des mois que mon corset prenait la poussière au fond d'un tiroir, et je n'étais pas près de le ressortir de sitôt. Ceux qui avaient remarqué la rondeur de mon ventre au marché de Billingsgate n'en avaient pas dit mot. Ils se garderaient bien d'en parler maintenant que ma taille allait dégonfler. Même Vincent et Tommy n'avaient pas pipé mot. Bientôt, j'aurais de nouveau le ventre plat et j'oublierais à quel point il avait enflé. Mais jamais je n'oublierais la sensation de porter un être en moi.

— T'es là pour faire joli, mon p'tit ?

Une femme s'était plantée devant moi. Elle ne devait pas avoir plus de trois chicots dans la bouche. À tâtons, j'ai mis la main sur la petite chope au sommet de ma corbeille, je l'ai remplie avant d'en déverser le contenu dans ses mains crasseuses. Elle a enfourné la poignée dans sa bouche gangrenée avant de sortir une autre pièce de sa poche.

— J'vais en prendre une poignée pour mon fiston. Il est apprenti chez un chapelier. Il doit avoir faim, à l'heure qu'il est, alors je m'en vais lui en apporter à son travail.

J'ai incliné une autre chope dans sa paume.

— Je me ferai un plaisir de lui acheter un chapeau, un jour, l'ai-je complimentée.

— Toi aussi, t'as un petiot à la maison, bien vrai ? m'a-t-elle demandé en montrant mon ventre qui arrondissait ma cape.

— Oui, ai-je menti.

— Et alors, ce petit ange, c'est un garçon ou une fille ?

— Une fille. Clara. Elle est avec son père avant qu'il ne parte au travail.

— Comme c'est mignon. Eh bien, prends soin de toi, a conclu la femme avant de se fondre dans la foule en claudiquant, sa poignée de crevettes tout contre elle.

De nouveau, je me suis élancée dans l'air du matin, tandis que le soleil se hissait enfin dans le ciel.

— Crevettes fraîches, arrivage du jour !

Chapitre 3

Six ans plus tard
Janvier 1754

Keziah avait tenu parole. Elle a franchi le seuil de notre appartement, un grand cabas dans une main et une bouteille de bière dans l'autre, le visage fendu d'un large sourire. J'ai dégagé la pile de vêtements propres qui encombraient le fauteuil d'Abe, épousseté les miettes du tabouret bas qui nous servait de table et versé deux bières dans des tasses ébréchées. J'en ai tendu une à mon amie avant de m'asseoir en face d'elle.

— Fais voir ce que tu as apporté.

En la voyant sortir des ballots d'habits, j'ai poussé un cri de joie devant la profusion de tissus aux rayures rouges, bleues et blanches, de jupons à volants, d'édredons, de vestes en flanelle, de culottes, de chaussettes…

— Oh, Keziah !

Voilà des mois que mon amie, qui vendait des fripes sur Rag Fair à l'est de la ville, mettait des vêtements de côté pour Clara. Elle les rapportait chez elle, les ravaudait et les stockait dans un coffre en attendant le jour où j'irais chercher ma fille. Cela faisait six ans que j'économisais le moindre sou, et je venais enfin d'ajouter le dernier shilling dans la boîte de dominos en bois que je cachais sous mon matelas. Avec les deux livres au total que j'avais de côté, j'avais enfin l'équivalent de six mois de salaire et de quoi payer la garde de Clara à l'hôpital des Enfants-Trouvés. Sans cette somme, on risquait de me refuser de la récupérer. Parfois, quand le sommeil laissait à désirer, je sortais la boîte de sous le matelas et y faisais s'entrechoquer les pièces pour apaiser mon esprit. Quand j'ai sorti la boîte et que je l'ai secouée, Keziah a souri de toutes ses dents avant de trinquer. Nous avons gloussé comme des fillettes.

Je me suis assise par terre pour passer en revue le contenu de son butin, grisée par le spectacle qui s'étalait sous mes yeux. Le soleil pénétrait en biseau par les hautes fenêtres entrouvertes, qui laissaient filtrer les bruits de la cour. Nous étions un samedi, par un de ces après-midi d'hiver d'une clarté éblouissante. J'avais terminé de travailler une heure plus tôt et j'étais rentrée à la maison chargée de trois petits pains aux raisins – un à partager entre Abe et moi, un pour Keziah et un pour Clara.

— Je les aime tous ! me suis-je extasiée.

— Je les ai lavés pour toi, s'est enthousiasmée Keziah en commençant à les plier. Tu veux les ranger où ?

J'ai sorti du lot une veste rouge particulièrement élégante, en bon état malgré quelques traces apparentes d'usure. Je me suis demandé si ma fille avait la même couleur de cheveux que moi, d'un brun foncé, avec des reflets roux. Si tel était le cas, elle serait superbe dans un vêtement grenat et j'ai souri secrètement en me représentant une fillette à la chevelure sombre, l'air sérieux dans son manteau rouge.

— J'ai aussi des coiffes – pour l'intérieur, pour l'extérieur… a énuméré Keziah. Ça m'a presque donné envie d'avoir une fille, de rassembler tous ces habits.

Comme à l'accoutumée, Keziah avait laissé ses deux garçons Moses et Jonas à la maison. Elle n'aimait pas trop qu'ils se promènent dans la rue. Non pas qu'elle eût peur qu'ils ne sombrent dans la criminalité et le vice. Keziah était noire, tout comme l'était William, son mari. Si les Gibbons étaient nés libres, qu'ils n'étaient la propriété de personne et pouvaient travailler dans la limite des métiers qui leur étaient autorisés, de jeunes garçons noirs disparaissaient tous les jours, à Londres. Âgés respectivement de huit et six ans, Moses et Jonas risquaient à chaque instant de se faire enlever dans la rue, comme deux prunes mûres, et de se retrouver dans de belles demeures de Soho et Leicester Fields, parés de turbans dorés et réduits à l'état d'animaux de compagnie. C'est ce que Keziah disait, en tout cas. Je n'avais pour ma part pas connaissance de telles histoires, mais mon amie faisait très attention. Brillants et beaux comme ils étaient, ses fils attiraient les convoitises. Ce qui voulait dire qu'en attendant qu'ils soient un peu plus âgés et Keziah assurée de leur vigilance, les deux frères étaient confinés aux deux pièces où logeait la famille Gibbons au rez-de-chaussée d'une pension de famille à Houndsditch, un quartier de l'East End de Londres, où ils passaient le plus clair de leur temps sous la surveillance d'une veuve juive qui habitait le premier étage. William, leur père, était violoniste, ayant appris à jouer de cet instrument dans la demeure du maître de sa mère. Il gagnait sa vie en jouant dans une modeste formation musicale qui se produisait dans ces mêmes demeures qui n'hésiteraient pas à mettre ses fils en cage tels des oiseaux chanteurs.

J'avais fait la connaissance de Keziah par une froide matinée, cinq ans plus tôt. Ce jour-là, je cherchais une nouvelle paire de souliers. Dans mon métier, j'en use une paire tous les six mois. Nous étions rapidement devenues amies. Âgée de vingt-six ans, soit deux ans de plus que moi, elle avait ce que je désirais le plus au monde : un mari et deux enfants qui l'adoraient et la considéraient comme une déesse et un ange.

J'ai emporté les piles de vêtements dans la chambre à coucher, me suis agenouillée par terre à côté de la commode qui renfermait mes propres effets et me suis appliquée à les ranger soigneusement. Keziah, sa tasse à la main, s'est assise au pied de mon lit et a retiré ses chaussures avant de replier ses jambes sous elle.

— Elle dormira avec toi ici, maintenant que Ned a quitté la maison ?

— Oui.

J'ai lissé du plat de la main une jupe jaune maïs à fleurs bleues, et l'ai déposée délicatement sur sa pile.

— Tu es contente ?

Je la sentais dévorée d'impatience.

— Oui.

— Tu n'as pas l'air sûre.

— Mais si !

Keziah a bougé, et le lit a émis un craquement.

— Je me demande si tu vas la reconnaître. Étant donné que tu es sa mère... Je me demande si tu sauras l'identifier au milieu d'une salle pleine de petites filles.

— Hummm.

Il y a eu un silence.

— Bess ? Tu as des doutes ?

J'ai baissé soigneusement le couvercle du coffre ciselé de roses – il avait appartenu à ma mère. C'était un objet bien encombrant et démodé, mais jamais je ne m'en séparerais. Sa chemise de nuit était rangée tout au fond, dans une odeur de renfermé. Je me souviens qu'elle la revêtait quand elle s'affairait à faire réchauffer le lait sur le feu, et quand elle circulait lentement d'une pièce à l'autre pour ranger des piles de linge. Elle la portait le jour de sa mort, mais l'avait portée aussi de son vivant. Plus jeune, j'avais l'habitude de la draper sur mes épaules comme une cape dont je nouais les manches sur ma poitrine.

— Bess ?

Je finis par lui répondre d'une voix étranglée :

— Et si jamais elle est morte, Kiz ?

— Oh, je suis sûre que non. Les enfants sont bien soignés, dans cet établissement, avec tous les docteurs et les médicaments dont ils ont besoin. Elle a plus de chances de rester en bonne santé là-bas qu'ici.

J'ai pris une inspiration.

— J'aurai la réponse demain, de toute façon. Je te dois combien pour les vêtements ?

— Rien.

Je lui ai souri.

— Merci.

— Tout le plaisir est pour moi, a-t-elle rétorqué avec un clin d'œil. Et si tu y allais maintenant, à l'orphelinat ? Après tout, tu es prête, non ? Ça fait six ans que tu es prête !

— Maintenant ?

— Tu attends quoi ? Une calèche ? La semaine des trois jeudis ? Tu as l'argent.

Mon ventre s'est mis à tourbillonner comme les anguilles au fond des cuves des marchands néerlandais.

— Je ne sais pas trop.

— Qu'en pense Abe ?

J'ai avalé une lampée de bière.

— On ne peut pas dire qu'il s'en fasse une joie, mais il a promis de s'en tenir à la même version : qu'elle est apprentie chez nous, qu'elle est venue vivre sous notre toit pour vendre à la criée avec moi. Elle a l'âge, tout juste.

Keziah n'a pas relevé. Je savais bien qu'elle trouvait qu'à six ans, c'était trop tôt pour travailler, qu'elle-même garderait ses garçons à la maison le plus longtemps possible. Mais contrairement à moi, Keziah avait une famille digne de ce nom. Quoi qu'il en soit, j'avais décidé de faire contre mauvaise fortune bon cœur. Demain, après être allée la chercher, j'emmènerais Clara voir les lions à la tour de Londres, comme Abe le faisait avec nous quand nous étions petits, les jours où ma mère était souffrante ou fatiguée. Sauf que je ne sillonnerais pas les rues de la ville en quête d'un chien crevé à donner à manger aux lions en guise de droit d'entrée, tel que nous avions pu le faire : je m'en acquitterais d'une pièce de monnaie. Après quoi, dans les rayons éblouissants du soleil hivernal, Clara s'agripperait à ma main en tremblant de peur et d'excitation en découvrant les bêtes à la crinière dorée. Peut-être en rêverait-elle la nuit, et je lui caresserais les cheveux pour la rassurer. Non, hors de question d'amener un chien mort – ce n'était pas le genre de mère que je désirais être.

— Tu penseras à l'amener au marché aux fripes, dis ? a demandé Keziah en buvant la dernière goutte de sa tasse.

J'ai hoché la tête, avant d'épousseter mes jupes d'un geste machinal, en priant pour que la drôle de sensation dans mon ventre soit une manifestation d'espoir et non de peur. Pourquoi avais-je une telle envie de pleurer ? Je me suis imaginée rentrant à la maison, pour y trouver un coffre rempli de vêtements qui ne seraient jamais portés, ainsi qu'un petit pain aux raisins en train de rassir. J'ai senti l'angoisse me ronger.

— Bess.

Keziah s'est agenouillée à côté de moi sur le tapis rapiécé.

— Elle y sera et tu pourras enfin jouer ton rôle de mère. Tu attends ce moment depuis si longtemps. Aujourd'hui, elle est hors de danger, ce n'est plus un bébé. Elle est prête à rentrer à la maison, à travailler avec toi, à accepter ton amour. Tout ce dont elle a besoin se trouve entre ces murs.

J'ai senti mon visage se décomposer.

— C'est ce que je me disais, moi aussi, Kiz. Mais si cela ne suffisait pas ?

J'ai essayé de considérer notre demeure de l'œil d'une enfant qui la découvre : les étagères de guingois chargées de vaisselle en fer-blanc cabossé, les vêtements reprisés, le toit tordu et les tapis rafistolés. J'aurais dû lui acheter un jouet ou une poupée – mais pourquoi n'y avais-je pas pensé ! – et la placer sur son oreiller en guise de cadeau de bienvenue.

Keziah a serré mes mains sur ses paumes avant de river ses grands yeux bruns aux miens.

— Bess. C'est amplement suffisant.

Le jour tant attendu était enfin arrivé. Le clocher a sonné huit heures, m'annonçant que j'avais encore perdu une heure à me tracasser et à ranger la maison. Ma présence nerveuse avait fini par faire fuir Abe, qui avait battu en retraite jusqu'aux quais pour y écouter la lecture des journaux. J'ai déplacé le pain aux raisins enveloppé dans un linge sur une étagère en hauteur, pour que les souris ne puissent pas l'atteindre, et j'ai balayé la pièce des yeux une dernière fois avant de fermer la porte derrière moi. Quand je l'ai verrouillée, ma main tremblait.

— Quelle belle matinée, n'est-ce pas, Bess !

Derrière moi, Nancy Benson était plantée dans l'escalier. Elle en occupait toute la largeur, de sorte que je ne pouvais pas échapper à la conversation. L'appartement de Nancy n'était pas à notre étage, mais se croyant permis d'aller partout, elle passait son temps à arpenter la cage d'escalier comme une souris bedonnante.

— Tout à fait, Nancy. Je te souhaite une bonne journée.

— Alors comme ça tu vas à l'église, dans ta plus belle robe ?

Trois ou quatre marches, j'attendais qu'elle veuille bien se donner la peine de bouger. Elle savait pertinemment que je n'allais pas à l'église.

— Je vais chercher notre nouvelle apprentie.

Nancy a haussé les sourcils.

— Pour l'échoppe d'Abraham ?

— Non, pour moi. Elle m'aidera à la criée.

— Allons bon ! Une fille, hein ? Tu m'en diras tant. Les filles apprenties ne courent pas les rues, par ici.

— On ne voit pas non plus beaucoup de garçons avec un panier sur la tête.

Je me suis élancée pour la dépasser, l'obligeant à tourner son large dos vers le mur. Quand je suis arrivée à sa hauteur, le plancher a grincé sous le poids. Arrivée à Black and White Court dix ans plus tôt, Nancy était devenue veuve peu après. Elle gagnait sa vie en fabriquant des têtes de balai. La peau de ses mains était à vif, écarlate.

— Alors comme ça, elle va habiter chez toi, la fille ?

— Oui.

Je pouvais compter sur Nancy pour relayer l'information à travers toute l'impasse à grands coups de balais, en prenant soin d'en laisser des petits tas dans les coins. Elle savait que j'avais accouché d'un enfant – impossible de cacher mon ventre. Mon déshonneur l'avait fait frémir de jubilation et elle avait essayé plus d'une fois de me faire avouer le nom du père, mais j'avais réussi à rester muette, tirant une profonde jouissance de sa frustration.

— Comment va ton frère Ned ?

Arrivée en bas de l'escalier, je me suis arrêtée, la paume fermée sur le bouton de la rampe que Ned prenait toujours un malin plaisir à envoyer valdinguer dans le couloir. Il était dévissé et je me suis amusée à le faire tourner dans le vide.

— Il va bien.
— Et Catherine et les petits ?
— Tout le monde se porte bien, je te remercie, Nancy.
— Quelle bonne nouvelle !

La déception de Nancy était évidente. Elle avait toujours eu un faible pour mon frère, quand bien même il la traitait franchement comme un âne bâté. Il faut dire qu'elle lui avait été particulièrement utile, avant la mise en œuvre des lois sur le gin ; quand elle avait pris toute la mesure de sa propension à la boisson, elle avait ouvert un atelier dans son petit chez-elle constitué d'une pièce unique, où elle fabriquait et vendait de l'alcool de grain. Ned était son client le plus fidèle. Fut un temps où mon frère passait le plus clair de son temps chez Nancy. Quand il rentrait, je le sentais s'enfoncer dans son matelas à côté du mien, après quoi il se mettait à ronfler dans une puanteur de térébenthine. Pendant ce temps, Nancy, à l'étage inférieur, se tournait et se retournait dans son lit en soupirant. À la manière qu'elle avait de me scruter, il ne faisait aucun doute qu'elle avait interrogé Ned à propos de Clara, qu'elle avait fait tout son possible pour tirer de ses lèvres le récit de ma turpitude, comme on tire un mouchoir en soie d'une poche. L'odeur de soufre des bocaux qu'elle confectionnait chez elle avait de quoi faire larmoyer, mais pour Ned, c'était assez bon. Il appelait ça du Madame Geneva, ce qui m'exaspérait, comme s'il s'agissait de quelque breuvage exotique et parfumé. Quand il avait fait la connaissance de Catherine, je m'étais dit que sa vie allait peut-être s'arranger. Fille d'un boucher de Smithfield, mince comme une éclisse, Catherine avait la langue suffisamment affilée pour l'inciter à se tenir à carreau. Mais Ned n'était pas fait pour la vie de famille. Ils ont d'abord eu une petite Mary, puis deux bébés sont morts coup sur coup, et quelques mois plus tard encore naissait leur fils Edmund. En devenant père, Ned semblait avoir perdu une force vitale, comme si en donnant vie à ses enfants il avait perdu une partie de lui-même et que les contours mêmes de sa personne s'estompaient. Il disparaissait fréquemment, des jours durant ; une fois, il s'était envolé deux semaines d'affilée. J'avais naguère espoir en un avenir meilleur pour lui, mais plus aujourd'hui.

— Tu l'as vu, ces derniers temps ?
— Non.

J'ai ramassé le bouton de la rampe avant de le ficher dans son emplacement d'une grande claque de la main.

— Je dois y aller, Nancy.
— Je dirai une prière à St. Bride pour le bébé. Edmund.

Son visage plat et large me surplombait.

— C'est très gentil de ta part.
— Et pour son père aussi, puisse le Seigneur le délivrer de ses démons.

Des démons que tu as fait sortir de tes bocaux. Nous sommes restées un instant sans rien dire.

— Très gentil de ta part. Je te souhaite une bonne journée, Nancy.

Je m'étais approchée maintes fois de l'hôpital des Enfants-Trouvés, sans jamais en franchir les grilles. La loge du gardien se dressait toujours au même endroit, avec sa fenêtre ronde comme une prunelle surveillant scrupuleusement les allées et venues de la rue. À mon arrivée, le ciel d'un gris uniforme assombrissait la couleur sable de la façade et le cadran de la chapelle m'a informée qu'il était neuf heures et quart. Je suis restée recueillie un instant sur la route poussiéreuse, tout à mon souvenir de cette funeste nuit: l'obscurité et la brûlure entre mes jambes. Les jupes maculées de boue sous les roues de l'attelage, et le mouvement convulsif des doigts de la pauvre femme.

Le visage du gardien est apparu à la porte. Je me suis redressée et j'ai lissé ma robe, espérant avoir l'air respectable.

— Je suis venue chercher mon enfant, lui ai-je annoncé.

Il m'a dévisagée avec circonspection.

— Vous avez le montant des frais de remise?

Mon ventre s'est serré.

— Oui, ai-je répondu d'une voix plus assurée que je ne l'étais en réalité.

Six mois de salaire devaient bien suffire, non? Je n'osais pas lui poser la question, de peur qu'il ne refuse de me laisser entrer. Si mon pécule était trop modeste… je préférais chasser cette idée de mon esprit. Soudain, je me suis imaginée apercevoir ma fille après toutes ces années, elle croyant que je venais la chercher, alors qu'on l'emmenait de force, et qu'elle poussait des cris implorants, les mains tendues vers moi. Et si on me demandait vingt livres? Toute une vie ne me suffirait pas à les économiser. Un bourdonnement lointain s'est mis à tinter dans mon oreille gauche et je me suis sentie prise de vertige.

— Par là, mademoiselle. Tout droit jusqu'au bout ; l'entrée se fera à votre gauche.

J'ai remercié le gardien, puis me suis mise en route d'un pas raide. L'imposante allée était vide. J'ai entendu des bribes de chant au loin. Mes jambes tremblaient. Ma fille se trouvait quelque part dans ce domaine. *Sauf si elle est morte*, s'est acharnée la petite voix qui me vrillait la tête comme un ver.

Devant l'hôpital des Enfants-Trouvés, les pelouses étaient occupées par des garçons assis en rangs par petits groupes, absorbés dans la fabrication de cordes et de filets. Tous portaient le même uniforme : veste marron, chemise blanche et écharpe rouge nouée autour du cou. À mon passage, c'est à peine s'ils ont levé les yeux. Ils n'avaient pas l'air de se plaindre de leur sort, et devisaient entre eux, jambes croisées, les mains s'affairant à leur ouvrage. Apercevant un visage brun au milieu de tous ces visages blancs, j'ai pilé dans mon élan. Je l'ai longuement dévisagé, me rappelant le nouveau-né abandonné sur l'herbe que j'avais déposé à la loge du gardien, emmitouflé dans son manteau. Avec ses cheveux coupés court et ses mains fines, il me faisait penser à Moses Gibbons. Il devait avoir le même âge que Clara. Je me suis demandé s'il la connaissait. Sentant mon regard, il me l'a rendu de ses grands yeux de chouette. Peut-être qu'à l'approche d'une femme remontant l'allée chaque enfant se demandait s'il s'agissait de sa mère. Je lui ai souri, et il a rapidement baissé les yeux vers son travail.

J'ai hésité un court instant devant une grande porte sombre qui menait à une aile sur la gauche. J'ai fini par la pousser. De l'autre côté, une odeur familière m'a accueillie, mélange de nourriture et d'encaustique. Mon ventre a émis un grondement, et mes jambes une fois encore ont flanché. Je me suis adossée au battant, le bourdonnement dans mes oreilles fendillant le silence. Je n'arrivais pas à croire que j'étais arrivée jusqu'ici, et que j'étais sur le point de retrouver ma fille après toutes ces années. Aurait-elle seulement envie de me suivre ? Ne valait-il pas mieux qu'elle restât ici, où elle devait avoir des amis, se nourrir de repas chauds et dormir sous un toit étanche ? Elle aurait bientôt l'âge de devenir apprentie domestique, et de se faire embaucher dans une belle demeure, au service d'une maîtresse de maison bienveillante. Mais au même moment, j'ai songé aux deux filles du quartier dont j'avais entendu dire qu'elles étaient parties travailler dans des demeures à l'ouest de la ville : plus jamais on n'avait entendu parler d'elles. Selon toute vraisemblance, les maîtres de maison avaient dû les engrosser avant de les jeter à la rue sans aucune lettre de référence. J'avais eu la chance de ne pas subir le même sort, mais étais-je vraiment si différente d'elles ?

Une femme de petite taille portant un tablier s'est approchée de moi.

— Puis-je vous aider ?
— Je suis venue chercher mon enfant.

J'ai décelé dans ses petits yeux une plus grande chaleur que dans le regard du gardien.

— Quelle bonne nouvelle, a-t-elle réagi avec sincérité. Suivez-moi, quelqu'un va s'occuper de vous.

Il n'y avait pas un enfant à la ronde, seule nous parvenait leur mélopée lointaine ; si je n'avais pas croisé les garçonnets occupés à la confection des filets sur la pelouse, j'aurais pu douter de leur présence en ces lieux. Car qui dit enfants dit éclats de voix, éternuements et cavalcades – en tout cas, c'est ainsi qu'ils se comportaient en ville. Ce matin encore, je les avais entendus pousser des cris perçants tout en appâtant un chien à l'aide d'un vieil os. Peut-être les pensionnaires de l'hôpital des Enfants-Trouvés étaient-ils raffinés ; peut-être se déplaçaient-ils avec grâce et dessinaient-ils, en s'asseyant, comme une onde légère.

La femme m'a accompagnée jusqu'à une antichambre qui sentait le cigare. Mon cœur battait la chamade, et c'est avec soulagement que j'ai pu m'asseoir devant un grand bureau reluisant. La fenêtre surplombait les champs qui s'étiraient à perte de vue à la sortie de Londres. Le panorama, avec ses arbres et son ciel, devait être bien connu de Clara. Qu'allait-elle penser de notre maison, qui donnait sur les cheminées et les toits de la ville ?

Soudain, j'ai entendu la porte se fermer derrière moi. Un homme menu de petite taille et coiffé d'une perruque impeccable a contourné le bureau pour prendre place en face de moi.

— Bonjour, mademoiselle.

— Bonjour, monsieur.

— Je suis M. Simmons, je travaille comme clerc dans cet établissement. Vous êtes venue chercher votre enfant ?

— Oui, ai-je répondu en avalant ma salive. Je m'appelle Bess Bright. C'est pour ma fille. Je l'ai déposée ici il y a six ans, un 27 novembre.

L'homme a hoché la tête brièvement, dévoilant le sommet de sa perruque.

— Six ans, dites-vous ? Dans ce cas, elle doit encore être entre ces murs, si tout va bien. Fort bien, aviez-vous laissé un gage ?

Si tout va bien.

— Oui, ai-je bredouillé. C'était un morceau d'os de baleine, sculpté en forme de cœur. Une moitié de cœur. L'autre partie… c'est-à-dire son père l'avait. Sur celui que j'ai laissé ici, il y avait deux lettres gravées : B et C.

— Et vous avez sur vous le montant nécessaire pour couvrir les frais relatifs aux soins qui lui ont été prodigués ?

— Cela représente combien ?

— Eh bien, vous dites qu'elle est arrivée en novembre…

— De l'an de grâce 1747.

— Donc, cela fait six ans et…

— Presque deux mois jour pour jour.

Il a hoché la tête obligeamment, avant de griffonner des calculs du bout de sa plume.

— Ce qui nous amène à la somme totale de six livres et, voyons voir…

— *Six livres ?* me suis-je exclamée d'une voix qui l'a réduit au silence. Je ne les ai pas.

Il m'a dévisagée un instant en clignant des yeux. Sa plume tremblait.

— Lorsque vous avez confié votre fille aux bons soins de l'hôpital des Enfants-Trouvés, il aurait dû vous être clairement notifié que vous seriez redevable d'un montant annuel d'une livre.

— Je… je n'ai pas… je ne peux pas… Comment font les gens pour reprendre leur enfant ?

J'ai pensé à la bourse effilochée qui renfermait mes maigres piécettes au fond de ma poche, et au temps qu'il avait fallu pour qu'elle se garnisse. J'ai eu l'impression que le sol se dérobait lentement sous mes pieds.

Le clerc s'est gratté le cuir chevelu, faisant frétiller sa perruque comme un petit animal.

— Je vais aller chercher les documents relatifs à votre fille et nous pourrons parler des termes du contrat une fois que nous aurons passé son dossier en revue.

Malgré son embarras, il me considérait sans désobligeance, même si ses lèvres ne formaient plus qu'un trait morose, comme s'il n'avait pas l'habitude de porter de mauvaises nouvelles.

Je saisissais parfaitement son sous-entendu : *Ne nous emballons pas, elle pourrait très bien être morte*. Bien des femmes devaient apprendre le décès de leur enfant une fois arrivées en ces lieux. J'ai souri faiblement à M. Simmons, mais ma nervosité commençait à avoir raison de mes forces.

— Tout d'abord, puis-je vous demander si votre situation a changé, mademoiselle Bright ?

— Ma situation ?

— Tout à fait.

Il a attendu ma réponse.

— Je ne suis pas mariée, si c'est votre question. Et je fais toujours le même travail depuis que je l'ai déposée ici.

— Vous n'êtes pas un poids pour la paroisse ? Vous prenez soin de votre foyer ?

— Du mieux que je peux.

— Chez qui demeurez-vous ?

Sa manière de parler était si insolite qu'il m'a fallu un effort considérable pour reprendre mes esprits et comprendre sa question. La tête me tournait. Six livres !

— Chez mon père. Ma mère est morte quand j'étais petite, je sais donc ce que c'est de se languir d'une mère.

Le vieil homme a soutenu mon regard d'un air entendu.

— Et vous pouvez nous garantir que le fardeau de ses soins n'incombera pas à la paroisse jusqu'à ce qu'elle atteigne sa majorité ?

— Je peux le garantir, même si je dois vous avouer que je ne comprends pas. Je viens de vous dire que je n'avais pas les six livres. Je n'en ai que deux, et il m'a fallu toutes ces années pour les économiser.

Pendant un moment, M. Simmons m'a scrutée, ses fines lèvres retroussées.

— Mademoiselle Bright, il est rare que l'on vienne réclamer un enfant à l'hôpital des Enfants-Trouvés. Le cas se présente environ quatre fois par an, sur une population de quatre cents enfants. Ce qui explique que nous fassions tout notre possible lorsqu'un parent se présente, dans les limites du raisonnable, comprenez-vous. Avez-vous l'intention de mettre cette enfant à l'ouvrage ?

— Elle travaillera avec moi.

— Quelle profession exercez-vous ?

— Je suis marchande ambulante. Je vends les crevettes de l'échoppe de mon père à Billingsgate. Je ne la quitterai pas des yeux.

Pourquoi n'avais-je pas menti ? Toute l'éducation qu'elle avait reçue serait en pure perte – les rudiments de couture, le cas échéant, lui seraient aussi utiles qu'une théière faite de beurre. Cet entretien allait décidément de mal en pis. Jamais on ne me laisserait ramener ma fille à la maison, pas après ça.

M. Simmons a dû lire le désarroi sur mon visage, car après s'être penché légèrement en avant, il s'est empressé d'ajouter :

— Même si la démarche sort de l'ordinaire, nous avons pour habitude dans cet orphelinat de faire tout notre possible pour que les enfants retrouvent leur famille. Nous ne sommes pas là pour juger. Ainsi, dès lors que vous êtes prête à répondre aux besoins de votre fille, nous sommes prêts à vous céder légalement sa tutelle, quelle que soit la somme d'argent dont vous disposez. Pour pouvoir l'emmener avec vous, il vous sera demandé de signer un reçu et de laisser vos nom et adresse. C'est une sorte de contrat, voyez-vous. À présent, auriez-vous l'obligeance de me rappeler la date de son arrivée ?

— Le 27 novembre 1747. Avec un gage fait en os de baleine, figurant la moitié d'un cœur.

Le clerc s'est incliné, puis il a quitté la pièce. La tension irradiait tout mon corps. Je me suis dénoué la nuque et j'ai fait rouler mes épaules raidies par le travail. Après quoi j'ai tenté de me changer les idées en regardant par la fenêtre. Comment les gens de la campagne faisaient-ils pour apprécier une vue pareille ; on aurait dit une image, rien ne bougeait ! J'ai senti soudain le froid glisser sous ma cape et me suis frotté les mains pour les réchauffer. Un bruit m'est parvenu depuis le couloir, j'ai entendu des voix d'enfant et le bruit de pas sur les dalles. Je suis allée entrouvrir la porte. Un cortège de fillettes, vêtues de robes marron et de coiffes blanches, défilaient deux par deux. Elles devaient être une dizaine en tout. J'ai scruté leurs visages, à la recherche du mien.

Quelques filles m'ont tendu leur regard avant de détourner les yeux, tout à leurs bavardages. En un clin d'œil, elles ont disparu, fermant une porte dans leur sillage, laissant le couloir résonner de leur absence. Je suis retournée m'asseoir avec lenteur. J'avais espéré reconnaître ma fille du premier coup d'œil, qu'elle et moi serions reliées par un fil invisible, aussi fin et solide que du fil d'araignée. J'ai songé aux cordes que les garçons confectionnaient en tordant les brins textiles entre leurs petites mains. Quand ma fille était sortie de mon corps, elle était retenue par un cordon blanc et lisse que j'avais fabriqué dans mon ventre. La vision en était hideuse, on aurait dit une anguille luisante, d'une blancheur de nacre, avec un morceau de viande attaché à son extrémité, qui rappelait le poumon d'un mouton. La sage-femme avait jeté le tout au feu.

Je ne voyais toujours pas revenir M. Simmons. Il m'avait annoncé qu'il allait chercher son dossier, mais s'il revenait avec Clara ? Je n'étais pas prête à cette éventualité. Quand la porte s'est ouverte, j'ai empoigné les montants de ma chaise, de peur de basculer en avant. Mais c'est seul que M. Simmons a pénétré dans la pièce, chargé d'un dossier dont le ruban bleu dénoué pendait dans le vide. Je n'ai pas bougé et il est resté debout, le visage empreint d'une grande perplexité. Il s'est saisi d'un monocle, a posé la liasse de documents sur le bureau et s'est longuement appliqué à examiner le premier document de la pile.

— Vous dites avoir déposé votre fille le 27 novembre 1747.

J'ai acquiescé.

— Vous avez laissé en gage un os de baleine. Un objet représentant la moitié d'un cœur, gravé des lettres B et C.
— Oui.
Il a froncé les sourcils avant de me regarder fixement.
— Vous vous appelez Elizabeth Bright ?
Je lui ai rendu son regard.
Il a poussé les piles de papier vers moi.
— Mademoiselle, avez-vous déjà vu ces documents ?
— Je ne sais pas lire.
J'ai tiré sur le ruban bleu, sentant la peur monter en moi comme l'eau de pluie emplit un seau.
— Ce sont ses papiers ? Est-elle morte ?
Une écriture raffinée s'enroulait mystérieusement sur l'épaisse trame de papier crème, au sein de laquelle j'ai reconnu les chiffres six, deux et sept, qui pour moi revenaient à lire son nom en toutes lettres.

M. Simmons m'a dévisagée pendant une longue minute. Puis après un clignement d'yeux, il a ramené la liasse de papiers vers lui. Le ruban gisait étalé entre nous et j'ai songé sans raison aucune qu'il était bien dommage de gâcher une étoffe aussi délicate au fond d'un tiroir.

— Monsieur Simmons, je ne comprends pas. Est-elle morte ?

Le clerc, mal à l'aise, s'est agité sur sa chaise avant de reposer précautionneusement son monocle.

— L'enfant numéro 627 a été récupérée il y a de cela plusieurs années, par sa mère.

Le silence s'est fait, haché par le martèlement du sang dans mes oreilles. J'ai ouvert la bouche avant de la refermer et de déglutir.

— Sa mère ? Je suis désolée, monsieur, je ne comprends pas. Nous parlons bien de ma fille Clara ?

Ne sachant que dire, il s'est gratté la perruque.

— Nous ne consignons pas le nom des enfants ; après le baptême, nous leur en donnons un nouveau. Par respect pour leur vie privée, vous comprenez.

J'avais mal à la tête comme si mon suroît, débordant d'interrogations et d'énigmes, m'enserrait le crâne.

— Mais c'est la première fois que je viens la chercher. L'enfant numéro 627, vous êtes bien sûr ?

Une lueur d'inquiétude a traversé son regard.

— Pourriez-vous faire erreur sur la date à laquelle vous l'avez déposée ?

— Non, bien sûr que non. C'est le jour de sa naissance, je m'en souviendrai pendant le restant de mes jours. Chaque année, j'allume une bougie en pensant à elle. Et 627, c'est le numéro qu'on m'a donné. Je le connais comme je connais mon propre nom.

Quelque part dans la pièce, une horloge égrenait son tic-tac et j'ai eu l'impression de me détacher de mon corps pour contempler la scène d'en haut. Tout au long de notre échange, je n'avais pas desserré les doigts des montants de la chaise. Quand enfin j'ai ouvert mes mains, j'ai senti mon corps s'affaisser. Les articulations en étaient blanches.

— Son père aurait-il pu...

— Son père est mort.

Un long silence s'est ensuivi. J'ai fini par articuler à grand-peine :

— Vous êtes donc en train de me dire que quelqu'un est venu réclamer Clara ? Ma fille ?

La peur avait disparu, balayée par une acuité écrasante qui abrutissait mes sens. Il s'était passé quelque chose de terrible, bien pire que dans mes cauchemars les plus horribles, mais…

— Attendez. Comment s'appelait-elle ? Sa mère, quel est son nom ?

M. Simmons a placé son monocle sur la feuille.

— Il est écrit ici : *L'enfant numéro 627 a été retirée le 28 novembre 1747 par sa mère, Elizabeth Bright, demeurant 3 Black and White Court, Ludgate Hill, Londres.*

Il m'a tendu le document en me montrant la signature apposée à la va-vite sur la déclaration : un X tracé d'une écriture tremblée. J'ai senti la pièce chavirer. Curieusement, le presse-papiers en verre, le bougeoir et le dossier n'ont pas roulé sur le sol. J'ai attendu, une minute environ, que l'horizon se stabilise. J'ai effleuré des doigts le X qui poinçonnait la feuille, comme une marque au fer rouge.

— C'est moi, ai-je murmuré. C'est impossible.

Soudain, j'ai relevé les yeux :

— Mais le 28 novembre. C'est… c'était…

— Le lendemain de son admission à l'orphelinat. Mademoiselle Bright, je crains que votre fille ne soit plus à notre charge depuis plus de six ans.

Chapitre 4

Cela faisait fort longtemps que je n'avais pas pensé au père de Clara. Plus encore que je l'avais vu. Comme pour ma mère, son visage s'était estompé dans ma mémoire. Il ne me restait plus de lui qu'une impression : son manteau en peau de chamois, sa stature, ses yeux clairs – étaient-ils bleus ou verts ? – et la manière qu'il avait de sourire derrière des volutes de fumée. Il m'avait fait don de sa pipe en terre cuite – un petit objet lisse avec ses initiales gravées sur le fourneau. Son geste n'avait rien de sentimental – il me l'avait confiée un instant, et j'avais oublié de la lui rendre. Il devait posséder d'autres pipes à tabac chez lui – comme tous les gens riches, qui pouvaient se permettre de semer des objets derrière eux. J'avais pris l'habitude, allongée dans mon lit, d'effleurer le D de Daniel et le C de Callard du bout des doigts – je ne savais pas lire mais je connaissais ces deux lettres. Le jour où j'avais renoncé à le chercher, j'avais jeté sa pipe dans la Tamise. Pour regretter ce geste dès la découverte de sa mort. À présent, je n'avais plus rien de lui : ni son enfant ni sa pipe. À Londres, il se jetait toutes sortes de choses dans le fleuve, à commencer par des vies. Quand on m'avait appris son décès alors que je portais son enfant, l'idée de me suicider m'avait traversé l'esprit. Mais la Tamise est l'artère la plus passante de la ville. Dès lors, le choix de la noyade ne brillait pas par sa promptitude et encore moins sa discrétion, au beau milieu de centaines d'embarcations qui engorgeaient les eaux, des rives du Middlesex au Surrey, aussi loin que portait le regard. Je finirais sûrement assommée par un ballot ou sectionnée par une proue. J'avais brièvement envisagé d'autres méthodes – me jeter par la fenêtre, ou encore me noyer dans le gin comme les créatures bouffies qu'on voyait entassées dans les ruelles et sur le pas des portes. Aucune de ces possibilités ne me semblait particulièrement attrayante. Et puis je sentais pousser la vie en moi et je ne pouvais pas me résoudre à mettre un terme à deux existences à la fois. Peut-être la mort apportait-elle la paix aux Daniel Callard de ce monde, dans le silence d'un cimetière baigné par les rayons du soleil, qui en passant au travers des feuillages mouchetaient les pierres tombales et leurs décorations florales. Mais je savais à quoi ressemblaient les fosses communes pour les pauvres comme moi. J'avais déjà senti l'odeur de putréfaction du carré des indigents et je n'avais aucune envie de rejoindre leur triste sommeil.

Un jour, nous étions encore tout petits, Ned m'avait raconté que les morts sortaient la nuit de sous leur fine couverture de terre et s'en allaient ramper à travers les rues, en quête d'enfants qu'ils ramenaient dans la tombe. D'après lui, ils attendaient, tapis dans l'ombre.

Après ça, je n'avais plus voulu quitter la maison, et restais accrochée aux jupes de ma mère en hurlant qu'il ne fallait surtout pas nous laisser sortir. Après avoir écouté mes explications, Abe avait flanqué une gifle à Ned. Un peu plus tard, après la mort de ma mère, alors que Ned et moi étions allongés dans nos lits étroits, je lui avais demandé si elle aussi allait ramper la nuit dans les ruelles pour venir nous chercher. Il m'avait serrée tout contre lui et m'avait répondu que non. Quand je m'étais écartée de lui, son visage éclairé par la lune m'avait effrayé – son expression, si adulte, était empreinte de douleur. La mort de notre mère était la pire chose qui pouvait nous arriver. Nuit après nuit, nous nous étions cramponnés l'un à l'autre, tandis qu'Abe se renfermait dans un abattement muet. Nous étions si innocents, alors…

En sortant de l'hôpital des Enfants-Trouvés, mes pas m'avaient menée au Russell, un coffee-house dont je n'avais pas eu le cœur de m'approcher depuis fort longtemps. Devant l'établissement, situé à l'étage de l'échoppe d'un marchand de bateaux, un imposant lion doré montait la garde, la gueule à moitié ouverte comme en plein rugissement. Comme j'étais une femme, je n'avais jamais mis les pieds à l'intérieur, mais les jours de faible affluence, entre l'heure du petit déjeuner et celle du déjeuner, il m'arrivait de m'aventurer du côté de la Bourse avec mon panier plein à ras bord. Là, j'attendais que les clients sortent des salles de réunion et regagnent la rue, les dents tachées de café, la tête pleine du bourdonnement des affaires, des nouvelles maritimes et autres préoccupations, car ils avaient le ventre vide. Ils m'achetaient parfois une poignée de crevettes ; parfois ils voulaient empoigner autre chose. C'était dans leurs yeux, surtout, que je voyais les effets du café – il dilatait la pupille, la peignait en noir, comme si ce n'était pas moi qu'ils scrutaient, mais les tréfonds de leur esprit.

J'ai fait la connaissance de Daniel en 1747, par une matinée morose, un mois environ après Noël. Il régnait un froid mordant et la porte dont il était sorti m'avait laissée entrevoir un intérieur baigné d'une lumière chaleureuse, si bien que je m'étais perdue un instant dans ma contemplation. J'avais fini par me rendre compte qu'il m'observait, de son regard léger comme la cendre dans la fine lueur grise du matin. Il avait une mince lamelle de plomb glissée derrière l'oreille.

— Je vous en donne un penny, avait-il annoncé.

Tirée brusquement de ma rêverie, j'avais fermé la bouche et fait l'effort de me tenir droite.

— Je vous demande pardon, monsieur ?

— Je vous en donne un penny, avait-il répété en hochant en direction de mon chapeau.

J'avais trouvé ma chope à tâtons et l'avais remplie, avant de rectifier :

— C'est deux pence les quatre-vingts grammes, monsieur.

Il avait secoué la tête.

— Non, un penny pour savoir à quoi vous pensez.

J'avais eu l'air si abasourdie qu'il était parti d'un grand rire et que l'air entre nous s'était instantanément réchauffé. Il émanait de cet homme un arôme de café, de sciure et de quelque chose d'agréable – de la laine ? Ou était-ce du crin de cheval ?

Après ce premier jour, je suis retournée encore et encore devant le coffee-house, à rôder devant la porte dorée comme un papillon de nuit, avide de le voir. En cette saison, la nuit tombait tôt et par un après-midi de plomb, alors que le ciel alourdi de nuages jaunâtres avait menacé toute la journée de déverser des flocons de neige, je l'ai aperçu au sein d'un petit groupe d'hommes qui devisaient devant la boutique du marchand de bateaux. Peut-être venaient-ils tout juste d'arriver, à moins qu'ils ne soient sur le départ : ils arboraient des manteaux de laine et des chapeaux dans les tons bleus du plus bel effet et campaient sur leurs bottes, pieds écartés, le sourire nonchalant, l'attitude naturelle de ceux qui ne souffrent jamais longtemps du froid. J'ai remonté la rue mais, saisie d'une peur soudaine qui m'a coupé les jambes et la voix, j'ai battu en retraite dans l'embrasure d'une porte. Après avoir recouvré mes esprits, j'ai entrepris de rebrousser chemin, en ayant soin de croiser son regard. Nos yeux se sont enflammés comme une boîte d'amadou, les flammes m'ont embrasée. Jamais je n'avais ressenti une chose pareille – l'ivresse d'un regard, le vertige d'un hochement de tête.

— La petite vendeuse de crevettes, a-t-il lancé. Qu'as-tu fait de ton chapeau ?

Je n'ai aucun souvenir de ce que j'ai bafouillé en retour – une platitude, sans doute, tellement ma tête bourdonnait, comme pleine d'ouate. Il a posé un bras sur mes épaules et j'ai brusquement eu l'impression d'être une toute petite chose. J'ai prié pour ne pas sentir la crevette. Ce jour-là, nous sommes allés dans une taverne – un établissement sombre et enfumé à côté du marché des peaux, où j'ai bu du vin pour la toute première fois. Je me souviens du goût sucré du breuvage qui m'avait collé aux lèvres, comme un fruit dégoulinant par une journée d'été, avant de me brûler la gorge. Ses comparses nous avaient emboîté le pas – trois ou quatre officiers et marchands comme lui, qui l'appelaient Cal, et je suis restée sans un mot au milieu de leur assemblée tapageuse, à les regarder manier le verbe haut et le tabac à rouler. Comme les femmes avaient le droit de fréquenter les tavernes, plusieurs prostituées sillonnaient l'établissement en quête de clients. Pendant un temps, deux d'entre elles se sont jointes à notre groupe. Entre les hommes et elles, j'avais l'impression d'être une petite fille, leur enfant. La conversation m'a permis de glaner quelques informations le concernant : il était marchand d'os de baleine et passait un temps considérable à Rotherhithe, en aval du fleuve, et à Throgmorton Street, où se trouvaient les échoppes d'os. Il a aussi été question d'un homme du nom de Smith et d'un certain Tallis. J'en ai profité pour boire d'un trait un deuxième verre de vin et au bout d'un moment, alors que le brouhaha et la fumée commençaient à m'étourdir, j'ai senti son regard se poser sur moi. Il m'a souri secrètement, avant de me demander si je voulais me retirer dans un endroit plus calme. J'ai acquiescé, la tête une fois encore pleine d'ouate, et nous sommes sortis de la taverne. Dans l'étroitesse des ruelles, je me suis laissé désorienter par le crépuscule qui jetait un noir d'encre dans les coins et sur la silhouette tordue des bâtisses qui dérobaient les rayons de lune au regard. Je me souviens à peine de notre conversation, si ce n'est qu'il m'a demandé si j'avais froid. J'ai dit oui, il m'a donné son manteau – un beau vêtement chaud qui me tombait aux genoux –, puis il m'a embrassée. Ses lèvres avaient un goût d'alcool et de tabac pour pipe. Mon dos s'est plaqué contre un mur et j'ai senti ses paumes se poser sur mon visage tandis qu'il se laissait aller contre moi. Ses mains ont eu tôt fait de descendre sous ma combinaison, d'écarter mes jupes et j'ai pressé son corps contre le mien avant de l'attirer en moi. J'avais déjà vu des couples à l'œuvre en pleine rue, de jeunes amoureux, de vieux couples et des hommes qui se vidaient dans des prostituées. Jamais ne n'aurais songé faire comme eux, pas plus que je n'aurais imaginé qu'un homme – non, un marchand – ait envie d'être avec moi dans l'obscurité. Jamais je ne m'étais livrée à une chose pareille. Je ne m'étais encore jamais donnée à un homme, même si j'avais failli, à une ou deux occasions, dans les bras des garçons les plus effrontés de Billingsgate – dont Tommy ne faisait pas partie.

Notre commerce terminé, j'ai enfoncé les mains dans les poches de son manteau, que j'avais gardé tout du long, et j'en ai sorti le contenu : la petite pipe en terre et son fort arôme de tabac ; quelques pièces de monnaie, que je me hâtais de remettre à leur place ; et un drôle d'objet. En le contemplant à la maigre lueur de la lune, j'ai fini par distinguer les deux moitiés d'un cœur, qui s'imbriquaient parfaitement.

— Un cadeau de votre bonne amie ? lui ai-je demandé.
— Je n'ai pas de bonne amie, a-t-il rétorqué en me prenant une moitié du colifichet des mains pour me laisser l'autre. En souvenir de moi.

Il a eu un petit sourire en coin, puis a plongé la main dans la poche du manteau que je portais encore, effleurant ma poitrine au passage. Il en a ressorti un canif, m'a demandé mon nom, et après que je lui eus répondu, a gravé une inscription sur l'objet avant de me le tendre.

Enfin d'un geste, il a désigné son manteau. Je l'ai aussitôt retiré et senti le froid mordant de février s'abattre sur moi.

— C'est pas juste si vous ne me dites pas votre nom, ai-je protesté timidement.
— Callard.
— Votre prénom.
— Daniel. À la prochaine, Bess Bright.

Sur ce il a rejoint l'entrée de la taverne, qui déversait son tumulte et son flamboiement dans la rue, et je suis restée à frissonner, les doigts repliés sur son présent, sentant les effets du vin s'estomper. J'avais encore sa pipe dans le creux de mon autre main. J'avais hésité à le rattraper pour la lui rendre, mais je n'avais pas eu le courage d'affronter la salle pleine de gens et de lumière. J'avais tourné les talons en direction du fleuve, et de chez moi.

Après cet épisode, j'étais retournée sur place à plusieurs reprises. Comme la première fois était un mercredi, je m'étais présentée tous les mercredis suivants et j'avais arpenté Gracechurch Street comme un fantôme, allant jusqu'à attendre deux heures d'affilée dans l'embrasure d'une porte. Mais Daniel Callard avait été avalé par Londres. À l'instar de la Tamise soumise à des marées, la ville, capable de donner et reprendre, avait ses caprices. Lorsque l'hiver a cédé le pas à la douceur du printemps et que j'ai su que j'attendais son enfant, j'ai multiplié les efforts, si bien que j'ai réussi à trouver l'homme dont j'avais entendu parler : Tallis. Il était propriétaire d'une échoppe d'os de baleine sur Throgmorton Street et lui-même ressemblait à un squelette, recouvert d'une peau qui collait comme du parchemin à ses joues creuses. C'est lui qui m'a informée que Daniel Callard était décédé subitement le mois précédent. Les gens étaient venus en nombre assister aux obsèques de ce marchand réputé. C'est à ce moment de son récit que Tallis avait remarqué mon ventre arrondi. Son expression s'était assombrie et j'avais quitté son échoppe d'un pas chancelant pour regagner la rue silencieuse, et aller vomir plus loin dans une venelle.

En cet instant, je me suis approchée du lion et j'ai laissé la main en suspens dans sa gueule ouverte. J'avais songé à emmener notre fille voir les lions à la tour de Londres, pour qu'elle s'émerveille de leur pas feutré. J'ai pensé au pain aux raisins secs sur l'étagère de la cuisine, et à Abe, qui devait nous attendre dans son fauteuil. « Où est-elle ? » m'interrogerait-il. *Où est-elle ?* Mon esprit s'est tourné vers Daniel, qui gisait dans la terre. J'avais payé un vendeur de journaux pour qu'il me trouve l'annonce du décès qui remontait à avril et qu'il me la lise à voix haute dans la rue. Le faire-part était succinct – une ou deux phrases – et donnait le lieu des funérailles – une église que je ne connaissais pas, mais de toute façon la date était passée. J'ai regretté d'avoir jeté sa pipe dans le fleuve ; j'aurais tant aimé pouvoir en effleurer le tuyau du bout des lèvres.

Le marché aux fripes du Rag Fair s'étendait à la bordure est de la ville, par-delà le tracé de l'ancien mur – deux cents toises[1] environ d'étals qui vendaient des vêtements de deuxième, troisième et quatrième main,

---

1. Environ quatre cents mètres.

y compris le dimanche. L'endroit était surtout bondé le matin, quand les gens s'y attardaient au sortir de l'église, de sorte qu'à mon arrivée en milieu d'après-midi, la foule s'était clairsemée. Le froid mordant de l'hiver s'acharnait sur les rares âmes désœuvrées qui erraient encore dans les allées – les sans-familles, qui picoraient des vieilles fripes à défaut d'une bonne volaille rôtie. À la belle saison, les présentoirs laissaient voir une explosion de couleurs – rouge sang, bleu ciel et fanfreluches aussi loin que portait le regard –, mais à cette époque de l'année, les clients cherchaient des manteaux chauds, des sous-vêtements épais et de solides paires de bottes.

L'étal de Keziah se dressait à mi-chemin de Rosemary Lane. De loin, j'ai aperçu mon amie accroupie sur un tas de vestes et manteaux pour femmes. Chaque matin, elle transbahutait toute sa marchandise depuis Houndsditch dans sa charrette à bras et elle faisait partie des rares négociants qui prenaient soin de leur stock, en nettoyant les taches avec de la lessive et ravaudant les trous et les accrocs des tissus. Une cliente examinait ses articles, tirant sur une manche ici ou là avant de rejeter le vêtement sur le côté. Le temps que j'arrive à l'étal, la femme était déjà partie, et Keziah s'est assise en soufflant sur ses doigts pour les réchauffer.

— Tu exagères d'avoir froid, avec tous ces manteaux, ai-je lancé d'un ton qui se voulait enjoué.

Au demeurant, mon manteau en laine, acheté quelques hivers plus tôt, venait de l'étal de Keziah. Quand le chaland était rare et qu'il fallait tuer le temps, nous inventions des histoires sur les anciens propriétaires des fripes.

Ainsi avions-nous décrété que mon manteau avait appartenu à une très belle femme qui était tombée amoureuse d'un marin. Comme elle l'avait suivi aux Indes occidentales, elle avait vendu tous ses vêtements chauds, sachant qu'elle n'en aurait plus besoin dans sa nouvelle vie.

— Tout le monde a déjà un manteau, on dirait. Et ceux qui n'en ont pas sont six pieds sous terre, a-t-elle commenté d'une grimace avant de me serrer dans ses bras.

En voyant mon expression, elle a soudain saisi la situation. Elle a regardé alentour, comme si j'avais eu l'idée de cacher Clara sous mes jupes.

— Où est-elle ?
— Elle n'y était pas.

Son visage s'est décomposé.

— Oh, Bess. Elle est morte ?

J'ai secoué la tête.

— Non. Quelqu'un l'a déjà…
— Tout à un penny ! a beuglé le vendeur de perruques derrière moi, me faisant sursauter.

Il s'est répété en yiddish, puis en trois autres langues, et j'ai contourné le plateau pour poursuivre à voix basse.

— Quelqu'un est déjà passé la chercher.

Keziah a cligné des yeux.

— Qui ça ?
— C'est là le plus bizarre. Moi.

Elle a secoué la tête et j'ai resserré mon manteau autour de ma poitrine.

— La personne a donné mon nom et mon adresse. Je ne comprends pas, Kiz. Je suis toute déboussolée. Je suis venue directement ici, je n'ai encore rien dit à Abe. Il va être…

Ma voix s'est étranglée dans ma gorge et j'ai poursuivi dans un murmure :

— La personne l'a retirée de l'orphelinat le jour après que je l'ai déposée. Toutes ces années, elle n'a pas passé un seul instant là-bas.

— *Quoi ?* Mais qui a pu faire ça ? Daniel est…

— Il est mort, je sais bien.

— Et s'il était vivant ? a-t-elle répondu en écarquillant les yeux.

— C'est impossible. C'était écrit dans le journal.

— Tu ne sais pas lire.

— J'ai payé quelqu'un pour me lire le faire-part. Il est mort, Kiz.

— Tout à un penny ! a hurlé le vendeur.

— Qui a bien pu l'emmener, et pourquoi ? En donnant ton nom en plus ?

— Surtout, je ne comprends pas comment cette personne a pu savoir tant de choses sur moi – à l'orphelinat, personne ne donne son nom, son adresse ni rien de personnel, pour protéger son identité. Or cette personne savait où j'habitais, qui j'étais. Comment est-ce possible ?

Keziah a rajusté son bonnet avant d'y glisser les boucles noires épaisses qui s'en étaient échappées.

— Tu me fais peur, avec tes histoires.

— Je sais bien.

— Tu ne crois pas qu'on t'a dit ça pour te cacher qu'elle était morte ?

— Des tas de nouveau-nés doivent mourir dans cet orphelinat. Ce n'est pas leur faute – la plupart sont déjà à moitié morts en arrivant. En plus, ils les envoient en dehors de Londres, chez des nourrices à la campagne.

— Et si c'était leur faute, justement ? S'il y avait eu un accident, ou...

— Kiz, pourquoi m'auraient-ils menti ?

— Et s'ils l'avaient vendue ?

— À qui ? Qui aurait envie d'acheter un bébé d'un jour ? Des orphelins, il y en a à la pelle dans cette ville – on en trouve en veux-tu en voilà, dans le caniveau, à l'hospice... Rien que dans cette rue, la moitié des familles vendraient leurs enfants, si elles le pouvaient.

Keziah a tressailli. Au même moment, deux frêles silhouettes se sont ruées vers nous en trébuchant l'une sur l'autre. Moses, l'aîné, a enjambé d'un bond preste un panier rempli de bottes avant de s'affaler à nos pieds. Son jeune frère Jonas, voulant l'imiter, n'a réussi qu'à buter contre le pied de la table, qui s'est renversée en envoyant voler la moitié des vêtements lavés de frais par sa mère.

— Jonas, espèce de canaille ! Regarde un peu ce que tu as fait, l'a-t-elle réprimandé en l'agrippant par son bras maigrichon. Pourquoi n'êtes-vous pas chez Mme Abelmann ? Je la paie pour qu'elle vous garde, pas pour qu'elle vous laisse courir sur mes vêtements comme des poux.

Elle a redressé son étal, et j'ai commencé à replier les vêtements tombés.

— Elle nous a laissés emporter le pain au four, a plastronné Jonas.

— *Le-hem*, a récité Moses. Ça veut dire « pain » en yiddish. Et *ta-nour*, c'est le « four ».

— Et il est passé où, ce pain ?

— Il cuit au four !

— Allez le chercher et apportez-le chez Mme Abelmann sans lambiner, c'est compris ? Vous n'adressez la parole à personne, vous ne vous arrêtez pas en chemin et plus jamais vous ne quittez la maison, même si le roi en personne arrivait en chaise à porteur pour acheter des fripes.

Les deux garçons ont détalé au milieu des bottes et des jupons, et Keziah les a suivis du regard jusqu'à ce qu'ils disparaissent au bout d'une allée. L'espace d'un instant, leur surexcitation m'avait fait oublier mes soucis – les enfants font cet effet-là. J'ai épousseté un corset avant de le replacer au sommet de sa pile.

— Tu les couves trop, ai-je lancé.

— Avec les enfants, on n'est jamais trop prudent.

Nous sommes restées un instant à observer les allées et venues sur le marché. Les badauds se tenaient recroquevillés, têtes et mains emmitouflées, contre les assauts cinglants du vent. Personne ne s'aventurait dehors pour le plaisir, pas par un temps pareil. La nuit tombait déjà et à cette heure-ci, plus aucun vêtement ne se vendait. Les articles les plus raffinés que proposait Keziah – les cotons à fleurs, satins rayés, rubans colorés – étaient pendus à des patères sur la devanture du tonnelier derrière l'étal. La pénombre les mettait en valeur, estompant les ourlets reprisés de la mauvaise couleur, ou les auréoles de transpiration qu'aucune lessive ne parvenait à effacer.

— Qu'est-ce que tu vas faire ? m'a demandé Keziah en se frictionnant les mains.

J'ai tiré sur un bout de ruban violet.

— Je n'en sais rien. Je vais rentrer à la maison toute seule, Abe va me demander où est la petite, tout comme

Nancy Benson, et je vais passer pour une idiote. J'ai dit à Nancy que nous prenions une apprentie – je l'ai annoncé à tout le monde à Billingsgate. Ça va être insupportable.

Keziah est restée longuement silencieuse. La nuit a continué de tomber et quand j'ai de nouveau posé les yeux sur elle, je ne distinguais déjà plus les traits de son visage, ses jolies rides aux coins des yeux.

— Son sort est peut-être plus enviable que celui que tu peux lui offrir, a-t-elle dit à mi-voix.

— Mais oui, ai-je concédé avec un rire creux. Peut-être qu'une duchesse l'a prise sous son aile, et qu'elle lui apprend à dessiner et à jouer du pianoforte. Non, Kiz. Je ne sais plus à quel saint me vouer. Je ne fais pas confiance aux hommes de l'hôpital des Enfants-Trouvés, avec leurs perruques et leurs plumes d'oie. Cette manière qu'ils ont de te scruter avec leur monocle. Pour eux, on est toutes les mêmes, avec nos enfants.

— Je suis sûre que non. Ils ne plaisanteraient pas avec ces choses-là. Tu l'as dit toi-même : tu n'as pas donné ton nom le jour où tu l'as déposée. Comment pouvaient-ils le deviner ? Daniel savait-il seulement où tu habitais ?

— Non, bien sûr que non. Je ne l'ai vu que deux fois dans ma vie ! Je ne sais pas quoi te dire, Kiz. Je nage en plein brouillard.

J'ai tourné la tête vers Rosemary Lane en direction de Black and White Court. Abe devait se préparer à faire la connaissance de sa petite-fille, tout en se tracassant pour l'argent. Plus d'une fois, il m'avait demandé : « Mais comment on va faire ? » Ce à quoi je lui répondais qu'on s'en sortait très bien quand on avait trois bouches à nourrir, avant que Ned ne quitte la maison, et que tout irait bien. Rivé sur son fauteuil, il devait guetter le bruit des pas dans l'escalier, prêt à sortir trois bols pour le repas du soir. La perspective de lui annoncer que j'ignorais ce qu'elle était devenue... c'était une telle négligence. Tout le contraire du devoir d'une mère. L'énormité de la situation était insondable. Était-elle à Londres ? Était-elle seulement en Angleterre ? Avait-elle embarqué pour l'étranger ? Longtemps, j'ai cru que le pire serait l'annonce de sa mort. Apprendre tout à coup qu'elle s'était évaporée dans le vaste monde était une torture bien plus aiguë.

— Aide-moi à remballer et viens dîner à la maison, m'a conviée Keziah.

J'ai accepté son invitation de bon cœur. Ensemble, nous avons rangé tous les vêtements dans des sacs, que nous avons ensuite empilés sur sa brouette, avant de poser dessus des tréteaux et des paniers. Nous avons mis le cap plein nord, en suivant Minories, la grande artère où deux voitures à cheval pouvaient se croiser, avant d'emprunter la ruelle obscure qui menait à Broad Court, où habitaient Keziah et sa famille. Flanquée de part et d'autre de synagogues, cette poche de Londres était dévolue à tous les déplacés : les Noirs comme la famille Gibbons, les Espagnols, les huguenots, les juifs, les Irlandais, les Italiens et les lascars[1] – tous entassés dans les impasses minuscules et les pensions de famille du quartier. Si les logements y étaient plus respectables que les bicoques où les voleurs et les prostituées grappillaient quelques heures de sommeil et où trois familles partageaient un même étage, ils étaient tout de même un ou deux crans en dessous des habitations de Black and

---

1. Les lascars sont des matelots hindous.

White Court, qui bénéficiaient d'une pompe à eau et proposaient une, voire deux pièces par famille. Le deux-pièces de Keziah était au rez-de-chaussée et quand je lui rendais visite, je devais prendre soin de toquer à la fenêtre, car sa logeuse – une Française irascible au nez crochu et aux yeux de fouine – crachait un flot d'injures si les visiteurs s'avisaient de frapper à la porte d'entrée, qu'elle ne manquait d'ailleurs pas de leur claquer au nez. À notre arrivée, il faisait nuit, mais le rai de lueur douce qui filtrait des rideaux nous informa que William, son mari, était rentré. Une fois à l'intérieur, nous l'avons trouvé devant la grande table briquée, en train de remplacer une corde de son violon, tandis que Jonas et Moses lisaient la Bible à voix haute, pelotonnés sur le banc. Une seule bougie était allumée, comme si William n'était nullement gêné par la pénombre, et Keziah s'est empressée d'allumer un autre bout de chandelle, qu'elle a tendu à Jonas en lui disant que son frère allait s'user les yeux à déchiffrer des mots minuscules dans le noir. Je l'ai aidée à préparer un repas de pain, de rôti de bœuf froid et de bière, et nous nous sommes attablés tous ensemble, après que William eut posé son violon sur une chaise, comme si l'instrument soupait avec nous. Les garçons ont raconté l'histoire du canari de Mme Abelmann, qui s'était envolé dans la cheminée en refusant d'en ressortir, et un bref instant, les bruits mêlés de bavardage et de masticatations m'ont fait oublier les événements de la matinée. Ce n'est qu'en jetant un œil circulaire, d'abord sur le modeste intérieur de mon amie, avec ses murs peints d'une teinte roussâtre et ses piles omniprésentes de vêtements et de paniers, puis sur la mine réjouie de ses fils et enfin sur la tendresse des regards qu'elle-même et William échangeaient malgré leur fatigue manifeste, que je m'en suis souvenue. Aussitôt, les ombres ont semblé s'allonger et la température chuter dans la petite pièce. J'ai dû avoir l'air triste, parce que Jonas, le plus timide des deux, m'a regardée, et j'ai fait de mon mieux pour lui sourire.

Le dîner terminé, Keziah a envoyé les garçons au lit, et ils ont obéi docilement, laissant la porte de la chambre entrebâillée pour qu'elle puisse s'assurer qu'ils s'étaient bien endormis. Ensemble, nous avons fait la vaisselle pendant que William se remettait consciencieusement à son violon. Notre tâche finie, Keziah a retiré son tablier et nous nous sommes installées confortablement dans les fauteuils devant la cheminée. Je mourais d'envie de fermer les paupières, la tête sur un oreiller. Je n'avais aucune envie de rentrer à Black and White Court, sans Clara, et de me retrouver confrontée à son petit lit vide.

— Tu devrais retourner à l'orphelinat, m'a conseillé Keziah.

— Pour quoi faire ? Ils vont me répéter la même chose. À tous les coups, ils doivent me prendre pour une menteuse. Ou pire, une folle : quel genre de mère oublie qu'elle est passée chercher son enfant ? Ils vont m'envoyer à l'asile de Bethlem.

Tandis que Keziah relatait à William les événements de la matinée, qui me semblaient remonter à plusieurs mois déjà, j'ai contemplé la danse des flammes qui bravaient les bourrasques glaciales dévalant le conduit. William tendait l'oreille, tout en nettoyant son violon à l'aide d'un chiffon et d'un petit flacon de térébenthine. Après une longue pause, il a pris la parole :

— L'hôpital des Enfants-Trouvés... j'ai joué là-bas une fois.

Je me suis redressée.

— C'est vrai ?

Il a hoché la tête, le front barré d'un pli soucieux, mais il n'a pas relevé les yeux. Le soin qu'il apportait à son instrument était inouï.

— Il y a quelques mois de cela. En septembre, je dirais. Il y avait un office à la chapelle. Savais-tu que Haendel a composé un chant pour l'orphelinat ?

— Qui donc ?

Mon ignorance a eu raison de lui, et il a levé les yeux sur moi.

— Le compositeur. *Le Messie*, de Haendel ?

J'ai secoué la tête.

— Comment ça commence, déjà... ? *Heureux celui qui s'intéresse au pauvre !*...

Keziah l'a coupé dans son élan :

— Quand tu parles pas musique, tu parles sermons, sauf que nous, on te parle ni de l'un ni de l'autre.

William l'a ignorée.

— C'est un endroit remarquable. Les enfants qui sont admis là-bas ont beaucoup de chance. Ta fille sera entre de bonnes mains.

— Mais elle n'y est pas, c'est bien là le problème.

— Écoute un peu, William !

Le silence s'est fait dans la pièce, émaillé seulement par le crépitement du feu. Au bout d'un moment, j'ai repris la parole :

— Vous savez, j'aurais pu me marier, il y a des années de ça, et avoir des enfants. J'imagine que j'attendais de la retrouver, pour pouvoir recommencer ma vie avec quelqu'un d'autre. Sauf que je voulais être honnête, parce que si je m'étais mariée sans dire la vérité à mon mari, comment aurait-il pu accepter de la prendre sous son toit ? Maintenant, je me dis que je ne la reverrai jamais. J'ai attendu toutes ces années pour rien. Bientôt, je ne serai plus bonne à marier qu'un veuf.

— Tu as encore le temps, m'a rétorqué Keziah. Tu n'es pas une vieille fille ; tu as des années devant toi. Tu n'es pas d'accord avec moi, William ?

Il a glissé son violon sous son menton, l'a calé sur sa clavicule gauche et en a tiré une longue note d'une tristesse magnifique. Puis il s'est lancé dans une marche nuptiale populaire qui nous a fait sourire.

Je savais pouvoir confier tous mes tourments à Keziah, pourtant une partie de moi se demandait si, en son for intérieur, mon amie n'avait pas pensé que je renoncerais à ma fille ; que je changerais d'avis, faisant plutôt le choix de me marier, d'avoir un bon gros bébé joufflu, puis un deuxième, jusqu'à en oublier ma première-née ; me ferais une raison en me disant que Clara était mieux lotie comme ça, nourrie-logée-blanchie avec une jolie chapelle où chanter. Peut-être Keziah se disait-elle que Clara était en sécurité, loin des échoppes glaciales de Billingsgate et des intérieurs rongés par l'humidité de Black and White Court. Mais pour tout le confort du monde, aurait-elle abandonné ses fils à une vie d'orphelins ? J'en doutais fort.

Chapitre 5

Je suis restée pendant cinq minutes en arrêt devant les grilles avant de me présenter à la loge du gardien, même s'il m'avait forcément vue mettre de l'ordre dans mes idées en faisant les cent pas. Pour l'occasion, j'avais revêtu ma plus belle robe – des trois que je possédais –, celle à fleurs en coton de couleur crème que Keziah avait mise de côté pour moi quelques années plus tôt. Elle m'avait assuré que le rouge sombre des motifs rehaussait l'éclat de ma chevelure et me donnait des couleurs. J'avais pris soin de nettoyer mon bonnet, après avoir emprunté de l'amidon à Nancy au rez-de-chaussée, contre une aiguille et du fil. À trois heures et demie, j'avais remisé mon suroît à l'entrepôt et m'étais hâtée d'arriver avant Abe à la maison. Je m'y étais changée avant de repartir aussitôt pour l'orphelinat. Il faisait le même froid humide que le soir de novembre où j'avais découvert l'établissement pour la première fois, et je me suis surprise à être dans le même état d'esprit : en proie à un mélange de peur et de détermination.

Le gardien m'a laissée entrer et j'ai remonté seule l'allée. De part et d'autre, les pelouses vides étaient d'encre – les enfants devaient être en train de prendre leur repas, ou au lit déjà. À Black and White Court, les enfants allaient se coucher en même temps que leurs parents. À l'orphelinat, une fois le souper terminé, ils devaient plutôt faire leur toilette et se coiffer, alignés comme des poupées à la lueur des bougies. J'ai gravi les trois marches du perron et une fois à l'intérieur, j'ai pris soin de fermer la porte derrière moi. Le couloir en pierre était plongé dans un tel silence que je me suis demandé si je n'aurais pas mieux fait de claquer la porte en entrant pour avertir de mon arrivée. Je me suis recoiffée d'un geste machinal, puis j'ai patienté, mais personne n'est venu. Une, deux, trois minutes se sont écoulées, chaque seconde scandée par deux battements de mon cœur. J'ai avancé jusqu'au pied de l'escalier. L'immense portrait d'un homme surmontait le premier palier. Il avait de grands yeux, un chapeau et un manteau noir. Une cicatrice saillait sur son front et un petit chien était assis à sa gauche. Le visage de l'homme était si réaliste, comme s'il était sur le qui-vive, que je n'aurais pas été surprise de le voir déplier le bras pour décrocher le tableau et sortir du cadre.

— Je peux vous aider ?

La voix m'a fait sursauter. J'ai tourné la tête et vu une femme descendre l'escalier. Corpulente, d'allure porcine, elle portait un tablier à volants et une coiffe. La contrariété lui rosissait les joues. En baissant les yeux, je me suis aperçue que j'avais laissé d'infimes traces de pas sur la moquette bordeaux.

— Nous n'acceptons pas les enfants sans rendez-vous, vous devez faire une demande officielle, sachant qu'à l'heure actuelle, nous avons rempli notre capacité d'accueil, a-t-elle énoncé sans bouger.

— Je n'ai pas d'enfant. Enfin, je veux dire, si, j'en ai une mais elle n'est pas ici.

La femme a attendu la suite en me fixant de ses yeux sombres comme des billes de charbon et j'ai senti mes joues s'empourprer.

— Puis-je parler à un administrateur ?

— Un administrateur ? a-t-elle répété avec un gloussement de rire. Je ne pense pas qu'ils apprécieraient d'être dérangés par quelqu'un comme vous.

— À qui puis-je parler, dans ce cas ?

— Vous me parlez à moi, non ?

J'ai senti ma colère enfler. Une fois encore, j'ai baissé les yeux. Le cuir de mes bottes était éraflé et mon châle, piqué de trous. Ma plus belle robe ne faisait pas illusion. J'ai levé la tête, et sur le même ton qu'elle à mon endroit, je lui ai lancé :

— Il y a six ans, j'ai déposé ma fille pour qu'elle soit prise en charge ici. Le lendemain, quelqu'un est venu la chercher, en se faisant passer pour moi.

La femme est restée parfaitement immobile. Seul un léger froncement de sourcils a troublé son expression perçante. Son regard s'est fait encore plus inflexible.

— Je ne sais pas qui c'était ni pourquoi, mais... je suis sa mère. Je veux comprendre ce qui s'est passé et parler à quelqu'un qui pourrait se souvenir de la femme qui s'est fait passer pour moi.

Il y a eu un silence, le déclic d'une porte au loin, puis un bruit atroce, et j'ai fini par comprendre que la femme s'esclaffait. D'un rire d'une grossièreté inconvenante à la solennité du lieu, qui m'éloignait de cet intérieur feutré pour me renvoyer tout droit dans mon quartier. J'ai eu envie de gravir les marches deux par deux pour gifler son visage bête.

— On a une échappée des petites maisons ! a-t-elle gloussé de plus belle dans le grand vestibule vide. Une vraie folle ! Vous êtes-vous enfuie de Bethlem ?

Avant que je n'aie le temps de riposter, une voix s'est élevée derrière moi.

— Mais que se passe-t-il ?

Un jeune homme avait passé la tête par l'embrasure d'une porte à côté de l'horloge. De petite taille, mince, les cheveux couleur paille, il devait avoir quelques années de plus que moi. Sans chapeau, en manches de chemise, il était de toute évidence en train de travailler quand notre conversation l'avait dérangé. L'entrebâillement de la porte m'a laissé entrapercevoir un bureau encombré de paperasses et la lueur chaleureuse d'une lampe à huile. L'homme me regardait fixement.

— Je suis désolée, monsieur. Je ne voulais pas vous déranger.

— Marjory s'occupe de vous ?

— Non.

— Puis-je faire quelque chose pour vous ?

Je suis restée dans un silence hébété. La question était simple, pourtant elle me prenait au dépourvu.

— Je ne sais pas, monsieur.

— Si vous voulez vous donner la peine d'entrer dans mon bureau ? m'a-t-il conviée après un bref coup d'œil à Marjory.

Laissant cette bêcheuse flageoler comme une méduse horripilée, j'ai suivi l'homme dans son bureau, dont il a fermé la porte derrière moi. La pièce m'a fait penser à celles que j'avais eu déjà l'occasion de voir dans cet établissement, toutes lumineuses, bien chauffées, fonctionnelles. Certes le plafond était haut, mais les murs n'étaient pas trop espacés et la taille en était d'autant plus agréable qu'une cheminée de marbre abritait une joyeuse flambée. Des tableaux figurant des paysages marins et des terres agricoles étaient accrochés à une cimaise tandis qu'un tapis s'étirait sur toute la surface du sol. J'avais du mal à croire que de si belles pièces puissent servir de bureaux ; j'y aurais volontiers habité.

L'homme s'est assis à son bureau.

— Je suis le docteur Mead. Je soigne les enfants de l'orphelinat. Mon grand-père est un des fondateurs de l'hôpital de Foundling.

Je n'avais encore jamais rencontré de docteur, ce que je me suis bien gardée de lui dire, de peur de passer pour une ignare.

— Je m'appelle Bess.

— Vous êtes la mère d'un enfant qui nous a été confié ?

— Comment avez-vous deviné ?

— Ma foi, vous n'êtes pas enceinte, vous n'êtes pas employée ici, nous sommes mardi soir et personne ne vous a débarrassée de votre manteau… Par déduction.

J'ai souri.

— Je suis venue dimanche dernier, ai-je précisé.

— Permettez-moi de vous servir un verre, après quoi vous pourrez vous installer et me dire qui vous venez chercher. Avez-vous le numéro de l'enfant ?

— Je l'ai mémorisé, ai-je acquiescé, soudain consciente que la soif me collait la langue au palais. Mais, monsieur, le fait est qu'on est déjà passé la chercher.

Voyant le docteur Mead cligner des yeux, j'ai tenté de mettre de l'ordre dans mon récit.

— Je l'ai déposée ici il y a six ans, elle était âgée d'un jour et le lendemain, quelqu'un est venu la prendre en se faisant passer pour moi. Dit comme ça, on pourrait croire à des sornettes. Ou penser que je suis folle. Ce que je ne suis pas, ai-je ajouté d'une voix ferme avant de me rendre compte qu'une telle affirmation pouvait justement passer pour un signe de folie. Je veux simplement savoir ce qu'elle est devenue.

Parfois, les gens aux yeux bleus ont un regard froid, mais ce n'était pas le cas du docteur Mead. Il les a plissés, exactement comme Marjory tantôt, sauf que ce n'était pas par méfiance. On aurait plutôt dit qu'il essayait de me distinguer nettement.

— Du brandy, ça ira ?

Avant que je n'aie eu le temps de répondre, il a sorti une carafe et deux verres d'une armoire basse à côté de la cheminée. De retour à son bureau, il a servi deux doigts d'un liquide mordoré et m'a tendu un verre. J'ai humé l'arôme puissant d'épices qui s'en dégageait. C'était une boisson d'hommes, mais pas de ceux que je connaissais – elle était destinée aux docteurs, aux avocats, aux capitaines. Des hommes comme Daniel. Je suis restée un instant à contempler ses reflets, comme s'ils pouvaient lever le voile sur la vérité. Puis j'ai avalé une lampée qui m'a brûlé la gorge avant de réchauffer mon ventre vide. J'ai battu des paupières pour atténuer le picotement de mes yeux.

— J'imagine que vous avez déjà confié à un membre de l'établissement ce que vous venez de me dire ? s'est enquis le docteur Mead.

J'ai acquiescé.

— À M. Simmons. Il m'a répondu que je faisais erreur.

— Et il vous a congédiée ?

J'ai de nouveau acquiescé.

Le docteur Mead est resté un instant pensif, avant de m'interroger :

— Le père de l'enfant ? Pourrait-il… ?

— Il est mort.

— En avez-vous la certitude ?

— Oui.

— Vous n'étiez pas mariée ?

Sa voix ne portait pas de jugement.

— Non. Il est mort avant sa naissance.

— Avez-vous de la famille ? Un parent aurait-il pu la reprendre ?

— J'ai seulement mon père et mon frère – ma mère est morte – et ce n'étaient pas eux.

— Des grands-parents ?

J'ai haussé les épaules.

— Ils sont tous morts.

Le docteur Mead a passé une main dans ses cheveux. Puis il s'est accoudé à la table, me laissant voir ses mains : elles étaient menues, on aurait dit des mains de femme. Quant à son visage, il était animé d'une expressivité sereine : le docteur Mead raisonnait de manière pondérée, étudiant chaque supposition avec méthode avant de passer à la suivante.

— Y aurait-il des personnes… comment le formuler… qui pourraient avoir soif de vengeance ? Des ennemis, disons.

Je l'ai dévisagé. L'alcool m'avait fait un drôle d'effet – quelques secondes plus tôt, il m'avait réchauffé tout le corps, et voici que j'étais transie de froid. J'ai posé mon verre sur le bureau.

— Des ennemis ?

Le mot avait une sonorité étrange dans ma bouche ; je ne l'avais sans doute jamais prononcé à voix haute, pour la bonne raison que je n'avais jamais eu de raison de le faire.

— Comme qui ?

Il a soufflé bruyamment.

— Un voisin à la suite d'une querelle ou… je ne sais pas… une vieille amie.

Cette fouineuse de Nancy Benson m'a traversé l'esprit et j'ai réprimé un rire.

— Je ne connais personne capable d'une telle méchanceté, pour sûr. Je n'ai jamais fait de mal à personne, pas volontairement en tout cas.

— Pourrait-il s'agir d'un cas d'extorsion ? Seriez-vous… seriez-vous riche ou dans l'attente d'un héritage ?

Cette fois, un rire m'a échappé.

— Non !

Voyant que ses joues s'étaient empourprées, j'ai répété ma réponse d'un ton plus affable, avant de rougir moi aussi. Il ne s'était pas moqué de moi une seule fois depuis le début de notre conversation, qu'il prenait très au sérieux.

— Non, je ne suis pas riche. À vrai dire, j'ai économisé deux livres. Je me disais que ce serait suffisant pour retirer ma fille de l'orphelinat. Il m'aurait fallu plus. Mais cela n'a plus d'importance, à présent. Alors oui, on pourrait dire que pour l'heure je suis riche. En tout cas plus que je ne l'ai jamais été ou que je ne le serai à l'avenir.

Sur ce j'ai avalé les dernières gouttes de mon verre pour me donner une contenance.

— Je suppose qu'il ne me reste qu'une question à vous poser : vous êtes sûre et certaine qu'il s'agit du même enfant ?

— Je ne sais pas lire, mais oui. Numéro 627. Ils ont changé son prénom, mais elle s'appelait Clara. Et j'avais déposé le même gage. Et comme je vous l'ai expliqué, la personne qui est venue la chercher savait tout de moi. C'est surtout ça que je ne comprends pas. Ça veut dire que ce n'était pas une erreur.

Le docteur Mead a hoché la tête.

— Je vais voir ce que je peux faire. Avez-vous le temps d'attendre, si je vais chercher les documents de ce pas ?

J'ai réprimé un sourire pour acquiescer d'un hochement de tête. Il a aussitôt quitté la pièce après avoir vérifié la date, me laissant seule dans le confort de sa petite étude. En cet instant, je me suis sentie étonnamment calme, moi, qui, trente minutes plus tôt, faisais les cent pas frénétiquement devant la grille. Le docteur Mead est revenu quelques minutes plus tard, chargé de la même liasse de documents que j'avais vue quelques jours auparavant, avec son petit ruban bleu. Il l'a dénoué de ses doigts délicats, s'est gratté la tête puis en a parcouru le contenu en fronçant les sourcils. J'ai scruté sa réaction.

Sa lecture terminée, il a posé le dossier devant lui et a serré ses mains, paume contre paume.

— Quand un enfant est restitué à sa famille, un mémorandum est signé par les deux parties – la mère, le plus souvent, et le secrétaire. Le secrétaire présent le jour du retrait de votre fille le 28 novembre était M. Biddicombe, a-t-il annoncé avant de pousser un soupir, les épaules affaissées. Il est décédé l'année dernière.

— Oh, ai-je soufflé.

— En effet. Nous aurions pu lui demander s'il se souvenait d'une dénommée Elizabeth Bright, de Black and White Court, à Ludgate Hill. Ce sont bien vos prénom, nom et adresse ?

Me voyant acquiescer, il a retroussé les lèvres. Mon verre en cristal était vide, à présent, et je me suis demandé s'il allait me resservir. Je me suis demandé combien je pourrais retirer du verre si je l'empochais sans qu'il s'en rende compte.

— Ma foi, a-t-il repris après un silence, je dois bien avouer que c'est la première fois qu'une telle chose se produit. Mon grand-père m'en aurait parlé.

— Qui est votre grand-père ?

— C'était le docteur Mead aussi. Le médecin en chef de l'hôpital à son ouverture ; aujourd'hui, il est à la retraite, mais il reste impliqué dans la vie de l'établissement. Il serait abasourdi d'entendre le récit que vous venez de me faire.

— Il ne me croirait pas.

— Je suis sûr que si. Mais j'aimerais en savoir le plus possible sur le sujet avant de le solliciter. Et, bien entendu, nous devons faire le nécessaire pour que cela ne se reproduise jamais – il faudra vraisemblablement introduire de nouvelles mesures. Outre la personne qui s'est frauduleusement fait passer pour vous, qui nous dit que d'autres enfants ne pourraient pas être retirés de la sorte ? Si ce n'est déjà le cas. Pourtant, il y a ce gage…

Le docteur réfléchissait à voix haute, ses yeux fusaient en tous sens.

— La personne a forcément donné la bonne description de cet objet. De quoi s'agissait-il ?

— La moitié d'un cœur, sculpté dans un os de baleine.

— Un os de baleine. Voilà qui n'est pas commun. La plupart des femmes laissent des carrés de tissus découpés sur leur robe. C'est tout à fait remarquable.

Il a envoyé le reste de son verre au fond de son gosier d'un geste gracieux, non pas voracement comme l'aurait fait Ned, avant de reposer le verre dans un claquement sec.

— Dites-moi, vous serait-il possible de revenir dimanche ? Les administrateurs assistent à la messe et nous pourrons profiter de ce qu'ils sont rassemblés pour faire appel à eux. Ils seront assurément très intrigués par votre récit. Dans l'intervalle, je vais étudier la question.

Il m'a fixée de son regard d'un bleu limpide et l'espace d'un silence, j'ai retenu ma respiration.

— Je vous présente mes excuses les plus sincères, a-t-il ajouté.

J'ai ouvert la bouche, mais l'ai aussitôt refermée. Les mots me manquaient. Quelques secondes plus tard, j'ai fini par répondre :

— Ce n'est pas votre faute.

— Dimanche, a-t-il conclu. Je vous retrouverai devant la chapelle à neuf heures et demie. Vous serez mon invitée.

L'alcool avait réchauffé le creux de mon ventre, mais il avait ravivé autre chose aussi, que je n'avais pas ressenti depuis plusieurs jours. Un tison que je croyais éteint à jamais : il avait ravivé l'espoir.

À mon retour à la maison, j'ai trouvé Ned assis dans le fauteuil d'Abe, les jambes écartées. Sa main pendait à l'accoudoir, l'autre était posée sur le ventre, comme s'il avait trop mangé. Ce n'était pourtant pas le cas : voilà un moment que mon frère, pâle et émacié, se plaignait de douleurs à l'estomac. Quand il venait, c'était pour quémander de l'argent. Parfois, je lui en donnais. À un moment donné, il avait fini par arrêter de promettre de me rembourser. Jamais il ne venait accompagné de sa femme Catherine, jamais il n'amenait ses enfants, pas plus qu'il ne prenait la peine d'apporter une tourte bien chaude ou un flan à partager en notre compagnie. Nous n'étions jamais invités chez lui et il ne nous réservait jamais une place sur le banc de l'église à côté de sa famille. Si j'avais quelque argent sur moi, c'était pour ses enfants que je le lui donnais.

M'approchant, je l'ai observé de plus près. Il avait les mâchoires crispées, le visage tout rouge.

— Alors, tu es passé nous souhaiter un joyeux Noël ?
— C'était l'année dernière.
— Je sais bien. On ne t'a pas vu.
— J'étais pas là.
— Catherine l'a flanqué dehors, est intervenu Abe.

De l'autre côté de la pièce, mon père s'était assis au bord de son lit pour retirer ses bottes.

— Même pas. C'est moi qui suis parti.

— Tu l'as quittée pour Madame Geneva, hein ? Ta maîtresse cruelle ?

Il n'a pas relevé. Mon regard a glissé jusqu'à Abe ; les deux avaient la mine maussade de ceux qui ont essuyé une lourde défaite au jeu. Le feu n'était pas allumé, des traces de pas boueuses maculaient le sol, jonché par ailleurs de vaisselle sale et de linge qui mettrait deux fois plus de temps à sécher dans l'atmosphère froide. Des bouteilles de bière vides attendaient qu'on les lave, à côté d'une pile de vêtements qui, eux, attendaient qu'on les raccommode. Où que je pose les yeux, l'intérieur était encombré de tâches qui m'incombaient.

— Tu as du nouveau, Bessie ? m'a interrogée Abe.

J'ai secoué la tête.

— Du nouveau sur quoi ? a demandé Ned en se tournant vers moi.

À vingt-sept ans, il avait le visage d'un vieil homme, la peau sèche et grisâtre parsemée d'un fin lacis de vaisseaux éclatés.

S'il m'avait légèrement étourdi, l'alcool que m'avait servi le docteur Mead m'avait rendue véhémente.

— Si tu prenais de mes nouvelles, tu saurais que je suis retournée à l'orphelinat pour chercher ma fille.

— Oh, a-t-il lâché d'un air radouci avant de regarder autour de lui. Elle est où ?

— Elle n'est ni ici ni là-bas. Elle n'est nulle part.

J'avais raté le souper, et il n'y avait plus rien à se mettre sous la dent. La perspective de redescendre et de marcher jusqu'à Ludgate Hill en quête d'un repas chaud m'a découragée. Pour éviter de rester les bras ballants, j'ai commencé à mettre de l'ordre dans la pièce, tandis qu'Abe se baissait sur ses genoux qui craquaient pour allumer le feu. Une fois la vaisselle lavée et les carreaux débarrassés de la poussière de charbon, j'irais me coucher.

— Hein ? Qu'est-ce que tu veux dire ?

— Quelqu'un est passé la chercher. Une certaine Elizabeth Bright, de Black and White Court, il y a six ans.

— Mais qu'est-ce que tu racontes ?

— Elle a disparu, Ned. Je ne sais pas où elle est. Quelqu'un s'est fait passer pour moi – comment il a dit, déjà ? – *frauduleusement*.

— C'est quoi cette histoire ? Ça viendrait à l'idée de qui de faire ça ?

— Je n'en sais pas plus que toi.

— Son paternel a bien passé l'arme à gauche, non ?

— Aux dernières nouvelles.

Ned a pris un air absorbé, les yeux posés sur son père, qui s'échinait devant la cheminée, sans que l'idée de l'aider lui traverse l'esprit. Mon frère restait affalé comme un aristocrate indolent, à croire que le dur labeur et les épreuves auxquelles nous étions résignés lui glissaient dessus sans l'émouvoir le moins du monde. J'imagine qu'il allait rester une nuit ou deux, comme il le faisait parfois, à ronfler dans le lit voisin du mien, celui censé accueillir Clara. Comme Catherine devait amèrement regretter d'avoir épousé cet homme.

Ned a passé une main sur son menton hirsute.

— Tu parles d'un casse-tête !

Il s'en fichait, je voyais bien qu'il avait l'esprit ailleurs. Il était là, les deux pieds campés sur le plancher, les deux pieds campés sur nos vies, et je me suis demandé à quel moment il allait me réclamer de l'argent. Sentant la haine m'envahir lentement, j'ai préféré détourner le regard. D'une chiquenaude, j'ai culbuté un cafard accroché à une assiette sale. La pièce était glaciale et le peu de réconfort que j'avais trouvé une heure plus tôt dans l'étude bien chauffée s'était évaporé dès l'instant où j'avais posé les yeux sur mon frère en arrivant.

— Et alors, tu vas faire quoi ?

J'ai continué à m'affairer en lui tournant le dos.

— Je vais essayer de la trouver, qu'est-ce que tu crois ?

Il a ri, d'une hilarité aiguë qui m'a donné envie de lui fracasser l'assiette sur le crâne. Je me suis représenté le doux son du craquement. Mais nous ne pouvions pas nous permettre de gaspiller de la vaisselle.

— Et comment tu vas t'y prendre, dans une ville comme Londres ?

— Comme si tu en avais quelque chose à faire. Reste pas là à nous faire croire que tu passes prendre de nos nouvelles, parce qu'on n'est pas dupes. Allez, vide ton sac, qu'est-ce que tu veux ? Combien ? Un shilling ? Trois shillings ?

— Dix.

Abe a lâché un sifflement grave avant d'essuyer ses mains maculées de charbon à un torchon et de se redresser, non sans difficulté.

— Tu nous prends pour des employés de banque, on dirait, mon garçon.

— Il nous prend pour tout un tas de choses. Surtout pour des imbéciles.

— C'est pas juste !

— Ça, c'est sûr. Tu en as besoin pour quoi ?

— Pour soigner le bébé.

Les bras croisés sur la poitrine, je l'ai dévisagé d'un œil implacable.

— Si tu me dis réellement pour quoi tu en as besoin, je te donnerai une couronne.

Son regard s'est abîmé au loin dans un battement de paupières, avant de revenir se fixer à hauteur de mon épaule.

— J'ai une dette. J'aurais dû la payer depuis longtemps et là, ça ne peut plus attendre.

Il avait des cernes sous les yeux, à moins qu'un coup de poing ne lui ait bleui la peau.

Je suis allée chercher ma boîte à dominos sous le matelas dans la chambre.

— Cet argent te servira à rembourser ta dette et à rien d'autre. Est-ce qu'il faut que je t'accompagne ?

Ned a frissonné.

— Non. Pas question que tu voies ça.

J'ai lâché la pièce d'une couronne, qu'il a aussitôt happée en fermant le poing.

— Je t'ajouterai à la liste de mes créanciers. Seulement si tu me prêtes du papier et une plume. Ah, mais j'oubliais : je ne sais pas écrire.

Sans doute se croyait-il spirituel, mais ni Abe ni moi n'avons ri. Mon frère est resté un instant immobile et j'ai fini par comprendre qu'il me dévisageait bizarrement. Mon père, assis sur un tabouret, brossait ses bottes au-dessus d'un seau et, absorbé par sa tâche, ne prêtait pas attention à nous.

Ned m'a interrogée à voix basse :

— Qu'est-ce que tu fais encore ici, Bess ?

D'un geste, il a désigné le piètre état de notre logis. J'ai trempé un doigt dans l'eau qu'Abe avait mise à chauffer, puis, entourant son anse d'un chiffon, j'ai retiré la casserole et l'ai posée sur l'étagère devant moi. Malgré l'obscurité qui régnait par-delà le carreau, j'ai distingué les Riordan, la famille irlandaise qui habitait de l'autre côté de la cour. Dans leur intérieur étroit, ils s'affairaient selon un ordonnancement compliqué : le père tenait un gros chat roux contre sa poitrine et, d'un air enjoué, racontait une histoire à ses fils, qui mettaient la table en souriant. Peu leur importait que les bols soient ébréchés ou dépareillés, ou que leur espace minuscule soit surchargé de draps en train de sécher. Je me suis rendu compte que je n'avais toujours pas quitté mon châle, pourtant alourdi par l'humidité, et je me suis empressée de l'accrocher devant le feu, où il s'est mis à fumer.

— Bess, a répété Ned tandis que je passais devant lui.

Il m'a effleuré le bras du bout des doigts et j'ai senti une puissante vague de nostalgie me submerger tout à coup, comme s'il m'en avait éclaboussée. Était-ce le même garçon qui poussait nos lits l'un contre l'autre et s'amusait à faire des voix derrière le rideau qui nous servait de paravent ? Le même garçon qui faisait un spectacle de marionnettes, en enroulant ses mains dans le tissu pour façonner des personnages ?

— Tu prends mon argent et tu me demandes ce que je fais encore ici ? Tu l'as, ta réponse.

Je suis restée obstinément le dos tourné, et j'ai empoigné les écuelles pour les noyer une fois, deux fois, dans l'eau et les en ressortir dans un geste répétitif.

Ned a brisé le silence :

— Je suis désolé pour ta fille. Je suis sûr que tu vas la retrouver. Tu me diras si je peux t'aider.

J'ai fermé les paupières et quand je les ai rouvertes, je n'ai plus vu que le contour trouble de la silhouette des Riordan. J'ai reniflé, plongé une dernière fois la vaisselle dans l'eau avant de lui donner un coup de torchon et de la ranger sur l'étagère. Deux minutes plus tard, j'ai entendu Ned qui parlait à Abe, puis le craquement du plancher et la porte d'entrée qui se refermait. J'ai levé les yeux sur les toits et les clochers, en songeant au flot continu de la ville qui s'écoulait en contrebas dans ses entrailles sombres. Comme il devait être facile de s'y glisser pour se laisser emporter dans ses tréfonds.

Chapitre 6

Le dimanche, le marché était fermé. Comme nous n'étions pas pratiquants – la dernière fois que nous étions allés à l'église en famille, c'était pour l'enterrement de ma mère à St. Bride –, Abe m'a regardée un peu plus longuement qu'à l'ordinaire lorsque je suis sortie de la chambre vêtue de ma robe en coton imprimé. Je me rendais à l'église uniquement à Noël, en compagnie de Keziah, William et leurs enfants. Ce jour-là, nous nous serrions sur les bancs étroits avec les Espagnols, les Irlandais et les Noirs. Nous chantions les hymnes, écoutions les sermons et récitions les prières, tout en essayant de calmer les enfants qui trépignaient de déguster un festin d'oie rôtie et de plum-pudding. En revanche, je ne passais pas le repas de Noël avec eux : en sortant, j'achetais toujours un poulet qu'Abe et moi dégustions à la maison.

— Tu vas à l'église ? a répété Abe quand je lui ai annoncé ma destination. Pour quoi faire ?

— J'accompagne Keziah, ai-je menti en troquant ma coiffe d'intérieur pour celle d'extérieur et prenant soin d'éviter son regard. Pourquoi ne rendrais-tu pas visite à Catherine, aujourd'hui ? Tu pourrais passer du temps avec le petit dernier ; il doit être grand, maintenant.

Il m'a dévisagée de ses yeux laiteux. Avait-il perdu du poids ? Difficile à dire ; je voyais son visage plus souvent que le mien. Il a bougé sur son fauteuil ; il était encore en pyjama. Ces derniers temps, il faisait si froid qu'il fallait laisser le feu allumé tout le temps.

— Je sors pas par ce temps, a-t-il rétorqué. Passe-moi ma couverture, tu veux bien ?

Je l'ai enroulée à ses épaules. À la maison, mon père n'avait rien à voir avec l'homme qu'il était à Billingsgate ; il prenait moins de place, comme s'il perdait en puissance.

— Je me demande si la rivière Fleet va geler comme l'année dernière, ai-je commenté en ramenant d'autres couvertures sur lui.

Il avait laissé la moitié de son pain, que j'ai terminé d'une bouchée, avant de continuer :

— Tu te souviens du cadavre de chien pris dans la glace ? Et les enfants qui le piquaient avec un bâton ?

Il a hoché la tête pour me signifier qu'il écoutait, même s'il avait les paupières closes. Le dimanche, il était toujours harassé. Je n'avais aucune raison de m'inquiéter – il passait six jours sur sept en plein air, à grelotter dans son échoppe, les mains plongées dans des seaux de crevettes glacés. Évidemment qu'il n'avait aucune envie de mettre le nez dehors. J'ai terminé de l'emmitoufler, ajouté des morceaux de charbon dans le feu, et suis partie.

Le dimanche, l'hôpital de Foundling s'exposait au public tel un grand manoir de campagne en ouvrant grand ses portails en fer forgé noir pour accueillir la crème du Tout-Londres. Ce jour-là, la route était engorgée par un ballet de calèches tirées par des chevaux à la robe étincelante, qui ébrouaient leurs crinières en soufflant des volutes de fumée dans l'air froid, tandis que les cochers aux visages impassibles attendaient qu'une calèche s'en aille par le portail de droite pour pouvoir franchir celui de gauche. Je me suis glissée derrière un couple bien mis et j'ai suivi le flot des attelages merveilleusement chamarrés, avec leurs armoiries familiales sur le flanc et leurs rideaux de velours aux fenêtres, me demandant combien d'entre eux arrivaient des rues voisines, et faisaient la queue pour le simple plaisir d'être vus. Ils avançaient tout droit jusqu'au bâtiment situé tout au bout de l'allée, paré de sa grande horloge, et laissaient descendre leurs passagers à l'allure fière, la perruque haute, aux mains gantées. Je me suis souvenue de ces mêmes personnes, serrées contre le mur la nuit du tirage au sort, avec leurs éventails et leurs sourires sirupeux.

Le docteur Mead m'ayant conviée à le retrouver à l'extérieur, je me suis donc postée à l'écart de l'allée pour l'attendre. La clarté de la matinée paraissait plus printanière qu'hivernale. Une rangée de jeunes arbres se dressait en bordure des pelouses et derrière la chapelle s'étendaient de vastes jardins impeccablement entretenus, et plus loin encore, des vergers. Cette fois, il y avait des enfants partout : certains de l'orphelinat, avec leur uniforme marron, et ceux, tirés à quatre épingles, qui avaient des parents. Ces riches-là, j'avais l'habitude d'en voir souvent, même sur les grandes artères de la ville, parce qu'ils aimaient se faire voir, sortant de chez le mercier, le confiseur ou des grands magasins de jouets. Mais leurs enfants ? Très rarement. Certains, pâles et potelés comme des colombes, avaient l'air de ne jamais voir la lumière du jour. Deux garçonnets qui suivaient leur mère à grandes enjambées portaient des perruques argentées comme de petits gentlemen. Leurs culottes étaient blanches comme la farine et leurs redingotes scintillaient de boutons dorés.

Une nouvelle calèche était arrivée à destination et déchargeait déjà ses passagers devant la foule amassée : une femme de haute taille en habits de soie de Spitalfields et sa fille, toute de jaune vêtue. La fillette se tenait agrippée à sa mère par les pans de sa robe. Après s'être extirpée d'un petit saut de la calèche, elle a tendu la main vers la mère, mais cette dernière s'entretenait avec le cocher et ne s'en est pas aperçue.

— Mademoiselle Bright.

Le docteur Mead se tenait derrière moi. J'ai peiné à le reconnaître ; ses cheveux blonds comme les blés étaient dissimulés sous un bicorne, et il avait troqué sa chemise aux manches retroussées pour un manteau bleu d'une grande élégance. Je l'avais vu en face à face et voilà qu'il n'était plus qu'un homme parmi les autres dans la rue. Pourtant, il m'avait repérée dans la foule.

— Allons-y ?

Il m'a offert son bras, que j'ai accepté après une hésitation. J'avais déjà remarqué des couples aisés marcher ainsi dans la rue, comme si la femme ne pouvait pas se déplacer sans soutien.

— Est-ce une chapelle ou un jardin d'agrément ? ai-je demandé.

Le docteur Mead a ri.

— Les deux à la fois, visiblement. En revanche, cette excursion coûte plus qu'un shilling, si bien qu'évidemment elle attire plus de monde.

Je me suis figée, laissant ma main glisser de son avant-bras.

— Je n'ai pas apporté d'argent.

Il a secoué la tête en souriant.

— Il y a un plateau pour la quête, et aucune obligation. Vous pouvez ne rien donner, ou donner une livre, selon vos moyens.

Nous nous sommes remis en marche, rejoignant bientôt la multitude de manchettes, de foulards et de bicornes qui convergeaient vers les portes de la chapelle.

— Qui sont ces gens ? l'ai-je interrogé.

— Des bienfaiteurs. Les administrateurs et leurs proches. Des Londoniens fortunés et d'autres venus de la campagne, du Middlesex, du Hertfordshire.

— Ils n'ont pas de chapelles dans le Middlesex et le Hertfordshire ?

J'ai remarqué une fois encore que le docteur Mead avait le sourire facile.

— Il faut croire que non.

Devant nous, une femme portait la plus haute perruque que j'aie jamais vue. Parée de tresses de velours et parsemée de rubans, la coiffure avait la couleur des branches nues des arbres et devait mesurer un pied de hauteur. Le docteur Mead et moi attirions les regards des curieux et plusieurs personnes se sont empressées de le saluer chaleureusement en mettant un point d'honneur à m'ignorer. D'autres, au contraire, fixaient avec insistance ma robe en coton qui dépassait de mon simple manteau, mais là encore, j'aurais aussi bien pu avoir une musette-mangeoire autour du cou. Personne ne croisait mon regard.

L'intérieur de la chapelle était moderne. L'édifice comptait quelques années à peine et n'avait aucun de ces plafonds démesurés ou clochers antiques qu'on voyait à St. Bride. On aurait dit davantage un théâtre qu'un lieu de culte. Au-dessus des hauts murs, les rayons du soleil entraient à flots par des vitraux grands comme trois hommes tandis qu'un balcon, soutenu par des piliers de marbre, s'enroulait sous le plafond. Les bancs n'étaient pas disposés face à la nef, mais orientés vers l'intérieur, et départagés en leur milieu par une allée qui menait à une chaire, de sorte que l'assemblée au complet devait se tourner, soit vers la droite soit vers la gauche, pour regarder le pasteur pendant son sermon. J'ai suivi le docteur Mead jusqu'aux premiers rangs et un banc situé au milieu, et il m'a fait signe de m'y engager. J'avais l'impression d'être une pièce de viande en étalage dans la vitrine du boucher. Si seulement nous avions pris place dans les derniers rangs. Pourtant le docteur Mead n'avait pas l'air de se rendre compte que nous attirions les regards, ou plutôt ne semblait-il pas saisir leur signification, et leur opposait un sourire placide. Son attitude m'inspirait une sympathie grandissante. De l'autre côté de l'allée, deux femmes surmontées d'immenses perruques me dévisageaient sans vergogne; j'ai soutenu leur regard jusqu'à ce qu'elles tournent la tête et chuchotent derrière leurs éventails. J'avais les joues brûlantes, la bouche sèche. J'aurais aimé être à la maison, en train de déguster une souris en sucre, les jambes allongées sur le tabouret pendant qu'Abe somnolait dans son fauteuil.

Le dimanche était un jour de repos – notre seul jour de repos. C'était à croire que ces gens-là passaient leur temps à se reposer, au point qu'ils finissaient par s'en lasser. Alors, pour tromper l'ennui, ils demandaient à se faire poudrer les cheveux, lacer un corset et cirer les souliers avant de se réunir sous ce toit. Au fond, cette chapelle était une galerie des glaces ; les paroissiens n'y venaient pas pour s'y croiser, mais pour s'y contempler dans le regard des autres.

Un cortège d'enfants de l'orphelinat, très élégants dans leur uniforme marron, a remonté l'allée centrale. Je savais pertinemment que Clara ne pouvait pas se trouver parmi eux, pourtant je n'ai pas pu m'empêcher de scruter leurs traits. L'air calme, le teint frais, ils n'avaient pas la mine hâve des enfants de Black and White Court, qui ressemblaient à des vieillards miniatures.

— Elliott, a soudain dit une voix grave et mélodieuse.

Devant nous, appuyé sur une canne à pommeau d'or, se tenait un homme imposant aux bajoues arrondies et coiffé d'une perruque bouclée des plus élaborées.

— Grand-père, l'a accueilli le docteur Mead d'un air ravi. Désirez-vous vous joindre à nous ?

— Je suis avec la comtesse – sa famille lui rend visite de Prusse –, mais venez donc à Great Ormond Street pour le déjeuner. Je réunis plusieurs convives.

Il avait de beaux yeux sombres qu'il posa sur moi avec bienveillance.

— Qui est votre compagne ?

— Grand-père, voici Mlle Bright. Une amie que je m'efforce d'aider. D'ailleurs, vous pourriez fort bien nous être d'un grand secours, vous aussi. Puis-je la convier à Great Ormond Street après l'office ?

Avant que je n'aie eu le temps de protester, le vieil homme avait déjà agité sa grande main bardée de bagues, comme s'il avait badigeonné ses doigts de colle avant de les plonger dans une malle au trésor.

— Les amis sont toujours les bienvenus. C'est un plaisir de faire votre connaissance, mademoiselle Bright.

Il a hoché la tête à notre intention avant de s'éloigner prestement, et de se voir coupé dans son élan quelques pas plus loin par quelque autre créature perruquée.

Dans l'espace clos de la chapelle, saturé de fragrances de poudre, de peaux, d'onguents, de sueur, de musc, de fleurs et de tabac qui se disputaient les sens, je me sentais étourdie, et une boule s'est nouée dans mon estomac.

— Avez-vous découvert quelque chose depuis la semaine dernière ? ai-je demandé au docteur Mead à voix basse.

Il a sorti de sa poche le dossier de Clara, relié par son ruban bleu.

— J'ai apporté le mémorandum, afin de le montrer aux administrateurs et de leur demander si l'un d'eux aurait souvenir de la personne qui est venue réclamer votre fille. Cela arrive si rarement, voyez-vous – environ un cas sur cent –, qu'il n'y a pas tant de femmes à nous avoir sollicités de la sorte, ce qui est bien dommage, mais pourrait bien jouer en notre faveur.

Je lui ai pris le dossier des mains. Le papier sentait la poussière et l'humidité. Du bout des doigts, j'ai suivi le tracé des seules parties du document que j'arrivais à déchiffrer : les chiffres six, deux et sept que j'ai retournés tête-bêche, comme si les mots qui les accompagnaient allaient soudain se révéler à moi.

Une autre personne s'est alors entretenue avec le docteur Mead. Si seulement nous étions allés dans une taverne ou un restaurant, chez lui ou chez moi – ici, c'était pire que sur la place publique. Je suis restée assise, mes mains nues glissées sous mes cuisses tandis que le docteur continuait à échanger des civilités avec la femme qui l'avait approché. Cette fois, il ne m'avait pas présentée et elle ne lui avait pas posé de questions. La femme était grande, le teint pâle et l'allure élégante, avec des mains nues fines et des cheveux blonds qui s'échappaient de sous son chapeau. Soudain, j'ai décelé du mouvement autour de ses jupes, dont j'ai vu émerger quelques secondes plus tard une petite fille qui s'est plantée devant moi de l'autre côté de la balustrade en bois. Elle m'a dévisagée de ses grands yeux sombres et j'ai aussitôt reconnu la fillette toute de jaune vêtue qui était descendue d'un bond de sa calèche. J'ai hésité à lui adresser la parole, pour lui dire qu'elle avait une belle robe, ou m'enquérir de son prénom, mais avant que je n'aie décidé quoi faire, sa physionomie a changé et elle a sorti un objet de sa poche d'un air furtif. Dans le creux de sa main reposait une minuscule créature des plus étranges, comme je n'en avais jamais vu de ma vie. Elle avait une tête ridée et un cou fripé par l'âge, qui sortait d'une carapace rigide aux motifs vert et marron si tarabiscotés qu'on les aurait crus peints par la fillette. Elle ressemblait à un jouet, si ce n'est que brusquement, elle a rétracté sa tête et ses quatre pattes griffues pour se recroqueviller entièrement à l'intérieur de sa jolie carapace. J'en suis restée bouche bée de stupéfaction. La fillette a rangé la petite créature dans sa poche avant d'esquisser un sourire timide à mon intention. Je n'ai pas pu m'empêcher de lui sourire en retour.

— Charlotte, venez.

Sa mère, qui n'avait pas remarqué notre échange, a posé une main ferme sur son épaule. Un rubis scintillait à son doigt.

— Quel plaisir de vous voir, madame Callard ! l'a saluée le docteur Mead.

Il m'a fallu un temps certain pour comprendre ce qu'il venait de dire. Ses paroles, épaisses comme de la soupe aux pois, sont arrivées lentement à mes oreilles, et m'agrippant l'esprit m'ont privée de l'usage de la parole. La femme et la petite fille se sont éloignées – j'ai suivi des yeux le vert et le jaune de leurs robes qui fendaient la foule, et aussi l'arrière de leurs têtes, cheveux blonds et cheveux noirs. J'ai tendu le cou pour ne pas les perdre de vue ; elles ont pris place sur un banc près de la sortie de la chapelle, derrière nous, à l'abri des regards, puis leurs visages se sont évanouis dans une marée de chapeaux et de perruques.

Dans mon émoi, j'avais laissé tomber la liasse de papiers, et le docteur Mead s'est baissé pour les ramasser.

— Nous irons chez mon grand-père après l'office – il n'habite qu'à quelques minutes à pied, sur Great Ormond Street. Il aura convié des administrateurs de l'orphelinat, bien entendu. J'ai voulu lui rendre visite hier, mais il était invité à un dîner chez quelque chirurgien de la ville. Il continue de travailler, à quatre-vingts ans ! Vous imaginez ? Un jour, je lui ai dit : « Grand-père, je ne serais pas surpris qu'à votre enterrement, quelqu'un éternue et que vous vous redressiez dans votre tombe pour lui prescrire un reconstituant. »

Le docteur Mead devisait, tout sourire, mais je ne l'écoutais pas.
— Qui était-ce ?
— Qui donc ?
— La femme à qui vous parliez à l'instant.
— Alexandra Callard ? La connaissez-vous ?
— Non. C'est sa fille ?
— Oui. Charlotte.
— Et Mme Callard... elle est mariée ?
— Veuve. Son mari est mort il y a quelques années. C'était un de mes amis.

J'ai repensé au sourire secret de la fillette, à ses yeux sombres. Ses cheveux avaient-ils des reflets ? Un chatoiement roux dans les rayons du soleil ? Ma voix n'était plus qu'un murmure, à présent :
— Comment s'appelait-il ?
— Daniel. Il avait un métier fort passionnant : il était négociant. J'ai déjà oublié dans quelle branche. Était-ce l'ivoire ? Non, mais voilà que cela me revient. En os de baleine. Ah, voici le chapelain. Avez-vous votre hymnaire ?

C'est à peine si je me souviens de l'office. Pourtant, j'ai réussi à y assister de bout en bout, quoique ce ne fût pas difficile, au fond. Dans mon état de sidération, les sermons et les hymnes ont glissé sur moi. Trois heures durant, je n'ai réussi qu'à ressasser inlassablement trois idées : Daniel était marié. Cette femme était son épouse. La fillette avec elle était ma fille. L'âge et la taille coïncidaient, tout comme ses yeux noir de jais et ses cheveux si semblables aux miens. Sa mère était blonde et plus âgée que moi. Voire plus âgée que Daniel, qui devait avoir vingt-cinq ou vingt-six ans à l'époque, même si des années s'étaient écoulées depuis. Elle avait appelé sa fille Charlotte.

À un moment donné, j'ai vaguement senti la main du docteur Mead sur mon bras, et les gens autour de moi qui se pressaient vers la sortie. S'il m'a adressé la parole, je n'ai rien entendu ; les sons me parvenaient étouffés, dans un bourdonnement qui saturait mes oreilles. J'avais les bras et les jambes alourdis, les gestes ralentis. J'avais la sensation d'être prise dans la glace, comme ce chien mort dans la rivière Fleet.

— Mademoiselle Bright ?

D'après son dossier, Clara m'avait été remise le lendemain du jour où je l'avais confiée à l'orphelinat. Peut-être Charlotte était-elle effectivement la fille d'Alexandra Callard, peut-être avions-nous eu nos filles au même moment. Mais Daniel avait la peau claire, comme sa femme ; les cheveux couleur sable, les yeux clairs. À Black and White Court, il y avait une fratrie de rouquins, et parmi eux un seul enfant qui se démarquait du lot comme un corbeau parmi les colombes, avec sa peau marron et sa moue boudeuse. On disait que son père le battait.

— Mademoiselle Bright ?

Petit à petit, la chapelle s'est vidée. Bientôt, il n'est plus resté que quelques femmes qui devisaient en agitant leurs perruques, et un groupe d'hommes plantés là comme des paons peints, occupés à caqueter autour du grand-père du docteur Mead. Les enfants avaient disparu.

— Mademoiselle Bright !

Je suis sortie de ma torpeur. Le docteur Mead me dévisageait d'un regard inquiet.

— Êtes-vous souffrante ?

Je me suis redressée d'un bond si violent que j'ai failli me heurter à lui. J'ai jeté des regards alentour, me suis contorsionnée pour discerner tous les bancs et chaque recoin de la chapelle, ai tendu le cou vers le balcon, puis soudain, je suis passée devant lui en coup de vent pour regagner précipitamment les portes, une main plaquée sur mon bonnet au sommet de ma tête et l'autre serrée sur l'encolure de ma cape.

Sur le parvis tremblotaient des étoffes bleues, rouges et blanches ; des manteaux anthracite, des chapeaux noirs et partout des chevelures grisonnantes, mais pas de vert ni de jaune. J'ai joué des coudes entre les paroissiens qui s'étaient rassemblés par petites grappes dans les rayons de soleil faiblards, sentant ma gorge se nouer. Les calèches avaient commencé à passer prendre leurs propriétaires et du coin de l'œil j'ai vu un éclair jaune disparaître par une portière, suivi d'un petit pied chaussé d'un bas et d'un escarpin noir. Un cocher en livrée a fermé la portière puis s'est rassis sur sa banquette. Tandis qu'il rangeait sa queue-de-pie et qu'il empoignait les rênes, je me suis précipitée vers la calèche. Je n'étais plus qu'à une vingtaine de pas quand j'ai senti une main se refermer sur mon avant-bras.

— Mademoiselle Bright.

Le docteur avait les joues rosies.

— Où allez-vous ?

Le souffle saccadé qui sortait de sa bouche a embué l'air entre nous. Il avait dû courir pour me rattraper. Je devais avoir l'air d'une folle. Or je ne pouvais pas me le permettre devant un médecin. Je voyais bien que son visage habituellement si enjoué s'était assombri et qu'il attendait une explication de ma part.

— Je ne me sens pas très bien. J'avais besoin de prendre l'air.

— Dans ce cas, je vais vous conduire chez moi ; j'habite à quelques rues d'ici. C'est une affaire de cinq minutes à pied, sinon je peux aussi appeler la calèche.

— Non, je vous remercie. Je ferais mieux de rentrer chez moi. Vous voudrez bien m'excuser auprès de votre grand-père.

Sans autre forme de cérémonie, j'ai tourné les talons et me suis éloignée d'un pas vif. La calèche de Mme Callard approchait déjà des grilles de la propriété ; j'allais devoir faire vite si je voulais les revoir, toutes les deux. Malgré les têtes qui se tournaient brusquement sur mon passage pour me suivre des yeux, je me suis faufilée dans l'allée en laissant les regards curieux rebondir sur moi tels des grêlons.

Une fois passé les grilles, sur deux cents toises, la voie carrossable déroulait son ruban rectiligne à travers des prés peuplés de vaches qui levaient la tête au passage du cortège de calèches. Arrivé au bout de la route, l'attelage a tourné à droite, plein ouest, en direction de Bloomsbury. Sans le perdre de vue, j'ai poursuivi dans son sillage sur le bas-côté de la route, en faisant attention de ne pas marcher dans le crottin, comme l'aurait fait n'importe quelle passante au sortir de l'église par un beau dimanche d'hiver. Si mon pas était déterminé, j'avais l'impression au plus profond de moi que j'allais exploser d'un moment à l'autre. Je me suis appliquée à mettre un pied devant l'autre et à empêcher ma cape de glisser autour de mon cou, tout en suivant l'itinéraire de la calèche d'un noir rutilant qui se frayait un passage dans la circulation dominicale. Au bout de quelques minutes, l'attelage a ralenti pour bifurquer à gauche dans une rue de maisons de ville mitoyennes serrées les unes contre les autres, si identiques qu'elles en donnaient le vertige. J'avais le tournis, la bouche sèche à la seule idée que ma fille se tenait à quelques enjambées à peine de moi, vêtue d'une robe en soie de la couleur du soleil, accompagnée d'une étrange créature dissimulée au fond de sa poche. Elle me l'avait montrée en secret, dans le creux de sa main, et elle m'avait souri.

La calèche s'est immobilisée. À peine nous étions-nous éloignées de deux rues de l'orphelinat. Je suis restée un instant à cligner des yeux bêtement, comme une souris sur un plateau, avant de me ressaisir et d'aller me réfugier contre une rampe en fer forgé noir de l'autre côté de la rue. J'ai resserré ma cape autour de ma poitrine et remonté mon bonnet pour dégager mon visage. Le cocher a sauté à terre d'un mouvement leste. Derrière lui se dressait une bâtisse de trois étages. Une volée de marches menait à une imposante porte d'entrée peinte en noir. La maison mitoyenne était flanquée de part et d'autre d'habitations qui se dressaient côte à côte tels des soldats au garde-à-vous, si semblables les unes aux autres que si je détachais ne serait-ce qu'un instant les yeux de cette façade, je risquais de ne jamais pouvoir la retrouver. J'ai cherché un signe distinctif. Au premier étage, les volets étaient rouges et au rez-de-chaussée le heurtoir en laiton avait un drôle d'aspect. Les yeux plissés, je me suis avancée aussi près que possible. Le heurtoir était en forme de baleine.

Soudain, l'étoffe d'une robe verte est apparue, et avec elle la femme qui la portait. Elle avait tourné la tête, si bien que je n'ai pu apercevoir que sa chevelure dorée relevée sous son chapeau. Je m'étais mise à trembler de tout mon corps et mes jambes menaçaient de se dérober sous moi. Deux petits souliers ont surgi, suivis de l'ourlet d'une robe jaune. Ses petites mains ont relevé ses jupes, de nouveau elle a fait un petit bond, et pour ne l'avoir vu qu'une fois, ce sautillement m'était si familier que j'ai senti mon cœur se serrer. La femme avait déjà tourné les talons pour s'engouffrer dans la maison sans un regard derrière elle ; sans tendre la main à sa fille.

Ma fille.

La fillette a sautillé sur le seuil de la porte, me laissant découvrir la courbe laiteuse de sa nuque et les anglaises qui tombaient de sous sa coiffe. Elle a jeté un petit coup d'œil rapide des deux côtés de la rue, comme si elle voulait emporter l'image de cette matinée d'hiver éclatante, et puis brusquement la porte noire s'est rouverte, et elle a disparu derrière la femme à l'intérieur de la maison. Je me suis laissée aller contre la rambarde, m'y suis agrippée à tâtons, tandis que sous mes yeux, dans un éclair de vernis sombre, la porte s'est fermée avec un bruit mat et que devant moi la bâtisse a scintillé dans le silence.

DEUXIÈME PARTIE

ALEXANDRA

Chapitre 7

Chaque jour, à trois heures de l'après-midi, je prenais le thé au salon en compagnie de mes parents. Avant cela, j'avais pour habitude de m'installer dans le petit salon à l'arrière de la maison, et quand l'étroite trotteuse en or de la pendule de cheminée indiquait quinze minutes avant l'heure, je repliais mon journal et le posais sur la table à côté de mon fauteuil. J'y trouvais une coupelle d'eau et un mouchoir pour nettoyer l'encre qui m'avait taché les doigts. Je m'y employais méticuleusement, en prenant soin de retirer mes bagues et de laver un doigt après l'autre, dont je frottais l'ongle jusqu'à ce qu'il brille, tout en guettant le bruit des pas d'Agnes dans l'escalier et le cliquetis du service à thé. Une minute avant trois heures, j'examinais mon reflet dans le miroir entre les deux fenêtres, je recoiffais mes cheveux, époussetais mes jupes et lissais les pans froissés des manches de ma veste en les pinçant entre le pouce et l'index. Après quoi je traversais le palier et entrais.

Le salon surplombait Devonshire Street et les maisons mitoyennes qui renvoyaient leur image de l'autre côté de la rue comme par un jeu de miroirs. Depuis chaque fenêtre, à l'avant comme à l'arrière, on voyait encore et toujours des maisons, toutes identiques à la nôtre – trois étages, deux fenêtres par niveau et une au rez-de-chaussée à côté de la porte – et si proches les unes des autres que le jour où nous avions emménagé, j'avais pu apercevoir un broc en faïence de Delft sur le lave-mains dans la maison d'en face, habitée par un couple et leurs trois enfants. À en juger par les habits du mari et ses horaires de travail, il devait être avocat ou médecin. Le couple était très sociable, et recevait toutes sortes de convives à sa table, usant jusqu'à cinq ou six jeux de chandelles, et s'attardant parfois après le déjeuner, jusqu'à ce qu'on serve le dîner à dix ou onze heures du soir. Au début, la sensation était étrange, comme si nous vivions tous sous des loupes. Mais je m'étais rapidement habituée à la situation, allant jusqu'à trouver du réconfort dans cette proximité et l'intimité factice qu'elle créait. Je ne connaissais pas mes voisins, néanmoins je les observais et sans nul doute m'observaient-ils, eux aussi.

La maison du numéro 13 Devonshire Street appartenait à mon père. La rue était tout juste assez large pour que deux petites calèches s'y croisent, ce qu'elles faisaient très cérémonieusement, chaque cocher affichant un comportement farouchement territorial. Aux deux extrémités de notre rue se découpaient de belles places de grande superficie, agrémentées de jeunes platanes et de larges pelouses autour desquelles s'élevaient les maisons qui se regardaient tels des convives à table. Bien évidemment, il ne m'avait été donné d'en voir qu'une, mais j'avais étudié l'autre sur la carte de M. Rocque. J'habitais aux confins de Londres, là où la ville cédait le pas à la campagne. Depuis Devonshire Street, la ville s'étendait par le sud, l'est et l'ouest, tandis qu'au nord, les façades de briques et les rues s'effaçaient devant les prés et les champs. Au début, Daniel n'avait pas apprécié d'habiter une maison de ville, et nous comparait à des chevaux enfermés qui se toisaient depuis leurs écuries respectives. Je lui avais rappelé que s'il désirait travailler comme négociant, il se devait de demeurer à Londres. Petit à petit, la vie citadine l'avait séduit, ses affaires avaient prospéré et, au bout d'une année, il avait déclaré qu'il préférait être négociant à vie que marquis.

À mon entrée dans la pièce, Agnes était occupée à disposer le service à thé. J'embrassai mes parents et pris ma place habituelle en face d'eux à côté de la fenêtre. Comme nous étions en hiver, la pièce était plongée dans la pénombre, et la nuit ne tarderait pas à tomber – nos visages étaient déjà à demi plongés dans le noir. J'embrasai un fin morceau de bois au feu de la cheminée, dont je me servis pour allumer les lampes avant de le jeter dans l'âtre.

— Les allumeurs de réverbères seront bientôt désœuvrés, commentai-je. Les nuits raccourcissent, à raison de deux minutes par jour.

La lueur des flammes adoucissait le regard de mon père et rajeunissait de quelques années les traits nacrés de ma mère. Je versai trois tasses ; ajoutai du sucre pour mon père et moi-même ; ma mère, se plaignant qu'il faisait mal aux dents, s'abstenait. Fort heureusement, je n'avais plus une seule trace d'encre sur les doigts – mes parents n'appréciaient pas que je lise les journaux, même si mon père se tenait toujours au fait des nouvelles maritimes. Je les parcourais d'ailleurs pour avoir un sujet de conversation. Petite fille, je m'asseyais sur ses genoux, en chemise de nuit. Alors, les paupières plissées à la lueur des bougies, il lisait à voix haute les petites annonces de l'*Evening Post* susceptibles de me captiver. C'est ainsi que j'avais appris à lire : tandis que sa vue se détériorait, la mienne devint utile, et je sus reconnaître les mots « expédition », « assurance » et « spéculation » quand d'autres enfants apprenaient « chat », « pomme » et « garçon ». À une ou deux occasions, Charlotte et moi nous étions livrées au même exercice, mais elle s'était rapidement lassée des mots sans fin et de l'aridité des bulletins. Agnes racontait les histoires bien mieux que moi et, le plus souvent, Charlotte s'installait dans la cuisine à côté de l'âtre, le chat sur ses genoux et un biscuit à la main, tandis qu'Agnes étalait la pâte et tissait des contes. Il m'arrivait de me poster derrière la porte pour les écouter, moi aussi.

— Avez-vous entendu parler du nouveau pont à Blackfriars ? les interrogeai-je. Avons-nous réellement besoin de trois ponts sur le fleuve ? Un seul suffit amplement, il me semble.

Ma mère continuait à sourire placidement ; mon père ne s'était pas départi de son air affable. J'étais à présent plus âgée qu'eux, à l'époque. Quelle pensée étrange ! Nous passâmes ainsi une demi-heure à deviser de choses et d'autres, et une fois ma tasse de thé vide, je refermai le sucrier et mouchai les lampes, car le salon ne servirait plus jusqu'au lendemain à la même heure. Avant de quitter la pièce, j'astiquai leurs cadres avec le mouchoir que j'avais glissé dans ma manche : mon père, d'abord, dans l'alcôve à gauche de la cheminée, puis ma mère à droite.

Quand je refermai la porte sans faire de bruit, Charlotte se tenait sur le palier. Je l'entendais rarement se mouvoir de son pas léger qu'absorbaient les tapis, et elle me faisait souvent sursauter, ce qui m'amenait à la réprimander.

— À qui parliez-vous ? m'interrogea-t-elle comme à son habitude.

— À personne, répliquai-je comme il se devait.

Parfois, elle pénétrait dans la pièce à ma suite pour en avoir le cœur net et je la regardais s'accroupir pour jeter un œil sous le buffet et derrière les rideaux, allant jusqu'à s'aventurer sur le manteau de la cheminée. Elle était animée d'une curiosité sans bornes, qui congestionnait l'intérieur, comprimait les carreaux et déferlait dans les chambres, s'immisçait dans les coins et les fissures, dans les tiroirs et les placards. Un jour, la maison finirait par déborder. Un jour viendrait où tout ce que j'achetais afin de la divertir – les instruments de musique, les animaux domestiques, les livres, les poupées, mais aussi sa sortie hebdomadaire (cinq minutes dans la calèche, une heure dans la chapelle, puis cinq minutes pour rentrer à la maison) – n'y suffirait plus. Je savais qu'elle finirait par avoir envie de sentir les rayons du soleil sur son visage et de se promener dans un parc au milieu de la foule comme une personne ordinaire, et je redoutais cet instant. Pour l'heure, elle savait que la prudence nous dictait de vivre ainsi.

Je m'appliquai à passer en revue dans ma tête toutes les serrures de la maison, en les comptant sur mes doigts.

Il y avait trois portes – la porte d'entrée, celle de la cuisine et celle de l'escalier de la cave – et seize fenêtres, fermées en toutes circonstances. Si ma modeste maison de ville n'avait rien d'un palais, elle comportait tout de même deux pièces au minimum à chaque étage – la cuisine et l'arrière-cuisine avec les garde-manger et la réserve à la cave ; la salle à manger et ce qui était autrefois l'étude de Daniel au rez-de-chaussée ; mon boudoir et le salon de réception au premier étage ; et toutes les chambres au-dessus, celle de Charlotte située en face de la mienne. Quant à ma servante Agnes et Maria, la cuisinière-gouvernante, elles logeaient dans la mansarde. En lieu de jardin, nous avions une petite cour fermée par un mur de pierres d'environ une toise, sur lequel Agnes étendait le linge. Maria réceptionnait les livraisons dans l'allée étroite qui débouchait sur un passage du côté du numéro 10. Le bout de l'allée donnait sur l'arrière des maisons côté Gloucester Street, toutes identiques à la mienne, si ce n'est pour leurs dépendances et leurs façades. D'après ma sœur Ambrosia, je serais mieux à la campagne, dans une maison au bout d'une longue allée ceinte par un portail. Mais elle n'avait aucun souvenir de notre vie d'avant. Elle n'avait pas connu les nuits éveillées passées à écouter le grondement du vent qui martelait les fenêtres. La maison que nous habitions dans le Peak District donnait le sentiment d'être aux confins du monde. Les nuits y étaient si opaques qu'on avait l'impression de pouvoir toucher l'obscurité. Le silence qui régnait sur tout y était troublant. Londres n'avait rien de tout cela. Et cela me convenait parfaitement.

Le coup au heurtoir résonna dans toute la maison et Agnes remonta de la cave à pas lourds pour aller ouvrir la porte, tandis que je me retirais discrètement dans la courbe de l'escalier. Ambrosia fit alors son entrée en s'annonçant d'une voix forte, dégoulinant d'eau de pluie dans le vestibule, un courant d'air froid dans son sillage. Cette nuit-là, il faisait un temps affreux et comme ma sœur m'avait déjà rendu visite deux jours auparavant, je ne l'attendais pas de sitôt. En règle générale, elle passait chez moi une fois par semaine, parfois en compagnie de ses enfants, le plus souvent de son chien. Ce soir, elle s'était déplacée seule, obscurité et météo obligeant. Je redoublai de surprise en découvrant son accoutrement.

— Mais qu'est-ce que tu t'es mis sur le dos ?

Ma sœur était ce que les gazettes appelaient une beauté. Elle était bien en chair et tout chez elle débordait, comme le champagne d'une coupe : sa poitrine, son rire. Elle parlait fort comme une poissonnière, fumait comme un matelot et buvait plus que n'importe quel homme. À trente-trois ans, alors qu'on dit les meilleures années d'une femme déjà derrière elle, ma sœur était plus éblouissante que jamais. Son époux George Campbell-Clarke et elle formaient le couple le plus narcissique et dépensier qu'on ait jamais vu. Ils ne se refusaient rien et je leur étais très attachée. Ils habitaient une grande maison à St. James's Square, même s'ils passaient le plus clair de leur temps dans les salons et les salles de fêtes si prisées du Tout-Londres, ne rentrant parfois chez eux qu'à six ou sept heures du matin, quand ils se trouvaient nez à nez avec leurs domestiques dans l'escalier.

Ambrosia retira sa coiffe en mousseline et l'essora sur les dalles de pierre.

— Agnes, j'ai bien peur qu'il ne faille l'essoreuse à rouleaux, annonça-t-elle de sa voix chantante.

— Ton manteau… commençai-je.

— C'est celui de George, oui. Il fait un temps atroce et je ne voulais pas abîmer mes affaires.

Elle portait un long vêtement pour homme de teinte anthracite, en étoffe raffinée et épaisse qui convenait parfaitement à une averse d'hiver, mais lui donnait des allures de cheval de trait.

— Mais on aurait pu te voir. Habillée des vêtements de ton mari !

— Qui veux-tu ? me taquina Ambrosia. Je peux t'assurer que la berline que j'ai louée était très discrète.

Je haussai un sourcil. Ambrosia avait pour habitude de prendre des amants, ce qui ne manquait pas à l'occasion de la mettre dans l'embarras – non pas à cause de George, qui était tout aussi adultère qu'elle, mais à cause des épouses et maîtresses de ses amants. Elle adorait prendre place dans mon salon et me divertir de ses aventures – y compris en présence de ses enfants. Ses deux fils et deux filles étaient des petites choses au teint blême, sans intérêt, qui tenaient plus de moi que de leur mère. Un seul de ses exploits pouvait me réjouir une semaine durant, et quand elle s'en allait, j'étais toujours étonnée de ne pas retrouver des cigares fumant dans un cendrier, ou une paire de bas traînant sur un meuble. J'avais entendu parler des bals et soirées qui se donnaient dans les belles demeures de Grosvenor Square et Cavendish Square ; pourtant ces lieux m'étaient aussi mystérieux que Nazareth et Jérusalem, quand bien même ils existaient de toutes pièces dans ma tête, et bien entendu sur les plans de M. Rocque. Il fut un temps lointain où il m'avait été donné de voir le monde, et je me souvenais parfaitement des immenses tapis et des tentures de brocart, mais aussi des plateaux d'argent qui circulaient sous les lustres étincelants, le rugissement des hommes à l'haleine fétide et les femmes poudrées, la lèvre supérieure humectée de sueur, des auréoles de transpiration sous les aisselles. J'en avais vu assez pour toute une vie.

— Que fais-tu ici ?

Ignorant ma question, Ambrosia s'adressa à Agnes, qui se débattait avec l'imposant manteau.

— Si je me trouvais nez à nez avec un crumpet chaud dégoulinant de beurre accompagné d'un verre de sherry, je ne vous en voudrais pas.

— Bien, madame, répondit l'intéressée avec un grand sourire.

Ambrosia était très appréciée des domestiques de Devonshire Street – le loup dans la bergerie – car elle leur apportait l'enchantement d'un véritable spectacle ambulant.

— Je m'en vais accrocher ça devant le feu de la cuisine pour vous, madame, pour que ça sèche.

— Tu es un ange. Oh, et occupe-toi de ça, veux-tu ? Même si c'est irrécupérable, à mon avis.

Elle tendit à Agnes la coiffe dégoulinante d'eau de pluie qui, retirée de sa tête, avait toute l'élégance d'une serpillière. Sous le manteau de George, Ambrosia avait revêtu comme à son habitude un ensemble splendide : une robe sac d'un gris pâle avec des jupes violettes, couleur nuage d'orage.

Nous gravîmes les marches jusqu'à mon salon, où les lampes et la cheminée étaient allumées. Le *London Chronicle* était plié sur la table à côté de la coupelle qui m'avait permis de me rincer les mains, et Ambrosia examina l'agencement avec un petit sourire amusé. Puis elle alla se regarder dans le miroir.

— Oh! là, là! lança-t-elle à son reflet. Regarde-moi cette muse !

Par les nuits d'hiver, le salon était mon lieu de prédilection. Avec les rideaux tirés et le feu allumé, la pièce était douillette comme un nid. Agnes vint déposer une assiette de crumpets beurrés et du sherry dans une carafe en cristal, que je m'empressai de servir. Ambrosia dégusta ses petites crêpes avec un plaisir évident, en essuyant le beurre qui lui dégoulinait sur le menton. Mon père s'était passionné pour les classiques et, en grec, le prénom de ma sœur signifiait « nourriture des dieux ». Et en effet, l'attitude de ma sœur n'était pas sans évoquer quelque déesse antique. En la regardant se prélasser, les pieds surélevés sur un tabouret, un verre de sherry à la main, on n'avait aucune peine à se figurer une grappe de raisins à la place de son verre, un nuage en guise de fauteuil et un carré de tissu pour préserver sa pudeur, dont elle était au demeurant dépourvue. Je m'interrogeais sur l'intention de nos parents, à affubler un bébé d'un prénom d'une telle sensualité – ce qui aurait pu n'être qu'une ironie flagrante se révéla une prophétie.

— Pas de chien, aujourd'hui ? demandai-je.

— Les enfants étaient occupés à le déguiser avec les habits du bébé, alors je les ai laissés s'amuser.

— J'imagine que tu n'as pas fait le trajet depuis St. James's pour manger des crumpets ?

— Non, certes. Je suis venue te prévenir que nous partons demain à la campagne, George et moi, avec les enfants. George s'est mis dans une posture plutôt compromettante, dirions-nous, et il est nécessaire que nous ménagions notre sortie le temps d'une ou deux saisons.

Je la regardai fixement tandis qu'elle se léchait les doigts.

— Une posture compromettante du genre financier ou charnel ?

— Charnel. Une sombre affaire de fille de vicomte et de malentendu sur l'âge, entraînant les foudres dudit vicomte, qui n'a rien trouvé de mieux que de défier George en duel. Quoi qu'il en soit, la fille va être envoyée sur le continent et sera de retour avant la Pentecôte.

Ambrosia traitait George et ses infidélités comme ses enfants quand ils brisaient un vase. N'importe quelle autre réaction de sa part aurait confiné à l'hypocrisie.

— Combien de temps serez-vous absents ? demandai-je en tentant de cacher ma déception.

— Quelques mois, je suppose. J'ai dit à George que ce n'était pas indispensable et que dans une semaine, tout le monde aurait oublié, sauf qu'il s'est découvert une passion pour les courses de chevaux et qu'il veut en profiter pour en voir deux dans le Nord-Est, dit-elle avec un soupir. J'aimerais autant rester à Londres, mais hélas, je suis son épouse. Tu comprends ?

— Le Nord-Est ? répétai-je, la gorge nouée. Jusqu'où, au nord ?

— Durham, il me semble, ou Doncaster. Il m'a peut-être parlé d'un autre endroit, mais je ne retiens jamais les noms de régions.

Je sortis de ma bibliothèque le recueil de cartes correspondant.

— Doncaster est dans le Yorkshire et Durham est plus au nord. Vous allez donc séjourner dans deux comtés ?

Elle agita la main d'un geste dédaigneux tout en se léchant les doigts de l'autre.

— Je ne sais pas trop. Les crumpets de Maria sont absolument divins ; je vais finir par te voler ta cuisinière.

— Tu voudras bien me le dire avant de partir, pour que je puisse suivre ton voyage ?

— Oui, bien sûr. Je t'enverrai un message et je t'écrirai une lettre quand nous arriverons sur place.

Elle sourit comme si cela réglait l'affaire.

— Et les étapes en cours de route ?

— Ce n'est pas toujours évident de savoir à l'avance…

Après un regard, Ambrosia hocha la tête.

— D'accord, les étapes en cours de route.

J'ouvris les pages écornées de mon recueil de cartes à la ville de Skipton.

— Tu seras vraisemblablement sur la route entre une semaine et dix nuits, chargée avec tous tes bagages. Quel est l'état des routes tout au nord à cette époque de l'année ?

— Il s'est grandement amélioré.

— La neige pourrait bien ralentir ta progression. Et le verglas est un vrai fléau.

— Je sais, ma chérie.

— Je me demande si la malle-poste pour le Nord-Est part de l'auberge-relais Bull and Mouth à St. Martin's

Le Grand. C'est de là qu'est expédié le courrier pour Édimbourg et York, il me semble. Doncaster est peut-être sur la même route.

— Je vais tâcher de le savoir.

Notre conversation fut soudainement interrompue par un bruit à la porte.

— Est-ce une petite souris que j'entends renifler derrière la plinthe ? s'exclama Ambrosia en souriant.

Charlotte se tenait dans l'embrasure de la porte, une boucle de cheveux entortillée à son doigt, un sourire timide aux lèvres, mue sans doute par l'espoir que ses cousins étaient venus jouer avec elle.

— Oh, c'est toi ! J'avais tout faux. J'ai cru entendre une toute petite créature débusquer un bout de fromage. Viens donc m'embrasser.

L'annonce d'Ambrosia avait déclenché chez moi une tempête d'anxiété. D'un geste machinal, je posai le doigt quelque part aux alentours de West Riding.

— Charlotte, pourquoi n'êtes-vous pas en tenue de nuit ?

Elle hésita un instant sur le seuil. Il y eut un silence, qu'Ambrosia balaya d'un clin d'œil à l'intention de Charlotte.

— Il est l'heure de se coucher pour les petites souris.

Charlotte lui sourit, et je la sommai de fermer la porte derrière elle. Elle me jeta un coup d'œil, puis après un regard plus affectueux à Ambrosia, elle obtempéra. Quelques secondes plus tard, je l'entendis gravir l'escalier en courant.

Je poussai un soupir. J'avais perdu le fil de notre conversation.

— Où en étions-nous ? Ah, oui, le Yorkshire.

— Je monterai l'embrasser avant de partir, me coupa Ambrosia avant de se mettre à l'aise dans son fauteuil.

J'allai chercher une plume, de l'encre et du papier, puis m'installai à l'écritoire devant la fenêtre. La petite table, qui avait appartenu à notre mère, était criblée de petits trous où la plume avait mordu le bois.

— Alors, penses-tu faire une halte d'abord à Stevenage ou plutôt pousser jusqu'à Cambridge ?

Les jours suivants se déroulèrent sans incident notable, exception faite d'un imbroglio avec le garçon boucher, qui nous valut de réceptionner la pièce de mouton destinée aux voisins et de la faire cuire avant de nous aviser de la méprise. Ma sœur prit en calèche la route du nord avec sa famille, me laissant avec ma solitude et la promesse de m'écrire. En l'absence d'Ambrosia et de ses visites hebdomadaires, les mois à Londres allaient s'éterniser. Une fois passé l'exubérance de Noël et le printemps encore loin, une période de monotonie m'attendait, une parenthèse d'hibernation annonciatrice de renouveau, pendant laquelle il convenait de reprendre de bonnes habitudes, de tourner les matelas et de réparer les perruques.

Le jour qui suivit le départ d'Ambrosia, il se mit à neiger. Ce premier soir, je contemplai le spectacle depuis les hautes fenêtres du salon, en compagnie de ma mère et mon père dans leurs cadres et d'un verre de sherry, les lampes éteintes pour mieux voir les flocons atterrir en douceur à la lueur de la lune et tisser une grande couverture blanche. Après avoir vérifié toutes les portes et les fenêtres, je montai dire bonne nuit à Charlotte, que je trouvai occupée à la même chose – assise à la fenêtre de sa chambre, elle contemplait la rue silencieuse en contrebas. Ses cheveux sombres tombaient par vagues dans son dos et elle avait enroulé les bras autour de ses genoux. Je l'observai un instant, sa silhouette se détachant sur le rectangle de ciel nocturne, avant de remarquer qu'elle ne portait rien d'autre que sa chemise de nuit.

— Charlotte, éloignez-vous de la fenêtre et allez au lit. Vous allez attraper la mort.

Attraper la mort. Quelle expression ridicule, comme s'il s'agissait d'une balle qu'on saisissait en plein vol. Ma mère, mon père et Daniel, tous l'avaient attrapée, et voilà qu'elle était de nouveau en suspens dans les airs, prête à tomber entre de nouvelles mains sans crier gare. Il ne me restait plus que deux personnes au monde. Si je pouvais garder Charlotte près de moi, Ambrosia n'avait rien d'une perruche qui se satisfait de pépier dans une cage, aussi grandiose et dorée fût-elle. Ambrosia était une tigresse, ou peut-être un éléphant drôle. Je souris par-devers moi avant de regagner ma chambre de l'autre côté de l'étroit palier et de me préparer pour la nuit.

Chapitre 8

La neige ne tarda pas à fondre, si bien que le dimanche matin, on aurait cru Devonshire Street badigeonnée d'une épaisse couche de graisse d'oie. Je passai la matinée à m'inquiéter de ce que notre attelage allait s'y embourber, avant de me résigner à annuler notre sortie à l'église. Aussi, en voyant la voiture à cheval que je louais une fois par semaine s'arrêter devant notre porte, en fus-je contrariée. Encore plus lorsque Charlotte descendit l'escalier vêtue d'une simple cape en hermine et d'un canotier en paille des plus incongrus. Je la réprimandai avec colère :

— Charlotte, nous sommes en plein mois de février. Nous ne sortons pas pique-niquer à Lamb's Conduit Fields.

Elle me fixa de ses grands yeux écarquillés d'incompréhension : elle n'avait jamais mis les pieds dans ce quartier de la ville. Je poussai un soupir.

— Retirez ce canotier et dépêchez-vous d'aller trouver un bonnet digne de ce nom. Le bleu, celui avec le large bord. Allez !

Elle détala aussitôt et remonta l'escalier d'un pas lourd. Restée seule dans le vestibule silencieux, je nouai ma cape à mon cou de mes doigts tremblants, tout en faisant de mon mieux pour faire fi de mon envie irrépressible de retourner vérifier la porte de la cuisine. Charlotte ne redescendrait pas avant une ou deux minutes, ce qui laissait amplement le temps à mon anxiété de tarauder ma conscience comme une mouche intempestive. Je décidai donc de gagner précipitamment l'escalier à l'arrière de la maison, où je m'engouffrai vers le sous-sol. Arrivée en bas des marches, je trouvai Maria occupée à brosser des navets sur la table en bois. Elle était en grande conversation avec Agnes, qui repassait à côté du fourneau, une main emmitouflée dans du tissu. Une bouilloire frémissait sur un dessous-de-plat. La cuisine était la seule pièce où mon autorité n'avait pas droit de cité. J'ignorais tout du rangement des plats à l'intérieur des hauts buffets, comme de l'horaire de passage de la laitière. Cet espace avait les allures d'un petit commerce au sein duquel je ne jouais aucun rôle, exception faite, une fois par semaine, quand Maria me montrait les factures et que je m'en acquittais.

Arrivée à la porte du fond, je tirai la poignée : le battant s'ouvrit sur la froidure matinale. Instantanément, Maria et Agnes se turent. Je restai un instant sans bouger, la main sur le bouton de porte, un sifflement dans mes oreilles, tandis que mon cœur battait à se rompre, avant de me retourner vers elles avec lenteur. Le fer à repasser émit un chuintement au contact de l'étoffe épinglée sur la table et c'est Maria qui la première brisa le silence.

— Je suis désolée, madame. J'ai jeté l'eau des navets dans la cour. Je m'apprêtais à fermer à double tour.

La clé dépassait de la serrure. Je la retirai et la brandis du bout des doigts.

— N'importe qui aurait pu entrer pendant que vous aviez le dos tourné, faire un double de cette clé, puis revenir en pleine nuit pendant que nous dormions à poings fermés.

Malgré ma fureur, je parlai d'un ton mesuré. J'insérai la clé en laiton, de la longueur de mon index, dans la serrure et la fis jouer une, deux, trois fois en éprouvant avec satisfaction la mécanique des rouages. Puis j'empochai la clé. Agnes et Maria, bouche bée, me suivaient des yeux d'un air contrit.

— La clé part avec moi à l'église.

— Madame, protesta Maria, nous avons besoin d'utiliser le…

— Et moi j'ai besoin de vous faire confiance, l'interrompis-je en lui lançant un regard noir. Vous ne me facilitez pas la tâche.

Un silence terrible s'ensuivit. Je jetai un œil aux navets sur la table, au couteau posé contre. À ma gauche, le fer à repasser grésillait doucement à côté d'une pile de linge. À bien y regarder, il se trouvait partout des armes. Ce seul constat me donnait l'impression d'être avilie, et une fois encore je me surpris à vouloir frotter mon esprit entier à la soude caustique pour faire disparaître la souillure de ma mémoire. Sans un mot, je quittai la cuisine pour retourner auprès de Charlotte, qui m'attendait dans le vestibule. Nous descendîmes les marches du perron d'un pas prudent pour regagner l'attelage. Pour la première fois en une semaine, je humai l'air extérieur. La neige l'avait refroidi, et il ne tarda pas à s'engouffrer par mon encolure et à trouver l'interstice entre mes gants et les manches de mon vêtement. Charlotte se hissa dans la calèche en retenant son bonnet bleu d'une main, et je lui emboîtai le pas. Henry referma la portière derrière nous et ce n'est qu'une fois qu'elle fut verrouillée à double tour et le petit rideau tiré que je m'autorisai à respirer. Charlotte écarta le voilage de l'autre côté de l'attelage, jetant un coup d'œil à un groupe de jeunes femmes – des servantes en simple manteau marron – qui cheminaient avec entrain malgré le froid.

— Où vont-elles, à votre avis ?

— Charlotte, la tançai-je, et elle referma le rideau.

C'est en silence que nous parcourûmes le court trajet qui nous séparait de la chapelle. Je sentis l'attelage tourner à droite comme à l'accoutumée pour emprunter Great Ormond Street, puis à gauche à l'extrémité de Red Lyon Street, avant de mettre le cap sur les grilles de l'hôpital des Enfants-Trouvés. Arrivé à destination, Henry nous aida à descendre, et nous restâmes un moment à cligner des yeux dans la lumière éclatante. À cette époque de l'année, les paroissiens ne s'attardaient pas en bavardages devant la chapelle et Charlotte et moi-même eûmes tôt fait d'emboîter le pas à un couple de personnes âgées qui traversaient la cour arc-boutées contre la bise. Le chapeau de Charlotte s'envola avant qu'elle n'eût atteint les portes, et elle se précipita pour le ramasser, les mains tendues au ras du sol jusqu'à ce qu'une vigoureuse rafale le soulève et le plaque sur la poitrine du docteur Mead. Il le saisit des deux mains en riant et le rendit à sa propriétaire avant de retirer son propre couvre-chef en guise de salutation. Ses paroles ne parvinrent pas jusqu'à moi. Alors que lui et Charlotte revenaient vers moi qui les attendais devant l'imposant portail en bois de cèdre, je les observai serrant leur chapeau tout contre eux comme des chatons.

— Madame Callard, annonça-t-il en arrivant à ma hauteur. Vous faites montre d'une solide maîtrise de votre coiffe. Je crains que mon couvre-chef et le bonnet de Mlle Callard ne manquent de cette discipline.

Charlotte sourit de toutes ses dents.

— Nous n'entrerons pas tant que vous serez tête nue, l'admonestai-je.

Elle s'empressa d'enfoncer son bonnet sur son crâne, d'un geste que je trouvai fort inconvenant, mais je n'avais pas le temps de la sermonner.

Le docteur Mead nous ouvrit la porte et, avant que je n'aie eu le temps de me hâter jusqu'à notre banc habituel, me coupa dans mon élan.

— Puis-je me permettre de vous rendre visite un peu plus tard dans la matinée ?

De surprise, je clignai des paupières.

— Vous n'avez pas besoin de mon autorisation pour ce faire, docteur Mead. Vous êtes toujours le bienvenu à Devonshire Street.

— Vous m'en voyez ravi. Si je ne vous retrouve pas après l'office, je pense arriver avant midi, si cela n'interrompt pas votre journée ?

Il connaissait parfaitement mon mode de vie et pourtant il se comportait toujours comme si mes dimanches n'étaient qu'une farandole de cartes de visite et d'invitations.

— Nullement. Vous êtes le bienvenu pour vous joindre à notre déjeuner dominical.

— J'en serai enchanté, merci.

Nous prîmes congé pour nous acheminer vers nos bancs respectifs et sa question me sortit de l'esprit pendant le reste de l'office, des hymnes et du court trajet en calèche, jusqu'à onze heures et demie, lorsque j'entendis le heurtoir cogner à la porte. Le docteur Mead se présentait à la maison une fois par mois environ. Âgé de deux ou trois ans de moins que Daniel, il avait été son ami. Daniel aurait eu aujourd'hui trente-cinq ans, mais n'avait pas dépassé les vingt-huit ans. Jamais il ne me serait donné de voir sa chevelure blanchir, ses yeux se rider ou sa taille s'arrondir après des décennies à faire bonne chère. Je conviai le docteur Mead à s'installer au salon à l'étage, puis regagnai la cuisine. Agnes entreprit de faire chauffer la bouilloire et de sortir les soucoupes, tandis que j'interrogeais Maria sur le temps de cuisson de l'agneau. Les lèvres retroussées, évitant soigneusement mon regard, elle me fit savoir qu'il restait trente minutes à patienter. Je me demandais ce qui avait bien pu la fâcher, avant de me souvenir de la clé au fond de ma poche. Je la déposai entre nous sur la table.

— Le docteur Mead est si friand de vos pommes de terre rôties.

Je la regardai fixement jusqu'à ce qu'elle lève les yeux vers moi, ce qu'elle fit non sans circonspection. Puis, découvrant mon expression, elle cessa de froncer les sourcils et fit glisser la clé jusqu'à elle.

— Je lui en préparerai une portion supplémentaire, dans ce cas, affirma-t-elle, et je sus que j'étais pardonnée.

Je la remerciai et retournai à l'étage auprès du docteur Mead. Il avait pris place dans mon fauteuil, mais je ne lui en tins pas rigueur.

— Comment se porte votre sœur ? s'enquit-il tandis que je m'asseyais en face de lui en arrangeant mes jupes autour de moi.

— Fort bien comme toujours. Elle est partie dans le Nord avec sa famille.

— Un choix tout à fait sensé. Londres en hiver est épouvantable.

Je me demandai s'il avait eu vent des indiscrétions de George avec la fille du vicomte, avant de décréter que non. Le docteur Mead ne prenait aucunement garde aux commérages de salon et dans le cas contraire, ne connaîtrait pas la moitié des personnes dont il était question. Pour autant que je sache, il ne participait à aucune mondanité, au grand dam des mères pressées de trouver un beau parti à leurs filles, et qui mouraient d'envie de les lui remettre en offrande comme une boîte de macarons soigneusement empaquetés. Le docteur Mead ne s'était jamais marié, pas plus qu'il n'avait été fiancé. Au vu de sa belle prestance, son statut respectable, sa demeure de Bloomsbury et ses liens familiaux, son célibat était considéré dans certains salons comme le plus grand malheur depuis la bulle des mers du Sud. Au fil des ans, il s'était révélé être un ami fidèle, qui acceptait ma manière de vivre sans se prévaloir du moindre semblant de jugement ou d'ingérence à mon égard. À une ou deux occasions, il avait suggéré un peu d'exercice pour Charlotte, mais n'avait pas insisté devant mon refus. À l'enterrement de Daniel, par une belle journée d'avril, je lui avais annoncé à l'église que je ne quitterais plus jamais la maison, et j'avais tenu parole. Ce jour-là, sur la route qui me ramenait à Devonshire Street, je n'avais ressenti aucun chagrin à l'idée de ne plus jamais sentir les rayons du soleil sur mon visage ou le souffle du vent froid sur ma nuque. La perte m'avait anéantie et en fermant la porte derrière moi, je n'avais ressenti rien d'autre qu'un profond apaisement, comme celui que l'on éprouve à se glisser sous les couvertures après une longue journée. Charlotte était arrivée peu de temps après, et trois années de solitude s'étaient écoulées sans le moindre désagrément. Je parvins à l'élever dans un climat de tranquillité et de sécurité jusqu'à l'été de ses trois ans. Une chaleur écrasante étouffait la maison et trois jours durant elle pleura, me rendant à moitié folle, au bord du désespoir. J'avais fait porter une lettre déchirante à Ambrosia, qui me rendit visite séance tenante et fit faire à Charlotte le tour de Queen Square au bout de la rue. Vingt minutes plus tard, elle rentra à la maison en compagnie d'une enfant méconnaissable. Leur sortie réussit à me convaincre que le bien-être de l'enfant, sinon ma santé mentale, nécessitait un changement de décor à raison d'une fois par semaine. Ambrosia suggéra de fréquenter la nouvelle chapelle de l'hôpital de Foundling, située à trois rues à peine. Daniel reposait au cimetière voisin de l'église St. George, si bien que l'endroit m'était connu et que j'acceptai plus vite qu'elle ne l'aurait pensé. Par un dimanche matin ensoleillé d'avril, elle passa me prendre à bord de sa calèche : j'enfilai un manteau d'extérieur et pour la première fois en trois ans, je posai un pied dehors. L'anxiété me donnait un tel sentiment de vertige que je me souviens d'avoir agrippé la paume de Charlotte comme si c'était elle ma mère, et qu'elle avait serré ma main en retour. Je me rappelle aussi une étrange sensation de proximité recouvrée avec les gens et la vitesse imprévisible de leurs mouvements. J'aurais pour ma part préféré un lieu de culte plus modeste et discret que cette chapelle toute neuve qui sentait encore la peinture. Les bancs étaient vernis de frais, les hymnaires flambant neufs. Les plafonds étaient immenses et les vitraux étincelaient. Mais au fond, la jeunesse du lieu était un baume inespéré – ces murs n'avaient été les témoins d'aucune tristesse, ni la mienne ni celle de personne d'autre. Je me souviens avoir vécu ce dimanche-là comme un songe. Pourtant, le soir venu, je me couchai avec la sensation d'avoir traversé un océan et de me tenir, tremblante, sur un rivage inconnu.

Le docteur Mead, qui s'était montré presque aussi enchanté qu'Ambrosia de me voir quitter la maison, n'avait pas manqué d'observer que j'aurais tôt fait de l'accompagner au spectacle. Je le taquinai en rétorquant que s'il m'avait fallu trois ans pour me rendre à l'église, il m'en faudrait quinze pour une pièce de théâtre, ce qui l'avait fait rire. Nous savions l'un comme l'autre que je ne ferais jamais une chose pareille, que je ne faisais déjà pas du vivant de Daniel, qui allait partout et faisait tout sans moi. Si les gens ressentaient de la pitié à mon endroit, c'est qu'ils ignoraient que j'avais choisi mon sort.

Je fus bien contente d'entendre Agnes arriver, chargée d'un plateau de vaisselle. Elle dressa la table, déposa devant nous une petite coupelle de biscuits génoise, et prit congé d'une révérence. Le docteur Mead piocha une petite pâtisserie.

— N'oubliez pas de garder de la place pour l'agneau de Maria.

Il se figea, le biscuit à mi-chemin de ses lèvres, avec une mine de garçonnet coupable qui me fit sourire.

— Les biscuits génoise étaient la douceur préférée de ma mère, poursuivis-je. Elle les rangeait dans une petite boîte en noyer sur sa coiffeuse. J'avais le droit d'en manger un chaque dimanche avant le coucher, pendant qu'elle peignait mes cheveux. Parfois, quand mon père et elle étaient de sortie, je me glissais dans sa chambre pour en voler un. Ils étaient délicieux. Ceux de Maria se défendent très bien, ils sont presque aussi bons.

Je me rendis compte que je m'étais abîmée dans la contemplation du portrait de ma mère. Je n'avais aucun mal à l'imaginer en train de m'écouter, tant elle avait l'air captivée par quelque récit, avec ses yeux brillants et ses lèvres entrouvertes d'émerveillement. Le docteur Mead s'éclaircit la gorge et entreprit de déguster poliment le biscuit, puis se tapota les lèvres avec une serviette.

— Avant que nous ne passions à table, déclara-t-il, j'aimerais aborder avec vous un sujet tout à fait… disons… délicat.

— Oh ? répondis-je en me redressant.

— Qui concerne votre fille.

— Charlotte ?

Il sourit et je remarquai qu'une minuscule miette s'était perchée sur le bord de ses lèvres. Je résistai à l'envie de l'enlever.

— Auriez-vous une autre fille ?

Je rougis et reposai ma tasse sur sa soucoupe.

— Avez-vous songé à lui attacher les services d'une nurse ?

Je repris une gorgée de thé avant de répondre.

— Non, à dire vrai.

— Cela pourrait lui être tout à fait bénéfique. Bien des familles telle que la vôtre en ont, de nos jours.

— Mais Charlotte n'est plus un nourrisson. Elle sait s'habiller, elle lit toute seule ; quant à ses repas et ses leçons, elle les prend avec moi.

— Les nurses ne s'occupent pas uniquement des enfants en bas âge. Ma sœur en a une pour ses trois enfants, dont l'aîné à quinze ans. Leur nurse veille sur eux, les emmène en promenade, ce genre de choses.

Son expression changea et sa tasse vacilla, renversant un soupçon de thé dans sa soucoupe.

— Bien évidemment, les promenades ne sont pas obligatoires. Elle pourra aider Charlotte à devenir une jeune femme. Ensemble, elles pourront s'adonner à la lecture, à la couture... À tout ce que vous autres, belles créatures, vous employez et qui rend vos demeures si agréables.

Je me représentai une inconnue, qui mangerait mes victuailles et dormirait sous mon toit. Qui occuperait ma fille. Pendant toutes ces années, il n'y avait eu que Charlotte, Maria, Agnes et moi. Une autre présence déséquilibrerait irrévocablement la maisonnée.

— N'avez-vous pas eu de nurse, étant enfant ? m'interrogea le docteur Mead.

— Non, je n'en avais pas besoin.

— Vous deviez vous sentir bien seule.

— Nullement. J'avais mes parents, tout comme Charlotte a sa mère.

Le docteur Mead reposa sa tasse délicatement sur la table. J'attendis qu'il poursuive.

— Par le biais de mon travail, j'ai récemment fait la connaissance d'une femme. La vie ne lui a pas toujours souri et je souhaiterais lui venir en aide. Malheureusement, il n'y a aucun poste à pourvoir au sein de mon personnel de maison – comme vous le savez, je me contente d'une cuisinière et d'une gouvernante.

— Et vous souhaiteriez que cette femme devienne la nurse de Charlotte ?

Un instant, il chercha ses mots.

— Si vous étiez en mesure de lui trouver un emploi sous votre toit, en effet. Elle a traversé le plus invraisemblable des malheurs. J'espère ne pas vous offenser en vous proposant de m'acquitter de ses gages.

— Ce ne serait pas nécessaire, contrai-je en me redressant imperceptiblement.

L'insinuation selon laquelle je ne pouvais pas me permettre les services d'une troisième servante me froissait. Dans le salon, l'horloge continuait à égrener son tic-tac et de la rue en contrebas nous parvint le bruit d'une charrette déchargeant des caisses ou des tonneaux.

— A-t-elle de l'expérience en tant que nurse ?

— Oui. Elle a travaillé pour un couple à Londres, à s'occuper de leurs deux fils.

— Quel endroit, à Londres ?

— Spitalfields, m'a-t-elle dit, donc dans une famille de tisserands, peut-être.

— Par conséquent, elle ne s'est jamais occupée de filles.

En levant les yeux sur la fenêtre sombre de la maison d'en face, je remarquai le broc en faïence de Delft.

— Nous n'avons pas la place, ajoutai-je.

Le docteur Mead cligna des paupières d'un air perplexe.

— Dans cette maison ?

— Agnes et Maria ont chacune leur chambre, et je ne peux décemment pas leur demander de la partager.

— La nurse qu'emploie ma sœur dort dans la chambre des enfants.

Je replaçai mes pieds sur le tapis et pressai mes épaules contre le dossier de la chaise. Si Charlotte avait une nurse qui dormait dans sa chambre, cette dernière pourrait lui tenir lieu de garde – de protectrice. Au moindre soupçon de toux, au plus petit accès de fièvre, elle pourrait me communiquer son état de santé. Et en cas d'intrusion... ma foi, Charlotte ne serait pas seule, quelqu'un serait à ses côtés pour alerter le reste de la maisonnée et pour la mettre à l'abri. En l'absence d'hommes sous mon toit, j'avais plus d'une fois imaginé en pleine nuit un bruit de pas dans l'escalier, même si toutes nos chambres étaient fermées à double tour. Certes, une cinquième personne serait une bouche de plus à nourrir, une ligne de dépense supplémentaire dans les registres comptables, mais aussi une autre paire d'oreilles attentives, une autre paire d'yeux aussi.

— Elle s'appelle Eliza Smith, dit le docteur Mead.

— Et quel âge a-t-elle ?

— Une vingtaine d'années.

Je haussai un sourcil.

— Comment avez-vous fait sa connaissance ?

Le docteur Mead s'agita sur son fauteuil, et je profitai de l'intermède pour nous resservir une tasse de thé.

— C'est là que les choses sont délicates. Disons qu'il s'agit d'une patiente.

Je le dévisageai.

— Une nurse célibataire qui peut se permettre les honoraires d'un médecin de Bloomsbury ?

— Sa situation est tout à fait exceptionnelle.

— Ah.

Je comprenais. Bien évidemment, il ne m'avouerait jamais qu'elle faisait partie de ces femmes non mariées qu'il avait rencontrées à l'hôpital de Foundling, avec un enfant illégitime. Lui poser la question sans ambages l'obligerait soit à mentir soit à dévoiler une vérité inavouable. Je savais de longue date qu'il était dans sa nature d'aider les gens, comme autant d'oisillons tombés du nid, auxquels il offrait refuge dans une boîte bien au chaud dans la cuisine. Je me tournai vers mes parents. L'expression de ma mère était encourageante, celle de mon père inquisitrice.

J'entendis un coup à la porte, puis la voix d'Agnes me parvint depuis le palier :

— Le déjeuner est servi, madame.

— Je vous demande seulement de bien vouloir la rencontrer, me pria le docteur Mead.

Je me levai, il m'imita, mais au lieu de gagner la porte, je m'approchai de la fenêtre. Il n'y avait pas foule dehors, et la lumière blafarde semblait sur le point de tirer sa révérence. Après avoir achevé son ouvrage sur toute une longueur de la rue, un balayeur de passage disparut, tandis qu'au même moment, deux gentlemen vêtus d'élégantes redingotes entraient au numéro 40. Au 28, juste en face, on avait tiré les rideaux, vraisemblablement pour se protéger du froid.

— Dans ce cas, je la rencontrerai, répondis-je en tournant légèrement la tête. Vous pourrez me l'amener cette semaine, un jour qui me conviendra. L'avez-vous informée à mon propos ?

— Que voulez-vous dire, madame Callard ?

— Vous savez très bien ce que je veux dire. Rares sont les jeunes filles qui rêveraient d'être confinées dans une demeure si modeste, de jour comme de nuit.

Je le sentis approcher de moi, pourtant je ne détournai pas les yeux de la façade en briques. Entre nous, l'espace rétrécit.

— Peut-être... commença-t-il avant de poursuivre à voix basse... peut-être pourra-t-elle emmener Charlotte au square et au parc. Souvent, les nurses et les enfants dont elles ont la charge...

— Charlotte ne quitte pas cette maison, donc elle non plus ne la quittera pas. Elle aura droit à une demi-journée de repos par semaine. Si elle accepte ces conditions, je la rencontrerai pour décider si elle peut convenir. Dans le cas contraire, il n'y aura pas de place à pourvoir. À présent, ne laissons pas refroidir l'agneau que nous a préparé Agnes.

Chapitre 9

Par une froide matinée de brouillard, trois jours plus tard, la calèche du docteur Mead remonta Devonshire Street et s'immobilisa à l'entrée de la maison. Je m'étais postée, à demi dissimulée par les pans des rideaux, pour observer la rue depuis la fenêtre. C'est ainsi que je vis sortir de la cabine le chapeau du docteur, puis son manteau noir longiforme, avant qu'il ne tende le bras et que dans la sienne ne vienne se glisser une petite main nue, bientôt suivie d'une coiffe blanche et en dessous un visage pâle en forme de cœur qui se leva vers le ciel pour contempler la façade. Je me retirai aussitôt dans le recoin obscur. Autour de moi la pièce silencieuse baignait dans la lueur des lampes à huile. Je me demandai comment il convenait de les recevoir : debout à côté de la fenêtre ou de la cheminée, ou assise, peut-être avec un livre, ou un journal déplié sur les genoux ? À l'étage inférieur, le heurtoir fit résonner son coup sec, puis le vestibule s'emplit de voix. Agnes ferait donc sa connaissance avant moi. Mes deux domestiques avaient eu l'air ravies à la perspective que j'engage une nurse et m'avaient fait savoir qu'elles trouvaient l'idée merveilleuse. En revanche, j'ignorais ce qui se dit une fois fermée la porte de la cuisine.

Depuis la requête du docteur Mead, j'avais passé mes journées d'humeur songeuse, délaissant mon petit déjeuner, ou restant allongée les yeux grands ouverts alors que le reste de la maisonnée dormait à poings fermés. L'arrivée éventuelle d'un cinquième membre à notre équipée était tout aussi effrayante qu'intrigante, qui plus est une jeune femme – soit une créature aussi exotique en ces lieux que la tortue de Charlotte. Si seulement Ambrosia était ici ! Cela dit, ma sœur aspirait toute la lumière et l'énergie d'une pièce, et la mienne avec, avant d'irradier comme un lustre. Voilà qui n'était pas souhaitable ; c'est seule que je devais m'acquitter de cette tâche. Pourtant, je n'aurais su dire quand une inconnue avait franchi le seuil pour la dernière fois. Il y avait certes les rémouleurs, les garçons bouchers et la laitière qui se présentaient à la porte du sous-sol, mais Agnes et Maria savaient pertinemment que seules les personnes dont les noms figuraient sur la liste épinglée sur le mur de la cuisine avaient le droit d'entrer.

Quand Agnes toqua délicatement à la porte du salon pour m'annoncer leur arrivée, je me tenais à mi-chemin entre la fenêtre et mon fauteuil, et il était trop tard pour jeter mon dévolu sur l'un ou l'autre. Agnes tint le battant grand ouvert pour le docteur Mead, qui entra en premier, inclina son chapeau et sourit, suivi de la jeune femme.

— Madame Callard, commença-t-il plaisamment. Je vous présente Mlle Smith.

De taille moyenne – ni trop grande ni trop petite –, elle avait les cheveux et les yeux noirs et le visage parsemé de taches de rousseur. Elle serrait ses mains avec nervosité. Elle en porta une à son cou, à l'endroit où sa cape était nouée.

— Je vous ai déjà vue, affirmai-je.

Elle écarquilla ses yeux sombres et se figea sur le seuil, semblable à une servante en porcelaine, ou une bergère, toute bien proprette et potelée avec sa généreuse poitrine et ses poignets fins. Ses cheveux d'un brun foncé bouclaient sur sa nuque et ses joues arboraient une jolie carnation rose.

Le docteur Mead prit le premier la parole.

— Vous vous connaissez ?

— Vous étiez à la chapelle la semaine dernière, ajoutai-je.

— Oh, répondit-elle d'une voix douce. Oui, c'est vrai.

Elle était élégamment vêtue d'une robe couleur crème à motifs et d'une veste noire ornée de velours. Sa manière de tirer sur les manches laissait penser qu'elle venait de l'acheter, bien que de seconde main. Elle me dévisageait étrangement, et je me demandai ce que le docteur Mead avait bien pu lui confier à mon sujet. Que j'étais veuve, assurément ; peut-être s'attendait-elle à voir quelqu'un de plus âgé, infirme, ou alors vieillot. Ambrosia avait un jour déploré ma décision de ne jamais sortir, affirmant que la moitié des hommes de Londres tomberaient amoureux de moi. « La moitié qui n'est pas amoureuse de toi ? » l'avais-je taquinée, ce à quoi elle avait répondu que *tous* étaient amoureux d'elle, mais que peu se montraient d'une affection loyale.

Mlle Smith dut réaliser qu'elle me regardait fixement, car son visage finit par s'empourprer légèrement, quoique ses joues et le bout de son nez fussent déjà rosis par le froid. Elle fixa son regard sur ses pieds, puis sur le docteur Mead, qui la gratifia d'un sourire d'encouragement.

— Mademoiselle Smith, je vous présente ma chère amie, Mme Callard.

— Eliza, je vous en prie, dit-elle.

Elle entreprit alors de jeter des regards furtifs dans la pièce : aux portraits de mes parents, aux lampes à huile et aux objets décoratifs, comme si elle jaugeait leur valeur. Quand elle me surprit à l'observer, elle baissa de nouveau les yeux promptement.

— Eliza ? l'incitai-je, à moitié amusée par son effronterie.

— Je me disais juste, madame, répondit-elle comme dans un murmure, que la petite fille était peut-être ici.

Elle avait un accent à couper au couteau.

— Il n'est pas nécessaire que vous fassiez la connaissance de ma fille tant que je n'ai pas décidé de votre embauche.

Une lueur de déception traversa son visage. Puis elle hocha la tête et m'adressa un mince sourire. Vraisemblablement soucieux d'éviter une entrée en matière désagréable, le docteur Mead l'invita à pénétrer plus avant dans la pièce, et j'en profitai pour rejoindre la petite table et m'asseoir sur la chaise à dos droit. Le docteur Mead fit de même et présenta un siège aussi à Eliza, qui s'assit à son tour après une légère hésitation. Le salon était nimbé de silence, imperceptiblement rompu par le froissement des jupes et le craquement des chaises capitulant sous leur charge, et je me souvins tout à coup que j'étais censée mener la conversation. Je me redressai aussitôt sur ma chaise, et Eliza m'imita. À présent que je me trouvais près d'elle, je sentais émaner de sa personne un léger effluve de poisson, ou d'eau de mer, accompagnée d'un relent de froidure et de l'odeur de renfermé, écœurante, de sa veste.

— Eliza. Le docteur Mead me fait savoir que vous cherchez à entrer au service d'une demeure en tant que nurse d'enfant.

Elle opina du chef, et je me rendis compte que j'ignorais comment poursuivre la conversation.

— Eliza s'est occupée de deux jeunes garçons, fit valoir le docteur Mead avec la même fierté que s'il se fût agi de sa fille.

L'espace d'un instant, je me demandai s'il était amoureux d'elle, avant d'estimer que c'était peu probable.

— Et pourquoi avez-vous arrêté ? l'interrogeai-je.

Elle cligna des paupières, le regard vide.

— Ils ont déménagé, finit-elle par dire. Ils sont partis vivre en Écosse.

— D'après le docteur Mead, ils vivaient à Spitalfields. Étaient-ils tisserands de soie ?

— Non, madame. M. Gibbons était – est – musicien.

— Quel instrument ?

— Le violon.

— Un violoniste de Spitalfields, répétai-je d'un air songeur. Avez-vous une lettre de référence ?

— Oui.

Elle sortit de sa veste une feuille pliée, la déposa sur la table entre nous et la poussa vers moi d'une main hésitante. Je la dépliai et la parcourus brièvement des yeux. Le papier était encore chaud du contact avec son corps.

— Et vous n'avez pas souhaité les suivre en Écosse ?
— J'habite à Londres, madame, rétorqua-t-elle.
— Où ça ?
— Juste à côté de Poultry. À deux pas du Hog's Head. Vous connaissez ?

Elle me fixa gravement de ses yeux brillants, les épaules raides, l'air soudain très inquiet.

— Non, répondis-je après un silence éloquent.

Je voyais bien qu'elle mentait. Je décidai de ne pas pousser la discussion plus avant et repliai sa fausse lettre de référence truffée de fautes d'orthographe. Mon ami m'avait amené une domestique qui selon toute vraisemblance avait été chassée de son emploi après être tombée enceinte de son maître. Je suspectais qu'il ignorait tout de sa situation. Bien évidemment, il savait qu'elle était mère d'un enfant illégitime et s'attendait à ce que je le déduise à mon tour. Nous avions passé un accord tacite, ce dimanche-là, autour d'une coupelle de biscuits génoise. Je me demandai si elle avait rédigé seule la lettre qu'elle m'avait soumise ; l'écriture était à peine lisible. Ce n'était en tout cas pas celle du docteur Mead. D'autant plus qu'il serait incapable d'une telle duplicité. La tromperie était imputable à elle seule. Il était fort peu probable que je tire l'affaire au clair, ce que je trouvais bien dommage : j'aurais aimé que les femmes se sentent plus libres de parler de ces choses-là. Peut-être le faisaient-elles quand elles sortaient à la taverne ; je ne pouvais pas le savoir. De même que je n'avais aucun moyen de savoir si le maître musicien d'Eliza l'avait forcée, ou si elle était tombée amoureuse de lui. Comme je ne saurais jamais ce que cela faisait d'accoucher d'un enfant pour l'abandonner à l'hôpital des Enfants-Trouvés et ne plus jamais le revoir. Je pouvais difficilement imaginer la vie qu'avait vécue la femme qui se tenait devant moi – elle avait été mère, et ne l'était plus. Elle avait aimé et perdu. Ce point, nous l'avions en commun, elle et moi.

Je poussai un profond soupir, et elle retint son souffle. Elle me lança un regard résigné : empreint de circonspection, d'orgueil et d'un soupçon de peur aussi, même si elle rechignait à le laisser paraître.

— Moi non plus, je n'aimerais pas aller en Écosse, affirmai-je.

Elle resta un instant indécise, puis son visage se fendit d'un large sourire, découvrant une rangée de petites dents bien alignées. Une de ses incisives, légèrement ébréchée, était plus courte que l'autre.

— Occupez-vous actuellement un emploi ?
— Oui, madame.
— À quel endroit ?
— Au Rag Fair, à côté de la tour.
— Vous vendez des vêtements ?
— Oui, madame. J'aide une amie. Mais j'aimerais faire mon travail d'avant.
— Et pourquoi donc ? Vous avez une certaine liberté, j'imagine, en tant que marchande ? Avez-vous une famille qui vous attend ? Des amis ?
— Ça ne paie pas très bien. Et puis j'aime habiter sur place, madame.

Sans la quitter des yeux, je me calai au fond de mon fauteuil.

— Je présume que le docteur Mead vous a décrit la nature du poste ?

La fille hocha la tête.

— Oui, madame.

— Ainsi que la nature de… du mode de vie qui est le mien ?

Elle me regarda d'un air vide.

— Votre mode de vie ?

— Au sujet de l'intimité dans laquelle Charlotte et moi vivons.

Un froncement contracta son front. Elle posa les yeux d'abord sur le docteur Mead, puis sur moi.

— Je ne comprends pas.

— Je ne sors pas de la maison.

Un éclair de compréhension illumina son visage.

— Oh, ça, oui, je sais.

— Et ma fille non plus.

Elle opina du chef, quoique son regard restât interloqué.

— Nulle part ?

— Seulement le dimanche pour aller à l'église. Telle est la frontière de notre monde. Qui sera, par conséquent, la frontière du vôtre.

J'attendis qu'elle réagisse : elle réfléchit un instant, et se passa la langue sur les lèvres comme si elle brûlait de dire quelque chose. Néanmoins elle se ravisa, et son visage se fit de nouveau impassible.

— Je comprends, dit-elle. Et je serais heureuse de vivre de cette façon. Vous habitez une belle maison et vous n'avez aucune raison de la quitter. Pour quoi faire, alors que vous avez tout ce dont vous avez besoin ? Vous avez de quoi manger, une cuisinière, d'agréables feux dans vos cheminées. Et pas un homme alentour. Je trouve ça louche, conclut-elle avec un petit sourire en coin, que je ne pus m'empêcher de lui retourner.

— Vous n'avez pas l'intention de vous marier ?

— Non, rétorqua-t-elle avec conviction, avant de répéter, comme après réflexion : Non.

Je la jaugeais, elle en fit de même et, en cet instant, je pris deux décisions : la première, que je pouvais entériner séance tenante, la deuxième qui attendrait. C'est ainsi que je me levai, obligeant le docteur Mead à m'imiter d'un bond.

— Si vous voulez bien m'excuser, annonçai-je.

Je m'éclipsai du salon, refermai la porte derrière moi et gravis l'escalier.

Charlotte n'était pas dans sa chambre. Après un soupir, je l'appelai et entendis aussitôt un branle-bas de combat à l'étage des chambres d'Agnes et de Maria. Un instant plus tard, son visage rond apparut au sommet de l'escalier, l'air parfaitement coupable.

— Charlotte, veuillez descendre immédiatement ! Vous savez pertinemment que vous n'avez pas le droit d'aller là-haut.

Elle se laissa glisser en silence le long de la rambarde et passa en un éclair à côté de moi, furtive comme un chat, pour se précipiter dans sa chambre.

— Je veux vous présenter quelqu'un, mais si vous n'êtes pas sage, je vais être contrainte d'expliquer que vous êtes trop insolente.

— Qui est-ce ? s'enquit-elle en s'arrêtant et me fixant d'un air interrogatif.

— Êtes-vous sage ?

Elle fit oui de la tête.

— Où est votre coiffe d'intérieur ?

Elle haussa les épaules jusqu'à ses oreilles.

— Mettez la main dessus et présentez-vous au salon.

Son visage s'éclaira, et elle s'engouffra dans sa chambre avec enthousiasme. De retour dans le salon, je trouvai le docteur Mead et Eliza en conversation furtive. Charlotte apparut derrière moi et resta camouflée derrière mes jupes. Je replaçai correctement la coiffe qu'elle avait enfoncée à la va-vite sur ses cheveux et la fis avancer dans la pièce.

— Charlotte, annonçai-je. Vous connaissez le docteur Mead, évidemment, et voici son amie, Eliza Smith.

La scène la plus insolite se déroula alors sous mes yeux : Charlotte, qui se méfiait des inconnus, vu les rares personnes qu'elle côtoyait au quotidien, s'avança vers la jeune femme. De son côté, Eliza se laissa glisser de sa chaise pour s'agenouiller à même le tapis. Un sourire – ce sourire spontané qu'elle m'avait donné l'occasion de voir au cours de notre entretien – éclaira tous ses traits, et elle tendit la main à Charlotte. D'un geste si instinctif, si naturel, que Charlotte, étonnamment, lui tendit la sienne. Le docteur Mead et moi échangeâmes un regard : il avait l'air ravi.

— Bonjour, Charlotte, murmura Eliza, la prunelle brillante. Je suis très heureuse de faire ta connaissance.

La chevelure sombre de Charlotte s'épandait dans son dos et une traînée de poussière salissait sa jupe. Je priai pour qu'elle n'ait pas encore fouillé à l'étage. Un an plus tôt, Agnes avait découvert sous le lit de Charlotte une boîte renfermant des babioles qu'elle avait volées à chacune de nous – dés à coudre, bouts de papier et jusqu'à une brosse à cheveux que Maria cherchait depuis des mois. Dans ma chambre, elle avait dérobé un miroir miniature, une fleur séchée pressée et un gage d'amour que m'avait laissé Daniel des années plus tôt : un cœur sculpté dans un os de baleine, scindé en deux. Pour punir Charlotte, je lui avais confisqué tous ses jouets, que j'avais enfermés à double tour dans ma chambre, et elle dut s'en passer une semaine durant. Elle s'était retrouvée à pâtir d'un ennui et d'une contrariété si profonds que le châtiment avait été tout aussi cuisant pour moi, si bien que j'avais vu arriver la fin de la semaine avec le même soulagement qu'elle.

— Ta mère m'a parlé de toi, lui disait Eliza. Quelle belle maison tu habites ! As-tu beaucoup de jouets ?

Charlotte hocha timidement la tête, donnant l'impression que sa coiffe flottait dans les airs. Eliza la tenait encore par la main. Je fis signe au docteur Mead que je souhaitais m'entretenir avec lui en privé. Il m'emboîta le pas jusqu'à la cheminée.

— Elle semble avoir beaucoup d'affinités avec les enfants, constatai-je à voix basse. Néanmoins, je m'inquiète de ce qu'elle risque de gâter Charlotte, ou d'en faire une fillette difficile.

— Elle a l'air douée d'un tempérament très doux, confirma le docteur Mead en l'observant. Elle exercera une influence bénéfique sur Charlotte.

— Elle a l'air très à l'aise avec elle, en effet.

— Mieux vaut cela que le contraire, non ?

— Peut-être. Reste que Charlotte n'est pas un vulgaire chaton.

— Bien sûr que non.

Nous restâmes un instant à les observer en silence. Charlotte racontait une histoire à grand renfort de gestes insouciants, et Eliza l'écoutait comme s'il s'agissait de l'histoire la plus fascinante au monde. Je choisis de faire part de ma décision au docteur Mead.

— Eliza, si elle le souhaite, sera employée dans cette maison. Je suis disposée à accéder à votre demande, au nom de notre amitié, si elle se révèle aussi profitable pour nous deux que vous le prétendez. Mais je ne veux plus entendre parler du règlement de son gage, et je serai très offensée si vous insistez pour vous en acquitter.

Le docteur Mead, un sourire triomphant aux lèvres, me serra l'avant-bras d'une pression affectueuse. Je tressaillis et, mue par un réflexe, je frottai l'étoffe, comme s'il l'avait salie ; toutefois il n'eut pas l'air de s'en offusquer.

— Madame Callard, je suis si heureux. Merci. Vous ne le regretterez pas.

Puis il ajouta, sur le ton de la confidence, tandis que ses yeux clairs s'embuaient.

— Si vous saviez les épreuves qu'elle a traversées.

— Ne m'en dites rien.

Mon bras me brûlait. Depuis la mort de Daniel, personne ne m'avait touchée, à part Charlotte et encore, à de rares occasions. Même sa présence me mettait mal à l'aise ; je n'avais ni l'instinct maternel d'Eliza ni la générosité joviale du docteur Mead. L'intimité n'était pas une joie à laquelle je pouvais m'adonner, mais plutôt une chose endurée, tant et si bien qu'elle s'ajoutait à la liste de ce que Daniel avait pris l'habitude de trouver ailleurs, ce qui me convenait parfaitement. Sans compter qu'Ambrosia m'avait certifié que les hommes s'y employaient de manière tout aussi naturelle que leurs visites au pot de chambre. Que je ne fusse pas à même de pourvoir à ces besoins ne me préoccupait guère. Malheureusement, je n'étais pas non plus capable d'offrir cet autre genre d'intimité, celle qui vient spontanément à toute épouse : débarrasser son mari de son chapeau lorsqu'il rentre du travail, passer une main dans ses cheveux pour les recoiffer, devancer son envie de prendre un bain ou plutôt un verre de brandy. Autant de choses qui s'apparentaient sans doute à l'affection. Quand je regardais les couples qui déambulaient bras dessus bras dessous dans Devonshire Street, enlacés à l'envi, à rire et à s'embrasser à qui mieux mieux, je me sentais aussi imperturbable qu'une des poupées de Charlotte. Chez toutes ces femmes – les femmes comme Eliza –, brosser les cheveux d'une fillette ou la prendre sur leurs genoux étaient autant de gestes spontanés qui ne demandaient aucune réflexion. À force de les observer, je sentais imperceptiblement la plus infime des fissures s'ouvrir en moi. Je n'aurais su dire s'il s'agissait de jalousie, de chagrin ou de culpabilité, et au fond je me moquais de le savoir.

Je me redressai de toute ma taille.

— Charlotte, retournez à l'étage, ordonnai-je.

Instantanément, la scène de tendresse qui se jouait devant nos yeux s'évanouit, et Charlotte, la main sur le bouton de la porte, lança un ultime regard à Eliza, tel l'amoureux sur le point de prendre la mer. Puis elle quitta la pièce. Eliza se leva et laissa glisser ses yeux jusqu'aux miens. Ils brûlaient avidement et, pour la première fois, il me fut donné de voir à quel point elle voulait ce travail. Nous restâmes à nous dévisager en silence, tandis que dans la rue en contrebas, les pavés résonnaient des sabots des chevaux et des roues lentes des attelages. Je me demandai si Agnes avait pris soin de bien verrouiller la porte après avoir laissé mes invités entrer. Je résistai néanmoins à la tentation de descendre vérifier par moi-même.

— Quand pouvez-vous commencer ? m'enquis-je.

Eliza, qui se tenait jusqu'ici avec raideur, le buste contracté, laissa ses épaules s'affaisser. Je vis ses traits se détendre. Elle serra l'une contre l'autre les paumes de ses mains, comme si elle ne savait où les mettre.

— Dès que vous voulez, madame.

— Je vais devoir commander un nouveau lit pour la chambre de Charlotte. Nous n'avons pas de pièce supplémentaire, c'est donc là que vous dormirez. Votre salaire hebdomadaire sera de deux shillings et six pence. Une semaine à compter de demain, cela vous conviendrait pour commencer ?

— Oui, madame. Très bien. Très bien, merci.

Après leur départ, je veillai moi-même à fermer le battant à double tour et à vérifier toutes les autres portes avant d'aller trouver Charlotte. Elle était assise à la fenêtre de sa chambre, les yeux baissés sur Devonshire Street. Elle tenait sa tortue sur ses genoux et l'animal étirait sa tête fripée vers un brin de persil qu'elle serrait entre ses doigts. La chambre de Charlotte, de forme carrée, avec son papier peint rayé et son lit en bois de rose étroit adossé au mur, était plus petite que la mienne.

Elle comptait une commode sous une fenêtre et, sous l'autre, un repose-pieds rembourré sur lequel Charlotte s'agenouillait pour regarder dehors. Le moindre espace était jonché de jouets : chevaux de bois, poupées, toupies. Je ferais bien de cesser de lui en acheter, car elle serait bientôt trop grande pour jouer. Qu'adviendrait-il alors ? À quoi pouvait bien s'occuper une fille de dix, douze, quatorze ans quand elle ne s'amusait plus à partir au grand galop sur le champ de courses du tapis de sa chambre ? Elle maîtrisait le français, mais jamais ne se rendrait en France. Personne ne poserait les yeux sur ses jolies robes, seules Agnes et Maria auraient le loisir de contempler ses belles boucles.

— Aimez-vous la compagnie d'Eliza ? lançai-je depuis l'embrasure de la porte.

Elle ne m'avait pas entendue entrer et sursauta à grand renfort de moulinets, comme si je l'avais prise la main dans le sac. Une fois encore, sa coiffe était de guingois et sa robe blanche, froissée en plus d'être recouverte de poussière. Comme elle semblait ne pas avoir entendu ma question, je la posai une deuxième fois. Une lueur anima son visage, et elle me sourit en agitant la tête avec enthousiasme. Elle avait encore ses dents de lait, alignées en une petite rangée de perles.

— Aimeriez-vous qu'elle devienne votre nurse ?
— Qu'est-ce qu'une nurse ?
— Une personne qui s'occupe des enfants. Elle vivra avec nous dans la maison, et dormira dans votre chambre.
— Et moi, où dormirai-je ?
— Ici même dans votre chambre avec elle. Nous lui installerons un lit. Vous devrez ranger vos jouets, sinon elle n'aura pas de place pour ses affaires.

Charlotte posa un regard ravi sur l'espace que viendrait investir le lit d'Eliza en face du sien. Mais les paroles qui sortirent alors de sa bouche me prirent au dépourvu.

— Je la connais.
— Je vous demande pardon ?
— Eliza. Je la connais.
— Oui, vous l'avez croisée à l'église.
— Je l'ai déjà rencontrée.

Je la dévisageai.

— À l'église ?

Elle baissa les yeux et entreprit de malaxer l'ourlet de sa robe.

— Je l'aime bien, dit-elle.

De l'étage inférieur nous parvint le tintement qui accompagnait Agnes dans l'escalier. Dans un sursaut de lucidité, je me rendis compte qu'il était déjà trois heures et que j'allais être en retard pour prendre le thé avec mes parents. Je n'avais pas encore lu le journal ; je n'avais pas même consulté mon recueil de cartes pour suivre l'itinéraire d'Ambrosia dans le Nord. Je me sentis soudain prise d'affolement. Un certain ordre était indispensable – une routine. Pourtant, dans une semaine, le cours des choses prendrait fin, et une nouvelle organisation entrerait en vigueur. D'ailleurs si je m'appesantissais trop longuement sur la question, je risquais de changer d'avis. Je quittai donc la chambre de Charlotte dont je refermai délicatement la porte derrière moi. Un instant plus tard, sa voix fluette filtra depuis l'autre côté, interrompant mes pensées. Je posai les mains à plat sur le battant et l'oreille collée sur la boiserie, j'écoutai.

« Bonjour, Charlotte, je suis heureuse de faire ta connaissance », disait sa petite voix. Les sourcils froncés, je redoublai d'attention. « Je m'appelle Eliza, et je vais prendre soin de toi. Je vais t'aimer et te chérir, et je vais jouer avec toi toute la journée, et la nuit aussi, je serai là. »

Les paupières closes, je songeai à Ambrosia. Sept années durant, j'avais été l'enfant unique de mes parents et, avec un peu d'efforts, je pouvais me souvenir d'avoir été le seul objet de leur affection. Je m'étais prélassée dans leur amour comme un chat dans un rayon de soleil. Je n'avais manqué de rien. Un frère était survenu le premier, pour repartir aussi rapidement et discrètement qu'il était arrivé, laissant ma mère éplorée pendant une longue période. À la suite de quoi, Ambrosia s'était présentée dans les bras de ma mère, avec force grimaces et vagissements. Je m'en étais alarmée, car pendant un temps je m'étais sentie terriblement abandonnée. En grandissant, Ambrosia commença toutefois à prendre forme humaine et devint rapidement un petit corps qui réchauffait notre lit. Elle me donnait de petits coups de ses doigts boudinés, s'abîmait dans la contemplation de mes cheveux, de mon nez et de mes dents, et me suivait partout comme un petit chien. Elle commença à parler et à m'appeler « Assander » avec un zézaiement. Notre adoration devint mutuelle, pour le plus grand bonheur de nos parents. À l'idée que Charlotte ne connaîtrait pas la joie d'avoir un frère ou une sœur, j'étais navrée pour elle.

De l'autre côté de la porte, son bavardage reprenait : « Eliza, prends-tu du sucre dans ton thé ? »

J'appuyai mon front au battant. Deux étages en dessous, le carillon de l'horloge sonna une, deux, trois fois. Nous venions à peine de faire la connaissance d'Eliza, et déjà les rouages de la maisonnée se déréglaient. La journée déviait de son axe, et j'étais en retard pour le thé.

Chapitre 10

— C'est tout ce que vous avez ? demandai-je.

Bien évidemment, la réponse était oui. Eliza était arrivée portant un simple sac en tissu – et encore, à moitié rempli ! – qui donnait l'impression qu'on y avait enfermé un chat pour le noyer. En se présentant à la porte d'entrée plutôt qu'au seuil de la cave, elle avait signé son premier impair, et Agnes avait hésité un instant avant de se dépêcher de la faire entrer. Je m'étais arrêtée dans la cage d'escalier pour observer la scène. Agnes manqua de sauter au plafond en entendant ma voix résonner dans le demi-jour. Je remontai de la cuisine, où j'avais eu des mots avec Maria à propos de la commande à passer au boucher. Ce lourdaud de garçon boucher n'avait cessé de répéter la même phrase en boucle, voulant savoir s'il nous fallait plus de tripes, de foie, de jambon fumé, et j'avais fini par totalement perdre patience.

Le vestibule était plongé dans le noir et tandis qu'Agnes s'éloignait de son pas traînant, le visage d'Eliza restait indiscernable. Elle tenait son sac serré contre son ventre, et je distinguai seulement la lueur blanche de sa coiffe et le contour terne de sa cape.

— Ne vous présentez plus jamais à cette porte, me contentai-je de dire avant de reprendre mon ascension.

Agnes avait pour consigne de lui montrer sa chambre, mais à peine fus-je à mi-chemin des marches que Charlotte se précipita d'un bond vers le rez-de-chaussée. Je lui barrai le passage de mes jupes.

— Ce n'est pas comme ça qu'on descend un escalier quand on est une *lady*. Ni même quand on est une enfant. On dirait un chien. Êtes-vous un chien ?

Elle se figea, sa coiffe d'intérieur de travers. Après un soupir, j'arrangeai ses vêtements et elle se laissa faire. Je remarquai alors qu'elle avait une trace de saleté sur la joue et le bout des doigts maculé de noir.

— Vous êtes-vous encore amusée à donner du charbon à manger à vos jouets ? Oh ! mais quelle entêtée ! La place du charbon est dans le seau à charbon. Combien de fois faut-il vous le répéter ? Eliza va devoir vous nettoyer correctement. Elle n'a même pas posé ses affaires que déjà vous lui rajoutez du travail.

Charlotte posa avec solennité ses grandes prunelles brunes sur moi. Elle avait mis sa plus belle robe – rose et blanche, d'un tissu amidonné, le bustier et les manches parés d'élégants pompons. Elle avait noué un ruban de soie à son cou et enfilé ses chaussons dorés. Me voyant détailler son apparence, elle fronça les sourcils dans une attitude de défi et se mit à souffler avec colère, les narines dilatées. Je fis mine de poser un doigt sur le ruban immaculé qui parait son cou, avant de me raviser.

J'aurais dû dire : « Comme vous vous êtes joliment apprêtée pour Eliza. » J'aurais dû dire : « Que vous êtes belle ! » Au lieu de quoi, je déclarai : « Mettez plutôt du bleu, la prochaine fois. »

Les mots s'épanchèrent de mes lèvres pour s'abîmer sèchement aux pieds de Charlotte avec une cruauté regrettable. Eliza se tenait derrière nous en silence. Je savais pertinemment que j'étais incapable de parler à ma fille correctement ; désormais Eliza le savait, elle aussi. Et je savais pertinemment que j'étais incapable d'aimer ma fille correctement, ce qu'elle ne tarderait pas à découvrir. *Tu sais très bien pourquoi*, s'éleva la petite voix vindicative dans ma tête, celle qui se servait parfois de mes lèvres comme d'un instrument.

Charlotte, blessée par mes paroles, fixait le sol de ses yeux tristes. Eliza, encore enrubannée de l'humidité du dehors, se tenait timidement dans le vestibule. Quant à Agnes, elle attendait mes instructions. Soudain, je me sentis incapable de leur faire face et, ramassant mes jupes, m'élançai dans l'escalier, passant sans m'arrêter devant le petit salon pour regagner ma chambre. Entre les deux fenêtres, la carafe en cristal posée sur la commode brillait d'une faible lueur. À mon grand soulagement, elle avait été remplie. La porte verrouillée, je retirai tout d'abord mes mules, puis ma veste et mon corset, que j'entreposai sur la chaise avant de me redresser de toute ma taille, les mains sur les hanches. Je m'étirai d'un côté, puis de l'autre, d'avant en arrière, en respirant profondément. Je me grattai le dos et retirai les épingles de mes cheveux. Je tirai les rideaux à moitié, de manière à plonger la chambre dans un agréable clair-obscur. Dans le secrétaire de l'alcôve qui jouxtait la cheminée, je sortis mon coffret spécial, dont j'époussetai des particules de poussière invisibles du plat de la main. Il était en bois d'ébène, incrusté de petites silhouettes orientales en nacre et en bambou doré à la feuille d'or. D'une main, je caressai le couvercle tandis que de l'autre je versai le liquide de la carafe en cristal puis, empoignant le coffret et le verre, j'allai m'installer par terre au pied de mon lit. Je m'assis en tailleur, repliai mes jupes sous mes jambes et, les mains sur les yeux, je pris une inspiration.

Un par un, comme on décroche les grains de raisin de leur tige, j'exposai par terre le contenu du coffret. Au fil du temps, j'avais peaufiné l'ordre du cérémonial. Venaient en premier l'alliance de ma mère et les boucles d'oreilles en perles qu'elle avait portées à son mariage. Suivaient les insignes militaires de mon père, au nombre de trois, que j'embuais afin de les astiquer du pouce avant de les disposer fièrement en triangle. La miniature de Daniel, que j'avais enveloppée dans un mouchoir, fermait la marche. J'écartai les pans de soie, comme l'aurait fait une amante, pour dévoiler son visage. Sur ce portrait, peint sur de l'ivoire lisse, Daniel était représenté de profil, comme si quelqu'un à sa gauche l'avait interpellé. Il portait une perruque grise et une veste rouge. Son regard charmeur, débordant de joie et d'orgueil, me rappela instantanément le soir où je l'avais rencontré. Ma tante donnait une réception à laquelle j'avais essayé de me soustraire en me réfugiant dans la cuisine vide. Le souvenir m'arracha un sourire.

— Je ne vous avais pas vue, avait-il remarqué en me trouvant en train de chauffer une casserole de lait sur le feu. Vous êtes aussi discrète qu'une souris.

Les domestiques étaient partis rejoindre la fête, eux aussi, et j'en avais profité pour descendre à pas de loup, en priant pour ne croiser personne. Sur le moment, je choisis de l'ignorer et, resserrant mon châle sur ma poitrine, me concentrai sur la casserole.

— Faites-vous partie des convives ? insista-t-il. Je ne vous ai pas vue à l'étage.

— Non, je suis une nièce, rétorquai-je sans me retourner.

— Ah, la fameuse nièce. J'ai entendu parler de vous.

Sa voix s'était rapprochée, et la certitude dont elle se prévalait m'était désagréable.

— Votre tante Cassandra affirme que vous fuyez ses soirées, et que vous restez dans la mansarde à tisser l'étoffe des rêves. Est-ce donc vrai ?

Cherchait-il à se moquer de moi ? Pour la première fois je posai les yeux sur lui et je m'aperçus qu'il était beau, un peu à la manière d'un dandy. Il était plus jeune que moi, de plusieurs années, et dégageait une jeunesse exubérante. De nouveau, je me détournai de lui. Il me demanda une boîte d'amadou pour sa pipe, et je lui fis remarquer sèchement qu'il se tenait devant un feu de cheminée, ce qui le fit rire. Il piocha une tige de bois d'un bocal sur la cheminée. Sa pipe allumée, il inspira profondément, comme s'il avait attendu cet instant toute la soirée. Je continuai à surveiller mon lait avec raideur tandis qu'il me demandait mon prénom entre deux bouffées.

— Alexandra.

— Ah oui, votre tante l'a dit. J'ai fait la connaissance de votre sœur Ambrosia, un vrai feu d'artifice, n'est-ce pas ? Qui est votre père ?

Après un temps de silence, je répondis :
— Patrick Weston-Hallett.
— Pourquoi ce nom me dit-il quelque chose, Weston-Hallett ? répéta-t-il d'un air pensif.

Puis, un instant plus tard, il reprit d'une voix changée qui trahissait sa méprise.
— Oh, toutes mes excuses.

Sa compassion, visiblement sincère, me désarma. Il posa sur moi ses yeux clairs et, en un instant, me mit à nu. Il me donna son nom, Daniel Callard, et me convia à m'asseoir avec lui dans la cuisine le temps qu'il termine de fumer sa pipe, prétextant qu'il détestait les fêtes, mais je voyais bien qu'il mentait. Il avait vingt-quatre ans et venait tout juste de finir son apprentissage auprès d'un marchand de porcelaine à Londres. Il désirait monter sa propre affaire d'achat et vente d'os de baleine, mais il lui fallait un investisseur. Un bienfaiteur, dit-il, et dans sa bouche le mot avait des sonorités exotiques. Il m'expliqua le déroulement de la chasse à la baleine, comment on ramenait les cétacés à Londres pour les vider à un quai de Rotherhithe, où les marchands jetaient leur dévolu sur les carcasses, glanant une côte ici, un bout de crâne là. La fonte du lard des baleines servait d'huile à lampe et leurs os d'armature aux corsets.
— Les femmes ont plus souvent affaire aux os de baleine que les hommes. Vous en manipulez chaque fois que vous vous habillez, affirma-t-il.

J'avais rougi. Cette nuit-là, alors que j'avais quitté ma chambre en quête d'un verre de lait, j'avais trouvé l'amour. Mais j'étais âgée de vingt-neuf ans. J'avais passé toute ma vie d'adulte en compagnie de ma tante, et je n'avais jamais mis les pieds ni à l'école, ni en Europe, ni même à Cheltenham, qui était la ville voisine. Mon monde était réduit à presque rien. Ce soir-là, à la fête chez ma tante Cassandra, Daniel l'avait fait voler en éclats.

Après notre rencontre, je m'étais couchée ivre d'histoires de baleines, de navires, du déferlement des vagues et puis de Daniel, Daniel, Daniel.

Le lendemain, il me rendit de nouveau visite dans la demeure humide et pleine de courants d'air de ma tante Cassandra, juste avant de regagner Londres, et je lui annonçai qu'il pouvait disposer de mon argent pour monter son affaire, à condition qu'il m'épouse. Petite fille, j'avais eu tout le loisir d'observer mon père traiter avec ses contemporains lorsqu'ils venaient chez nous. Je fis donc une proposition à Daniel : nous pouvions investir la demeure de Bloomsbury, et je l'aiderais à établir son commerce. Il n'avait pas eu l'air d'en croire ses oreilles, et la théière refroidissait à peine qu'il m'avait embrassée sur les lèvres.

Quand j'annonçai à tante Cassandra que j'allais épouser un homme dont j'avais fait la connaissance la veille dans sa cuisine, elle manqua de succomber. Je savais qu'elle s'était résignée à ne jamais se débarrasser de moi, surtout depuis qu'Ambrosia avait épousé George l'année précédente, paralysant irrémédiablement mes perspectives d'avenir. Cassandra s'était pourtant donné du mal en faisant défiler tout un cortège de célibataires à Knowesley Park, mais à son grand dam, je les avais tous éconduits. Je jouissais de l'argent de mes parents et je ne voulais pas de mari. Jamais je n'avais songé à me marier ni à changer de situation, d'autant plus que j'étais trop âgée. Jusqu'à ce que Daniel Callard entre dans la cuisine en quête de feu, et qu'il tombe sur moi.

Notre mariage eut lieu par une journée glaciale du mois de janvier, un mois plus tard, après quoi nous congédiâmes les locataires de Devonshire Street. Les noces me firent sortir de la maison pour la première fois en cinq ans, si bien que le vicaire, me croyant invalide, disposa un fauteuil devant la chaire. Je redoutais tant le trajet en calèche jusqu'à Londres que j'avais tremblé tout au long, mais Daniel m'avait rassurée en enroulant ses doigts aux miens. J'avais posé les yeux sur nos alliances en or étincelant avec la sensation que les mains qu'elles paraient appartenaient à des inconnus.

En cet instant, je sortis l'alliance de Daniel de mon coffret et la passai à mon doigt le plus large. D'une manière que je ne m'expliquais pas, son contact n'était jamais froid, comme si Daniel lui-même venait tout juste de la retirer. Le coffret d'ébène contenait d'autres reliques : la première dent qu'Ambrosia avait perdue, un bouquet de nos cheveux – à Ambrosia, à ma mère, à mon père et à moi – noués par un ruban. Il y avait la broche de deuil que j'avais commandée après le décès de Daniel, rehaussée de perles, qui représentait une femme étendue sur un piédestal sous le couvert de saules pleureurs. Et pour finir, je sortis l'étiquette, frappée du nombre 627, et deux morceaux de *scrimshaw*, gravés de leurs initiales, qui une fois rassemblés formaient un cœur.

Plus tard dans l'après-midi, je descendis demander à Agnes et à Maria s'il convenait qu'Eliza dînât en ma compagnie dans la salle à manger ou plutôt avec elles deux dans la cuisine. Devant leur air ahuri, je poussai un soupir.

— Quelle est la tradition dans une demeure comme la nôtre ? demandai-je.

— Je n'ai jamais travaillé dans une maison qui avait une nurse, se défendit Agnes.

Elle approchait les cinquante ans et était domestique depuis l'âge de dix ans.

— Moi non plus, renchérit Maria. M. et Mme Nesbitt étaient vieux quand j'ai commencé chez eux, et leurs enfants déjà partis.

— Si elle dort dans la chambre de Charlotte, devrait-elle également prendre ses repas en sa compagnie ? J'aurais dû interroger le docteur Mead.

Maria remuait une casserole de compote de pommes sur la cuisinière noircie par le temps.

— Je pense que ce serait plus convenable qu'elle mange avec vous, dit-elle d'un ton résolu.

Elles avaient dû débattre de la question avant mon arrivée. Au fond, je comprenais leur point de vue : elles avaient leurs habitudes, elles aussi, et n'avaient aucun désir d'en changer après toutes ces années. Je sentais bien qu'elles étaient sur leurs gardes. Ma foi, tout comme moi. L'air s'épaissit tandis qu'elles attendaient ma décision. Je voulais à tout prix éviter de les mécontenter et risquer de les perdre au profit d'une autre maison. L'arrivée d'une nouvelle domestique était tolérable ; trois eût été insupportable.

— Elle prendra ses repas avec nous, donc, conclus-je d'une voix plus assurée que je ne l'étais vraiment.

Je vérifiai la porte par habitude, puis regagnai la chambre de Charlotte à l'étage.

Eliza et Charlotte étaient assises par terre, les jambes glissées sous elles, devant un étalage de poupées. Un deuxième lit, aux draps blancs lavés de frais, avait trouvé sa place à côté du mur de gauche. Eliza avait dû déballer ses affaires en un éclair, et son sac n'était nulle part. L'idée me traversa soudain l'esprit que la seule personne de la maisonnée qui savait où Eliza était censée prendre ses repas n'était autre qu'Eliza elle-même, mais je n'osais pas lui poser la question. Elle leva les yeux sur moi, les yeux remplis d'espoir, comme une enfant. J'ignorais encore presque tout d'elle, qui en revanche n'allait pas tarder à savoir quantité de choses sur moi. La transaction était somme toute assez fréquente, bien qu'étrange – on comprenait finalement assez peu ses domestiques, alors que ces derniers avaient une connaissance intime de leurs maîtres, presque sous tous les rapports. Les miennes remarquaient beaucoup de choses chez moi, mais pas tout. À l'instar du rayon de soleil qui éclaire le jardin, il restait toujours des parts d'ombre.

— Eliza. Vous dînerez avec Charlotte et moi le soir à cinq heures.

Elle hocha la tête.

— Merci, madame.

Devais-je ajouter autre chose ? Lui demander si sa chambre convenait, préciser que le lundi était jour de lessive ? Charlotte bouillonnait d'impatience comme une casserole d'eau sur le feu – je les dérangeais. Je regagnai le seuil et fermai la porte derrière moi. J'étais *persona non grata* en cuisine, et voilà que je n'avais pas ma place ici non plus. Je me fis alors une réflexion : pendant longtemps, nous avons fonctionné par deux – Agnes et Maria, Charlotte et moi. À présent, deux nouveaux couples s'étaient formés : l'enfant et sa nurse ; la femme de chambre et la cuisinière ; et moi, je me retrouvais seule. Moi, la mère. La veuve. La maîtresse de maison. J'avais plusieurs titres, pourtant j'avais rarement envie de les porter. Pourquoi étais-je soudain incapable de me sentir en paix sous mon propre toit ? Je repensai alors à Ambrosia, et décidai de m'attaquer à l'étude de son itinéraire dans le salon.

Au dîner, je pris ma place habituelle à table, entre la soupière et un plat de jambon cuit. Les volets et les rideaux avaient été tirés pour lutter contre le froid. À l'arrivée d'Eliza et de Charlotte, je me redressai imperceptiblement et lissai ma serviette. Cela faisait longtemps que je n'avais pas dîné en compagnie d'une personne que je connaissais si peu. Je remarquai qu'Eliza avait revêtu une robe simple de teinte verte qui laissait voir ses avant-bras et quand elle me surprit à la regarder, je détournai les yeux sur l'assiette de jambon glacé. Personne ne dit un mot, Charlotte s'assit comme à l'accoutumée en face de moi, mais Eliza resta immobile à l'autre bout de table.

— Attendez-vous d'autres convives ? demanda-t-elle avec animation.

— Je vous demande pardon ?

— Toute cette nourriture… c'est pour nous ?

— Oui, c'est pour nous. Et j'aimerais assez en profiter avant que cela ne refroidisse, si vous voulez bien vous donner la peine de vous asseoir.

Je sentis mon visage s'enflammer. Sous-entendre que j'étais dépensière, quelle insolence ! Ce repas n'avait rien d'extravagant, sans commune mesure avec les tables débordant de mets qu'il m'était parfois donné de voir de l'autre côté de la rue. Excédée, je remplis chaque bol d'une louche de soupe. Charlotte avait les yeux baissés sur son assiette, et je remarquai que la pointe de ses oreilles était rouge. Les yeux sombres d'Eliza continuaient à balayer la table. Je décidai de l'interroger.

— Dites-moi, Eliza. De quoi vit votre père ?

Elle attendit que j'aie choisi ma grosse cuillère avant d'empoigner la sienne.

— Il est gabarier, madame.
— Un homme de la Tamise. Quel quai ?
— La Pool of London.
— Quel cargo ?
— Ce qu'il trouve. Mais surtout pour le tabac.

Je poursuivis après une cuillerée de soupe au céleri.

— Donc la marchandise provient des Amériques ?

Eliza me dévisagea.

— Vous vous intéressez au commerce, madame ?
— Mon défunt mari était marin.

De nouveau, elle leva les yeux de sa soupe.

— Quelle spécialité ?
— Les os de baleine. Il en faisait le négoce.

Le silence se fit, émaillé du cliquetis des cuillères contre la porcelaine.

— Il est mort quand, si la question ne vous gêne pas ?

Je levai les yeux sur Charlotte. Son père était rarement un sujet de conversation, d'ailleurs elle ne nourrissait aucune curiosité à son égard, étant donné qu'elle ne l'avait pas connu.

— Il est mort avant la naissance de Charlotte.

— Comment ? demanda-t-elle doucement, comme une petite exclamation de surprise.

Ses yeux sombres brillaient d'une telle ferveur que j'en fus désarçonnée. Je m'essuyai les lèvres avec ma serviette.

— Je suis désolée, se reprit-elle. Vous devez me trouver malpolie.

— Nullement, rétorquai-je avant de réfléchir à voix haute. C'est une question tout à fait légitime, n'est-ce pas ? Après tout, la mort frappe tout un chacun. Cela fait des années que personne ne m'a posé de questions à propos de M. Callard, c'est tout.

Son nom sonna étrangement dans ma bouche, et dans cette pièce dans laquelle il avait pris place un nombre incalculable de fois, sur la chaise qu'occupait désormais Charlotte. Rien n'avait changé – les murs bleu pâle, la table et les chaises en noyer –, pourtant, tout y était profondément bouleversé.

Par un samedi matin du mois d'avril, alors qu'il était attablé pour le petit déjeuner, il avait fermé les yeux, la tête dans ses mains. Songeant qu'il avait dû boire plus que de raison la veille, je lui avais servi une autre tasse de café, j'avais étalé la marmelade sur son toast. La scène n'avait rien d'atypique, si bien que je ne m'en inquiétai pas et, une fois mon petit déjeuner terminé, j'emportai mon journal au salon. Je me souviens encore de la réclame que j'étais en train de lire – pour du pain d'épices, et une boulangerie de Cornhill – quand le cri d'Agnes avait retenti, suivi de mon nom. J'étais persuadée qu'elle avait vu une souris.

Daniel s'était effondré, à moitié tombé de sa chaise, la tête dans ses mains. Il gémissait de douleur. Agnes,

Maria et moi l'avions transporté à grand-peine jusqu'à l'escalier. Il avait vomi au premier palier et, arrivé au troisième étage, il était luisant de sueur. En retirant sa veste, nous avions trouvé sa chemise détrempée. Au seuil de notre chambre, ses yeux roulaient dans leurs orbites et ses membres tressautaient de manière convulsive. Le temps que nous parvenions à le hisser sur son lit, il était évident qu'il était à l'article de la mort. Certaines de ces heures s'abîmèrent dans les oubliettes de ma mémoire, mais je me souviens que le jour avait cédé le pas à la nuit et que mes jambes étaient ankylosées à force de rester agenouillée. À l'époque, le docteur Mead étudiait à l'étranger. On avait donc fait venir un autre praticien, que Daniel et moi ne connaissions pas et qui ne lui prodigua pas les bons soins auxquels notre ami nous avait habitués. Il avait voulu savoir si Daniel souffrait de maux de tête. À trois ou quatre occasions au cours de l'année, la douleur avait été si violente qu'il était resté couché toute la journée, mais le soir venu, il était rétabli et à même de prendre son souper assis dans son lit. Une infime partie de moi se demandait sans doute si tout allait bien, mais je ne la laissais pas envahir mon esprit, préférant fermer la porte de la chambre pour me retirer en compagnie de mon journal, me répétant qu'il avait trop bu. Je ne pouvais pas me permettre d'envisager de perdre de nouveau quelqu'un. À tort, je croyais qu'en épousant un homme plus jeune, je m'épargnais des années, voire des décennies durant, la perspective d'un décès. J'aurais dû me rappeler que la mort, tout autant que la vie, est attirée par la jeunesse et la beauté.

— La docteur a expliqué que c'était le cerveau, dis-je

à Eliza. Il s'est plaint de maux de tête au petit déjeuner et le soir même il était mort.

Charlotte et elle me regardaient fixement avec la même gravité. Je soulevai ma cuillère et me mis à manger, mais j'avais fait venir la mort dans la pièce, qui planait désormais comme la fumée d'un cigare. Sa présence avait persisté sous notre toit longtemps après le décès de Daniel. Il m'arrivait encore, au beau milieu de la nuit, d'aller vérifier que Charlotte respirait correctement. Quand elle était bébé, j'y allais toutes les demi-heures, y compris en présence de la nourrice, qui ronflait affalée dans un coin de la pièce. Je m'approchais de Charlotte et cherchais le menu reniflement de son petit nez, la main posée sur sa peau soyeuse pour m'assurer qu'elle dégageait de la chaleur. Au plus profond de son sommeil, elle était loin de se douter que sa quiétude m'apaisait et me donnait, pour l'heure, un sentiment de sécurité. Puis fatalement, en grandissant, elle s'était mise à ramper, à marcher, à rouler. Il y avait des escaliers vertigineux, les foyers rougeoyants des cheminées, tous ces menus objets qu'elle risquait d'ingérer ; les briquettes de charbon, les dés à coudre, les bouts de bougies. Je les faisais ranger sous clé ou en hauteur, hors de portée de ses petites mains collantes. Si j'avais pu rembourrer toutes les surfaces et capitonner la moindre arête de la maison, je ne m'en serais pas privée.

— Dites-moi, Eliza, les enfants confiés à vos soins étaient-ils souvent malades ?

— Non. Les deux garçons étaient de solide constitution. Ils avaient bien un petit rhume de temps en temps, mais jamais rien de grave, comme la varicelle.

Solide. Avec sa peau diaphane et son ossature fine, Charlotte était-elle solide, elle aussi ? Elle n'avait pas grand appétit, ni les joues roses ou les cuisses potelées des enfants que j'observais dans la rue.

— Les emmeniez-vous souvent dehors ?

— Ils étaient tout le temps dehors, madame. Je n'arrivais jamais à les faire rentrer.

— Et ils n'attrapaient pas de maladies ?

— Non, madame.

— La coqueluche, des engelures ?

— Pas une seule fois.

— Deux jeunes enfants dans Londres, au milieu des fosses d'aisances, des rats et des carcasses d'animaux entassées dans la rue. N'étiez-vous pas préoccupée par leur santé ?

— Non, madame, répondit-elle d'une petite voix.

Je poussai un soupir, après quoi je me servis machinalement de la compote, alors que je n'avais plus faim.

— Voilà qui me semble bien imprudent.

Le repas se poursuivit en silence, et je crus pour ma part que la conversation était terminée. Mais Eliza semblait avoir mûri sa réponse.

— Beaucoup de gens sont obligés de sortir, madame, dit-elle la bouche pleine de pommes de terre, avant d'avaler avec délectation. Les enfants moins, c'est sûr, sauf s'ils travaillent. Mais beaucoup de gens qui sont dehors toute la journée vivent jusque très vieux. Mon frère est balayeur de passage.

Elle s'interrompit pour avaler une nouvelle bouchée et poursuivit :

— S'il y en avait bien un qui aurait dû tomber raide

mort à cause d'une maladie, c'était lui, et il n'a jamais rien eu de sa vie, même pas la rougeole.

Balayeur de passage ! Et un père qui charriait du tabac. Je regrettais de ne pas avoir interrogé le docteur Mead plus avant sur la famille d'Eliza, partant sans réfléchir du principe que les nurses étaient filles de commerçants ou de clercs de comptables. J'aurais dû me méfier, avec son accent de la ville que j'associais à des taudis exigus où s'entassaient des familles de cinq dans le même lit, sans oublier l'étrange senteur qu'elle dégageait. Dès demain, je demanderais à Agnes d'aérer ses vêtements et j'interrogerais le docteur Mead, en lui faisant part... de quoi exactement ? De ma grande déception à découvrir la famille d'Eliza ? De ce qu'il m'avait amené une cockney qui, malgré tout l'attachement de Charlotte à son égard, ne pourrait jamais lui enseigner les bonnes manières ? Je voyais déjà l'expression du docteur, aussi vigilante que serviable, et l'impression que j'allais lui laisser : celle d'une affreuse snob. Je terminai mon assiette, m'essuyai délicatement la bouche, reculai ma chaise et quittai la pièce sans un mot.

Arrivée dans mon bureau, je trouvai Agnes occupée à donner de la lumière. Je me retirai donc au salon pour regarder la rue obscure par la fenêtre. Un allumeur de réverbères dirigeait une chaise à porteurs jusqu'à une maison en face. Ses occupants en sortirent et payèrent les deux porteurs. L'allumeur empocha un sou et éteignit son flambeau, puis la nuit avala les trois hommes. Parcourue d'un frisson, je tirai les rideaux et pris place dans mon fauteuil.

— Je me demande si je n'ai pas commis une erreur, confiai-je à mes parents après un long silence.

Je ne distinguais pas leurs visages. Il faisait froid, l'âtre était éteint et l'idée de m'installer dans l'atmosphère chaleureuse de mon bureau, aussi attrayante fût-elle, semblait requérir un effort considérable. Or j'étais repue et fatiguée, si bien que je laissai mes paupières se fermer.

J'entendis soudain un petit bruit à la porte, qui ne tarda pas à s'ouvrir lentement en raclant contre le tapis. La flamme d'une bougie apparut dans la pièce, jetant sa lueur chaude sur le visage rond et joufflu, percé de ses yeux sombres, de sa porteuse : Eliza. Je restai parfaitement immobile, enveloppée dans l'ombre. Eliza referma la porte derrière elle sans faire de bruit. La flamme avança jusqu'au fond de la pièce au pas hésitant de la jeune femme, étouffé par l'épaisseur du tapis. Je tournai légèrement la tête pour la suivre du regard. Elle leva le bras pour éclairer les murs, comme si elle cherchait quelque chose. Elle longea la cloison, passant derrière ma chaise pour faire le tour entier de la pièce et s'arrêta entre le fauteuil où je me tenais assise et la cheminée. Comme si elle se trouvait à la croisée des chemins, elle s'intéressa sur la gauche au portrait de mon père, puis sur la droite à celui de ma mère, avant de décider de se tourner vers mon père en premier. À petits pas feutrés, la bougie en l'air, elle s'immobilisa devant lui. Elle l'examina, la tête inclinée sur le côté, mais aussitôt ses épaules s'affaissèrent, comme si elle était déçue. Elle se tint prostrée quelques instants, et nous restâmes à le contempler à la lueur vacillante de la bougie : son visage sérieux, son regard plein de bonté. Puis Eliza se tourna vers ma mère, illuminant des portions de son portrait

– ses lèvres en bouton de rose, des boucles dorées – avant de les abandonner aux ténèbres. Elle poussa un soupir, abaissa la flamme, qui éclaira de son faible faisceau le secrétaire installé sous le portrait de ma mère avant de tomber en biseau à hauteur de ses hanches. C'est à cet instant que je décidai de rompre le silence.

— Le peintre a parfaitement réussi son ouvrage, si ce n'est la couleur des yeux, qu'elle avait bleus et non noisette.

Eliza sursauta en poussant un cri strident qui déchira le calme velouté de la pièce. Elle lâcha la bougie, qui tomba sur le sol dans un bruit sourd avant de s'éteindre. Je me penchai pour la ramasser quand elle roula à mes pieds. Au même moment, la porte s'ouvrit en coup de vent, découpant la silhouette d'Agnes sur le seuil.

— Madame ? C'est vous ?

— Agnes, nous allons avoir besoin d'une ou deux bougies. Celle d'Eliza, hélas, s'est éteinte. Et la cire aura coulé sur le tapis ; j'ignore ce que vous utilisez dans ce cas, mais j'espère sincèrement que vous pourrez le nettoyer.

Agnes fouilla des yeux la pièce obscure, puis hocha la tête et regagna l'escalier. J'entendais le souffle ébranlé d'Eliza. J'aurais presque juré pouvoir entendre les battements affolés de son cœur contre sa poitrine.

— Madame, je ne savais pas que vous étiez dans la pièce, plaida-t-elle.

— Je vais où bon me semble sous mon propre toit. Contrairement à vous. Avant de partir, ce que vous ferez sur-le-champ, et sans référence, souhaitez-vous m'expliquer ce que vous faisiez à rôder ainsi dans mon salon ?

Elle resta silencieuse. Agnes revint avec deux bougies allumées, les pupilles dilatées par la curiosité, le regard oscillant entre Eliza et moi.

— Merci, Agnes. Donnez-les-moi.

Elle me les confia et repartit en prenant soin de fermer la porte derrière elle. Je me levai, tendis une bougie à Eliza, puis soulevai l'autre pour éclairer le cadre.

— Voici ma mère, Marianne. Elle avait vingt-quatre ans à l'époque de ce portrait – que mon père avait commandé à l'occasion de leur mariage. Elle trouvait l'arrière-plan trop sombre et triste; elle aurait préféré des nuages blancs et un ciel bleu, au lieu de quoi elle a eu droit à des nuages d'orage et des arbres sombres. Tout à fait prophétique, quand on y pense. Comme si l'artiste se doutait de ce qui allait advenir.

Eliza me dévisageait, bouche bée, une lueur tapie au fond de ses yeux noirs.

— Et voici mon père, Patrick.

Je m'approchai de son tableau accroché dans l'alcôve de gauche, et elle me suivit, docile comme un agneau.

— Bel homme, vous ne trouvez pas? Il est né à la Barbade. Pouvez-vous imaginer un tel endroit? Il m'en parlait quand j'étais petite fille: les palmiers, les vents chauds et le soleil qui brûlait la peau si on ne prenait pas garde. Il racontait que la mer y était d'un bleu incroyable, plus encore que le ciel ou qu'un saphir. En Angleterre, il avait constamment froid. Il portait une liseuse sous ses vêtements.

Je rebroussai chemin jusqu'à mon fauteuil, emportant mon halo de lumière.

— À présent, vous pouvez m'expliquer ce que vous faisiez à rôder à pas de loup dans cette pièce, à moins que vous ne préfériez le confier au docteur Mead, à qui je vais faire porter une lettre afin qu'il vienne au plus vite. Sinon le veilleur de nuit ne devrait pas tarder à passer. C'est comme vous voulez. D'une manière ou d'une autre, j'aurai le fin mot de l'histoire.

La peur la paralysait ; la flamme de sa bougie qu'elle agrippait entre ses doigts tressautait dans le noir.

— Madame, dit-elle d'une voix à peine audible. Je ne faisais aucun mal, je vous le promets. Seulement, après ce que vous avez dit au dîner, sur la mort de votre mari... je me suis demandé s'il y avait un portrait de lui quelque part dans la maison.

— Et pour quelle raison pourriez-vous avoir envie de voir un portrait de mon mari ?

— C'est que son histoire est tellement tragique, si je peux me permettre, que je voulais me le représenter plus clairement, dans ma tête. C'était mal de ma part, je suis désolée.

Après réflexion, je lui répondis :

— C'était impertinent, peut-être. Osé, certainement. Ai-je envie d'avoir chez moi une employée effrontée, Eliza ? Si vous étiez à ma place ?

Elle ouvrit, puis referma la bouche.

— La réponse est non, tranchai-je. Pas plus que je ne souhaite voir une telle attitude déteindre sur ma fille. La curiosité est une chose différente, mais elle ne doit jamais être inappropriée.

— Oh, elle est très curieuse, répliqua Eliza d'une voix enjouée. Elle m'a déjà posé toutes sortes de questions, sur moi, et sur Londres et... sur tout, en fait.

Je la regardai fixement. Son visage semblait éclairé de

l'intérieur tout autant que de l'extérieur, par une flamme bien plus puissante que celle de sa seule bougie.

— Vous m'en direz tant, commentai-je. Et que lui racontez-vous ?

Elle haussa une épaule.

— Des choses et d'autres. Tout à l'heure, je lui ai parlé des ménageries sur le Strand. Vous y êtes allée ? Non, bien sûr que non. Désolée. Il y a une maison avec un éléphant dedans. Et dans une des auberges, il y a deux chameaux dans une étable.

— Des chameaux à l'étable ? Sommes-nous à Londres ou Bethléem ?

Un rire lui échappa et elle posa précipitamment la main sur sa bouche.

— Je crois qu'ils s'appellent Wallis et Winifred. Ils sentent mauvais comme c'est pas permis. Et en plus ils crachent. Il ne faut surtout pas s'approcher de trop près.

— Et qu'y a-t-il d'autre ? m'enquis-je.

— Il y a une drôle de créature. J'ai oublié comment qu'elle s'appelait. On dirait un éléphant, mais court sur pattes. Et puis il a une corne au milieu de son visage, elle est en os.

— Allons, vous vous moquez de moi.

— Non, je vous jure ! Je l'ai vue de mes propres yeux. Moi et mon amie, on y est allées. Ils nous ont dit que la créature, elle venait d'Afrique, alors mon amie a voulu voir.

— L'Afrique, ici même à Londres.

Le mot avait des sonorités riches et exotiques.

— J'imagine qu'il s'y trouve des créatures très différentes, poursuivis-je.

— Si vous payez six pence, vous pouvez aller voir l'éléphant. Il faut monter un escalier étroit jusqu'à une pièce au-dessus de la rue et c'est à peine s'il tient à l'intérieur, le pauvre. Il a des chaînes aux pieds et au cou, à part ça, je ne donne pas cher du plancher et du plafond. Il les ferait voler en éclats, à mon avis. Il pourrait pulvériser trois hommes et leurs charrettes rien qu'avec un coup de sa trompe. Moi, j'ai fait attention de ne pas trop m'en approcher. Comme mon amie connaissait l'ouvreur, on a pu entrer pour trois pence chacune. Il a même dit qu'on pourrait y retourner si c'était calme, mais on n'a pas eu envie. Dès que j'ai vu ses yeux, j'ai voulu m'en aller. J'ai eu l'impression de voir son âme. Je n'ai pas aimé ce que j'ai vu.

— Pourquoi donc ?

— Parce que c'était… c'était triste. Je sais bien que c'est un animal et qu'il n'a pas de sentiments, mais aussi vrai que je vous parle, je sais que cette créature se sentait seule. Elle n'était pas à sa place, là-bas.

Nous restâmes un instant en silence tandis que j'essayais de me représenter cet imposant animal qu'il ne m'avait été donné de voir que par le truchement de gravures.

— Charlotte adore les animaux, n'est-ce pas ? demanda Eliza.

— Oui, soupirai-je. Elle gâte tellement le chat de la cuisine qu'il est devenu énorme et qu'il passe son temps à se prélasser au chaud. Elle a une perruche ainsi qu'une tortue. Je refuse de lui prendre un chien. Je ne supporte pas les aboiements ni les poils, et encore moins tout le désordre qu'il sèmerait… non.

Emportée dans mon élan, je secouai la tête et me levai prestement.

— Je vais écrire au docteur Mead pendant que vous faites vos bagages. Vous préviendrez Charlotte demain matin. Est-elle prête à aller au lit ?

Eliza eut le bon goût de prendre l'air contrit :

— Oui, madame.

Nous restâmes un instant à nous dévisager, et son regard me laissa l'impression distincte qu'elle aurait eu bien des choses à dire, mais ne pouvait s'y résoudre. Pour ma part, j'étais bien soulagée d'avoir une bonne raison de la congédier, autre que le seul poids de mes préjugés.

— Vous resterez ce soir, la nuit est tombée. Mais vous partirez avant le petit déjeuner.

Je lui ouvris la porte et lui emboîtai le pas dans le couloir désert.

Chapitre 11

Une heure plus tard, j'étais assise dans la chaleur rougeoyante de mon bureau lorsque Agnes annonça le docteur Mead, et s'effaça pour le laisser entrer. En apercevant mon ami, je me redressai avec stupeur. Il avait le visage blême, le regard sombre, des cernes violacés sous les yeux. Je me précipitai vers lui.

— Docteur Mead, que se passe-t-il?
— Mon grand-père est mort, répondit-il d'une voix épaisse.

Nous restâmes face à face dans l'espace exigu. L'envie de le serrer dans mes bras, aussi vive qu'une braise étincelante, s'embrasa fugacement avant de s'éteindre. Je posai la main sur sa manche. Elle était humide.

— Agnes ne vous a pas débarrassé de votre manteau. Permettez-moi de m'en charger. Je vais faire monter du brandy. À moins que vous ne préfériez du porto? Ou du vin?

Il restait sans voix, bouleversé par la douleur. Je l'aidai à retirer son vêtement puis je descendis à l'étude, où une armoire fermée à double tour contenait nos meilleurs alcools. Sans réfléchir, je jetai mon dévolu sur une des bouteilles de brandy les plus onéreuses que mon beau-frère avait envoyée un jour pour Noël. J'attendais une occasion pour la dépoussiérer. Quelques secondes plus tard, je retrouvai le docteur Mead dans l'atmosphère tamisée du bureau. Je débouchai la bouteille et remplis à la hâte deux verres en cristal.

Sa douleur crue était si palpable que je n'osais poser les yeux sur lui. Il ne savait pas encore comment s'en accommoder ni où la poser. Un sentiment que je connaissais bien.

— Je vous présente toutes mes condoléances, annonçai-je. À la mémoire de votre grand-père.

Nos verres s'entrechoquèrent et nous bûmes une longue gorgée. Le docteur Mead se laissa tomber sur le fauteuil comme si un poids bien plus lourd que son manteau avait quitté ses épaules.

— Quand est-ce arrivé ? m'enquis-je.

— Ce matin.

Il passa une main sur son visage et remit un peu d'ordre dans les mèches de cheveux qui s'étaient échappées de sous son chapeau. Il finit par retirer son couvre-chef et le déposer par terre à ses pieds.

— Il avait quatre-vingts ans. Un âge vénérable, comme on dit. Nous lui étions d'autant plus attachés que nous avons eu la chance de le côtoyer toutes ces années.

— Ne seriez-vous pas mieux chez vous ? Je suis terriblement navrée de vous avoir fait appeler. Si j'avais su…

— Chez moi, répéta-t-il sans conviction. Avec mes domestiques ?

— Non, avec votre famille.

— C'est aux femmes qu'il incombe de prendre en charge le chagrin. Ma mère est actuellement occupée à la demeure de mon grand-père, je ne ferais que la déranger.

Je savais que le docteur Mead avait une myriade de sœurs sur lesquelles veillait leur mère telle la bergère sur ses ouailles, si obnubilée par leur bien-être et celui de ses petits-enfants qu'elle en négligeait son unique fils. Après le décès de son époux des années plus tôt, elle continuait à habiter leur demeure de Berkeley Square où elle se pliait à un calendrier de rendez-vous chargé malgré ses soixante ans. Avec toutes ces femmes dont il devait assurer la subsistance, et tous ces enfants dont il devait se soucier à l'orphelinat, c'était à se demander comment le docteur Mead trouvait le temps de se raser.

— Je suis navrée. Heureusement, la ville de Londres compte encore un docteur Mead.

Il s'efforça de sourire. Ne sachant comment poursuivre la conversation, nous bûmes une nouvelle gorgée en silence.

— Que vouliez-vous me demander ? reprit-il après un temps.

— Moi ?

Un court instant, je me sentis désemparée, puis je me souvins : Eliza. L'incident de l'autre côté du palier, une heure plus tôt. Il me semblait sans importance, à présent. Je me méfiais d'elle, mais force était de constater que je me méfiais de tout le monde. Je scrutai le visage avenant et accort du docteur et décidai de ne pas le navrer inutilement. Il avait suffisamment souffert pour aujourd'hui.

— Oh, répondis-je. Charlotte avait une légère toux, mais à mon avis elle vivra.

Elle *vivra* ! Quelle indélicatesse !

— Je veux dire par là qu'elle se sent déjà beaucoup mieux. Un simple accès de fièvre, parti à peine arrivé.

— Vous m'en voyez ravi. Voulez-vous que je l'ausculte ?

— Non, non. C'est inutile. Je ne vous ferai pas travailler ce soir.

Un infime sourire étira ses lèvres.

— Voilà qui ne vous ressemble pas du tout, madame Callard. D'ordinaire, vous me demandez une consultation au moindre reniflement.

— Peut-être suis-je en train de devenir négligente, sur mes vieux jours.

Il sourit.

— Depuis combien de temps nous connaissons-nous, désormais ?

— Voilà onze ans et un mois que nous avons emménagé ici. Vous étiez encore étudiant, à cette époque, si je me souviens bien.

— En effet. Je trouvais Cal très adulte, à vous épouser et à se lancer dans les affaires, alors que j'étais encore sur les bancs de Cambridge.

— J'avais oublié que vous l'appeliez ainsi.

— Je lui ai donné bien d'autres noms.

J'étais contente, l'espace d'un instant, de lui avoir changé les idées. Dans l'âtre, le feu crépitait. Les rideaux étaient tirés pour lutter contre le froid et dans la cabine de mon esquif, les yeux mi-clos face au fauteuil occupé, j'aurais presque réussi à me convaincre que Daniel me tenait compagnie. En l'absence d'un époux, c'est une présence masculine qui me faisait surtout défaut. Quand les femmes devisaient entre elles, il était toujours question de préoccupations domestiques : personnel de maison, fournisseurs... Les hommes, eux, parlaient affaires, flottes marchandes, terres étrangères. Des conversations auxquelles je ne participais pas, mais quand Daniel ramenait des connaissances à la maison, j'écoutais leurs échanges avec ravissement. Nous fûmes mariés quatre années durant, le chapitre le plus court de ma vie et pourtant celui qui m'apprit le plus. Quatre hivers, quatre étés. Si j'avais su que nous disposions de si peu de temps, aurais-je essayé de sortir en sa compagnie ? De faire le tour du square par un bel après-midi de printemps ? De me rendre au théâtre en calèche ? Aurais-je dû gravir l'étroit escalier du Strand pour lui montrer l'éléphant entravé par des chaînes ?

— Madame Callard ?

Je sursautai. Le docteur Mead avait comblé l'écart qui nous séparait, s'immobilisant à hauteur de la cheminée dont la lueur vint révéler la moitié de son visage. Quelque chose passa entre nous avant que je n'aie eu le temps de détourner le regard.

— Votre verre est vide. Quel laisser-aller de ma part ! commentai-je en le remplissant à moitié. Dites-moi, les funérailles de votre grand-père auront-elles lieu à la chapelle de l'hôpital des Enfants-Trouvés ? Il était très attaché à cette institution.

— Oui, je suis bien d'accord. Mais il sera enterré à Temple Church, selon ses souhaits. Viendrez-vous ?

Je secouai la tête amèrement. Le docteur s'excusa aussitôt :

— Bien sûr. Pardonnez-moi. Vous en seriez par trop bouleversée.

Je me représentai le docteur, à la fin de la journée, en train de gravir l'escalier menant à sa chambre, puis de moucher sa bougie et de remonter les couvertures sur lui ; l'espace vide à son côté. Un jour, il avait dit pour plaisanter qu'il était marié à son travail, mais son travail ne pouvait pas lui poser une main réconfortante sur le bras, lui apporter une tasse de chocolat chaud ou le serrer tout contre lui quand la tristesse l'assaillait au plus sombre de la nuit. Outre sa charge à l'hôpital, il officiait dans les quartiers les plus défavorisés : il se rendait dans les cafés de Holbourn et St. Giles où il soignait ceux qui pouvaient payer l'entrée à un penny. Parfois, il raccompagnait les patients chez eux, dans leurs chambres et taudis rongés par le froid et l'humidité, au chevet d'un bébé ou d'une épouse malade. Comme ces consultations étaient gratuites, les gens le payaient en nature – avec de la farine, des bougies, des petites choses qu'il était bien obligé d'accepter pour ne pas les froisser. Son grand-père avait fait de même, y compris à un âge très avancé, ce qui lui avait valu le plus grand respect.

— Vous devez être fatiguée, dit-il. Je vous remercie pour le brandy.

— Nullement. Restez. Parlez-moi de votre grand-père. Parlez-moi de l'autre docteur Mead.

Il fit passer son verre d'une main dans l'autre. Le liquide scintilla à travers les facettes du cristal.

— Qu'aimeriez-vous savoir ?

— Autant commencer par le début : où est-il né ?

— Il est né à Stepney, figurez-vous.

— Il en a fait, du chemin, jusqu'à Bloomsbury.

Il eut un sourire.

— Certes. Savez-vous qu'il a vécu en Italie ? Il est diplômé de l'université de Padoue. C'est la raison pour laquelle j'ai étudié là-bas, moi aussi.

Se prenant au jeu de mon interrogatoire, il poursuivit :
— Il a veillé la reine Anne sur son lit de mort.
— Je ne vous crois pas.
— Et si ! À la fin, elle ressentait une soif immense, qu'aucune boisson ne parvenait à étancher. Il a préconisé du raisin, si bien que la fois suivante, il y en avait des plateaux entiers à travers toute la pièce, des centaines de grappes.
— Il fut également le médecin du roi, si je ne m'abuse ?
— En effet. Mais pour être tout à fait honnête, son travail auprès des plus défavorisés m'impressionnait plus que ses consultations à la cour. C'est là qu'il était au sommet de son art. C'est cet homme-là que je souhaite devenir.
— C'est l'homme que vous êtes déjà.
Après un silence recueilli, le docteur reprit :
— Un de ses amis s'est présenté à Great Ormond Street pour présenter ses condoléances aujourd'hui. Un écrivain. Quels étaient ses mots, déjà ? Je vais m'en souvenir…
Il fronça les sourcils et le bout de sa langue affleura à ses lèvres.
— Il m'a dit : « Plus que la plupart des hommes, votre grand-père vivait dans le grand soleil de la vie. » Jamais je ne l'oublierai, aussi longtemps que je vivrai.
Nous restâmes ainsi en silence, absorbés dans nos pensées, et il m'apparut soudain que je n'avais pas un seul instant songé à autre chose qu'à l'objet de notre conversation. Je connaissais mal cette sensation. À l'heure qu'il était, Maria devait être aux fourneaux ; Agnes en train de réchauffer les lits ; à l'étage, Charlotte n'allait pas tarder à se coucher.

Au même instant, comme si le fil de mes pensées l'avait fait se matérialiser devant nous dans la pièce, le docteur Mead m'interrogea :

— Comment s'en sort Eliza ?

Je songeai à ses pas étouffés sur le tapis, à la flamme indiscrète de sa bougie. À sa bouche pleine de pommes de terre et à ses récits de chameaux et d'éléphants. Elle était ici depuis un jour et pourtant on aurait dit qu'il s'était écoulé un mois, comme si elle comblait un espace béant dont nous ignorions l'existence. Je décidai pour l'heure de la garder à mon service. Par amitié envers lui.

— Elle est tolérable, répondis-je.

Il haussa un sourcil.

— Tolérable ?

— Cela fait à peine un jour qu'elle est arrivée.

— J'espère qu'elle ne vous aura pas contrariée ?

En cet instant, j'aurais pu tout lui dire, lui porter un coup, rajouter encore à sa peine. Je posai mon verre sur la table et passai la langue sur mes lèvres.

— Vous commencez à bien me connaître, désormais, docteur Mead. Si vous entriez en service chez moi, je commencerais par vous trouver des défauts à vous aussi.

Il sourit, l'air ravi.

— Je ferais probablement une piètre nurse.

La question qu'il me posa ensuite me prit au dépourvu.

— D'après vous, qu'aurait pensé Daniel de la situation ?

— Je n'y ai pas vraiment songé. Il aurait peut-être noté la surreprésentation des femmes dans cette demeure, et nul doute qu'il aurait trouvé cela tout à fait réjouissant.

— Je partage cet avis.

— Après tout, il n'avait ni frère ni sœur. Même s'il n'avait à proprement parler aucun patrimoine à léguer, il n'appréciait pas particulièrement les enfants.

— Mais vous avez eu Charlotte, souligna-t-il avec chaleur. Il ne vous a pas laissée tout à fait seule. Quel dommage qu'il n'ait jamais pu la rencontrer ! Quel dommage que je n'aie pas été là !

— Vous étiez à l'étranger. Ma sœur était présente, souvent à l'excès. Avec Ambrosia, je n'avais besoin de rien.

Après un temps, je conclus :

— Je suis désolée de ne pas assister à l'enterrement.

— N'y pensez plus.

Un silence agréable nous enveloppa. Je n'avais jamais interrogé le docteur Mead sur ce qu'il avait bien pu penser de moi lorsque nous avions fait connaissance, une semaine ou deux après mon mariage. Qu'à l'âge de vingt-neuf ans je ne sois toujours pas mariée, sans pour autant être veuve, était parfaitement choquant ; les femmes qui se retrouvaient dans cette situation étaient soit des créatures en deuil soit des créatures de la nuit. Je n'avais aucun désir d'être une épouse de la bonne société, subordonnée à un défilé incessant de convives, qui servait des flans pâtissiers et du punch dans de la vaisselle en porcelaine, d'autant plus qu'à un âge aussi avancé, j'ignorais s'il m'était encore possible d'avoir des enfants. Fort heureusement, Daniel n'avait pas de desiderata particuliers et m'accepta telle que j'étais. Le jour de leurs noces, la plupart des mariées sont comblées d'un amour et d'une joie qu'elles appelaient de leurs vœux depuis des lustres. Pour ma part, je ne ressentis que du soulagement. Toute ma vie, j'avais cherché un refuge et je venais enfin de le trouver.

Eliza prit rapidement ses marques à Devonshire Street, où elle observait la routine suivante : elle se levait à six heures, allumait le feu, allait puiser l'eau et prenait son petit déjeuner. À sept heures, elle réveillait Charlotte et lui faisait sa toilette à l'aide d'une éponge, après quoi elle la frictionnait vigoureusement et l'habillait. Jusqu'alors, Charlotte se préparait toute seule, mais à présent Eliza pouvait l'aider et en profiter pour être attentive à la moindre altération de son état de santé. Une fois Charlotte prête, Eliza me l'amenait à la table du petit déjeuner avant de retourner dans sa chambre pour aérer, faire les lits et vider les seaux. Charlotte me faisait la lecture pendant une heure, après quoi venait le temps des leçons : arithmétique, français et pianoforte, sans oublier l'italien une matinée par mois. Pendant ce temps, Eliza ravaudait les habits de Charlotte, puis cette dernière la rejoignait pour des travaux d'aiguille, que pour ma part je ne lui avais jamais enseignés. L'après-midi, Eliza et Charlotte jouaient aux échecs et aux cartes, puis Eliza lui lavait les mains et la préparait pour le dîner, servi promptement à cinq heures. En trois jours, Eliza avait confectionné deux mouchoirs en coton à lisérés simples à partir de deux chemises de nuit devenues trop petites pour Charlotte. Le cinquième jour, nous partîmes toutes les trois à l'église en calèche et prîmes place sur notre banc habituel, notre tout nouveau trio attirant des regards curieux. Eliza, plus docile que je ne l'avais jamais vue, gardait le regard rivé au sol. Le docteur Mead était absent et je récitai une prière pour sa santé, ainsi que pour son grand-père.

Un matin, une semaine après l'installation d'Eliza, je trouvai une lettre d'Ambrosia appuyée contre la salière et la poivrière, telle une quatrième convive à table. Folle de joie, je la montai dans mon petit salon pour me délecter plus tard de sa lecture, et elle resta à me lancer des œillades depuis le manteau de la cheminée. Il faisait une de ces journées lumineuses et froides et un ciel d'un blanc limpide se découpait au sommet des maisons. J'étais arrivée à mi-parcours du *General Adviser* lorsque je fus dérangée dans ma lecture par un vacarme au-dessus de ma tête, comme si on déplaçait des meubles. Je me précipitai à l'étage. La porte de la chambre de Charlotte était ouverte en grand et une avalanche de robes encombrait le seuil. Eliza et elle, main dans la main, le visage tout rouge, sourire aux lèvres, cheveux en bataille, sautaient à cloche-pied en riant.

— Mais qu'est-ce donc que ce chahut ?

Instantanément, Eliza se redressa, mais Charlotte ne desserra pas son étreinte autour de sa main.

— Nous dansions, mère ! Eliza m'apprend une gigue.

J'en restai abasourdie.

— Si nous faisons trop de bruit, nous allons nous arrêter, madame, m'assura la nurse.

— Vous faites *beaucoup* trop de bruit. J'ai cru que quelqu'un s'était attaqué à l'armoire à la hache pour en faire du petit bois.

Eliza plaqua la main sur sa bouche pour étouffer son rire, tandis que Charlotte gloussait sans retenue. Cette sonorité, s'épanchant d'elle avec un tel naturel, m'était étrangère.

— Si vous le permettez, madame, nous pourrions nous entraîner dans la cour.

— Dehors ? Non, certainement pas.

— *S'il vous plaît*, mère. Regardez, je connais presque tous les pas.

Charlotte, coiffe de guingois et cheveux dans tous les sens, commença à se dandiner.

— J'ai du mal à voir en quelle occasion vous pourriez être appelée à danser de la sorte. Maintenant, cessez donc de vous cogner partout, vous me dérangez.

— Si vous nous laissez sortir, nous resterons bien en vue, madame. Nous ferions moins de bruit qu'ici.

— Oui, dans la cour, la cour, la cour, la cour ! se mit à hurler Charlotte.

— Ça suffit ! soupirai-je. Allez-y, avant de me donner la migraine.

Elles s'élancèrent avant que je n'aie le temps de changer d'avis, dégringolant l'une sur l'autre jusqu'à la cage d'escalier, tandis que je leur criai de verrouiller la grille arrière de la maison. La chambre de Charlotte n'était plus qu'une explosion de jouets, ici des toupies couchées sur le flanc, là des dominos éparpillés comme des feuilles mortes, là-bas des poupées catapultées sur le dos. L'état des lieux était inadmissible ; j'en ferais part à Eliza ultérieurement. Mais aussitôt une autre pensée me traversa l'esprit : ma propre chambre donnait à voir le même spectacle quand j'étais enfant, à l'époque où j'entraînais Ambrosia dans mes mises en scène rocambolesques. Charlotte avait désormais l'amie, la compagne de jeu que je n'avais jamais été en mesure de lui offrir. Après un soupir, je fermai la porte de la chambre.

L'enceinte murée à l'arrière de la maison, d'une vingtaine de pieds de longueur pour dix de largeur, hébergeait une réserve à charbon contre le muret du fond. Eliza et

Charlotte s'étaient emmitouflées contre le froid – Eliza, les mains nues, portait son manteau en grosse laine et Charlotte, celui en serge épaisse qu'elle mettait à l'église. Elle avait les mains protégées par un manchon et des pans de son manteau dépassaient une paire de bottines en cuir de chevreau qui sortaient si rarement de la maison qu'elles étaient comme neuves. Je les ai regardées danser la gigue, cernées par ces trois murs de briques tels des cochons à l'enclos, leur souffle dessinant de petites volutes. Un gros chat tigré fit son apparition au sommet de celui qui surplombait l'allée, et Charlotte le montra du doigt avec émerveillement. Le félin les toisa d'un air méprisant, jusqu'à ce qu'Eliza soulève brusquement Charlotte et que cette dernière retire une main de son manchon pour la tendre vers l'animal. Par réflexe, j'ouvris grand la bouche pour lui hurler d'arrêter, mais j'étais séparée d'elle par le carreau de la fenêtre. Je n'eus d'autre choix que de la regarder le caresser une fois, deux fois, jusqu'à ce que le gros animal se lasse et se laisse couler de l'autre côté. Comme si elle avait senti le poids de mon attention, Eliza jeta un œil par-dessus son épaule en direction de la maison. En m'apercevant, elle esquissa un sourire puis elle s'accroupit pour parler à Charlotte. Elle montra la façade, Charlotte suivit son doigt et toutes deux agitèrent la main à mon intention. Après un temps d'hésitation, je levai la main à mon tour, constatant à quel point elles se ressemblaient, de loin, avec la pâleur de leur visage arrondi, leurs cheveux noirs et le tracé droit de leurs sourcils. Je m'abîmai dans leur contemplation, étrangement détachée, comme s'il s'agissait de parfaites inconnues. Elles finirent par baisser la main et se retourner l'une vers l'autre, et j'en profitai pour me retirer sciemment de leur vue, avec le sentiment que je venais de leur dire au revoir alors qu'elles appareillaient à bord de quelque navire qui m'abandonnait à terre.

Désireuse de me changer les idées, je me saisis de la lettre d'Ambrosia et allai me munir du coupe-papier dans le secrétaire sous la fenêtre. J'en profitai pour jeter de nouveau un œil au-dehors. J'aperçus alors non pas seulement deux, mais trois silhouettes.

Un homme se tenait de l'autre côté du mur et jetait des regards dans la cour. Eliza avait posé un bras protecteur sur les épaules de Charlotte. La terreur me frappa brutalement, mais avant que je ne tourne les talons pour me précipiter dans l'escalier, l'expression de l'homme me saisit. Elle n'était ni cruelle ni concupiscente, mais implorante. Des boucles rousses tombaient de sous sa casquette noire, sa peau était d'une pâleur translucide et son manteau, bien trop fin pour affronter le mois de février – un mendiant, à n'en point douter, d'autant plus qu'Eliza lui disait non en secouant la tête. Je fus prise d'une sensation de vertige en imaginant cet homme brandir un couteau ou un pistolet. Je me jetai dans l'escalier tandis que toutes sortes d'intrigues se bousculaient dans mon esprit : l'homme les tuait d'une balle en pleine tête, ou les taillait en pièces avant de les laisser se vider de leur sang dans la boue. Arrivée à l'escalier de la cuisine, je me ruai au sous-sol et passai en coup de vent devant Maria, occupée à pétrir la pâte sur la table.

— Madame ? bafouilla-t-elle tandis que j'ouvrais la porte à la volée.

Surpris par le bruit, les trois visages pivotèrent vers moi.

— Charlotte, articulai-je avec lenteur comme on s'adresse à un cheval effarouché. Venez ici immédiatement.

Mon souffle formait de la buée dans l'air froid. Charlotte leva les yeux vers sa nurse, qui hocha la tête, et marcha sans broncher jusqu'à moi. Maria observait la scène depuis le seuil, son rouleau à pâtisserie armé comme un gourdin.

— Eliza, qui est cet homme ?

Sa voix me parvint, faible et effrayée.

— C'est mon frère, madame.

— Votre *frère* ?

Mon regard glissa jusqu'à la portion de l'intéressé qu'il m'était possible de distinguer, dépassant du mur et de son cou crasseux. S'il avait le teint plus clair que sa sœur, ils avaient la même bouche large et des pommettes saillantes. À bien y penser, Eliza avait des reflets roux dans sa chevelure, comme la lueur d'un feu chatoyant sur la coque d'une châtaigne. Malgré les quinze pieds qui nous séparaient, je le toisai et il m'imita. Entre lui et moi, Eliza restait mutique.

— Va-t'en, Ned, finit-elle par lancer. Allez.

Il opina, se gratta la tête et, après un dernier regard, disparut, comme happé par une trappe. Il avait dû se jucher sur quelque objet pour épier par-dessus le mur, qui s'élevait à une hauteur suffisamment élevée pour préserver la vie privée et la sécurité des habitants, de sorte que les passants n'étaient pas tentés de voler le linge qui séchait dans la cour. Malgré cela, le frère d'Eliza, entre deux pelletées de fumier dans la rue, était venu envahir notre intimité.

— Les visiteurs sont interdits dans cette maison, assénai-je lorsque tout le monde fut de retour dans la cuisine et la porte verrouillée.

J'étais blême de rage.

— Je ne l'ai pas invité, madame, se défendit la jeune fille.

— Dans ce cas, quel était l'objet de sa visite ?

— Quelqu'un nous a rendu visite ? demanda Agnes en arrivant sur ces entrefaites, chargée d'un seau de feuilles de thé usagées dont elle se servait pour nettoyer les tapis.

En atterrissant sur la table, il envoya rouler le rouleau à pâtisserie. Maria plia son grand gabarit pour le ramasser.

— Je n'en sais rien, madame, répondit Eliza. Il sait que j'habite ici, maintenant, alors j'imagine qu'il venait voir comment j'allais.

— Il n'est pas le bienvenu à Devonshire Street.

Eliza inclina la tête, mais resta troublée pendant le reste de la journée. Chaque fois que je la regardais, je me demandais si cet homme était véritablement son frère, passé prendre des nouvelles de sa sœur, ou si sa venue avait un tout autre objet.

Eliza Smith était une énigme, et je n'avais jamais eu de patience pour les devinettes.

Cette nuit-là, je restai éveillée, les rideaux de lit et de fenêtre grands ouverts, à contempler la lune. Sa face gibbeuse en suspens au-dessus des maisons de Gloucester Street luisait à travers un banc de nuages pulvérulents. J'avais veillé tard pour écrire à Ambrosia, qui était arrivée sans encombre dans le Nord-Est où elle avait trouvé à louer aux abords de Durham une demeure appartenant à un duc qui passait l'hiver sur le continent. Sa missive me faisait savoir que la propriété comptait plusieurs hectares ainsi qu'une belle écurie et qu'ils faisaient des sorties à cheval tous ensemble, quand les enfants n'étaient pas occupés à se crotter en courant dans tous les sens comme des chiots. Sachant que ma sœur était arrivée saine et sauve, je ressentis un vif soulagement – m'apercevant que je serrai les dents depuis deux semaines, j'entrepris de me masser les mâchoires du bout des doigts pour chasser la tension. Après quoi je décidai de fêter son arrivée à bon port en me servant un verre de brandy de la carafe rangée sous la fenêtre.

J'entendis l'horloge du couloir sonner au loin les douze coups de minuit. L'eau-de-vie me brûlait la gorge, et mon estomac me réclamait quelque pitance. Je décidai de descendre en cuisine, mes pieds nus s'enfonçant dans l'épaisseur des tapis sans un bruit. Arrivée au sous-sol, je discernai un rai de lumière sous la porte de la cuisine, et le murmure de voix étouffées. Poussant le battant en grand, je découvris Eliza et Agnes assises à la table. Eliza était dos aux fourneaux, Agnes face à la porte. Elles me lancèrent un regard furtif, comme deux joueurs interrompus en pleine partie de cartes, et si ma présence les prenait au dépourvu, elles n'en laissèrent rien paraître, et moi non plus. Je resserrai machinalement ma robe de chambre contre ma poitrine, alors que les braises qui rougeoyaient dans le poêle donnaient une chaleur agréable.

— Madame, dit Agnes. On a cru à un fantôme.

— Je pensais trouver un peu de pain et de fromage.

Agnes se mit en quête de nourriture dans le garde-manger. Eliza fuyait mon regard, tantôt en scrutant ses ongles, tantôt en frottant les entailles de la table.

— J'espère que vous ne serez pas trop fatiguée demain matin, commentai-je.

— Non, madame, répondit-elle à mi-voix.

J'avais interrompu une conversation privée, dont j'étais vraisemblablement le sujet.

Agnes déposa devant moi un petit verre de lait et déplia la toile qui enveloppait le fromage. J'attendis qu'Eliza prenne congé, en vain.

— En descendant, j'ai entendu Charlotte s'agiter dans son lit, insistai-je.

Sans un regard pour moi, elle s'arracha à sa chaise et sortit de la cuisine à pas lents.

— De quoi discutiez-vous, toutes les deux ? demandai-je à Agnes.

Elle agença un croûton de pain et quelques morceaux de fromage sur une assiette. La lueur de l'unique bougie qui éclairait les lieux creusait les méplats de son visage.

— De choses et d'autres. On n'a pas vu le temps passer, répondit-elle avec un bâillement. Je ferais mieux de monter.

Je vérifiai le verrou de la porte de service tandis qu'Agnes fermait les volets. Puis elle se saisit du bougeoir et notre procession silencieuse s'en fut vers les chambres.

Chapitre 12

— Agnes, il y a une femme noire devant chez moi.

Une jeune femme vêtue d'une jupe couleur sable et d'une veste noire, les cheveux encapuchonnés, se tenait devant la fenêtre de la salle à manger et scrutait des deux côtés de la rue comme si elle attendait quelqu'un. Elle avait l'air parfaitement serein. Je me demandais si elle était en service dans l'une des demeures plus cossues du square. Toutefois, quelque chose dans son attitude, dans sa manière de s'habiller, donnait l'impression qu'elle ne devait rien à personne, comme si elle était totalement libre de ses mouvements. J'avais lu des choses sur les habitants noirs de Londres, implantés surtout à l'est de la ville vers les portes de Moorgate et Cripplegate, et qui n'avaient jamais connu l'esclavage. Descendants d'esclaves libérés, ils exerçaient leurs propres métiers et vivaient dans des logis comme tout le reste du Londres ouvrier. Je me demandais ce que mon père, qui avait grandi dans une plantation de sucre à la Barbade, aurait pensé de cette femme d'apparence aussi ordinaire que n'importe quelle Anglaise.

Jusqu'alors occupée à débarrasser la table du petit déjeuner, Agnes abandonna ses piles de porcelaine pour me rejoindre à la fenêtre.

— Ça alors ! s'étonna-t-elle. Elle a pas l'air de s'en faire.

— D'où vient-elle, à votre avis ? m'enquis-je.

— Agnes, je me mets en route !

C'était la voix d'Eliza qui nous parvenait depuis le pas de la porte. Nous étions dimanche, première demi-journée de repos d'Eliza depuis son entrée en service. Elle avait décliné de nous accompagner à la chapelle, si je n'y voyais pas d'inconvénient, pour pouvoir rendre visite à sa famille. À cette annonce, le visage de Charlotte s'était décomposé de façon dramatique, comme si l'idée de se retrouver seule avec moi lui était insupportable, ce qui m'avait rendue d'humeur sombre. Je me représentai Eliza sortir dans la lumière vive du matin, son panier au bras, déambulant dans Bloomsbury, dont les belles demeures et les parcs arborés finissaient par céder le pas à des taudis décrépis et des allées si étroites qu'on pouvait se poster à une fenêtre et serrer la main de la personne qui se tenait à celle d'en face. J'essayai de me représenter sa maison, d'une ou deux pièces, meublée pauvrement, avec son père et son rouquin de frère attablés devant une volaille rôtie qu'ils mangeaient avec les doigts. Je me demandai s'il faudrait lui faire bouillir ses vêtements à son retour : après tout, la peste – entre autres maladies – s'était propagée depuis le cœur de la cité.

Nous apercevant toutes les deux, Eliza s'approcha de la fenêtre.

— Qu'est-ce que vous regardez ?

— Elle est fort élégante, observai-je.

— Je vais lui dire de passer son chemin, s'empressa d'annoncer Eliza. Je partais, de toute manière.

Charlotte l'attendait dans le vestibule et lorsque sa nurse la serra dans ses bras, elle s'accrocha à ses jupes comme une bernicle à son rocher. Elle s'évertua à tirer Eliza par la manche, tant et si bien que cette dernière finit par se pencher pour que l'enfant puisse lui murmurer à l'oreille.

— Mais oui, évidemment que je vais revenir. Je serai là avant le dîner pour te laver les mains. D'accord ?

Mais Charlotte ne se départait pas de son froncement de sourcils, les lèvres figées en un rictus inquiet. Eliza lui avait montré comment boucler ses cheveux en les enroulant pendant toute une nuit dans des papillotes en tissu et, ce matin, elle avait agrémenté ses boucles de rubans.

— Charlotte, laissez-la partir immédiatement et allez chercher votre chapeau pour l'église. La calèche va arriver d'un instant à l'autre.

Agnes s'éloigna dans le cliquetis de porcelaine de son plateau. Quand elle fut hors de portée, j'entendis les voix étouffées d'Eliza et de Charlotte dans le vestibule.

— Ne sois pas triste, la rassurait Eliza. Tu vas à l'église avec ta maman, après tu rentres donner à manger à ta perruche et à ta tortue, tu ranges tes affaires et moi, j'arriverai avant la nuit.

— À quelle heure ?

— À trois heures.

— Tu vas où ? gémit Charlotte d'une voix qui semblait se perdre dans les jupes d'Eliza.

— Je vais retrouver une amie, et on va se promener un peu, et quand on aura si froid qu'on ne sentira plus nos mains, on trouvera une bonne taverne bien au chaud pour manger un morceau. Après, j'irai chez mon frère pour rendre visite à ma nièce et à mon neveu, puis j'irai chez mon père, et après je serai de retour !

— Tu ne vas pas te perdre ?

Eliza laissa échapper un rire.

— Non, je ne me perdrai pas. Je ferais mieux d'y aller.

Mais Charlotte s'était mise à pleurer. Ses menus sanglots flottèrent jusqu'à la salle à manger où je me tenais debout, les mains serrées sur le dossier droit de la chaise.

— Ne pars pas, supplia-t-elle.

Je m'approchai de la porte.

— Cessez immédiatement vos jérémiades, ordonnai-je. Eliza a droit à une demi-journée de congé et vous, vous avez très bien survécu six ans sans la connaître.

Charlotte se dégagea de son étreinte et me toisa avec un mépris palpable. Ses yeux sombres flambaient de colère.

— Je veux aller avec elle, dit-elle d'un air renfrogné.

— Certainement pas.

— Je le *veux* ! s'emporta-t-elle en tapant du pied.

Je l'agrippai par le poignet et la secouai vigoureusement.

— Oh, petite insolente. Montez immédiatement dans votre chambre. Vous n'irez pas à l'église avec moi, et vous serez privée de jeu dans la cour pendant toute la semaine. Ouste !

Elle me décocha un regard meurtrier, puis fit volte-face et partit en courant, m'abandonnant en compagnie d'Eliza. La nurse regarda un instant la cage d'escalier par laquelle Charlotte avait disparu, puis après un silence, me demanda :

— Voulez-vous que je reste, madame ?
— Non.

Elle déglutit.

— Vous irez quand même à l'église ?
— Ma présence est attendue.
— Vous allez laisser Charlotte seule ici ?
— Elle ne sera pas *seule*, il y a la cuisinière et la gouvernante. Avant de partir, vous l'enfermerez à double tour dans sa chambre. La clé est rangée sur le manteau de la cheminée de ma chambre, dans le vase rose. Je vous laisse le soin de lui expliquer les raisons de sa punition, si elle n'a toujours pas compris. À mon retour de l'église, sa chambre sera verrouillée et la clé à sa place. Est-ce clair ?

Elle opina du chef, le regard rivé à ses pieds. Je retournai dans la salle à manger pour guetter l'arrivée de la calèche. La femme noire n'avait pas bougé d'un pouce et continuait à scruter la rue des deux côtés. Quelques minutes plus tard, j'entendis la porte d'entrée se refermer à l'étage inférieur. Puis Eliza remonta les marches et ouvrit le portail. Je ne distinguais pas son visage, mais je vis qu'elle s'adressa brièvement à la femme, qui sourit plaisamment à son approche, mais se rembrunit quand Eliza lui parla. Elle hocha sèchement la tête et s'éloigna vers le haut de la rue. Eliza la regarda s'éloigner et serra son manteau autour de sa poitrine. Elle jeta un œil à la maison, croisa mon regard et détourna aussitôt le sien, puis se mit en marche vers le sud en direction de la ville.

Elle venait tout juste de disparaître au loin quand la calèche noire arriva, précédée des volutes de fumée que soufflaient les naseaux des chevaux dans la froidure matinale. La perspective de m'aventurer au-dehors me mettait toujours dans tous mes états, et je restai une minute entière devant la porte d'entrée, les nerfs tremblant comme des billes au fond d'un sac. Un rien les mettait à rude épreuve ; les ripostes de Charlotte ; l'absence d'Eliza qui me laissait en tête à tête avec Charlotte pour la première fois en un mois. À moins que ce ne soit l'aisance avec laquelle elle sortait de la maison pour s'élancer d'un pas résolu vers le grand fourmillement de la ville. À moins encore que ce ne soit la propension de ma propre fille à être plus attachée à sa nurse qu'à moi.

— Madame, m'appela Agnes, Henry est là avec la calèche.

Elle me poussa doucement jusqu'à la porte et une fois au-dehors me frictionna le haut des bras tandis que le froid m'enveloppait peu à peu. Henry m'aida à monter en calèche, qui s'ébranla avec lenteur, tournant à droite dans Great Ormond Street, où feu le docteur Mead avait vécu, dirigeant de nouveau mes pensées vers son petit-fils. Les obsèques avaient eu lieu et si je n'avais pas été là pour soutenir mon ami, j'avais pensé à lui pendant toute la journée. Je m'étais imaginée lui adressant un sourire pendant la cérémonie, et lui puisant de la force dans ma présence.

Arrivée à la chapelle, tandis qu'un garçonnet de l'orphelinat, habillé avec soin, nous distribuait nos hymnaires, je fus interpellée par une femme plus âgée :

— Votre adorable fillette n'est pas là aujourd'hui, madame Callard ?

La femme était une dénommée Mme Cox, épouse d'un membre des Whigs. Elle était vêtue d'un ensemble de soie bleu barbeau et doré, et sa perruque argentée dépassait ses voisines. Je secouai la tête et fis mine de poursuivre mon chemin.

— Peut-être irez-vous au domicile de Richard Mead après l'office ? C'est aujourd'hui que commence la vente aux enchères.

— Pardon ?

— Les biens de feu le docteur Mead vont aux enchères. Des milliers d'articles sont en vente : des tableaux, des objets anciens, des livres. Très rares, pour certains. N'avez-vous pas lu l'annonce dans la gazette ? Il en a beaucoup été question dans nos cercles à nous.

Son insistance sur le « nous » sous-entendait qu'en qualité d'épouse de simple négociant, j'en étais exclue.

La nouvelle me laissa sans voix. Une vente aux enchères voulait dire que le vieil homme était endetté au moment de son décès, or le docteur Mead n'avait rien laissé paraître en ce sens.

— Je dois rentrer chez moi après l'office, répondis-je.

— Le Tout-Londres va s'arracher ses Rembrandt et ses Hogarth. Il paraît qu'il y a même des premières éditions de Shakespeare.

— Bonne journée, madame Cox.

L'office terminé, je rejoignis aussitôt le banc habituel du docteur Mead. Il était assailli d'importuns, que j'aurais volontiers dispersés comme une vulgaire nuée de mouches. Cinq bonnes minutes s'écoulèrent avant que les dernières ouailles bien intentionnées ne prennent congé de lui en soulevant leur chapeau.

— Madame Callard, me salua-t-il en souriant avant de prendre ma main gantée dans la sienne.

— Comment furent les obsèques ?

— Magnifiques.

— Vous seul êtes capable d'une telle réponse. À l'image de Richard, donc.

— Tout à fait, je vous remercie. Charlotte n'est pas là, aujourd'hui ?

— Elle était fatiguée, ce matin. Je l'ai laissée se reposer. J'ai entendu parler d'une vente aux enchères ?

Son expression changea du tout au tout. Il secoua la tête.

— Au moment de quitter ce bas-monde, mon grand-père n'avait guère plus qu'à son arrivée.

Je fronçai les sourcils.

— C'est-à-dire ?

— Il a laissé une grande quantité de factures impayées. Une grande quantité de grosses factures. Et, comme vous le savez, il est décédé avant d'avoir eu le temps de mettre de l'ordre dans ses affaires, alors je vous laisse imaginer le déluge.

— Un choc, à n'en point douter, j'espère que la situation n'est pas trop désastreuse ?

— Le désastre pourra être évité si nous vendons tout.

— *Tout* ?

— Je dois partir. Je suis navré. La vente ne va pas tarder à commencer. Je ne vous demande pas si vous souhaitez y assister.

Il avait parlé sans méchanceté, pourtant ses paroles me blessèrent.

— Je vous rendrai visite à Devonshire Street dès que possible, conclut-il.

En passant, une femme de petite taille coiffée d'un bonnet bleu posa une main sur son bras et lui souhaita une bonne journée avant de poursuivre son chemin.

— Je souhaite faire une acquisition, lançai-je abruptement. À la vente aux enchères.

De surprise, il cligna des yeux.

— Ah bon ?

— Oui. Votre objet préféré lui ayant appartenu. Offrez-le-vous, de ma part. Un présent. Peu importe le prix.

Il ouvrit et referma la bouche.

— C'est très généreux, mais je vous assure que cela n'est pas nécessaire.

— Ça l'est pour moi. Votre grand-père était un homme généreux, soyons à la hauteur de sa mémoire.

— Docteur Mead ! l'interpella une voix.

Notre conversation fut encore interrompue, cette fois par deux hommes, coiffés de perruques sophistiquées, qui s'empressèrent de serrer la main du docteur.

— Permettez-nous de vous accompagner à Great Ormond Street.

— Ne soyons pas en retard, renchérit l'autre.

Avant que je n'aie pu dire au revoir, ils l'attrapèrent chacun par une manche et l'entraînèrent dans leur sillage. Le docteur afficha une mine désespérée et me fit un au revoir de la main. Je l'imitai et sentis aussitôt ma joie se dissiper.

Une fois à bord de la calèche qui me ramenait à la maison, je soulevai le rideau à l'angle de Great Ormond Street. La rue était bondée d'une foule enjouée, digne de quelque foire champêtre. Remontant la rue, une ribambelle de bonnets et de tricornes s'engouffraient dans la demeure de Richard Mead, dont la porte d'entrée était grande ouverte, tandis que les badauds s'arrêtaient pour s'informer de l'occasion et que les fiacres ralentissaient au pas.

— Vermine, grommelai-je par-devers moi.

Je laissai retomber le rideau, me drapant d'obscurité.

Sitôt arrivée à la maison, je me hâtai de gagner le secrétaire dans ma chambre. Conformément à mes instructions, Eliza avait remis la clé de la porte de Charlotte dans le vase rose sur le manteau de la cheminée. Je la glissai au fond de ma poche, puis sortis mon coffret secret et serrai dans le creux de ma main l'objet dont j'allais avoir besoin. Je descendis les marches qui me séparaient de la chambre de Charlotte et fis jouer le verrou. Je trouvai Charlotte assise sur son lit étroit. Elle n'était pas occupée à observer les allées et venues de la rue ni à s'amuser avec ses jouets comme elle le faisait d'ordinaire pour passer le temps. Elle leva son visage plein d'espoir et, découvrant le mien, se rembrunit.

Oh, disait son expression. *Vous n'êtes pas Eliza*.

— Regrettez-vous votre comportement de tout à l'heure ?

— Oui, maman, dit-elle d'une petite voix.

— Le docteur Mead et Mme Cox se sont enquis de vous, à l'église. J'ai été obligée de leur dire que vous n'aviez pas été sage.

Elle baissa les yeux d'un air lugubre, et je sentis le pincement du remords. Comment expliquer la difficulté à aimer un enfant ? Comment pouvait-on ressentir de la jalousie, de la douleur et du dédain en même temps qu'une affection d'une pureté absolue ? Comment était-ce possible que je parvinsse à peine à la toucher, mais que je pusse, les yeux fermés, reconnaître son odeur et dessiner la moindre tache de rousseur de son visage ?

Je me plantai devant elle, et elle leva les yeux vers moi, dans l'expectative, son petit menton en avant, avec un air de défi. Ses cheveux détachés retombaient sur ses épaules et elle n'avait toujours pas retiré ses bottines d'extérieur. Si je m'agenouillais pour les lui enlever, allait-elle me trouver trop prévenante, changée ? Je décidai de m'asseoir à côté d'elle. Le lit étroit émit un gémissement.

— Regardez, l'invitai-je en sortant de ma poche le *Memento mori* de Daniel, que je présentai à plat sur ma main.

— Qu'est-ce que c'est ?

Elle s'en saisit. Il couvrait quasiment toute la surface de sa paume.

— Je l'ai commandé à la mort de votre père.

Elle contempla la femme effondrée sur son piédestal dans un faste de douleur.

— C'est vous ? souffla-t-elle.

— Juste ciel, non. C'est une représentation symbolique. C'est une mèche de cheveux de votre père.

Je lui montrai les mèches peintes moulées dans l'ivoire, qu'elle effleura du bout des doigts.

— Vous le portez ?

— Plus maintenant. Je le garde à l'abri dans ma chambre. Un jour, il sera à vous.

— Eliza rentre bientôt ?

À peine balbutiant, notre moment d'intimité s'en était allé. Je repliai mes doigts et me levai.

— Retirez vos bottines et rangez vos jouets. Eliza ne va pas tarder.

Sans doute avais-je envisagé la possibilité qu'elle ne revienne pas. De la même manière que je l'envisageais chaque fois qu'Agnes et Maria prenaient leur congé mensuel. Par-delà la maison, Londres était tapie, la gueule ouverte, prête à engloutir quiconque souhaitait disparaître et il n'était pas rare que des domestiques bien mieux payées que les miennes quittent des demeures bien plus grandioses. Cette réalité m'effrayait. C'était pour cette raison que je veillais à bien chauffer la maison, à avoir des draps propres, un garde-manger bien garni : pour racheter mes sautes d'humeur, ma grande froideur. J'étais depuis trop longtemps ancrée dans mes habitudes pour pouvoir en changer. Pour compenser, je commandais des bougies à la cire pour mes employées, qui avaient droit à un cadeau le jour de leur anniversaire : des boîtes de dragées et des rouleaux de calicots. Contrairement à ce que racontent les contes pour enfants et les ballades sentimentales, les domestiques n'aiment pas leurs maîtres et maîtresses. Il n'en restait pas moins que mes deux domestiques avaient voix au chapitre, qu'elles exerçaient une certaine autorité et m'étaient restées fidèles pendant plus d'une décennie. La confiance était essentielle, mais on ne pouvait pas l'exiger : elle se méritait. La plupart des autres demeures étaient dirigées par des hommes, avec toute une tribu d'enfants à fossettes qu'il fallait nourrir, laver et chouchouter. Je trouvais pour ma part une satisfaction bien ordonnée, et un certain sentiment de sécurité, du moins l'espérais-je, à vivre dans une maison de femmes. Or je m'étais donné pour mission de veiller à ce que mon lieu de vie soit un endroit sûr; telle était ma raison d'être, au cœur même de mon existence.

Mais Eliza, avec ses joues rosies, s'en revint à la maison, amenant dans son sillage les senteurs de la ville : une odeur de froidure, de paille, de fumier et de l'air vicié des tavernes. Avant même qu'elle ait eu le temps de poser la main sur la grille de la rue, Charlotte dévala l'escalier pour se précipiter à sa rencontre, négociant les virages à fond de train comme un whippet avant de foncer la tête la première dans les jupes d'Eliza et de s'étaler de tout son long devant les fourneaux. Leur duo partit d'un éclat de rire et s'enlaça dans une telle démonstration d'affection que je m'attendais presque à voir un rideau tomber sur la scène. J'étais en cet instant occupée dans la cuisine à demander à Agnes de commander une broche de deuil pour le docteur Mead, dans l'espoir de lui mettre un peu de baume au cœur. J'avais moi-même dessiné le motif, que j'avais poussé par-dessus la table en direction d'Agnes avec toute la dignité dont j'étais capable, malgré la rougeur qui me dévorait le cou.

Eliza dénoua son châle et porta ses mains frigorifiées à ses joues, avant de les approcher des fourneaux.

— Mon père n'avait pas allumé le feu. Mon frère non plus. J'ai pris l'habitude d'avoir chaud, depuis que j'habite ici.

— Comment se porte votre frère ? demandai-je.

Elle, qui parlait toujours de lui avec une tendresse sincère, resta un instant silencieuse et je vis son visage se rembrunir.

— Il n'est pas en bonne santé, finit-elle par dire.

— Oh. Dans ce cas, je lui souhaite un prompt rétablissement.

Elle me remercia, puis tendit à Charlotte une châtaigne grillée qu'elle avait achetée en chemin. Elle regarda la fillette la dévorer de bon cœur, mais l'éclat dans ses yeux avait disparu. Charlotte leva sur elle son visage rayonnant, et je ressentis le même pincement – de jalousie, de peur – car je savais qu'elle l'aimait et qu'un jour Eliza quitterait cette maison, que ce soit pour se marier ou pour trouver un emploi plus conventionnel. Ce jour-là, elle lui briserait le cœur.

Chapitre 13

Il arriva avant midi, comme me le signalèrent les pas d'Agnes dans le vestibule. Je me levai pour me recoiffer et arranger mon collier devant le miroir. Mon cœur fredonnait, et une année entière sembla s'écouler avant qu'Agnes ne toque à la porte du salon. Une année que j'occupai à m'asseoir, me relever, et me rasseoir.

— Madame Callard.

Le docteur Mead pénétra dans la pièce en souriant, mais je ne manquai pas de remarquer les cernes sous ses yeux et le chaume de barbe sur ses joues.

— Vous avez l'air fatigué.

— Vraiment ? Je le suis sans doute un peu.

— N'avez-vous pas dormi ?

Il poussa un soupir avant de prendre place dans le fauteuil face au mien.

— L'hiver est toujours impitoyable. Depuis janvier, quatre enfants de l'orphelinat sont morts. Le dernier a été inhumé ce matin.

Des ridules se creusèrent autour de ses yeux, comme des fissures sur du plâtre.

— C'est terrible. Je suis certaine que vous avez fait tout votre possible. Fort heureusement, l'hiver tire à sa fin.

Il hocha la tête sans conviction, et but une gorgée de thé. Je me mis en quête d'un sujet pour lui changer les idées.

— Comment se passent les enchères ?

— Elles claudiquent comme une mule à moitié morte.

— Mais voilà des semaines que votre grand-père nous a quittés.

— Oui, et nous n'en voyons pas la fin. Quand je ne suis pas à l'hôpital, je passe le plus clair de mon temps dans sa maison, à aider ma mère et mes sœurs à passer ses affaires au peigne fin comme un charognard, à recevoir les commissaires-priseurs et à emballer les biens qui partent à l'Exeter Exchange. Sa bibliothèque sera estimée demain. Elle contient des milliers d'ouvrages – plus qu'un homme ne pourrait en lire en dix vies. C'est un vrai cirque, conclut-il avant de bâiller copieusement.

— Diantre, m'exclamai-je. Vous n'avez pas d'oncles ou de tantes qui pourraient vous prêter main forte ?

— Ils ne sont plus de ce monde, alors la tâche incombe à ma mère.

J'effleurai du bout des doigts le coffret en bois verni glissé entre mes jupes. Était-ce le bon moment ? Je décidai de me lancer.

— Ceci est un présent de ma part, annonçai-je en lui tendant l'objet.

Mon corps se mit une fois encore à palpiter. Le docteur prit mon offrande en me regardant d'un air intrigué et enfantin, et nos doigts se touchèrent. Il souleva le couvercle et déplia le petit sachet en soie posé à l'intérieur.

— C'est une broche de deuil, dis-je tandis qu'elle roulait dans le creux de sa main.

Elle était arrivée ce matin même, et telle que je l'espérais : en émail de forme oblongue, décorée d'une gravure représentant un jeune homme en tricorne qui déposait une couronne de fleurs sur un piédestal. On pouvait y lire une inscription en tête d'épingle : *L'amitié dans le marbre, le ressentiment dans la poussière*, contre laquelle se détachait une canne à pommeau d'or. Cette dernière faisait la réputation de feu le docteur, qui ne s'en séparait jamais.

Je scrutai le visage du docteur. Il était indéchiffrable. Il s'abîmait dans la contemplation de l'objet depuis si longtemps que je le crus égaré dans quelque rêverie, et m'apprêtais à lui demander s'il se sentait bien lorsqu'il leva brusquement son visage vers moi. Il avait les yeux brillant de larmes. Comme il était sans voix, il hocha la tête en guise de remerciements, et je sentis à mon tour les larmes me monter aux yeux. J'eus alors la sensation que mon cœur s'échappait de mon corps.

Je parvins à me ressaisir.

— J'ai bien conscience que ce genre de broche est un article davantage féminin, ainsi n'avez-vous aucune obligation de la porter. Voyez-y un souvenir. Moi-même, j'en ai une, à laquelle je suis profondément attachée, et que je sors de temps à autre pour la contempler.

— La canne. *Sa* canne.

Son visage s'illumina d'un éclat qui fit briller ses yeux. Cela faisait des semaines que je ne l'avais pas vu sourire.

— C'est en feuille d'or. Je n'ai pas résisté.

Il rangea le coffret dans la poche de sa redingote verte. Je versai de nouveau du thé, remuai le sucre dans les tasses et, dans la rumeur qui montait depuis Devonshire Street, j'éprouvai un profond contentement.

— Le mur du vestibule a depuis des années un emplacement vide que je comptais combler avec un tableau, poursuivis-je. J'aimerais beaucoup acheter une œuvre ayant appartenu à votre grand-père, si toutes n'ont pas été vendues.

— Il en reste. Quel genre de scènes aviez-vous à l'esprit ? Un paysage ? Un Hogarth ? Faites-moi part de votre souhait, je suis sûr qu'il aura ce que vous cherchez.

Je souris.

— Surprenez-moi. Choisissez vous-même le tableau, ainsi que le prix.

— Fort bien. À coup sûr, ma mère me fera renchérir contre le tout Mayfair, mais je remporterai votre enchère, madame Callard.

— Qu'adviendra-t-il de la demeure ?

— Il me l'a léguée. J'avais en tête de la transformer en école de médecine.

— Je trouve l'idée merveilleuse, c'est exactement ce qu'il aurait souhaité.

— Oui. Il aurait sans doute apprécié qu'elle devienne un lieu d'apprentissage.

— Mais vous ne souhaitez pas y habiter, et renoncer au bail de Bedford Row ?

Il réfléchit à la question.

— Sa maison est grande. Ce serait du gâchis pour un homme qui n'a pas de famille.

Je déposai ma tasse délicatement sur sa coupelle. Je sentis ma gorge se nouer.

— Est-ce quelque chose que vous voudriez ?

Il poussa un soupir.

— Peut-être. Mais il y a quelque chose que je désire plus encore.

Je restai parfaitement immobile.

— Et qu'est-ce donc ? demandai-je dans un murmure.

Il se tourna vers l'âtre vide, avec sa pyramide de bois fraîchement coupé, et son regard se fit pensif.

— Rien ne me ferait plus plaisir que de marcher en plein air, à ciel ouvert, une tourte bien chaude dans les mains, loin des commissaires-priseurs, de ma mère et de mes sœurs, des salons et de Great Ormond Street, des enfants malades et mourants, le temps d'un après-midi. J'aimerais voir des arbres, des fleurs, sans l'ombre d'une calèche, sans qu'une personne m'interrompe pour me présenter ses condoléances, ou pour m'interroger sur le mal dont souffre le cousin de l'épouse du frère de leur père, ou pour me parler de leur nièce célibataire, qui par le plus grand des hasards se trouve être de passage à Londres, et serais-je à la recherche d'une épouse ? Parce que j'ai bien des atouts, et un bon métier et une bonne famille et qu'un homme célibataire possédant toutes ces qualités est chose plus rare encore qu'un paon blanc.

Il se tut brusquement. Je commentai alors :

— J'ai lu qu'il y avait des paons blancs au jardin d'agrément de Ranelagh.

Il me dévisagea, et partit soudain d'un éclat de rire : un rire jovial qui dégageait un tel ravissement que je ne pus m'empêcher de l'imiter à mon tour, quand bien même mon observation se voulait tout à fait sérieuse. Il nous fallut deux bonnes minutes, le visage baigné de larmes de rire, pour reprendre nos esprits et nous renverser dans nos fauteuils, la main crispée sur le ventre, tout à fait étourdis.

— Voilà qui règle la question, dit-il en s'essuyant les yeux. J'irai visiter ce jardin. J'aimerais beaucoup avoir votre compagnie.

Je m'agitai sur mon fauteuil, et avant que je n'aie eu le temps de balbutier des excuses, il poursuivit :

— Mais je ne vous en ferai pas la demande.

— Je suis navrée, docteur Mead, répondis-je avec la plus grande sincérité.

Il me dévisageait avec une expression d'une telle tendresse qu'il me fallut détourner les yeux. Il désirait la chose la plus simple au monde : marcher de concert, bras dessus bras dessous. C'était le plus banal des souhaits, et pourtant je ne pouvais pas l'exaucer. Si j'en étais seulement capable, je le prierais de m'attendre, le temps de courir à l'étage pour prendre mon chapeau, après quoi je le retrouverais sur le palier, où j'enfilerais mes gants tout en lui demandant s'il préférait sa calèche ou la mienne, sans faire le moindre cas de la situation, dont je me ferais même une joie. Pour le commun des mortels, sortir de chez soi était aussi simple que rédiger un courrier ou passer à table.

— Vous ne pouvez pas y aller seul, observai-je.

— Je ne connais personne dont je souhaiterais la compagnie. Et un homme ne peut se promener seul dans un jardin d'agrément sans risquer d'attirer l'attention des plus indésirables.

— Oui, vous devez prendre garde aux voleurs et aux opportunistes.

Il partit de nouveau d'un rire franc et, quand je compris ce qu'il avait voulu dire, ma naïveté me fit rougir de moi-même.

— Eliza va vous accompagner, annonçai-je brusquement.

J'avais lancé l'idée à brûle-pourpoint et en s'échappant de mes lèvres, elle nous prit de court l'un comme l'autre.

— Eliza ? répéta-t-il. Votre Eliza ?

— Oui. Cet après-midi. Je peux m'en passer pendant une heure ou deux, si c'est ce que vous souhaitez.

Il réfléchit à la proposition et reposa sa tasse délicatement sur la table.

— Ce serait formidable. Êtes-vous bien sûre ?

— Tout à fait. C'est une vraie Londonienne, très dégourdie avec ça. Vous serez entre de bonnes mains. Je vais la chercher de ce pas.

Je les trouvai toutes deux dans la salle à manger, en train de jouer à la dînette pendant que Charlotte faisait la lecture. Je m'arrêtai dans l'embrasure de la porte. Une vieille revue pour enfants était ouverte entre elles sur la table, que Charlotte déchiffrait d'une voix hésitante :

— Une femme s'approcha de la petite fille et lui demanda où étaient ses parents. Alors, elle ré-ré-répondit « Je m'appelle miss Biddy Johnson et je me suis perdue ». « Oh, dit la femme. Tu es la fille de M. Johnson, n'est-ce pas ? Mon mari te cherche, pour t'emmener... »

— Eliza ?

Elles levèrent la tête dans un sursaut. Eliza était tout aussi absorbée dans la lecture de *Biddy Johnson* que

Charlotte dont c'était un des livres favoris. Il racontait les aventures d'une fillette perdue dans les rues de Londres.

— Voulez-vous bien venir dans le salon un instant ? Le docteur Mead est là.

Son visage se vida de toute couleur. Elle se leva avec lenteur, replaça sa chaise et posa une main rassurante sur l'épaule de Charlotte.

— Êtes-vous souffrante ? demandai-je, alarmée.

Elle secoua la tête. Charlotte descendit de sa chaise pour lui emboîter le pas. Je décidai de ne pas la contrarier et les devançai à l'étage.

— Le docteur Mead voudrait que quelqu'un l'accompagne lors de sa promenade cet après-midi, et je pense que vous êtes la personne toute désignée, annonçai-je.

Son visage, barré d'anxiété, se décontracta instantanément.

— Moi ?
— Oui.
— Madame Callard m'a parlé des légendaires paons blancs du jardin d'agrément de Chelsea, et je crains d'avoir cédé à la curiosité.

— Oh, fit Eliza.

— Je peux y aller ? s'enquit Charlotte.

La surprise nous fit tourner la tête vers la fillette collée aux jupes de sa nurse, dont nous avions oublié la présence. Une expression déterminée se peignait sur son visage.

— Je serais très heureux d'avoir également la compagnie de la jeune mademoiselle Callard, répondit le docteur. Si sa mère le permet ?

— Certainement pas, rétorquai-je par automatisme.

Charlotte me transperça d'un regard troublant. Il était chargé de haine, mais aussi de peur et de résignation – une combinaison des plus désarmantes, qui ne manqua pas de me faire vaciller.

— Elle sort exclusivement pour aller à l'église, plaidai-je. Elle n'est jamais allée à Drake Street et encore moins jusqu'à Chelsea.

Je me représentai mon livre de cartes sur son étagère dans le petit bureau. Je savais vaguement où situer Chelsea, dans la campagne qui s'étendait à l'ouest de la ville, à une trentaine de minutes en calèche. C'était impensable.

— C'est trop loin, tranchai-je.

— Pitié, laissez-moi y aller, maman !

— Non, et je ne veux plus en entendre parler.

Elle éclata en sanglots si exubérants que nous en restâmes tous trois interdits d'horreur. Eliza s'agenouilla promptement pour la calmer et essuyer son visage baigné de larmes.

— Je ne veux pas rester enfermée pour toujours, s'écria-t-elle d'une voix entrecoupée de grands hoquets. Je veux sortir !

J'aurais dû aller la consoler, mais tandis qu'Eliza lui chuchotait des paroles apaisantes en séchant ses larmes d'un geste réconfortant, je restai frappée de mutisme.

— S'il vous plaît ! cria Charlotte. Je veux vous accompagner.

Je n'avais jamais pris la peine de lui demander si elle souhaitait sortir. Elle avait six ans – et dans six ans déjà elle serait une jeune femme. Je la préparais à une existence semblable à la mienne, à l'abri du mal. Et pourtant, elle jouait dans la cour, elle épiait la rue par le rideau de la calèche et ne manquait pas une occasion de s'asseoir à la fenêtre pour regarder le monde au-dehors. Était-il juste de la garder à l'intérieur comme un oiseau en cage, qui chantait pour moi et personne d'autre ?

— S'il vous plaît, maman.

Assise par terre sur les genoux d'Eliza, elle était secouée de gros hoquets.

Tous les regards étaient posés sur moi, dans l'expectative, et au bout d'un très long moment, je finis par céder : je hochai la tête imperceptiblement, mais chacun le perçut et l'atmosphère dans la pièce changea du tout au tout. Charlotte se précipita pour enfouir son visage dans mes jupes, et je la gratifiai d'un tapotement bref sur la tête.

— Vous ferez très attention à elle, ordonnai-je. Vous ne devrez la quitter des yeux ni lui lâcher la main sous aucun prétexte. Vous la ramènerez à la maison à quatre heures. Est-ce bien compris ?

Tous deux acquiescèrent avant d'échanger un regard triomphant.

— Je tiens à ce qu'elle reste entre vous tout le temps et à ce qu'elle ne parle à personne. La route jusqu'à Chelsea – sait-on si elle est sûre ?

— Tout à fait, me rassura le docteur Mead. Ma calèche nous déposera à la grille et viendra nous chercher à trois heures.

Le regard compatissant qu'il posait sur moi m'était insupportable, tant il confirmait ce que je suspectais depuis longtemps : il me trouvait cruelle de confiner Charlotte à la maison, et jugeait juste de la laisser sortir.

S'approchant de moi, il prit ma main dans la sienne. Sa paume était chaude.

— Elle sera en sécurité. Vous avez ma parole gravée dans le marbre.

Je me demandais ce qu'il voulait dire par là, lorsque me revint en mémoire l'inscription du *Memento mori* : *L'amitié dans le marbre, le ressentiment dans la poussière.*

J'eus à peine verrouillé la porte derrière eux que mon ventre se transforma en une masse frétillante de serpents. Je quittai le demi-jour du vestibule pour gagner la fenêtre du salon, juste à temps pour voir la calèche du docteur Mead démarrer. La robe des chevaux chatoya, les roues se mirent en branle et, en quelques secondes, l'attelage avait disparu. Je restai longuement prostrée à la fenêtre, en m'efforçant de respirer régulièrement. Il faisait une belle journée de mars : le ciel dégagé était bleu, un vent léger secouait les ourlets des robes et chahutait les couvre-chefs. Je goûtai presque la douceur de l'air et des rayons du soleil resplendissant. J'entrouvris la fenêtre, rompant instantanément le silence et l'intimité de la pièce. Devonshire Street n'était pourtant pas une grande artère, mais le bruit était oppressant.

Une marchande ambulante de fraises s'arrêta devant la maison pour me montrer son panier :

— Vous en prendrez bien une douzaine, ma bonne dame ?

Croyant mourir d'effroi, je claquai violemment le battant de la fenêtre. J'avais commis une grave erreur.

J'appelai Agnes. Le bruit de ses pas la précéda dans l'escalier, puis son visage rond apparut à la porte.

Ma gorge commença à se refermer, ma poitrine à se contracter et elle m'aida à m'asseoir.

— On pourrait envoyer quelqu'un les chercher ? soufflai-je. Il n'est peut-être pas trop tard ?

— Ils auront déjà fait la moitié du chemin jusqu'à St. Giles, madame.

— Charlotte n'a jamais… elle n'a jamais…

— Je sais, madame, mais elle sera entre de bonnes mains avec le docteur. Juste ciel, s'il doit lui arriver quelque chose, on ne peut pas rêver mieux ! En plus, sa nurse est là, elle aussi. Ils s'occuperont bien d'elle. Vous le savez d'ailleurs, sinon vous ne l'auriez pas laissée partir, je me trompe ? Je vais vous chercher quelque chose pour les nerfs.

Les mains posées sur les genoux, je tentai de respirer profondément. Agnes me glissa un verre dans la main. J'y bus une longue gorgée. Je sentis la brûlure dans ma gorge et le feu qui se répandait dans mon ventre.

— Essayez de ne pas vous en faire, madame. C'est merveilleux, ce que vous avez fait, de laisser Charlotte sortir prendre l'air. Elle a drôlement de la chance, cette petite.

— Vous trouvez ?

— Évidemment. Elle va revenir la tête pleine d'histoires.

— C'est vrai ?

— Un peu, oui ! Et cette nuit, elle dormira comme un bébé, vous pouvez me croire, madame.

— C'est la première fois de toute sa vie qu'elle est séparée de moi. Et elle a demandé à partir, Agnes. À l'entendre, je suis une geôlière !

— Allons, prenez une autre gorgée. Voilà. Si vous alliez vous reposer, je vais demander à Maria de vous monter une tasse de chocolat. J'ai fait votre lit, les draps sont lavés de frais et blancs comme la neige.

— Pensez-vous que M. Callard approuverait de la voir vivre ainsi ? demandai-je, le regard vide. Lui aurait-il souhaité une existence ordinaire ?

Il y eut un silence.

— Vous faites du bon travail, madame. Vous faites du mieux que vous pouvez.

Ce n'était pas la même chose.

Dans mon petit bureau, le livre de cartes était resté ouvert sur la table. J'avais demandé au cocher du docteur Mead de me montrer précisément l'itinéraire qu'il comptait emprunter : plein sud direction High Holbourn, puis par St. Giles pour atteindre Oxford Street, avant de bifurquer à l'ouest jusqu'à ce que la ville cède le pas à la campagne. Penchée sur l'ouvrage, je suivis la route du bout du doigt. Des rues et des ruelles s'écartaient du trajet comme autant de pensées. Par une belle journée comme aujourd'hui, le docteur Mead ne se méfierait pas des dangers disséminés sur son chemin, tapis à l'abri d'un mur, qui les épiaient à distance. Je sentis ma gorge se refermer. Je m'empressai de tourner les pages de mon livre dans l'espoir de m'absorber dans une carte de l'est du Surrey.

Je consultai l'horloge : ils étaient partis depuis vingt minutes. Le docteur Mead m'avait précisé qu'il comptait arriver sur les lieux à une heure et demie, puis qu'à trois heures ils reprendraient la calèche pour rebrousser chemin. Ainsi me restait-il deux heures et demie à occuper.

Voilà deux ou trois mois que je n'avais pas nettoyé les portraits de mes parents. Je fis donc apporter un mélange de vitriol, de borax et d'eau, enfilai un tablier et des gants et couvris la table du salon d'un vieux drap. Je décrochai les tableaux de la cimaise et les installai côte à côte sur la table. Tout en faisant la conversation à mes parents, j'entrepris de frotter délicatement les cadres avec le mélange : d'abord mon père, puis ma mère, admirant au passage la virtuosité avec laquelle l'artiste avait saisi son allégresse et son sourire facétieux. Peut-être était-il amoureux d'elle, car il n'avait pas traduit de la même manière la quintessence de mon père. Il y avait toutefois certaines choses dont aucune toile n'aurait pu rendre compte : le parfum de tabac pour pipe qui l'accompagnait, les vieilles chansons de matelots qu'il fredonnait quand il montait l'escalier, la paume de sa grande main qui glissait le long de la rampe. Le déménagement de la maison avait été une épreuve insoutenable ; depuis l'embrasure des portes, j'avais vu les draps de protection recouvrir l'un après l'autre les bustes et les tables, tandis que des hommes passaient nonchalamment les pièces au peigne fin pour évaluer notre logement et nos vies, le tout sous la houlette de tante Cassandra. Mais le pire était encore le regard que ses hommes avaient posé sur moi, comme si j'étais traumatisée, car à l'époque je restais mutique, passant d'une pièce à l'autre comme une ombre.

Ambrosia me fit part des années plus tard d'une rumeur qui courait au village, selon laquelle j'étais morte, moi aussi, et que la jeune fille au visage blafard et aux yeux hantés était un fantôme. J'enviais ma sœur, non pas pour son élégante voiture à cheval, ni même sa maison, sa confiance ou la facilité avec laquelle elle évoluait dans le monde. Non, j'enviais sa manière de percevoir le 14 juin comme un jour ordinaire, si ce n'est peut-être en ressentant une tristesse fugace en songeant à la mort de nos parents, si tant est qu'elle s'en souvînt. L'importance de cette date traversait son esprit en un clin d'œil, car elle avait la chance de n'avoir de cette journée aucun souvenir susceptible de souiller ou d'empoisonner son quotidien. D'infléchir le cours de son existence.

Une fois mon père et ma mère bien propres, je les nettoyai avec une éponge trempée dans de la cendre de bois, puis Agnes apporta une coupelle d'huile de noix et de graine de lin, que j'appliquai par petites touches au pinceau pour les faire briller. Ce faisant, je jetais de temps à autre un œil par la fenêtre à la rue en contrebas, où je ne remarquais rien, si ce n'est un homme qui resta cinq à dix minutes appuyé à la balustrade d'en face pour fumer sa pipe. Il avait le teint cireux, les cheveux et les sourcils noirs, et portait un manteau et un chapeau sombres. Mais c'est la torche éteinte qu'il tenait dans la main qui attira mon attention. À l'évidence, cet allumeur de réverbères attendait quelqu'un, ou alors la tombée de la nuit, même s'il restait encore plusieurs heures de luminosité. À chaque bouffée qu'il tirait de sa pipe, il gardait la fumée si longtemps que je commençais à me dire qu'il l'avait avalée tout entière, puis il finissait toujours par la laisser rouler de ses lèvres comme un nuage. Au bout de deux ou trois bouffées, il dut se sentir observé, car il leva la tête et m'aperçut à la fenêtre. Comme je restais immobile, il se mit en mouvement : il retira sa pipe de la bouche, rabaissa son chapeau et s'éloigna d'un pas tranquille. Je ne pouvais pas imaginer pire travail que le sien, à avancer à tâtons dans le noir, sans savoir ce qui se dressait de toutes parts.

Quand j'accrochai de nouveau mes parents au mur, une heure et demie s'était écoulée. Je rangeai le chiffon, le tablier et les gants, et soudain une grande fatigue me saisit. J'avais prévenu Agnes que je ne déjeunerais pas, que mon estomac ne le supporterait pas. Je restai assise à contempler les tableaux vernis de frais, et j'attendis. Le brandy m'avait engourdie. Avec le feu de cheminée qui réchauffait la pièce, je sentis mes paupières s'alourdir et laissai la torpeur m'emporter dans une vague de sommeil.

Une altération. L'agitation dans l'air était perceptible. J'ouvris les yeux sur la pénombre. La nuit n'était pas encore tombée, mais les rideaux recouvraient à moitié les fenêtres.

Trois silhouettes étaient penchées sur moi, les traits dissimulés par un masque.

Je repris conscience avec lenteur, puis d'un seul coup, comme si un coup de pistolet avait retenti dans ma poitrine. Je sentis la terreur me submerger, me clouer à mon fauteuil, et la pièce entière chavirer jusqu'à me donner un violent tournis. Je fermai puis rouvris les paupières, mais ce n'était pas un rêve : ils se tenaient là, tous les trois, à me déshabiller du regard, à l'affût, le visage barré d'un rictus derrière leur effroyable déguisement, comme des becs de corbeau. Trois hommes, décidés à me tuer. J'entendis un cri, et j'essayai de me lever, mais la pièce autour de moi ricochait comme une balle. Ils m'avaient traquée jusqu'ici. Ils m'avaient trouvée. Mon heure était venue. Mes membres avaient la lourdeur du plomb, je ne savais plus si j'étais assise, debout, en train de sombrer ou de me redresser, quand soudain ils m'empoignèrent. Je me débattis à grands coups d'ongles et de cris d'agonie. Le coup de feu n'allait pas tarder à déchirer l'air ; je l'attendais, toutes les fibres de mon corps étaient tendues, prêtes à l'accueillir. J'étais clouée au fauteuil d'une calèche, les membres raides, trempée depuis que ma vessie avait lâché. De chaque côté de moi, mes parents se vidaient d'un sang rouge qui imbibait tout en s'écoulant de leurs plaies béantes : en pleine tête pour ma mère, en pleine poitrine pour mon père. En giclant, le sang chaud m'avait maculé le visage ; j'en avais dans les yeux, dans la bouche ; il m'avait coulé dans la gorge. L'un des hommes était monté à bord de la calèche. Sa silhouette emplit aussitôt l'embrasure de la portière. Il fouilla leurs dépouilles, retirant les bagues, les colliers, jusqu'à l'épingle qui retenait la coiffe de ma mère. Je sentis une mèche de ses cheveux m'effleurer l'épaule. Il retira les souliers à boucles des pieds inertes de mon père, les chaussons délicats de ceux de ma mère, et le pochon de sa robe. De derrière son masque me venaient ses grognements et ses jurons, et à chaque nouvelle prise, il lançait son butin à ses acolytes par la portière. Pendant ce temps, mes parents se vidaient de leur sang, leur sang qui formait une flaque sur le plancher, qui s'écoulait sous nos pieds. Leurs yeux grands ouverts étaient vitreux.

Le fracas assourdissant des coups de feu emplissait encore ma tête, vrillant mes oreilles. J'entendais les pleurs lointains d'une enfant. Pourtant ils ne faisaient pas partie de mon souvenir ; ce jour-là, je n'avais pas pleuré et Ambrosia n'avait pas quitté la maison à cause d'un rhume. D'où venaient ces sanglots ? Ils ne m'avaient pas encore abattue, et peut-être y renonceraient-ils, si seulement je parvenais à…

— Madame Callard !

Ils m'avaient empoignée, et je les repoussai de toutes mes forces, à coups de pied, de dent, de poing, d'ongle. Malgré mes efforts, je me retrouvai par terre, la joue enfoncée dans le tapis. Je ne voyais plus rien, mais je sentis mes bras se libérer, et en un clin d'œil je rampai, la main tendue, pour me saisir du tisonnier accroché devant le garde-feu. Je brandis l'arme avant de l'enfoncer droit devant moi en hurlant comme une forcenée pour alerter Agnes et Maria.

— Alexandra, non !

Le tisonnier s'abattit contre une puissante poigne qui me l'arracha de la main. Je tirai de toutes mes forces, en vain. Dans ma panique aveugle, je ne distinguais rien d'autre qu'un masque noir terrifiant, ainsi qu'un chapeau d'homme et un manteau vert. Le tisonnier s'abîma sur le sol, on m'immobilisa les bras le long du corps et je me rendis compte que deux des silhouettes portaient des jupes. Mes yeux s'accoutumant à l'obscurité, je vis enfin que la plus grande des deux avait replié ses bras autour d'une fillette, et qu'elle pleurait.

— Il y a une enfant, là-bas dedans, avait dit un des hommes, trente années plus tôt sur cette route du Derbyshire qui serpentait comme une rivière entre les sommets verdoyants et les gorges.

À présent, il y avait une enfant dans mon salon, et quand on lui retira son masque, je découvris Charlotte. C'était Eliza, sa nurse, qui la tenait contre elle, et l'homme qui m'avait empoignée n'était autre que mon ami, le docteur Mead. Mon regard flotta de l'un à l'autre dans la confusion et la terreur la plus totale. Étaient-ils des leurres, ou moi-même avais-je été transformée ? Étais-je une enfant de dix ans, ou une femme de quarante ans ? Dans la pièce, la lumière s'altéra, jetant des ombres sur leurs visages, et les murs se mirent une fois encore à tournoyer, et je sentis mon corps sombrer de plus en plus profondément.

Je rouvris les yeux dans ma chambre, au moment où le docteur Mead me déposait sur mon lit. Il retira mes mules avec une grande délicatesse. Il ne s'était pas encore aperçu que j'avais repris connaissance. Quand son regard croisa enfin le mien, j'y lus une telle peine que je sentis mon cœur se briser. Je me mis à pleurer, secouée de gros sanglots déchirants surgis des tréfonds de mon âme – de cette fissure, de cette meurtrière de douleur que je n'approchais jamais, car qui pouvait dire où la douleur s'arrêtait et où je commençais ?
— Madame Callard, souffla-t-il de sa voix douce. Tenez.
Il glissa quelque chose sous mon nez et me demanda d'inspirer. Aussitôt un souffle glacial balaya tous mes sens, purifiant mon esprit et faisant larmoyer mes yeux. Assis au bord du lit, il avait posé sa main chaude sur mon front. Petit à petit, mes sanglots étranglés s'estompèrent. Il m'essuya les joues et le nez avec un mouchoir, qu'il

rangea dans sa poche. J'étais incapable d'affronter son regard. Il était trop près de moi, sa présence envahissante me rebutait. Je voulais qu'il quitte la pièce, qu'il sorte de chez moi.

— Partez, ordonnai-je.

Il se raidit et le lit émit un craquement. Je détournai les yeux pour regarder fixement le mur à ma gauche, où était accroché un tableau représentant deux laitières sur un chemin de campagne.

— Madame Callard, plaida-t-il à voix basse. Je m'inquiète beaucoup de…

— Partez, murmurai-je, les yeux rivés sur les seaux des laitières, leur expression rêveuse. Immédiatement.

Il resta un instant immobile, puis se leva en chancelant, les bras ballants.

— Je reviendrai avec une infusion.

— Vous êtes un homme cruel, dis-je en tournant la tête pour le regarder droit dans les yeux.

Il avait le visage encore plus marqué qu'après le décès de son grand-père, les cheveux en bataille, le col déchiré, comme s'il s'était battu dans une vulgaire rixe de taverne. Je compris avec horreur qu'il était sans doute dans cet état à cause de moi. Il n'avait plus sa redingote vert pomme, qu'il avait vraisemblablement retirée à la hâte pour pouvoir me porter à l'étage. Je sentis mes joues s'empourprer de honte et de dégoût. Il desserra les lèvres avec lenteur.

— Nous pensions vous faire la surprise, balbutia-t-il. Nous avons acheté des masques au jardin d'agrément ; l'idée était de moi.

— Vous êtes au courant, n'est-ce pas, que mes parents ont été assassinés sous mes yeux par des bandits de grand chemin ? Trois bandits, plus précisément, affublés de masques, qui ont pillé leurs cadavres alors qu'ils étaient encore chauds. J'étais assise entre eux.

Son visage s'affaissa sous le poids du remords.

— Je l'ignorais, avoua-t-il d'une voix épaisse. Daniel ne m'en a rien dit.

— Vraiment ? rétorquai-je d'une voix revêche. C'est regrettable. S'il avait pris cette peine, nous aurions pu nous épargner cette fâcheuse épreuve.

— Il m'a dit qu'ils avaient trouvé la mort dans un accident de calèche.

Mes cheveux s'étaient échappés de leurs épingles. Comme si l'humiliation n'était pas assez cuisante ! Je gisais sur mon lit, échevelée, auréolée de ma robe chiffonnée, et un homme se tenait dans ma chambre. Quelques heures plus tôt, je lui confiais que notre amitié était gravée dans le marbre, et le ressentiment dans la poussière. J'avais voulu lui remonter le moral en le laissant sortir avec ma fille et la nurse. Et voilà que je me retrouvais comme un débris rejeté par le fleuve, creuse, dérisoire et gorgée de honte. Une colère glaciale me submergea et je lui répétai de bien vouloir partir. Il tenta une fois encore de protester, mais je restai muette et il finit par s'en aller, la tête humblement inclinée. J'entendis la porte se refermer doucement derrière lui. Alors la douleur tapie dans mon passé s'en vint effleurer mes pieds, m'invitant à me baigner dans ses eaux attirantes, et je m'abîmai en leur sein en les laissant m'entraîner par le fond.

Chapitre 14

À cinq ou six reprises au cours des jours suivants, le docteur Mead voulut me rendre visite, mais je refusai systématiquement. Je restai cloîtrée dans ma chambre, traînant ma tristesse entre le lit, le fauteuil et la fenêtre, parfois à même le sol, penchée sur le contenu de mon coffret en bois d'ébène, ou absorbée dans la lecture de vieilles missives quand je ne dormais pas. Parfois, je m'abîmais dans la contemplation du ciel et je restais immobile jusqu'à ce que la lumière s'estompe et que les fenêtres de la façade d'en face s'illuminent, laissant voir l'ombre de ses occupants vaquant à leurs occupations. Je mangeais au lit, avalant toute une bouteille de brandy, qu'Agnes prenait le soin de remplir discrètement quand les rideaux de lit étaient tirés. La nuit, j'entendais des hommes dans l'escalier. Je les voyais surgir à la fenêtre avec leurs masques de corbeau noir et leurs becs qui cognaient contre le verre quand ils se penchaient pour épier. Je me réveillai une fois en pleine nuit, persuadée qu'un intrus était tapi sous mon lit. Je restai à sangloter allongée dans le noir, trop apeurée pour scruter l'espace sombre sous moi. Quand enfin je m'aventurai à y passer la main et n'y trouvai qu'un amas de poussière, je vacillai entre rires et larmes. Trente années venaient de s'envoler en l'espace de quelques jours, me renvoyant brutalement à ce matin venteux, quand trois coups de feu avaient mis un terme à mon existence. À présent, j'étais engluée comme une mouche dans de l'encaustique. Chaque fois que je baissais les yeux sur ma chemise de nuit, je m'attendais à trouver une robe de soie rose dont dépassait une paire de bottines noires. Ce jour-là, les éclaboussures avaient imbibé le taffetas de mon vêtement comme si la roue d'une calèche avait soulevé une immense flaque de sang alors que je me tenais au bord de la route. Dans mon sommeil agité, j'avais perçu les coups de feu, le hennissement des chevaux et le souffle du vent qui sifflait depuis les sommets.

Le quatrième jour, je dormis jusqu'à midi. À mon réveil, j'ouvris les fenêtres pour chasser l'odeur de renfermé. Il faisait un temps lourd, l'air stagnant était chargé de pluie. Agnes m'apporta mon plateau de petit déjeuner et j'en profitai pour lui demander de faire monter une baignoire et de l'eau chaude. Je pris le temps de faire ma toilette, savonnant consciencieusement mes cheveux et ma peau avant de me rincer à grande eau, après quoi je restai assise dans la baignoire froide, parcourue de frissons. Ma chemise de nuit m'attendait sur le lit. Je me sentais abattue à l'idée de la revêtir.

L'après-midi touchait déjà à sa fin et des effluves de nourriture montaient de la cuisine. Cela finit de me convaincre : j'étais prête à m'arracher à l'air vicié de ma chambre et à prendre place à table, droite sur une chaise au lieu de manger affalée dans mon lit comme une infirme. Je décidai donc de m'habiller, puis je regagnai le rez-de-chaussée. Par acquit de conscience, je dépassai la salle à manger vers l'entrée. Sur la commode, les bougies étaient allumées. Je m'assurai que la porte était correctement fermée à double tour. Tout semblait en ordre, pourtant quelque chose paraissait changé. En levant la tête, je me trouvai nez à nez avec une immense paire d'yeux. Un imposant portrait ceint d'un cadre à dorures trônait sur le mur au-dessus de la commode : il représentait une femme vêtue d'une robe rouge tenant un chien dans ses bras. Je m'avançai lentement vers le tableau, en tentant de me souvenir par quel truchement il avait pu arriver jusqu'ici. En vain. L'expression de la femme était enjouée. Le coude posé sur un rouleau, elle avait l'air de s'être interrompue dans la lecture d'une missive. Elle portait autour du cou une grosse croix d'une opulence papale, et une coiffe d'intérieur blanche recouvrait sa chevelure. Je remarquai alors un autre détail, que j'avais pris pour un élément de la peinture : on avait glissé un petit morceau de papier entre la toile et le cadre. Je le dépliai :

Chère madame Callard,
Vous avez évoqué le désir de parer votre vestibule d'un tableau de mon choix provenant de la collection de mon grand-père. Celui-ci, représentant feu Mary Edwards et peint par William Hogarth, est mon préféré. Je suis tout à fait convaincu qu'elle se sentira

chez elle sous votre toit. Quelque chose dans son attitude me fait penser à vous. J'espère de tout cœur que vous accepterez de me recevoir bientôt. Je souhaite plus que tout vous présenter en personne mes excuses les plus sincères car une simple lettre – ou de fait un tableau – n'y suffiront pas.
Salutations respectueuses (dans le marbre),
Elliott Mead.

Ainsi m'avait-il offert un Hogarth. Soustraire une œuvre de cette valeur à la succession de son grand-père n'était pas une bagatelle. Sa mère avait dû lui opposer une farouche résistance, avec laquelle seule celle du commissaire-priseur pouvait rivaliser. Et pourtant le tableau était arrivé jusqu'ici. J'examinai de plus près son sujet, auquel le docteur m'avait comparée, sans pour autant trouver le moindre point de ressemblance entre nous. À commencer par le fait que je n'aimais pas les chiens.

En me voyant entrer dans la salle à manger, Eliza et Charlotte levèrent les yeux d'un air alarmé. Je les surprenais attablées devant leur repas, en grande conversation. Charlotte parlait à mi-voix, le visage éclairé d'un sourire doux qui s'évapora dès qu'elle m'aperçut. Je pris ma place habituelle et attendis patiemment que retentisse dans le vestibule le fredonnement indolent d'Agnes, qui s'emploierait immanquablement à m'apporter mon déjeuner à l'étage. Je l'interpellai dès qu'elle se manifesta. Il y eut un bref silence, suivi d'une exclamation :

— Madame, c'est vous ?

Puis un plateau en argent apparut dans l'embrasure de la porte, chargé d'un bol de bouillon et d'un peu de fromage et de pain – la portion congrue, qui me sustentait depuis des jours, bien loin de la copieuse assiette de foie aux oignons dont Charlotte et Eliza étaient en train de se régaler.

— Madame ! lança-t-elle d'une voix triomphante. Vous êtes rétablie. J'en suis ravie. Laissez-moi vous servir à table.

Elle entreprit de disposer le bol et ma serviette.

— Je vais très bien, Agnes ; je refuse dorénavant que l'on me serve à manger comme si j'étais grabataire. Je prendrai volontiers du foie, si vous voulez bien vous donner la peine d'aller chercher le service en porcelaine.

Elle s'empressa de rassembler ses ustensiles, le cou enflammé d'une violente rougeur.

— Tout de suite, madame. Je suis bien contente de voir que l'appétit vous est revenu.

Elle quitta précipitamment la pièce, accompagnée du cliquetis du bol de bouillon sur le plateau d'argent, et Eliza, Charlotte et moi restâmes assises dans un silence pesant jusqu'à ce qu'Agnes s'en revienne avec le service de table qu'elle disposa cérémonieusement devant moi. Je restai droite sur ma chaise jusqu'à ce que la dernière cuillère ait intégré son emplacement, et qu'Agnes ait refermé la porte de la salle à manger derrière elle avec délicatesse, comme quand on quitte la chambre d'une malade.

— Comment vous sentez-vous, madame ? demanda Eliza tout doucement en me regardant de son air grave.

Je commençai à me servir une portion de chou sans prendre la peine de lui répondre. J'avais pris soin d'ignorer Charlotte, de peur de croiser mon reflet dans ses yeux. Au cours des deux derniers jours, elle avait tenté à une ou deux reprises de toquer à la porte de ma chambre, encouragée sans doute par Eliza, mais je ne l'avais pas autorisée à franchir le seuil.

— Madame, répéta Eliza. Pardonnez-moi si ma remarque est déplacée, mais je suis sincèrement désolée de ce qui s'est passé l'autre jour. On ne pensait pas que cela vous mettrait dans tous vos états.

Je relevai brusquement les yeux sur elle.

— Que vous a raconté le docteur Mead ?

Elle fronça légèrement les sourcils.

— Seulement que vous avez cru qu'il s'agissait d'intrus et que c'est pour cela que… s'interrompit-elle pour déglutir. C'était insensé de notre part. On ne pensait pas vous faire peur à ce point.

Je la toisai d'un regard dur, en me demandant si Elliott Mead lui avait dit la vérité. Du coin de l'œil, je discernai le visage pâle de Charlotte et ses grands yeux sombres rivés sur moi.

— Le chou manque de sauce, observai-je à l'intention d'Eliza. Voulez-vous bien le rapporter en cuisine ?

Son apitoiement m'était insupportable. C'était encore pire que la peur que j'avais lue dans ses yeux quand elle avait retiré son masque. Je sentis ma poitrine se serrer. Un instant, je craignis de défaillir une fois encore. Eliza se leva et quitta la pièce, emportant le plat incriminé et prenant soin de refermer la porte derrière elle. Continuant à me servir, bien que je n'eusse guère d'appétit, je poursuivis :

— Dites-moi, Charlotte, qu'avez-vous pensé du jardin d'agrément ?

Assise face à moi dans sa robe d'une blancheur immaculée, Charlotte gardait les yeux rivés sur la nappe. Ses cheveux étaient retenus en une natte tressée d'un ruban rose qui coulait sur son épaule.

— N'avez-vous pas apprécié la visite ? insistai-je.

Elle contracta ses mâchoires et jeta un œil vers la porte. De dépit, je jetai ma fourchette sur la table.

— Ce n'est pas à votre nurse que j'ai posé la question ; répondez-moi.

— Si, maman, dit-elle piteusement.

— Et qu'avez-vous apprécié, précisément ?

Elle resta les yeux plantés sur ses genoux.

— J'ai bien aimé être dehors. Il y avait beaucoup de gens.

— Étaient-ils tous affublés d'un masque ?

— Non, murmura-t-elle.

— Qu'avez-vous vu d'autre ?

Troublée par ce genre d'interrogatoires habituellement réservés à ses leçons, Charlotte fit mine de frotter une tache sur la nappe.

— Plein de choses, dit-elle. J'ai vu un drôle de petit chien, comme celui de tante Ambrosia. Et puis il y avait un orcha... un orchis...

— Un orchestre ?

— Oui, qui jouait de la musique, comme à l'église. Et les gens mangeaient *debout*.

C'est à ce moment-là que je le remarquai : le trou entre ses dents de devant. Sa langue rose dardait à travers comme un roseau, émoussant son élocution. Une vague de terreur me traversa l'échine tandis que je me remémorais ce tisonnier, que j'avais empoigné et asséné sur... sur quoi ?

— Quand avez-vous perdu une dent ? l'interrogeai-je d'un ton sans appel.

Son appréhension se mua en frayeur. Eliza revint sur ces entrefaites ; le soulagement se lut aussitôt sur les traits de Charlotte... Je lui inspirais désormais une peur profonde.

— Charlotte a perdu une dent, affirmai-je d'une voix qui se voulait égale. Quand est-ce arrivé ?

— Oh, ça remonte à hier, madame. Elle bougeait depuis lundi, n'est-ce pas ? Et hier soir, elle est tombée toute seule.

Elle avait parlé avec animation, comme si le changement de sujet était le bienvenu, et se posta derrière Charlotte, les mains sur ses épaules.

— On l'a mise de côté – n'est-ce pas ? – pour vous la montrer. On a pensé que cela vous ferait plaisir, comme c'est sa première.

Ainsi, je ne l'avais pas frappée en plein visage avec une barre de fer.

— Charlotte me parlait du jardin d'agrément, enchaînai-je sèchement. Dites-moi, est-ce que tout le monde là-bas porte un masque ?

— Non, répondit Eliza.

— Je trouve que les masques sont des attributs dangereux. Ils dissimulent. Or la dissimulation est profondément malhonnête, vous ne trouvez pas ? Quiconque cache son visage est forcément animé de mauvaises intentions, non ?

Je mastiquai une bouchée de foie dont je ressortis un morceau de cartilage avec les doigts.

— Je ne comprends pas qu'on puisse s'affubler d'un masque, à un bal ou tout événement de ce genre.

Il est tout de même préférable de savoir à qui l'on s'adresse.

— Je ne suis jamais allée au bal, fit valoir Eliza.

Je me représentais aisément les fêtes prisées par les gens de son engeance : des domestiques débauchés, qui renversaient leurs chopes de bière par terre au son entêtant des violons, tandis que les filles dansaient pieds nus en remontant leurs jupons. Eliza plongea la main dans la poche de sa robe et en ressortit ce qui ressemblait à une pièce de monnaie. En bronze, elle était frappée d'un soleil et de l'inscription 1754. Eliza la fit glisser jusqu'à moi.

— Qu'est-ce donc ? demandai-je.

— Un billet. Le docteur Mead nous a acheté une entrée valable toute l'année, au cas où on voudrait y retourner.

Je regardai Charlotte.

— Vous en avez un, vous aussi ?

Elle fit oui de la tête.

— Autant vous dire, annonçai-je, empoignant ma fourchette et ménageant une ou deux secondes de silence, que vous pouvez vous ôter cette idée de l'esprit.

Le dîner terminé, je m'installai à mon secrétaire, où toute une heure s'écoula sans qu'aucun mot vienne se coucher sur la page à la suite de la formule « Cher docteur Mead ». Je reposai ma plume, la saisis de nouveau, et fis courir les rémiges à l'intérieur de mon poignet. Puis j'allai chercher ma carte, trouvai l'emplacement de Bedford Row, et le contemplai jusqu'à ce que le jour décline. Jamais je ne m'étais rendue dans sa demeure, dont je ne connaissais pas même la façade. Jamais je n'avais pris place dans un de ses fauteuils, pas plus que je n'avais bu dans une de ses tasses en porcelaine ni entendu son horloge sonner l'heure. J'ignorais tout de l'agencement de son intérieur, de sa manière de circuler entre les pièces. Je souhaitais ardemment qu'il se présente de nouveau chez moi pour que je puisse une fois encore l'éconduire.

Soudain, j'entendis du bruit à la porte du salon.

— Madame ?

C'était la voix d'Eliza. À mon invitation, elle pénétra dans la pièce, suivie de Charlotte, en chemise de nuit, ses cheveux joliment rassemblés en une tresse dans le dos. Elle arbora un large sourire qui dévoila le vide dans sa denture et me tendit une main. Sur sa paume reposait la dent tombée, minuscule et immaculée comme un tesson de porcelaine. Je la remerciai et déposai son offrande sur la table.

— Charlotte, annonça Eliza, dis bonne nuit à ta mère.

Je lui tendis la joue où elle déposa un baiser, et lui souhaitai bonne nuit à mon tour. Après quoi elles s'en allèrent en refermant la porte derrière elle. Une fois seule, j'allumai une bougie et repris ma plume.

Cher docteur Mead,
Je vous remercie pour le portrait, mais ne puis l'accepter. Je ne suis pas habituée à de tels gestes de générosité ; en témoignage de son affection, au cours de toutes les années que nous avons vécues ensemble, Daniel m'a offert en tout et pour tout un cœur sculpté dans un os de baleine, et encore, la moitié seulement. Il serait insincère de ma part d'abandonner notre amitié dans la poussière, ainsi je vous serais recon-

naissante de bien vouloir me laisser encore un peu de temps, une semaine environ, pour panser mes plaies. Après quoi, vous pourrez venir en paix.
   Votre amie (dans le marbre),
   Alexandra Callard.

Je déposai la lettre sur la commode de l'entrée pour le courrier du matin, avant de monter dans ma chambre à la lueur de ma bougie.

C'est le vent qui, chahutant le châssis de la fenêtre, me réveilla. Je me retournai dans mon lit en tentant de faire abstraction du bruit, mais comme il persistait, je finis par comprendre qu'il provenait de l'intérieur de la maison. Les sens en alerte, je me redressai brusquement. À l'étage, les lattes du parquet émirent un craquement. J'écartai les rideaux de la fenêtre pour scruter la cour à la faible lueur de la lune. Elle était vide. Je dus sortir de ma chambre au même moment qu'Agnes, car je la retrouvai dans l'escalier, une bougie à la main, les yeux écarquillés dans la pénombre. De nouveau le claquement se fit entendre, et nous comprîmes alors qu'il s'agissait du heurtoir de la porte d'entrée.

— Pour l'amour de Dieu, qui peut bien frapper à cette heure ? s'étonna Agnes.

Les coups redoublaient de violence. Tiraillée entre la curiosité et la peur, je restai au sommet de l'escalier, indécise, tandis qu'Agnes descendait les marches en serrant son châle autour de ses épaules. Le tapage se fit plus pressant, et j'entendis Agnes marmonner qu'il devait encore s'agir d'un gros richard qui s'était trompé de maison en sortant ivre de son club. Je songeai que la probabilité qu'un voleur ou un assassin s'annonce ainsi en grande pompe à la porte d'entrée était plutôt faible, et ma curiosité prit le dessus. Aussi emboîtai-je le pas à Agnes. Arrivée dans le vestibule, je restai en retrait, lui laissant le soin d'ouvrir la porte, et réfléchis au moyen de nous défendre en cas d'agression : avec les bougeoirs en cuivre de la commode? Il y avait bien une dague quelque part dans un tiroir du bureau de Daniel. Mais où en était rangée la clé? Cependant, à ma grande surprise, je compris bientôt que je n'en aurais pas besoin : sur le seuil, éclairé par la lueur de la lune, se tenait non pas quelque voisin imbibé d'alcool, non pas le veilleur de nuit annonçant quelque acte criminel, mais le docteur Mead.

Les cheveux en bataille, il fit irruption dans le vestibule avec l'air hagard d'un fou.

— Docteur Mead ! Mais que se passe-t-il ?

— J'ai reçu votre lettre, hurla-t-il par-dessus son épaule avant de s'élancer dans l'escalier dont il gravit les marches deux à deux.

Agnes laissa échapper une exclamation avant de refermer la porte d'entrée, et nous restâmes un instant à nous dévisager dans une horreur muette.

— Qu'avez-vous donc écrit dans votre lettre, madame ? murmura-t-elle dans le noir. Charlotte est-elle souffrante ?

— Quelle lettre ?

— Celle que vous avez déposée sur la commode hier soir.

Je demeurai perplexe, le front barré d'inquiétude.

— J'ai seulement dit que je refusais son tableau. Mais comment en a-t-il eu connaissance ? Et pourquoi une telle précipitation ?

— J'ai fait porter la lettre, madame ; le garçon des Postes passait devant la maison comme je fermais les rideaux.

Que se passait-il ? Au mur, *La Femme écarlate* nous toisait de son regard placide. Il se tramait quelque chose. La peur se déversa en moi. D'une main tremblante, je fermai la porte d'entrée à double tour, puis j'avançai à tâtons. Les rayons de lune qui brillaient à travers l'imposte de l'entrée m'aidèrent à distinguer le bas de l'escalier. Talonnée par Agnes, je m'élançai, comme si chacune de ses marches était de sable, jusqu'au premier palier.

— Docteur Mead ?

Quelques secondes plus tard, ses pas résonnèrent dans l'escalier et il surgit devant moi.

— Alexandra.

Qu'il m'appelle par mon prénom me glaça le sang. Il me saisit par le bras et me guida jusqu'à ma chambre – non, jusqu'à la chambre de Charlotte. Je me sentis une nouvelle fois glisser dans un rêve étrange et incompréhensible. Et alors je compris ce qu'il voulait me montrer.

Dans la chambre de Charlotte, les rideaux étaient grands ouverts, la clarté de la lune entrait à flots, jetant sa lueur sur les deux lits, qui non seulement étaient vides, mais n'avaient pas été défaits, leurs coussins rebondis bien à leur place. Rien n'avait été laissé au hasard ; rien n'avait été fait à la hâte. Je restai sur le seuil de la chambre, hébétée et chancelante. Je tentai de comprendre le spectacle, car bien qu'il se dévoilât à mes yeux, mon esprit refusait de le voir.

Le docteur Mead se déroba une fois encore, et se rua dans toutes les pièces de la maison comme un chien de chasse, fouillant le salon, le bureau et la cuisine avec force claquements de portes et de talons. Je sentis un élancement me tarauder, comme un ver se tordant dans la chair d'une pomme.

Le docteur Mead ne tarda pas à revenir à ma hauteur. Il était à bout de souffle, mais je ne pouvais pas discerner son visage. Nous étions plongés dans une obscurité d'encre et malgré les oscillations de la bougie d'Agnes, je n'y voyais goutte.

— C'est Eliza, affirma le docteur.
— Où est-elle ?

Je le trouvais bien catastrophé pour une simple affaire de domestique qui s'était enfuie à la faveur de la nuit. Si je pouvais seulement voir son visage !

— Où est Charlotte ? m'enquis-je d'une voix sourde.

C'est à ce moment-là qu'il s'approcha enfin de moi et prit mes mains entre les siennes. C'est à ce moment-là que je pus discerner la terreur dans son regard.

— Charlotte est-elle votre enfant ? demanda-t-il.

Jamais je n'avais ressenti pareil choc. Suivi instantanément de l'éclat d'une révélation fulgurante, telle la première lueur de l'aube.

— Répondez-moi ! Charlotte est-elle votre enfant ?

Je retirai mes mains des siennes.

— Qu'est-ce que cela signifie ? Où est-elle ? Elle doit bien se trouver quelque part dans cette maison !

— Alexandra, je vous conjure de me répondre. Charlotte est-elle votre…

— Pourquoi me posez-vous cette question ? hurlai-je.

Le sang s'était mis à battre à mes tempes comme un cri d'alarme. L'effroi se répandait à petit feu dans mes veines.

— Il y a six ans, Eliza a confié une enfant à l'hôpital des Enfants-Trouvés. En laissant en gage un cœur sculpté dans un os de baleine.

Tout mon corps se mit à trembler.

Ce n'est pas possible.

À tâtons, j'ouvris la porte de ma chambre et me précipitai sur mon coffret en bois d'ébène. Aux murs, les portraits silencieux savaient d'ores et déjà ce que je n'y trouverai plus, puisque la scène s'était déroulée sous leurs yeux. Pour ma part, peut-être l'avais-je compris en découvrant les deux lits vides – non, avant encore : depuis que le docteur Mead avait commencé à tambouriner à la porte. À moins qu'il ne fallût remonter encore plus loin ; une infime partie de moi avait toujours su que ce jour était inéluctable, et pourtant je ne m'y étais pas préparée. Leurs grands yeux sombres, les reflets roux de leurs chevelures, leurs taches de rousseur. Leur façon de rire sous cape comme des amoureuses, de danser comme deux sœurs. La nuit où elle avait scruté le portrait de Daniel à la lueur dérobée de sa bougie. Sa manière de blêmir chaque fois que j'entrais dans la chambre. Son visage qui s'éclairait avec celui de Charlotte. Eliza. « Bess ». Elizabeth. La révélation fit tache comme des gouttes d'encre dans un verre d'eau, comme du sang. J'étais faite d'eau : elle était son sang.

Mes mains fouillèrent le contenu du coffret à la recherche des deux moitiés d'un cœur en os de baleine gravées des initiales de deux amants, de la ficelle nouée à l'étiquette portant le numéro 627. Mais bien évidemment, tout avait disparu.

« Dis bonne nuit à ta mère » : les mots d'Eliza à Charlotte.

Sa mère était là depuis le début. Et voilà que cette garce venait de l'enlever.

TROISIÈME PARTIE

BESS

TROISIÈME PARTIE

Chapitre 15

— Les filles, si vous ne me lâchez pas d'une semelle, tout ira bien. Je rallumerai ma torche dès qu'on sera au sud de Holbourn. Une fois là-bas, on filera tellement vite que vous en aurez le tournis. On continue ?

On talonnait Lyle comme son ombre. Lyle, l'allumeur de réverbères avec qui je m'étais liée d'amitié à Bloomsbury. Il nous guidait au travers des rues de Londres d'un noir de suie. D'un bras, j'enveloppais les épaules frêles de Charlotte, de l'autre, je tenais le sac de toile avec lequel j'étais arrivée, sauf que cette fois, j'emportais un tout autre paquetage : des sous-vêtements, une robe de rechange, des bas et des chaussures, en plus de tout ce que j'avais pris au garde-manger – du pain, du pâté en croûte, une bouteille de bière, deux pommes et du pain d'épice emballé dans du papier.

Il faisait froid, les rues étaient désertes. Ce n'était pas une heure à mettre le nez dehors, quand les oiseaux de nuit sortent de leurs trous et grouillent dans les allées, même dans les beaux quartiers comme ceux que nous traversions à cet instant. J'en avais la chair de poule. Tout particulièrement dans ces grandes artères bien entretenues, où les rares silhouettes qu'on croisait devaient être celles de valets, en quête de tabac pour leur maître ou de clients qui sortaient de clubs. Le silence qui régnait alentour était déconcertant. J'avais hâte de retrouver la lumière et l'animation des rues de Ludgate Hill. Nous y étions presque ; Lyle nous ouvrait la voie et chaque seconde qui nous rapprochait du but nous éloignait de Devonshire Street. Seul le bruit de nos pas pressés et de nos respirations haletantes troublait le silence. Depuis les façades, les fenêtres nous scrutaient avec leurs carreaux noirs comme des yeux vides d'expression.

— Tu crois qu'elle a pigé, à cette heure ? m'a lancé Lyle.

Sa voix avait résonné dans la rue déserte.

— Pas ici ! l'ai-je houspillé.

Je le connaissais depuis quelques semaines seulement, et voilà où on en était, à nous en remettre totalement à lui. J'avais fait la connaissance de Lyle un soir, quelque temps après mon arrivée au service de Mme Callard, quand l'étrangeté des lieux m'avait oppressée dans mon sommeil, m'étreignant de la sensation qu'on m'enterrait vivante. J'avais pris la clé dans le bocal de l'arrière-cuisine et j'étais sortie sur le perron de la cave. Je voulais sentir le froid sur ma peau et le souffle de l'air nocturne dans mes cheveux. J'étais assise sur la plus haute marche, les yeux perdus dans la pénombre, quand une voix m'avait interpellée : « Un peu de lumière ? » Puis, Lyle était apparu devant moi, brandissant sa torche éteinte comme une épée. J'avais sursauté, plaqué la main sur ma bouche, pour étouffer mon cri qui n'aurait pas manqué de réveiller toute la maisonnée, sans parler du voisinage.

— Non, l'avais-je rabroué. Dégage.

Il m'avait ignorée et, me tendant sa pipe, avait lancé : « Une petite bouffée ? » J'avais secoué la tête avant de réprimer un grelottement. J'avais envie de rentrer me mettre au chaud, mais je redoutais d'affronter une nouvelle journée dans ce tombeau étouffant. Avec ses cheveux noirs, son teint pâle et son aplomb, Lyle avait l'air venu d'ailleurs. Pourtant, il parlait avec le même accent que moi. Il portait une casquette noire rabattue sur le haut du visage et un manteau léger de la même couleur qui lui allait bien. Tout chez lui était furtif, comme s'il était un pur produit de la nuit, dans laquelle il pouvait se fondre à sa guise.

Appuyé nonchalamment à la rambarde, il m'avait scrutée par-dessus le tuyau de sa pipe.

— Vu ta chemise de nuit qui dépasse de ton manteau, je ne pense pas que t'es une belle-de-nuit de Covent Garden qui attend le chaland.

Rouge comme une pivoine, j'avais serré les pans de mon vêtement autour de ma poitrine. La tête en arrière, il était parti d'un rire sonore.

— En plus, Covent Garden, c'est pas la porte à côté. Et puis c'est rupin, par ici, avait-il commenté en hochant la tête en direction de la maison. Pourtant, t'as pas une tête de maraudeuse, non plus.

— Je ne suis pas une voleuse.

— Du coup, je me dis, comme il fait tout noir, tu comprends, et que j'arrive pas à te voir bien comme il faut, que t'es simplement une donzelle esseulée.

— Je suis bonne d'enfants, avais-je rétorqué avec véhémence. Et toi, tu as la langue trop pendue, tu ferais bien de déguerpir.

— Et comme ça, tu attends qui ? Ton amoureux, hein ?

— Non.

— Ton petit mari, alors ?

— À ton avis, est-ce que je serais là si j'étais mariée ?

— Alors c'est mon jour de chance.

Sur ce, il m'avait gratifiée d'un clin d'œil et s'en était allé à grandes enjambées sans se retourner. Je l'avais revu quelques nuits plus tard ; il attendait de l'autre côté de la rue, appuyé à la rambarde et, en le voyant, j'avais souri malgré moi. Il s'appelait Lyle Kozak. Quand on discutait, il n'utilisait jamais sa torche, de peur d'attirer les regards des curieux. Il était allumeur de réverbères – un maudisseur de lune, comme il disait, car le travail se faisait rare quand les nuits étaient claires – depuis l'âge de dix ou onze ans. Il en avait vingt-trois aujourd'hui et il rapportait à la maison autant d'argent que son père, qui était artisan tailleur. Arrivé à Londres de Belgrade, vingt ans plus tôt avec sa mère et son père, il habitait le quartier de St. Giles avec ses parents, ses frères et sœurs. Comme il était l'aîné, il travaillait de nuit pour pouvoir s'occuper de sa fratrie la journée. Il n'avait pas besoin de plus de trois ou quatre heures de sommeil par jour, m'avait-il dit, et il était capable de roupiller dans n'importe quelle condition, chose impressionnante vu la taille de la famille et le boucan qui allait avec. Chez lui, on parlait serbe, et il avait appris l'anglais dans la rue, en copiant l'accent, qu'il s'était approprié. Il aimait tout particulièrement le cockney, dont il recueillait les mots et les expressions comme une pie voleuse. Il était armé de deux pistolets, des pièces bon marché qui auraient sans doute explosé s'il avait appuyé sur la détente, mais il n'en était jamais arrivé là. La plupart du temps, il lui suffisait de les dégainer pour faire détaler les pires fripouilles. (« Et puis même si je peux pas tirer avec, ils sont bien pratiques pour leur cogner sur la caboche », avait-il ajouté avec bonhomie.) J'avais rassemblé toutes ces bribes d'informations à son sujet lors de nos rencontres nocturnes. Nous avions pris l'habitude de nous asseoir sur les marches au numéro 9, dont Maria m'avait dit que les locataires se trouvaient sur le continent. Ensemble, nous fumions une pipe et de temps à autre j'apportais quelque chose à grignoter, ou une bouteille de bière dérobée au fond du garde-manger, que je me hâtais ensuite de remplir d'eau avant que Maria ne s'en aperçoive.

Je lui avais décrit Alexandra Callard, cette femme qui caressait les portraits de ses parents mais était incapable de toucher sa fille. Je lui avais parlé de Charlotte, cette fillette qui aimait les animaux, les histoires et les oranges à la crème. Je lui avais raconté comment Ned, venu quémander de l'argent dans la cour, avait failli me coûter mon emploi. Un soir, comme la fenêtre d'une façade s'était éclairée, Lyle et moi avions marché autour du pâté de maisons. C'est à ce moment-là que je lui avais fait part de mon projet d'enlever ma fille pour la ramener à la maison.

Il m'avait répondu que j'étais fêlée. Mais quand il m'avait proposé son aide, j'avais accepté.

C'est à cette époque que Mme Callard nous avait agressés. Le papillon s'était transformé en bête sauvage.

Elle avait le même regard que les vaches de Smithfield qu'on emmenait aux abattoirs : on lui voyait le blanc des yeux. Une chose était sûre, cette femme était dangereuse. Quel genre de mère s'en prend à son propre enfant avec un tisonnier ? Tant que nous restions dans cette prison haute, dans ce donjon avec son dragon tapi dans l'ombre, nous courrions un risque. Qui aurait pu prédire un nouvel assaut ? Charlotte (même si elle était à jamais ma Clara, au bout d'un mois, j'avais pris l'habitude de la nommer ainsi) avait quitté sa mère un matin pour retrouver un monstre quelques heures plus tard. La pauvre petite, tremblante de terreur, avait sangloté à s'en rendre malade. Elle avait fini par s'endormir dans mes bras, son corps frêle et frissonnant arrimé au mien. Le lendemain, j'étais résolue à prendre la fuite avec elle : l'heure du départ avait sonné.

Le seul ennui était que la vie à Devonshire Street m'était agréable. J'avais pris mes aises : je m'étais enrobée à force de faire bonne chère, le bon savon faisait briller mes cheveux, la peau de mes mains était douce, et je ne sentais plus la saumure. J'avais pris l'habitude des tapis moelleux, des pièces surchauffées, de la table à manger débordant d'une profusion de mets. Je me sentais bien dans cette petite chambre qui accueillait nos jeux, nos nuits et nos chants. J'aurais pu y rester pour toute l'éternité, nous enfermer à double tour et jeter la clé. Mais trop de questions restaient sans réponses : comment avait-on arraché Charlotte de l'orphelinat pour l'installer dans cette maison ? Comment Mme Callard pouvait-elle avoir eu vent de son existence sans me connaître ? Quelqu'un avait forcément la réponse.

Le jour de mon arrivée, j'avais eu une peur bleue qu'elle reconnaisse mon visage. On m'avait fait patienter au salon. Un salon ? Une prison, oui ! Jamais je n'aurais cru possible de mener volontairement une telle existence, décider de se couper du monde, ne jamais mettre un pied dehors. La nourriture lui était livrée à sa porte ; quant à son argent, il provenait de son avoué. Son thé venait de Chine, son brandy de France. Je ne lui avais vu aucune famille, personne qui lui rende visite l'après-midi. Pourtant, elle avait l'air de se satisfaire de son sort…

On ne pouvait pas en dire autant de Charlotte. Dès notre rencontre, j'ai senti qu'elle aspirait à autre chose. Elle parlait français, elle savait déchiffrer la musique et lire des mots longs comme le bras. Pourtant, elle n'avait jamais joué au cerceau dans la rue, tendu une pomme à un cheval, ou roulé une boule de neige au creux de sa paume. Les premiers jours, elle s'était montrée timide, et comme elle vivait dans les livres, elle m'avait demandé si j'avais déjà vu une forêt, une rivière et des bateaux. Pour une jeune Londonienne, ne jamais avoir vu de bateau ! Parfois, je me sentais assaillie par le doute ; comment cette délicate petite créature allait-elle pouvoir vendre à la criée à mes côtés, un panier de citrons au bras ? On aurait dit une fable sortie tout droit d'un de ses livres. Plus d'une fois, je m'étais résignée à rester en service en attendant qu'elle grandisse, le temps de profiter de notre existence bienheureuse aux frais de Mme Callard. De la sorte, le jour du grand départ, le joli minois de Charlotte et ses manières de Bloomsbury lui assureraient une position comme femme de chambre. Avec moi, elle ne pouvait pas espérer mieux.

Mais aussitôt, les murs se refermaient sur notre luxueuse prison, et Charlotte devenait irritable, émotive, elle s'attachait à moi d'une façon qui me brisait le cœur, car cette maison était une véritable geôle, guère plus accueillante qu'un asile. Il y avait de quoi devenir folle. J'ignorais si Mme Callard était atteinte depuis le début ou si, à force de s'infliger cette vie, elle avait fini par perdre la raison. Pourtant, entre ses correspondances et ses journaux, elle ne donnait pas l'impression d'être désœuvrée. Mais à quoi bon tout ce papier, alors que tout un monde attendait au-dehors ? Elle avait pour seul compagnon le docteur Mead. Il fermait les yeux sur ses excentricités, et je crois qu'elle l'amusait, aussi.

Pauvre docteur Mead – je l'avais bien berné. Si j'avais eu dans le cœur de la place pour regretter le mauvais tour que je lui avais joué, j'aurais sans doute compati. Mais mon cœur était tout entier occupé par ma fille. Ma fille, dans mes pensées depuis six ans et que j'aimais plus que tout. Ma fille, que j'avais portée en moi, que j'avais mise au monde, et qui portait mon âme avec elle partout où elle allait. Ma fille, avec sa chevelure noire qui tombait dans son dos, avec ses mains chaudes qui trouvaient toujours les miennes, avec sa manière bien à elle de bâiller quand la lecture la fatiguait. Le seul fait qu'elle sache lire me rendait encore plus fière que si elle avait été capable de s'envoler. Comment pouvais-je éprouver de la tristesse, du remords ou de la commisération ? Jamais je n'avais ressenti un tel amour. Quand elle riait, quand elle me montrait un dessin, quand elle dévoilait un trou de souris dans la cuisine – j'en avais la gorge nouée. Dès mon arrivée, le premier soir, j'avais eu envie de lui dire : « Tu es à moi. Je suis ta mère. »

Et puis, tout à coup, l'occasion s'était présentée. À l'heure du coucher, environ trois semaines plus tard, nous venions de terminer une partie de *crib* et je lui avais mis sa robe de nuit. Je m'étais assise à côté d'elle sur le lit, une bougie à la main, et elle m'avait lu son conte préféré dans un illustré pour enfants : les aventures édifiantes de Biddy Johnson. Elle me l'avait déjà lu mais, fatiguée, j'avais écouté d'une oreille distraite l'histoire de cette fillette qui se perd dans Londres après avoir échappé à la surveillance de sa gouvernante. Après avoir accepté l'orange que lui tend un inconnu, cette idiote de Biddy, vraie enfant gâtée, se fait enlever par une bande de voleurs qui l'emmènent à la campagne pour la tuer. Au dernier moment, elle est sauvée par l'héroïsme de Master Tommy Trusty, qui parvient à la soustraire à ses ravisseurs et à la ramener dans sa famille à Londres. Ne connaissant pas tous les mots, Charlotte avait sauté certains passages et, une fois sa lecture terminée, avait reposé l'illustré sur le couvre-lit avant de se blottir contre moi. J'étais restée immobile, absorbée par mes pensées, et elle m'avait tiré la manche.

— Est-ce que tu aimes les oranges, Eliza ? Je crois que c'est ce que je préfère parce que Biddy Johnson en mange, elle aussi.

À ce moment-là, j'ai levé les yeux sur le carré noir de la fenêtre en priant pour qu'elle ne sente pas les battements affolés de mon cœur.

— Oui.

— Moi, je les aime à la crème, a-t-elle continué d'une voix ensommeillée. Et puis on peut en mettre un quartier dans la bouche, et ça fait comme un sourire. Comme ça.

Elle a étiré les commissures de ses lèvres en une grimace qui m'a amusée. Je me suis demandé si ce n'était pas le moment.

— Charlotte. As-tu déjà songé à t'enfuir ? ai-je demandé dans un murmure.

Nous étions si proches l'une de l'autre que je sentais la caresse de son souffle sur ma joue. Ses yeux sombres brillaient d'inquiétude. Elle a secoué la tête imperceptiblement, libérant l'odeur du savon avec lequel je lui avais lavé les cheveux la veille au soir. Puis elle a levé le menton lentement vers moi et m'a de nouveau tiré la manche, mais cette fois en fuyant mon regard.

— Moi, j'y ai pensé, ai-je chuchoté.

— Je t'en prie, ne t'en va pas, a-t-elle protesté d'une voix minuscule.

Je me suis déplacée sur l'étroit matelas pour pouvoir la serrer dans mes bras. J'ai humé son odeur ensommeillée.

— Si je partais, tu viendrais avec moi ? On pourrait s'en aller ensemble.

Je suis ta mère. Comment le lui faire comprendre autrement que par ces mots ?

Elle m'a regardée d'un air pensif.

— Comme Biddy Johnson et Tommy Trusty ?

— Exactement, ai-je répondu d'un murmure à peine perceptible. Charlotte, si je te disais que...

Je me suis agenouillée à même le sol pour mieux distinguer ses traits. Elle était adossée à la tête de lit, le visage tourné vers moi, immaculée dans sa chemise de nuit blanche. Elle comprenait que j'avais quelque chose d'important à lui dire, car elle avait pris une mine sérieuse, effrayée aussi, comme si à sa manière elle pressentait que mes révélations changeraient sa vie à jamais.

— Je peux te raconter une histoire ?

Elle a hoché la tête, j'ai pris sa main dans la mienne.

— C'est l'histoire d'une petite fille qui vivait dans une grande demeure en bordure de Londres. Tout au bout de sa rue, il y avait un champ, avec des vaches, et de l'autre côté, une place, avec des balustrades noires et de grands arbres. La fillette avait tout : des domestiques, des robes en soie et des rubans dans les cheveux. Elle avait une tortue et un oiseau dans une cage dorée. Elle buvait du chocolat chaud au petit déjeuner et mangeait de la marmelade tous les jours. Elle vivait comme une princesse, mais elle se sentait seule et ne sortait jamais de la maison. Assise à la fenêtre, elle regardait les passants. Elle voulait sortir parmi eux et elle rêvait qu'un jour, sa vraie maman viendrait la sauver.

» Un jour, sa mère lui annonce qu'une bonne d'enfants va venir s'occuper d'elle. La jeune femme a la même chevelure qu'elle, avec des reflets roux au soleil, et les mêmes yeux couleur noisette. Elles prennent tous leurs repas ensemble, elles jouent à la poupée dans leur chambre et la fillette lui fait la lecture, parce que la bonne ne sait pas lire. Un soir, alors que la fillette s'endort bien au chaud dans son lit, la jeune femme lui murmure : "Je suis ta vraie maman et je vais t'emmener." Alors, ensemble, elles échafaudent un plan pour s'enfuir et s'en vont avec un simple ballot. On raconte que les étoiles les ont vues partir et que la lune a dit aux étoiles de garder le secret. »

Aussitôt mon récit terminé, une chape de silence s'est abattue sur la pièce. Charlotte, immobile, retenait son souffle, une lueur effrayée dans le regard, les lèvres retroussées de désarroi. Je l'ai observée sans rien dire, résistant à l'envie de la prendre dans mes bras.

— Je suis ta maman, ai-je dit dans un souffle. Je t'ai laissée à l'hôpital quand tu étais bébé et Mme Callard t'a prise chez elle pour s'occuper de toi. Pour moi. Il était prévu que je revienne, tu comprends ? Me voici, à présent.

Elle a battu des paupières, une fois, deux fois. Un petit froncement d'inquiétude s'est tissé lentement sur son front.

— C'est vrai ? a-t-elle demandé.

J'ai hoché la tête. Avant de me rendre compte qu'il lui fallait autre chose ; je lui avais raconté une histoire, à présent il fallait lui donner la vérité. Je me suis rassise sur le lit et je l'ai prise dans mes bras. Elle s'est laissée aller, la tête contre ma poitrine. Mon cœur battait encore la chamade, mon murmure peinait à en couvrir le tumulte.

— À ta naissance, je t'ai enveloppée dans une couverture, je suis sortie de la maison avec mon papa – il s'appelle Abe, c'est ton grand-père – et j'ai marché jusqu'à l'hôpital des Enfants-Trouvés, là où on va à l'église. À cet endroit, il y a des gens qui s'occupent des enfants jusqu'à ce que leur maman puisse venir les chercher. Le jour où tu es née, c'était un 27 novembre, je t'ai emmenée là-bas, pour qu'on prenne soin de toi. Et j'ai laissé avec toi quelque chose de très spécial, que ton père m'avait offert : un cœur tout blanc, gros comme ça.

J'ai dessiné les contours du cœur dans la paume de sa main avant de poursuivre :

— Il l'avait coupé en deux morceaux aux bords irréguliers. Il m'en avait confié une moitié et avait gardé l'autre. Dessus, il avait gravé la lettre B avec son canif. B comme Bess, c'est mon nom. Dessous, j'avais gravé un C, pour ton nom à toi, car tu t'appelais Clara.

Elle ressemblait à un jeune hibou tant ses yeux écarquillés lui mangeaient le visage.

— Tu t'appelles Bess ? a-t-elle murmuré.

— Je m'appelle Elizabeth. Mais parfois, les Elizabeth se font appeler Eliza, ou alors Bess, Liz, ou encore Lizzie, Beth ou Betsy. Le prénom Elizabeth a donné toutes sortes de surnoms. Mais dans cette maison, tu dois m'appeler Eliza. Tu me le promets ? Je m'appelle Eliza, maintenant.

Elle a hoché la tête, et je l'ai serrée contre moi de toutes mes forces.

— Est-ce que mon papa, c'est le même papa ?

Je lui ai répondu oui, avant d'ajouter qu'il l'aurait adorée s'il l'avait connue. Elle m'a écoutée d'un air solennel, avant de m'interroger :

— Qu'est-ce qui est arrivé après ?

J'ai caressé son épaisse chevelure tout en lui racontant comment l'hôpital avait fait la promesse de bien s'occuper d'elle jusqu'à ce que sa maman soit prête à aller la chercher.

— Je suis là, maintenant.

Les mots se sont posés entre nous, lourds comme des pierres.

— Je sais que tu aimes les histoires, mais ce que je viens de te raconter est la vérité.

Ce soir-là, elle est allée se coucher en apparence inchangée, bien qu'absorbée dans ses pensées, et quelques

instants après que j'avais fermé ses rideaux, alors que j'étais étendue dans mon lit les yeux grands ouverts, à retourner dans ma tête ce que je venais de faire, j'ai entendu sa petite voix depuis l'autre côté de la chambre.
— Eliza.
— Qu'y a-t-il ?

Elle m'a demandé de ne pas bouger, et avant que je n'aie le temps de réagir, elle est sortie de son lit et s'est dirigée vers la porte à grandes enjambées souples. Immobile dans le noir, j'ai tendu l'oreille pour distinguer le bruit de ses pas sur le plancher. Moins d'une minute plus tard, elle était de retour. Une fois la porte de la chambre refermée, elle s'est avancée vers moi. Elle cachait quelque chose derrière son dos, et son visage entier était illuminé d'une joie triomphante.
— Où étais-tu passée ?
— Dans la chambre de maman.
— Elle n'y était pas ?
— Elle est au salon.

Elle a déplié le bras vers moi, le poing serré. J'ai tendu ma main dessous puis j'ai senti un petit objet pointu comme un silex, comme un tesson de porcelaine, atterrir dans ma paume. Il m'a fallu un moment pour comprendre de quoi il s'agissait. Muette d'étonnement, j'ai contemplé l'objet, puis le visage de Charlotte, avant de poser une fois encore le regard sur le fragment aux contours irréguliers que je tenais entre les doigts. Il était exactement comme dans mon souvenir – le B en forme de boucle et le C que j'avais sommairement gravé à l'aide d'un couteau à huîtres à Billingsgate, alors que j'étais enceinte.

Sur l'instant, je n'ai pas dit un mot, pourtant j'avais la sensation qu'on venait de recoller tous les morceaux de mon âme.

Charlotte est retournée mettre le gage à sa place avant que Mme Callard ne s'aperçoive de sa disparition. Mais à présent je savais qu'il se trouvait entre ces murs, et la tentation était insupportable. Il m'appelait depuis la chambre voisine, comme si un os de mon propre corps m'avait été arraché. De le savoir sous clé ne faisait qu'exacerber mon obsession et voilà qu'enfin, l'heure avait sonné.

À mon grand étonnement, malgré les événements des jours précédents, Mme Callard avait fait son entrée dans la salle à manger avec sa raideur et son arrogance coutumières. Pendant que la maîtresse était dans tous ses états, la maisonnée entière avait retenu son souffle, et son retour équilibrait de nouveau la balance, même si on sentait sa peur couver sous la surface tant elle redoutait ce qu'on pouvait penser d'elle. L'occasion s'est présentée à moi lorsqu'elle m'a renvoyée en cuisine sous un prétexte ridicule. Je me suis glissée dans l'escalier et j'ai gagné sa chambre à pas de loup. Fort heureusement, la porte n'était pas verrouillée. J'avais déjà franchi le seuil de cette pièce, lorsqu'elle m'avait obligée à enfermer Charlotte dans sa chambre, mais le spectacle qui s'offrait à ma vue la rendait méconnaissable. Le sol était jonché d'affaires, le lit défait, les tiroirs grands ouverts, et les nuisettes traînaient partout. Un fond de brandy trônait dans la carafe en cristal sur sa table de toilette, des feuilles de papier froissées et des flacons d'encre tapissaient la moindre surface. La chambre n'était qu'un ramassis de détritus, autant de signes d'un laisser-aller : des trognons de pommes en décomposition, un savon fondu dans une coupelle à côté de la baignoire en cuivre. Mme Callard, qui offrait aux yeux du monde un modèle de rigueur et d'ordre, était une souillon.

Charlotte m'avait parlé du fameux coffret, dont la clé était rangée sur le meuble de toilette. L'espace d'un instant, j'ai caressé l'idée de m'asseoir devant le miroir pour essayer un collier de perles, mais il me fallait faire vite. J'ai déniché la clé dans une boîte doublée de velours qui dégageait une légère odeur de biscuit et, une fois devant le bureau, j'ai sorti le coffret en bois d'ébène orné de silhouettes japonaises. Je l'ai ouvert, le souffle court. À tâtons, j'ai fouillé parmi les reliques à la recherche d'un éclat blanc au milieu de l'or et de l'émail. C'est à peine si je ressentais un pincement de culpabilité. Mais alors, j'ai découvert autre chose d'inattendu : la minuscule étiquette, frappée du nombre 627. Je l'ai serrée dans la paume de ma main, sentant ses contours et le poids de sa réalité. Ce n'est qu'après que j'ai trouvé, enfin, ce que je cherchais : la portion gauche du cœur, pâle et étincelante, comme un fragment de lune. J'ai effleuré la forme gravée du bout des doigts. J'ai reconnu la lettre D, comme il y en avait dans les livres de Charlotte, ces gros volumes qu'elle était désormais trop grande pour lire et qui sommeillaient sur l'étagère : D comme dalmatien. D comme diamant. D comme Daniel. C'était la possession de Mme Callard. Daniel le lui avait offert. Au fond de la boîte, autre chose a attiré mon regard : l'éclair d'un visage qui me renvoyait son regard. J'ai écarté les babioles et suis restée interdite comme si, d'un tour de magie, je l'avais fait apparaître : une miniature ovale de Daniel, de la taille d'un petit galet. Je l'ai sortie de son carcan pour l'étudier de plus près. Si j'étais capable de distinguer son visage entre mille, je me suis rendu compte qu'au fond, Daniel restait un mystère : malgré son expression victorieuse qui m'était familière, ce portrait ne faisait pas justice au souvenir que j'avais de lui. Il le montrait plus jeune, en uniforme, tiré à quatre épingles. Je n'ai pu réprimer un sourire et, pour la toute première fois, j'ai senti sa présence entre les murs de cette demeure où il avait vécu et où il était mort. J'ai repensé à l'entrée baignée de lumière à côté du coffee-house Russell, au regard qu'il avait posé sur moi depuis l'autre côté de la rue. Ce jour-là, si j'avais tourné à droite plutôt qu'à gauche, si j'avais descendu la grande artère de Fenchurch au lieu d'entrer dans Gracechurch Street, je ne me trouverais pas en cet instant même dans cette chambre silencieuse de Bloomsbury, sur le point de me transformer en voleuse. Sept longues années menaient à ce moment. Tout ce dont j'avais besoin se trouvait dans cette maison, et je venais de mettre la main dessus. J'ai empoché les deux moitiés du cœur et l'étiquette avant de refermer le boîtier sans faire de bruit. Puis j'ai descendu l'escalier pour aller napper le chou de crème.

— T'as pas peur du noir, dis-moi, mon petit ? a demandé Lyle à Charlotte.

Nous progressions vers l'est au gré des ruelles étroites proches de Gray's Inn. Charlotte, qui n'avait pas l'habitude de côtoyer des inconnus et encore moins de marcher dans la rue, s'était fermée comme une huître. Elle n'avait cessé de scruter la torche éteinte qui dépassait de la tête de Lyle. Je n'avais encore jamais fait appel à un allumeur de réverbères, car si d'aventure je devais sortir à la nuit tombée, je m'en tenais aux rues que je connaissais bien. Avec leur bâton et leur lanterne, les veilleurs de nuit – les *Charlies*, comme Lyle les appelait – arpentaient les rues de leur pas lourd, comme des chats repus. Ils annonçaient l'heure et le temps qu'il faisait, puis ils se retiraient dans leur guérite pour une partie de cartes et une gorgée de brandy. Lyle évitait les grandes artères, leur préférant rues et passages. C'était une créature nocturne ; ses pieds étaient ses yeux et ses oreilles.

— Alors, comme ça, c'est qui le lascar ? m'avait-il demandé lors d'un de nos rendez-vous au clair de lune.

J'avais avalé une rasade de bière avant de lui tendre la bouteille.

— Le mari de la maîtresse de maison, mais il est mort.

Il avait laissé échapper un long sifflement.

— Et tu l'as rencontré comment ?

— Au coffee-house Russell, près de l'Exchange. Tu connais ?

— Ça risque pas, non. Qu'est-ce qu'une gamine comme toi est allée faire dans un coffee-house ? L'entrée est interdite aux femmes. Ah, tu veux dire un coffee-house *dans ce genre-là* ? Aux fourneaux, en veillant à ce que ces messieurs soient toujours bien au chaud ?

Je savais qu'il cherchait à me taquiner. Je lui avais décoché un coup de coude.

— Tais-toi donc, sinon je m'en vais fourrer ta torche là où elle ne verra plus jamais la lumière du jour. Il sor-

tait simplement de l'établissement au moment où je passais devant.
— Et c'est comme ça que tu es tombée enceinte, donc ? En passant devant ? On me l'avait jamais faite, celle-là.
— Je ne savais pas qu'il était marié. Je ne savais rien de lui, à part son métier. Je ne sais toujours rien, alors que je suis employée dans sa maison. Il n'y a pas une seule image de lui, aucune affaire lui ayant appartenu. C'est comme s'il n'avait jamais existé.
— Tu as essayé de le retrouver ?
— Non.
— Il t'aurait peut-être aidée, s'il avait su.
— On sait très bien l'un comme l'autre que ce n'est pas vrai.

Cette nuit-là, il faisait froid et j'ai cru que Lyle allait retourner à son travail, quand il m'avait lancé :
— Tu sais ce que j'aurais été, si je n'avais pas été maudisseur de lune ?
— Quoi donc ?
— J'aime bien faire pousser des choses, tu vois. Alors, au quatrième étage, c'est pas bien pratique, n'empêche que sur les rebords de mes fenêtres, j'ai du romarin, de la sauge et du thym. L'été dernier, j'ai même essayé de planter des tomates, mais elles n'ont jamais mûri. Je voudrais avoir mon jardin à moi en dehors de la ville. À Lambeth, peut-être, ou Chelsea. Dans un endroit à la campagne où il y a de la place, pour que je puisse cultiver des produits du marché : des pommes, des choux, des carottes, des navets. J'adorerais ça, de charrier mes produits jusqu'à Covent Garden.
— Je n'ai jamais mangé de tomate de ma vie. Et je n'ai encore jamais rencontré personne qui rêve de travailler

sur les marchés. Il faut se lever aux aurores, l'hiver il fait un froid de gueux, on passe sa vie dehors.

— Je travaille déjà jusqu'à pas d'heure par tous les temps ! Ça changerait pas grand-chose.

J'avais haussé les épaules.

— Moi, ça ne me gênerait pas de ne plus jamais voir une crevette de ma vie.

— Je préfère sentir la tomate que la crevette. Je dis pas ça pour toi, hein. Toi, tu sens la rose.

Mais je savais bien que c'était faux. Et si les relents de poisson de Billingsgate avaient cédé la place à ceux de l'amidon et de la soude caustique, et si l'espace d'un instant, nous avions échappé à la réalité pour nous improviser nurse et maraîcher, je n'en restais pas moins vendeuse de crevettes, et lui allumeur de réverbères.

La fois suivante, Lyle avait sorti sa main de derrière son dos. Dans sa paume reposait un fruit rond et étincelant dont la chair était parée de plus de couleurs que toute la rue alentour, que tout Londres. Je l'avais croqué à pleines dents et senti une fraîcheur sucrée inonder mon palais. J'ignorais comment il avait réussi à se procurer une tomate à Londres au beau milieu de l'hiver. Mais c'était ça, Lyle : un pourvoyeur de lumière et de tomates.

— Arrête.

J'ai posé une main sur son bras. Nous avons fait une pause dans une venelle bordée de bâtisses de haute taille : des entrepôts, fermés pour la nuit.

Une fois la rue d'Holbourn franchie, Lyle avait allumé sa torche, qui jetait désormais son halo de lumière autour de nous. Étant donné notre trajectoire, nous devions nous trouver au sud de Clerkenwell. Soit un quartier de la ville qui m'était inconnu : le Londres de la nuit. Notre présence venait grossir les rangs des habitants de l'ombre, des criminels. Je me suis retournée pour scruter la pénombre, épaisse comme le goudron. Étaient-ce des bruits de pas ?

— On continue, a-t-il insisté en allant de l'avant.

Nous avons débouché de la venelle sur une rue calme plus large. Quelques fenêtres étaient allumées aux premiers étages, rassurantes malgré leur éloignement.

— Comment ça va, mon ange ? ai-je murmuré.

La fatigue ternissait les yeux de Charlotte. J'aurais bien voulu la porter, mais elle était trop grande.

— On est bientôt arrivées à la maison, l'ai-je encouragée. Tu vas faire connaissance de ton papy, et je glisserai une brique bien chaude dans ton lit, juste à côté du mien. Et puis demain matin, on ira trouver une autre maison, rien que pour nous deux. Qu'est-ce que tu en dis ?

Charlotte a continué de marcher en silence. Quelques minutes plus tard, la torche de Lyle a illuminé l'enseigne du Drum and Monkey, et j'ai cherché des yeux la flèche de l'église plus bas dans la ruelle. J'avais désormais la certitude que nous n'étions plus qu'à quelques rues de Ludgate Street. J'ai dit à Lyle qu'il pouvait nous laisser.

— Si je vous laisse maintenant, je faillis à mon devoir, a-t-il rétorqué.

— Ohé ! a retenti un cri qui m'a transie de peur. Ohé, toi là-bas !

La silhouette mince d'un homme s'est découpée dans la nuit. J'ai agrippé la main de Charlotte à en faire craquer ses os, prête à prendre la fuite.

— J'ai besoin de lumière pour une chaise à porteurs à destination de Soho, a expliqué l'homme dont le claquement des souliers résonnait sur les pavés.

— Je suis déjà pris, a répliqué Lyle.

— C'est bien vrai, ça ? a fait l'homme en nous toisant, son visage apparaissant à la lueur de la flamme.

Il était âgé, la peau flasque, avec une perruque hideuse. Nous avons poursuivi sans nous arrêter, et j'ai pris soin de baisser la tête en passant devant lui. Un effluve de brandy se dégageait de lui.

Au bout de la rue, les notes joyeuses d'un violon se déversaient d'une taverne – à l'intérieur, on poussait des cris en tapant la mesure du pied. J'avais totalement perdu la notion du temps. Nous nous sommes glissés en file indienne sous l'arche de Bell Savage Yard pour enfin atteindre Black and White Court et nous arrêter au pied des habitations à la lueur blafarde de la torche. Les lieux étaient calmes ; un chien aboyait au loin, mais le bâtiment était plongé dans le silence. J'ai laissé échapper un long soupir. Je ne m'étais même pas aperçue que je retenais mon souffle. Lyle avait la mine triomphante ; un sourire de guingois éclairait son visage.

— Qu'est-ce que je te dois ? l'ai-je interrogé.

— Un bisou, ça te va ?

La torche a émis un crachotement. J'ai attiré Charlotte dans son rond de lumière et elle est restée immobile, l'air solennel. Je me suis penchée pour lui murmurer à l'oreille :

— Charlotte, qu'est-ce qu'on dit à Lyle qui nous a ramenées saines et sauves à la maison ?

Lyle m'a jeté un œil avant de retirer sa casquette et de s'agenouiller à hauteur de Charlotte, mais elle n'a pas pipé mot. Il s'est redressé en souriant de toutes ses dents.

— C'est pas marrant de se faire rabrouer. D'abord par ta mère, ensuite par toi.

Ta mère. C'était la première fois qu'on m'appelait ainsi. C'était étrange et merveilleux à la fois.

— Merci, Lyle.

Nous sommes restés un instant à nous dévisager sous l'arcade sombre de la cour.

— Tu ne diras rien à personne, d'accord ?

— Je ne suis pas une balance. Tu as ma parole. Bess qui ? a-t-il demandé en me gratifiant d'un clin d'œil. Bon. Je vais aller me dégoter un vieux poivrot qui ronflera tout le trajet. En attendant la prochaine fois, je vous souhaite la bonne nuit, mesdemoiselles Bright.

— Bonne nuit, Lyle. Merci.

J'ignorais quand je le reverrais ni comment il ferait pour me retrouver. Peut-être était-ce mieux ainsi. Je me suis dressée sur la pointe des pieds pour l'embrasser sur la joue. J'ai humé son odeur : un mélange de tabac de pipe et d'un effluve sucré, comme une senteur d'herbes aromatiques, ou de terre. Avant que je n'aie le temps de reculer, il a posé une main sur ma joue pour tourner mon visage vers lui. Ses lèvres n'étaient plus qu'à un pouce des miennes.

— *Laku noć*.

Sur ce, il s'est fondu dans la nuit.

Chapitre 16

La cour était vide. Nous l'avons traversée d'un pas rapide jusqu'à la porte principale, qui s'est ouverte sans bruit sur le vestibule plongé dans le noir. Je n'y voyais goutte, mais je connaissais parfaitement la distance jusqu'à l'escalier, que j'ai trouvé du bout du pied. Sans lâcher la main de Charlotte, j'ai avancé jusqu'au numéro 3. Là, j'ai posé mon sac par terre pour en sortir la clé.

— Eliza ? m'est parvenu un chuchotement dans la nuit.
— Oui, ma chérie ?
— Où sommes-nous ?
— Je te l'ai dit, on est chez moi, à présent. C'est ici que j'habite.
— Pourquoi il fait tout noir ?
— Il n'y a pas de lampes à huile, on s'éclaire à la bougie. Et je n'en ai pas sur moi. On aurait dû demander un bout de chandelle à Lyle, tu ne crois pas ? Tu n'as pas peur, dis ? Souviens-toi de Biddy Johnson. Elle n'avait

pas peur, n'est-ce pas, quand toute cette bande de voyous lui courait après ?

Son silence terrifié m'a rapidement fait comprendre que j'avais mal choisi mon exemple.

— Sauf qu'il n'y a pas de bandits par ici. Tout le monde dort, c'est pour ça qu'il fait sombre et qu'il n'y a pas un bruit. Demain matin, tu n'en croiras pas tes oreilles tant il y a du boucan et des gens partout. On ne s'entend plus penser ! Dieu merci…

J'ai fini par mettre la main sur la clé, j'ai trouvé le verrou à tâtons. J'ai retenu mon souffle jusqu'à ce que la clé joue avec un cliquetis familier, puis j'ai ramassé nos affaires et fait entrer Charlotte.

Le salon était glacial. Le rideau fin était ouvert, laissant entrer à flots les rayons de lune. Le feu était éteint, et de la vaisselle sale jonchait le foyer. Il planait encore une légère odeur de poisson frit qui m'a retourné l'estomac. J'ai jeté un œil vers le lit d'Abe. Au début, j'ai cru qu'il était vide, tant sa frêle silhouette soulevait à peine la couverture. Mais mon père, affublé de son bonnet de nuit, était allongé sur le côté face au mur, et ronflait doucement. Préférant le laisser dormir, j'ai poursuivi sur la pointe des pieds jusqu'à la chambre.

— Nous y voilà, ai-je murmuré en posant le sac sur le plancher.

Charlotte a chancelé sur les lattes irrégulières. Impatiente d'ajouter à mes économies le montant de mon mois de salaire au service de Mme Callard, je me suis agenouillée à côté du lit et j'ai glissé une main sous le matelas pour en déloger ma boîte de dominos.

Elle avait disparu.

J'ai retiré le matelas, exposant les cordes du sommier. Rien. J'ai fait la même chose avec l'autre lit, dans l'espoir d'entendre la petite boîte en bois claquer contre le sol, mais là encore, je n'ai trouvé que de la paille et des cordes. Le cadre de lit était nu. J'ai fouillé frénétiquement le reste de la chambre, dont le rideau était ouvert, comme dans la pièce attenante. C'est alors qu'enfin je l'ai aperçue, posée sur la commode sous la fenêtre, à côté de la cruche ébréchée dont je me servais pour ma toilette. Le couvercle était grand ouvert. Je savais déjà que la boîte était vide.

Ma respiration saccadée formait de petits nuages dans l'air glacé. Les ronflements réguliers d'Abe me parvenaient de la pièce voisine. À côté de moi, le plancher a craqué quand Charlotte s'est déplacée d'un pied sur l'autre d'un air inquiet. Un effroi écœurant m'a étreint les entrailles, me forçant à m'appuyer au lit. Malgré mon désarroi, j'avais les idées parfaitement claires. Quand j'étais passée à la maison lors de mon jour de repos, une semaine plus tôt, la boîte de dominos était bel et bien à sa place. J'avais pris la peine de vérifier. Mais l'avais-je ouverte ? Ce matin-là, j'étais d'humeur joyeuse et j'avais hâte de retourner à Devonshire Street. Je me souviens être allée chez Ned, mais il était absent. J'y avais passé une demi-heure en compagnie de sa femme Catherine et des enfants, et j'avais tenu le plus jeune dans mes bras pendant que sa mère préparait la soupe. Je lui avais trouvé les traits tirés, les mâchoires contractées : elle m'avait confié que mon frère avait découché deux nuits de suite. La nouvelle ne m'avait pas affolée mais inquiétée de manière diffuse, comme la sensation sourde dans le creux de l'estomac juste avant de ressentir une faim féroce. J'avais tenté de la rassurer, il allait forcément revenir. Elle s'était contentée d'acquiescer. Il finissait toujours par rentrer, mais nous savions l'une comme l'autre que le problème était bien plus grave.

Je suis allée réveiller mon père en le secouant fermement.

— Abe !

Il s'est réveillé en sursaut, coupé en plein ronflement et s'est redressé dans la pénombre.

— Bess, c'est toi ? Qu'est-ce que tu fais ici ?

— Je suis rentrée. Quand est-ce que Ned est passé ?

— Ned ?

Il a réfléchi un instant avant de me répondre d'une voix enrouée.

— Il y a une semaine, j'dirais ? Mais qu'est-ce que tu fais ici ? Je croyais que tu étais…

— Est-ce qu'il est allé dans ma chambre ?

Son visage s'est chiffonné en une moue perplexe.

— P't'être, je me souviens pas très bien.

Il a laissé échapper un énorme bâillement avant de s'asseoir, le dos droit.

— Il a des ennuis, Bess.

— Mais quel sale menteur ! Comment ça ? Quel genre d'ennuis ?

Le lit a émis un craquement.

— Les *bailiffs* sont à ses trousses. Pour ce que je sais, il est peut-être en prison à cette heure-ci. Ou au pilori. Je peux rien pour lui. De toute façon il est irrécupérable.

Il m'a soudain semblé que l'une après l'autre, les lattes du plancher se dérobaient sous mes pieds. Depuis la porte de la chambre, Charlotte nous observait, dans une raideur muette, dérobée au regard de son grand-père. J'aurais dû la rassurer, lui présenter Abe, mais j'étais incapable de bouger.

Cette nuit-là, le sommeil s'est fait attendre. À la place, un sentiment de culpabilité mêlé de peur s'est niché à mes côtés sur l'oreiller. Mon pécule disparu, j'étais prise au piège. Au petit matin, je serais bien obligée d'avouer mon méfait à Abe : j'avais enlevé une enfant, dans l'intention de la cacher dans un logement misérable quelque part du côté des faubourgs sans foi ni loi de Fleet Ditch et St. Paul. Mais à présent que mes économies avaient disparu, je ne pouvais plus me le permettre. Cet argent était la promesse d'une parenthèse sans contrainte. À présent, nous allions devoir travailler, l'une comme l'autre. Or, rester à Black and White Court n'était pas envisageable, car dès que le magistrat aurait vent de...

J'ai réprimé un frisson. Le lit était glacial. Charlotte était allongée sur l'étroit matelas voisin du mien. Habituée à un lit de plume et non de paille, elle devait en plus endurer une couverture humide qui n'avait pas été lavée depuis des lustres. Elle faisait semblant de dormir, sa chevelure noire étalée sur le coussin, son visage pâle et figé. Je m'étais étendue à côté d'elle tout habillée. Je l'examinais de près et, de temps à autre, lui frictionnais les bras et les jambes en inspirant sa bonne odeur de savon. Ses mains avaient une blancheur de lis. Comment pouvais-je décemment les mettre à la besogne, elles qui s'étaient contentées de nouer des rubans de soie et de tourner les pages délicates de ses livres ?

Je me suis retournée sur le dos. Ma respiration dessinait des volutes à la lueur de la lune. Ne me sentant pas la force de me relever pour tirer les rideaux, je suis restée allongée à contempler la ligne des toits, en me demandant si Mme Callard était déjà réveillée et à quel moment elle s'apercevrait de notre disparition. Maintenant que le masque était tombé, je me demandais quelle serait sa réaction : soit une stupeur blême et silencieuse, soit une rage décuplée. Mon départ avec Charlotte allait faire basculer sa vie bien ordonnée dans le chaos. Elle commencerait par en aviser les domestiques, et par dépêcher Agnes pour chercher le veilleur de nuit, lequel à son tour irait informer le magistrat. Mais comment échapper à un ennemi s'il m'était inconnu ? Les recherches s'étendraient à travers tout le tissu de la ville comme une tache d'encre, partant de Bloomsbury pour progresser aux quatre coins de Londres, s'immisçant dans toutes les ruelles et les parcs, dans les moindres conversations chuchotées derrière des mains gantées, jusqu'aux derniers qu'en-dira-t-on des lavandières occupées à suspendre le linge. Les ressources financières de Mme Callard lui permettraient de faire courir la nouvelle dans tous les replis de la ville, et de les passer au peigne fin. C'était une différence de taille entre elle et moi. Pour elle, l'argent était une source intarissable. Moi, j'étais à sec.

J'ai senti le corps de Charlotte se raidir. J'ai tourné la tête pour scruter ses traits. L'espace d'un instant, nous nous sommes dévisagées. Son regard était impénétrable.

— Tu es vraiment ma maman ?

— Oui, ai-je murmuré en retour.

— Et le monsieur, c'est mon papy ?

— Oui. Tu feras sa connaissance demain. Pour l'instant, essaie de dormir un peu. Au réveil, j'irai nous chercher du pain frais et du lait, qu'on fera réchauffer à la casserole. Les fermières sont gentilles, tu verras. Elles portent leurs pots au lait sur des perches appuyées en travers de leurs épaules, et elles ont des coiffes à volants couleur crème.

Comme elle se plaignait d'avoir froid, je lui ai frictionné les bras de plus belle. Quel contraste avec la demeure de Devonshire Street, si bien pourvue en bois et en charbon. Charlotte a fermé les paupières, et je lui ai fredonné un air pour la bercer, comme quand un cauchemar la tirait de son sommeil. Elle vivait un cauchemar éveillé, à présent. De Devonshire Street à Black and White Court ; du quartier de Bloomsbury à celui de Fleet. On se serait crues dans un de ses livres d'aventures. Sauf que dans les histoires, l'intrigue se déployait dans l'autre sens.

Quand l'aube a commencé à percer le ciel au-dessus des toits, aucun bruit ne m'est parvenu de la pièce attenante à ma chambre, m'informant qu'Abe était déjà parti travailler au marché. J'ai songé qu'il valait mieux qu'il ne sache pas que Charlotte était ici – de la sorte, il n'avait rien à cacher. À son retour, nous aurions déjà levé le camp vers un nouveau logement, d'où je pourrais échafauder un plan. J'étais taraudée par un sentiment de culpabilité envers mon père ; j'avais tant de tâches à accomplir et personne alentour pour me prêter main forte. Les sols et l'âtre étaient recouverts d'une épaisse couche de crasse et de poussière de charbon, tout comme les carreaux des fenêtres, et il fallait préparer un seau de cristaux de soude pour qu'Abe puisse nettoyer ses vêtements. Mais je n'avais pas le temps de m'en occuper, et il allait devoir se débrouiller sans moi.

— J'ai froid, a répété Charlotte en se pelotonnant contre moi dans le lit.

J'ai déposé un baiser sur son front avant de rabattre ma couverture sur elle et de la border serré.

— Oh, me suis-je soudainement rappelé. Cela fait un moment que je te mets de côté des habits. Tu veux les voir ?

D'un œil vaguement intéressé, elle m'a regardé fouiller dans le coffre à l'angle de la pièce, dont j'ai ressorti des piles de fripes en lin, coton et laine. Il ne m'a fallu que quelques secondes pour sortir l'intégralité de mon butin pour en exhiber les plus belles pièces – une robe couleur blé magnifiquement cintrée à la taille ; une élégante veste de feutre abîmée seulement d'une petite déchirure à l'aisselle.

— Ça te plaît ?

Elle est restée de marbre. Mais quelle question ! Elle avait l'habitude des soies de Spitalfields et voilà que je m'amusais à lui déballer des habits de trame grossière, qu'une autre enfant, sans doute décédée à ce jour, avait déjà portés. J'ai senti le poids de toutes leurs vies antérieures empeser les tissus et j'ai fini par ranger les vêtements à leur place. J'ai cru que Charlotte allait se mettre à pleurer.

Soudain, des coups violents ont résonné contre la porte d'entrée. Charlotte et moi nous sommes regardées dans une stupeur muette. Je ne lui avais pas dit que nous étions cachées, mais à sa manière, elle l'avait compris. Les coups se sont précipités, redoublant d'impatience.

— Abe, tu es là ?

C'était Nancy Benson, la voisine du dessous. Je me suis figée, redoutant de faire craquer les lames du parquet.

— Abe ? J'ai cru entendre des pas dans l'escalier hier soir. Je venais juste aux nouvelles.

La porte de l'autre chambre était fermée. Mais si elle avait une clé ? Si elle entrait et nous voyait... J'ai senti sa présence de l'autre côté de la cloison, je me représentais ses doigts boudinés sur la poignée, et j'ai prié ardemment pour qu'elle s'en aille. Au bout de deux longues minutes, elle a abandonné, et j'ai entendu s'estomper le bruit de son pas traînant qui faisait craquer les marches de l'escalier. Voilà qui coupait court à mon projet d'aller chercher de l'eau à la pompe au fond de la cour ; je ne pouvais pas me permettre que Nancy me tourne autour comme un chien de chasse. Et puisque nous ne pouvions pas faire un brin de toilette, il devenait inutile d'allumer le feu.

Je me suis habillée à la hâte avant d'ouvrir les fenêtres en grand pour chasser l'odeur de renfermé, en songeant à Agnes, qui disait toujours qu'une maison bien aérée était une maison en bonne santé. L'estomac noué, j'ai songé qu'à cette heure, le 13 Devonshire Street devait être réveillé. Agnes, décontenancée, devait se tordre les mains d'inquiétude. Jamais elle ne me croirait suffisamment malfaisante pour enlever un enfant. Quelques semaines plus tôt, alors que tout le monde était parti se coucher, nous nous étions attablées dans la cuisine autour d'une bougie et d'un verre de sherry.

— Ce n'est pas son enfant, m'avait-elle murmuré, les lèvres luisantes de liqueur.

J'étais restée silencieuse, tendant l'oreille au vent qui soupirait dans la cour. Rassemblant mon courage, j'avais répondu avec un étonnement feint :

— Pourquoi tu dis ça ?

— Elle était même pas enceinte. La peau de son ventre était tendue comme un tambour. Son appétit n'a jamais changé. Et…

Elle a balayé de ses yeux bleus les coins sombres de la pièce, comme si Mme Callard avait pu s'y embusquer.

— Elle saignait tous les mois. Et puis un jour, quelques mois après la mort de monsieur, on reçoit la livraison d'un berceau, qu'on installe dans la chambre d'enfant. Évidemment, c'était une simple chambre à l'origine. Même que monsieur y passait la nuit parfois quand il rentrait tard et qu'il y dormait de plus en plus souvent avant sa mort – quand il se donnait la peine de rentrer, bien sûr.

Elle s'est interrompue pour faire durer le plaisir, se délectant à captiver son public. Maria n'était pas une commère, et Agnes étant donc bien contente de pouvoir tailler le bout de gras avec moi, je n'avais eu aucun mal à la faire parler.

— Où en étais-je ? avait-elle repris.

— Au berceau.

— Ah oui, le berceau. Alors moi, j'ai dit : « C'est pour qui, ça, madame ? » Et là elle me répond sans ciller : « Pour mon enfant. J'attends un enfant. » Les bras m'en sont tombés. Au début, j'ai cru – et va pas le répéter à Maria –, j'ai cru qu'elle avait rencontré quelqu'un, alors que monsieur venait tout juste de mourir. Quelle horreur d'avoir pensé une chose pareille, je sais bien !

D'un geste délicat, elle avait siroté une nouvelle gorgée de sherry, avant de reprendre sur le ton de la confidence, en se penchant si près de moi que j'avais pu sentir son haleine chargée d'alcool.

— Je ne m'attendais pas que l'enfant en question arrive le jour même.

J'avais fait de mon mieux pour affecter une expression de surprise.

— Elle nous a envoyées faire des courses – moi chez la mercière, alors qu'on ne manquait de rien, et Maria pour s'acquitter d'une facture. Quand on est rentrées, il y avait un drôle de bruit dans la maison. Au début, j'ai cru qu'un chat s'était coincé quelque part. Alors je suis montée vérifier, et il était là, dans le berceau. Un nouveau-né. Alors d'accord, moi, je sais pas exactement comment ça marche, vu que je n'ai jamais eu d'enfant. Mais aussi vrai que je m'appelle Agnes Fowler, je sais quand même qu'un bébé ne sort pas du ventre de sa mère le temps de se procurer des boutons à la mercerie. À croire qu'elle était sortie l'acheter chez Fortnum's.

— C'est peut-être le cas, ai-je rétorqué, et nous avons ri.

Je nous avais resservi du sherry, malgré les faibles protestations d'Agnes. Je l'aimais bien, Agnes, avec ses grands yeux bleus, ses cheveux blancs et sa peau pâle qui dégageait tant de douceur. Elle avait les rondeurs d'un coussin molletonné et la discrétion d'une mère maquerelle. Un simple « bonjour » était susceptible de la lancer dans un récit de quinze bonnes minutes, et un banal « bonne nuit » de lui inspirer une histoire édifiante sur un marin de Newcastle qui avait tenté de lui vendre une chèvre à Spitalfields.

— Ce n'est donc pas elle qui a allaité l'enfant ? avais-je poursuivi.

— Doux seigneur, non. Ça ne se passe pas comme ça, chez les riches. Une nourrice est arrivée le soir même. Elle est restée pendant près d'une année. Belinda, qu'elle s'appelait. Un brin de jeune fille, comme toi.

J'avais déjà entendu parler des nourrices, même si je n'en connaissais aucune, car le plus souvent, les familles aisées envoyaient leurs rejetons à l'extérieur de la ville. À la lueur dansante de la bougie, je me suis représenté une autre femme en train d'allaiter et de bercer Charlotte. À ce moment-là, Mme Callard avait interrompu notre conversation en faisant irruption dans la cuisine comme un nuage d'orage.

Le jour d'après, j'avais demandé à Maria ce qu'elle savait de la naissance de Charlotte. Affairée derrière son voile de farine, elle m'avait toisée d'un regard sévère, avant d'empoigner son rouleau à pâtisserie.

— C'était une naissance comme une autre, j'imagine.

J'étais bien contente des indiscrétions d'Agnes, et de sa naïveté enfantine. Avec un pincement de honte, je me suis demandé ce qu'elle pouvait bien penser de moi à présent.

— Où va-t-on ? a demandé Charlotte d'une petite voix tandis que l'horloge sonnait les huit heures.

— Aujourd'hui, ai-je répondu en l'aidant à s'habiller, nous allons trouver oncle Ned pour récupérer notre argent. Prends tes chaussures, tu les mettras en bas des marches.

Je lui ai tendu une solide paire de bottes bien usées qui ne lui écorcheraient pas les pieds.

— Où habite-t-il ? J'ai froid.

— À deux pas d'ici. Regarde un peu comme tu es jolie dans tes nouveaux vêtements !

Je l'avais habillée d'une robe en coton à imprimés, avec un châle en laine épaisse et des collants de laine grise, les cheveux glissés sous une coiffe blanche. J'avais réussi à gommer toute trace de beaux quartiers pour en faire une gamine des faubourgs.

Nous avons descendu les escaliers côte à côte, dépassant la porte de Nancy, l'index sur nos lèvres, avant de nous précipiter vers la sortie de la cour qui donnait sur Fleet Lane. J'ai pris par le nord en évitant les grandes artères. J'avais beau demander à Charlotte de garder les yeux baissés, c'était plus fort qu'elle ; elle dévisageait bouche bée chaque homme, femme et enfant qui croisait notre chemin, elle scrutait la moindre plaque de rue, et détaillait chaque tas de crottin quand elle n'était pas occupée à dévorer des yeux les marchands ambulants.

Personne n'a envie de vivre dans un endroit encore pire que celui qui a vu sa naissance, pourtant, c'était ce qui était arrivé à Ned. Three Fox Court, à un quart de lieue au nord, en bordure du marché aux viandes de Smithfield, était si encaissé que le soleil ne s'y montrait jamais, l'y laissant peu à peu rongé par l'humidité. La cour, adossée à un abattoir et imprégnée de la puanteur du bétail apeuré, macérait quotidiennement dans une flaque de sang colonisée par les rats et les mouches.

Ses bâtiments penchés en avant, qu'on aurait dit près de s'effondrer d'un instant à l'autre, donnaient le mal de mer. Un petit essaim d'enfants, nu-pieds malgré les flaques glaciales, était accroupi dans un coin sombre. Avec leurs visages rabougris et ridés, ils ressemblaient à ces singes qui accompagnent les orgues de Barbarie. Parmi eux, le teint hâve et la mine acerbe, se trouvait Mary, l'aînée de Ned et Catherine.

— Mary Bright, qu'est-ce que tu fabriques ici ? ai-je lancé en approchant de leur attroupement peu avenant.

Ils étaient occupés à jouer avec les déchets qui jonchaient le sol : des arêtes de poissons et ce qui ressemblait à un crâne de lapin. Une fillette a relevé sa jupe pour uriner. Je me suis écartée pour que le jet épargne mes bottines et j'ai entraîné Charlotte par l'épaule. Mary la dévisageait d'un air malveillant. Elle portait le nom de notre mère, et à quatre ans, elle en faisait quarante. Elle allait tête nue et ses cheveux d'un châtain terne étaient coupés court, comme ceux d'un garçon. Elle n'avait hérité de Ned ni ses traits délicats ni sa teinte carotte ; elle tenait de Catherine – des yeux étroits, un long nez pointu et des taches de rousseur. Sa robe informe était de la couleur des murs. On l'aurait crue née de l'obscurité crasse de Three Fox Court, une créature surgie des entrailles de Smithfield, façonnée de fragments d'os.

— Je suis venue voir ton papa. Tu sais où il est ?

Ses yeux ressemblaient à des meurtrières. Elle a rejeté la tête en direction de la maison avec un air trop circonspect pour son âge. Les autres nous observaient avec méfiance. La porte d'entrée franchie, j'ai grimpé les deux étages, passant sous une corde chargée de linge piqué de moisissure, puis devant un enfant de deux ou trois ans, assis sur les marches, qui hurlait à s'en faire éclater les poumons, le visage violacé comme un navet, l'œil tuméfié. Enfin, j'ai atteint la chambre de Ned. J'ai tambouriné à la porte et Charlotte s'est accrochée à mes jupes. De l'autre côté du battant me sont parvenus des cris, des pleurs d'enfants et un « chut ! » sonore. J'ai cogné de plus belle, et Catherine m'a répondu :

— Qui est là ?

J'ai crié mon nom, et la porte s'est ouverte violemment.

Catherine nous a fait entrer sans même nous gratifier d'un regard. Ses cheveux filasse s'échappaient de sous sa coiffe, et le bébé qu'elle tenait dans les bras n'était qu'une boule de fureur écarlate. Ned, les manches de chemise retroussées jusqu'aux coudes, était arc-bouté sur la table, prêt à se jeter dans la mêlée. Il avait le visage émacié, les yeux cernés de noir.

— On a cru que c'étaient les *bailiffs*, s'excusa Catherine, une main sur la hanche.

J'ai eu l'impression qu'elle essayait de se donner une contenance plutôt que de me défier.

— Et qui c'est, ça ? a-t-elle enchaîné en remarquant Charlotte qui, malgré tous ses efforts pour se fondre dans le paysage, donnait surtout l'impression d'être affublée d'un déguisement.

— Rends-moi mon argent, ai-je ordonné à Ned en m'avançant vers lui la paume tendue. Allez, Ned. Tu as volé mes économies un jour où je n'étais pas à la maison, espèce de lâche. Maintenant tu vas me les rendre. Et n'essaie pas de me faire croire que tu as tout dépensé.

— Tu as volé de l'argent à Bess ? s'est écriée Catherine d'une voix suraiguë. Comment tu as pu faire ça, Ned ?

La tête basse, les yeux pleins de haine, Ned n'a rien dit. Au son de ma voix, le petit Edmund avait cessé de pleurer. Niché dans les bras de sa mère, il a laissé son regard glisser de moi à Ned, puis de Ned à moi, par-dessus ses petites joues trempées de larmes.

— Il a tout vendu, a expliqué Catherine. Le placard, le lit, les casseroles. Les draps. Même le foutu pot de chambre.

Autour de nous, la chambre était presque nue. Les maigres denrées alimentaires de la maisonnée étaient disposées sur une étagère, hors d'atteinte des souris. Un matelas bosselé, fait de paille tenue par des couvertures occupait un angle. Une pile de draps pliés qui reposaient sur un tabouret cassé et un bol fendu impropre à l'usage venaient compléter les possessions du couple Bright.

Ned a fini par relever la tête. Il a incliné le menton vers Charlotte.

— Alors, c'est elle, ta patte folle ?

— T'occupe pas d'elle. Je t'interdis de la regarder. C'est avec moi que ça se passe.

— Alors comme ça, tu l'as trouvée ? Me dis pas que tu l'as ramenée ici pour la sauver d'une vie de richesse et de privilège.

— Tu es un voleur.

— C'est pas moi qui ai volé une gamine. Tu crois que tu lui rends service, à l'enlever de la maison où je t'ai vue ? Elle ne survivra pas une semaine.

J'ai poussé Charlotte derrière moi.

— Dans ce cas, ça sera ta faute ! ai-je rugi. Tu m'as volé mes économies ! Qu'est-ce que tu en as fait, Ned ? Parce que si tu as tout dépensé en gin, je suis étonnée et franchement déçue que tu sois encore de ce monde.

— Va faire trempette dans la Tamise, Bess.

— Cet argent est à moi et à Charlotte. Je parie que tes enfants n'en ont pas vu la couleur.

— Ah, ça, tu peux le dire ! s'est exclamée Catherine d'un air vindicatif.

Ned a bondi de sa chaise à la vitesse de l'éclair, et lui a asséné son poing en pleine figure. Le craquement de l'impact a résonné dans la pièce, aussitôt suivi d'un silence assourdissant. Puis plusieurs choses sont arrivées en même temps : le bébé s'est mis à hurler de plus belle, Charlotte a étouffé un cri désarticulé dans mes jupons et Ned s'est planté, les deux mains à plat sur la table, doigts écartés. Il tremblait de manière perceptible, mais la colère n'y était pour rien. Il dégoulinait de sueur. Une envie irrépressible de prendre la fuite s'est emparée de moi ; je ne supporterais pas une minute de plus cette pièce minable qui puait la misère.

— Si maman te voyait, ai-je lâché en désespoir de cause.

Ned n'a pas cillé. J'ai contemplé la courbe si familière de ses boucles au-dessus de ses oreilles, et je me suis demandé où était passé mon frère.

J'ai pris Charlotte par la main et ai quitté les lieux.

Chapitre 17

L'entrée de Black and White Court se faisait par un passage de trente pouces à peine, niché dans la montée de Ludgate Hill entre les boutiques d'un avitailleur et d'un tonnelier. La brèche débouchait sur Ball Savage Yard, un long boyau étroit ponctué de cordes à linge tendues entre les façades, et tout au fond à droite, sur Black and White Court. J'ai laissé Charlotte passer devant moi dans Bell Savage Yard au moment où un homme élégamment vêtu et coiffé d'un chapeau noir disparaissait au bout de l'allée. Bell Savage Yard et Black and White Court se rejoignaient pour former une rue menant à Fleet Lane et au tribunal de Old Bailey, mais qui se trouvait en dehors des sentiers battus. En d'autres termes, personne ne s'y aventurait pour le plaisir.

L'homme que nous venions de croiser, qu'il s'agît d'un simple visiteur, d'un *bailiff* ou d'un inspecteur, n'était donc pas là par hasard. J'ai étouffé un juron en tirant Charlotte en arrière. Elle m'a regardée d'un air interloqué, d'autant que j'ai hésité, pivotant deux fois de suite sur mes talons avant de proférer un autre juron et de décider lâchement qu'il valait mieux rebrousser chemin.

— Alors comme ça, on danse la gigue ?

À moitié dissimulé par un drap en train de sécher, Lyle Kozak était adossé au mur de Bell Savage Yard. Les bras croisés, il avait l'air fier comme Artaban. C'était incongru de le découvrir en plein jour, sans sa torche, quand bien même il ne perdait rien de son mystère, comme si on avait esquissé sa silhouette au charbon. Ses yeux noirs étincelaient, même de loin.

— Je te préfère la nuit, ai-je dit.

Il a souri de toutes ses dents.

— On sait conter fleurette, du côté de Billingsgate.

D'un hochement du menton, j'ai désigné le passage. Aussitôt Lyle s'est mis sur ses gardes, et m'a emboîté le pas pour se fondre dans le flot de Ludgate.

— Comment allez-vous, mademoiselle ? a-t-il interrogé Charlotte tout en marchant.

Comme il avait son attention, il en a profité pour sortir une pièce de monnaie de derrière son oreille et la lui tendre. Elle a accepté son offrande avec un sourire, et je me suis rendu compte que c'était la première fois que je voyais ses traits se décrisper depuis que nous avions quitté sa maison.

— Si tu allais t'acheter un pain à la groseille chez le boulanger, juste là, tu vois ? Allez, file.

Après une hésitation et un hochement de tête rassurant de ma part, elle s'est faufilée dans l'embrasure de la boutique à côté de laquelle nous étions arrêtés. J'ai regardé Lyle fixement.

— Est-ce que tu as remarqué l'homme qui remontait l'allée juste devant nous ?

— Avec la pince-monseigneur ? Je l'ai vu, oui. Un *thief-taker*[1], je dirais.

J'ai poussé un juron en jetant un regard furtif des deux côtés de la montée.

— J'ai toutes mes affaires là-bas ! Et Abe… il ne comprendra pas que je ne sois plus à la maison.

— Ohé, tout doux. Il ne t'a pas trouvée, si ? Et moi je peux très bien aller te chercher tes affaires. Tu as de l'argent ?

— Oui.

— Combien ?

— Environ six shillings.

— Tu devrais brailler plus fort, je crois qu'il y a une vieille sourde à Westminster qui n'a pas bien entendu.

— Oh, mais tu vas te taire, oui ! Tu crois que tu es le seul à faire attention ? Je nous ai amenées jusqu'ici, non ?

— C'est moi qui vous ai amenées jusqu'ici, a-t-il nuancé avec un clin d'œil parfaitement exaspérant.

Sur ces entrefaites, Charlotte est ressortie de la boulangerie avec une brioche grosse comme sa tête.

— Tout ça pour toi ? l'a taquinée Lyle. Après ça, tu seras repue pendant une semaine.

Au même moment, une femme accompagnée de deux enfants a débouché du passage. Je l'ai aussitôt reconnue : Helena Cooke, une femme timide, mère de cinq enfants,

---

1. Il n'existait à cette époque aucune forme de police constituée. L'application de la loi incombait à chaque citoyen et les *thief-takers* (les preneurs de voleurs) intervenaient entre victimes et agresseurs.

qui vivait avec son mari et sa mère au numéro 8. J'ai fait volte-face devant la vitrine de la boutique, le col de mon manteau remonté sur mon visage, tandis que Lyle se plantait devant moi pour me dérober à sa vue. J'ai attendu que Ludgate Hill les avale tous les trois.

— Tu as un petit creux ? m'a demandé Lyle une fois le danger écarté.

— Oui, je crois.

— On va te prendre une côtelette à la taverne. Hé, Tom Pouce ! s'est-il écrié.

Il a alpagué un gamin crasseux d'environ treize ans qui traînait par là, avant d'en rameuter deux autres : un garçonnet de huit ans aux yeux de chouette et un trapu qui ressemblait à un chien de combat. Il leur a distribué à chacun un penny pour qu'ils surveillent les sorties de la cour.

— Le premier qui le voit le suit jusque dans ses pénates, puis il revient ici et il nous attend. Il aura une récompense sonnante et trébuchante.

Ils se sont précipités pour prendre leur poste, bien décidés à empocher le gros lot.

Quinze minutes plus tard, Lyle, Charlotte et moi étions attablés devant un bol de ragoût, un quignon de pain et une tasse de thé au lait dans le sous-sol sombre et enfumé d'une taverne du côté de Fleet Market. Depuis que j'habitais Devonshire Street, mon appétit n'avait cessé de croître, et mon tour de taille avec, si bien que je me sentais à l'étroit dans mon corset. Lyle, le sourire aux lèvres, me regardait engloutir mon repas. Contre toute attente, il avait une façon très distinguée de se tenir, presque comme s'il était de la haute. Il ne mettait pas les coudes sur table et ne portait pas son bol à ses lèvres pour en aspirer le contenu, comme le faisaient la plupart des hommes ; il mâchait son ragoût par petites bouchées, d'un air pensif, tandis que je lui racontais comment Ned, en me volant mon argent, nous avait jetées à la rue ou tout comme.

— Bref, tu dois t'enfuir, a-t-il conclu après que la serveuse à la peau grêlée nous eut rempli nos tasses de thé.

J'ai fait oui de la tête, avant d'essuyer d'un air absent le col de Charlotte, qui avait renversé son ragoût. Elle était intimidée par la taverne, son atmosphère sombre et bruyante, son fumet de viande grillée qui s'échappait des cuisines et son odeur de corps sales et de bière éventée. Toute la longueur ou presque des bancs était occupée, et les tablées débordaient d'assiettes sales. Dans l'atmosphère enfumée, les convives se serraient dans un grand brouhaha de rires, de palabres et d'altercations. Pour la toute première fois, le vacarme me vrillait les oreilles.

— Voilà ce qu'on va faire, a décrété Lyle en se penchant en avant. Ma sœur travaille à Lambeth dans une ferme laitière à côté des marais. Elle n'est qu'à une ou deux lieues d'ici. Je vais aller lui demander si elle peut t'avoir un emploi – trayeuse ou quelque chose comme ça – où Charlotte pourra t'accompagner.

— Je ne connais pas Lambeth. C'est pas la campagne, là-bas ?

— Si, a répondu Lyle avant de se tourner vers Charlotte, qui était tout ouïe. Tu as déjà trait une vache ?

Son air offensé nous a fait rire tous les deux.

— D'accord, ai-je acquiescé. Mais seulement si elle peut m'accompagner, Lyle. Je n'accepterai qu'à cette condition.

Il a agité la main.

— On leur racontera que tu es veuve ; on trouvera bien un bout de fer-blanc à te passer au doigt.

J'ai poussé un soupir en me frottant le visage puis arrangé les mèches de cheveux qui étaient tombées de sous ma coiffe.

— Qui t'envoie ? l'ai-je interrogé. J'ai dû faire quelque chose de bien dans une autre vie.

— Ou quelque chose de mal dans celle-ci.

— J'imagine qu'on va devoir rester cachées en attendant que tu aies vu ta sœur. Je vais aller chez mon amie Keziah. Tu pourras nous retrouver là-bas ? Elle habite Broad Court, près de Shoemaker Row vers Houndsditch. Tu t'en souviendras ?

— Shoe Court, Houndsmaker Row, Broad Ditch.

— Lyle !

— T'inquiète pas, mon petit.

— Pourvu que ce bonhomme ne me rattrape pas entre-temps.

— Te bile pas. Qu'est-ce qu'il cherche, ton *thief-taker* ? Une brune avec une fillette ? Il y en a dix mille dans tout Londres.

Il a éclusé sa tasse avant de poursuivre :

— Je vais aller voir ce que les Tom Pouce ont à me raconter, et puis je vais passer prendre tes affaires. Je te retrouve où ?

— Paternoster Row, derrière St. Paul, aux bouquinistes, ai-je proposé après réflexion.

Lyle a hoché la tête.

— J'y serai dans vingt minutes, trente à tout casser. Après ça, tu pourras aller chez ton amie. Et surtout, fais profil bas.

— Tu veux pas un peu arrêter de me dire ce que je dois faire ? l'ai-je taquiné avant de lui tendre la clé de chez moi, qu'il a fourrée dans sa poche.

— Personne ne dit à Bess Bright ce qu'elle doit faire, hein ? Eh bien, moi, je fais attention à toi. On dirait bien que t'as pas trop l'habitude.

Parmi les rues calmes de Ludgate Hill, Paternoster Row était une ruelle prospère, quoique sombre, qui s'étirait dans l'ombre de la cathédrale St. Paul. Dans ce quartier, personne n'irait s'inquiéter de la présence d'une mère et de sa fille en train de feuilleter des livres de prières devant les étals en bois qui flanquaient les boutiques des imprimeurs. L'industrie des pages et des mots était un tout autre monde, à des lieues du mien. Autour de moi, personne ne savait lire et écrire, et personne n'exerçait le métier d'imprimeur, dont les clients les plus fortunés venaient glaner des bibles à tranches d'or et les plus modestes des volumes de seconde main. Quand j'ai expliqué à Charlotte que nous allions regarder les livres, son visage s'est illuminé. Lyle s'est perdu dans le flot de ruelles, et nous avons marché lentement jusqu'à Ave Maria Lane.

— Charlotte, lui ai-je dit à mi-voix. Il faut qu'on donne l'impression qu'on fait des emplettes. On ne traîne pas en chemin. Et surtout on ne regarde personne dans les yeux.

— Pourquoi ?

— Parce qu'il ne faut pas qu'on nous remarque.

La rue des imprimeurs était sombre, bordée d'une dizaine d'étals foisonnant d'ouvrages. Main dans la main, nous l'avons remontée sur toute sa longueur avant de rebrousser chemin. J'ai hoché la tête discrètement à l'intention d'un marchand, qui a incliné son chapeau. Plus loin, j'ai refusé la bible bon marché que me tendait un autre. Une vendeuse de turbans battait le pavé, les mains enveloppées de tissus, tandis que deux prêtres en robe devisaient à voix basse.

— Si on essayait de trouver tes livres ? ai-je proposé.
— *Mes* livres ? a relevé Charlotte d'un air interdit.
— Non, pas les tiens. Ils ne sont pas ici, mais les histoires ont été imprimées plusieurs fois.

Déconcertée, elle a froncé les sourcils. C'est à ce moment-là que je l'ai vu, à l'étal voisin. Le *thief-taker* remontait Paternoster Row d'un pas nonchalant, en jetant un œil distrait aux présentoirs, s'arrêtant ici et là pour feuilleter un volume. D'où je me tenais, je le voyais de dos, et seuls m'apparaissaient son manteau, son chapeau, et par intermittence une infime partie de son visage lisse et carré. Je ne l'avais pas vu de près la fois précédente, mais j'étais persuadée qu'il s'agissait du même homme, aussi vrai que le lapin sent la présence du renard. Une terreur froide s'est déversée dans mes veines, et j'ai agrippé la main de Charlotte, mais elle s'est dégagée vivement.

— C'est quoi, celui-là ? a-t-elle demandé en s'emparant d'un petit livre rouge.

Tous mes sens en alerte, j'ai voulu l'inciter à partir, mais elle m'a repoussée avant d'insister, en colère :
— Je regarde le livre.
— Puis-je vous aider, mademoiselle ? s'est enquis le bouquiniste.

J'ai senti mes entrailles se tordre.
— Repose ça, l'ai-je houspillée.

— Mais je le veux ! Il est rouge, comme *Biddy Johnson*.

— Je n'ai pas d'argent, ai-je rétorqué à mi-voix. Repose ce livre.

J'ai senti la présence du *thief-taker* et le son de ses semelles qui raclaient le pavé se refermer inexorablement sur nous.

J'ai cherché frénétiquement un moyen de nous rendre invisibles. S'il passait devant moi et qu'il posait les yeux sur Charlotte, puis sur moi…

— Dis une phrase en français ! ai-je sifflé d'une voix impérieuse. Raconte-moi l'histoire du jardin, vite !

Charlotte m'a dévisagée, les yeux ronds, mais elle était suffisamment grande pour sentir le danger. Le policier n'était plus qu'à quelques pas de nous. Sans un mot de plus, j'ai intimé l'ordre à Charlotte de parler.

— *Le jardin est magnifique en été*, a-t-elle récité dans son plus beau français.

J'ai hoché la tête pour l'encourager. L'homme s'était arrêté derrière nous. En prenant l'air aussi naturel que possible, j'ai pivoté vers les piles de livres, tandis que Charlotte continuait d'une voix hésitante :

— *Les roses s'épanouissent sous le chaud soleil et les parterres sont d'un éclat de couleurs.*

— Excusez-moi, mademoiselle ?

J'ai fermé les yeux, sentant le sol se dérober sous mes pieds. Et si je l'ignorais ? Mais au même instant sa main s'est refermée comme un étau sur mon épaule. Je me suis tournée avec lenteur vers lui, l'air absolument confus :

— *Oui ?*

C'était le seul mot de français que je connaissais. L'homme m'a scrutée de ses petits yeux enfoncés dans son visage mafflu, comme des groseilles dans un petit pain. Il ne portait pas de perruque, mais un chapeau et un costume coûteux. Je lui ai rendu son regard, en priant en silence pour que Charlotte ne dise rien.

— Vous parlez anglais ? m'a-t-il demandé.

Son accent populaire cockney était vaguement estompé ; mais impossible de le prendre pour un bourgeois, même si manifestement, il cherchait à faire illusion.

Les sourcils froncés, j'ai secoué la tête. D'un geste, je lui ai signifié que je ne comprenais pas, tandis que j'agrippais Charlotte par la main, lui arrachant une grimace. Il a baissé les yeux vers elle. Au terme d'une minute d'angoisse qui semblait ne devoir jamais finir, il nous a souhaité une bonne journée et, après un dernier regard appuyé, il s'est éloigné, les mains croisées derrière le dos.

— Mais qui ?... a commencé Charlotte.

Je l'ai fait taire et j'ai recouvert ma tête de mon châle. D'instinct, je savais que l'homme n'avait pas quitté Paternoster Row ; je sentais sa présence comme un abcès sous ma peau. Une ou deux minutes se sont écoulées avant que je n'aie le courage de jeter un nouveau coup d'œil dans la rue. Il était arrivé à hauteur des derniers étals, soupesant un volume ici et là de ses mains gantées. Au cas où il serait encore à nos trousses, j'ai fait semblant de ne pas avoir trouvé l'ouvrage que je cherchais, et rebroussé chemin à pas lents. J'avais l'impression de tourner le dos à un lion. Il n'y avait aucun signe de Lyle, mais nous ne pouvions pas nous attarder plus longtemps.

— Bravo pour tout à l'heure, ai-je félicité Charlotte.

Malgré l'absence de Lyle, après quelques regards furtifs, j'ai décidé de prendre à droite et de nous éloigner de Ludgate Hill. C'est alors que je me suis rendu compte que je tremblais de tout mon corps.

— Tu as fait ce que je t'ai demandé et tu as récité admirablement. On joue un jeu, tu comprends : il ne faut pas regarder les gens ni leur parler, en avançant le plus vite possible. Si quelqu'un nous adresse la parole, il faut répondre en français et expliquer qu'on ne parle pas anglais.

— Pourquoi ?

— Parce que ce sont les règles du jeu.

— Où allons-nous ? Lyle devait nous rejoindre aux marchands de livres.

À mon grand soulagement, elle ne se doutait pas le moins du monde du danger.

— Ce n'est pas possible pour le moment, mais ne t'inquiète pas. Lyle saura nous retrouver.

La cour chez Keziah était vide. Je me suis précipitée pour toquer à sa fenêtre, en prenant soin de dissimuler mon visage aux regards des habitants des immeubles qui l'entouraient. Nous avions passé l'après-midi à sillonner la ville pour tuer le temps jusqu'à l'heure où Keziah remballait ses marchandises pour rentrer chez elle. J'avais eu sans cesse l'impression d'être suivie, que le *thief-taker* était tapi à chaque coin de rue, ou adossé nonchalamment à une porte, attendant patiemment que je tombe dans ses filets. Notre chevauchée pénible à travers Londres, où chaque paire d'yeux semblait peser sur nous, nous avait épuisées physiquement et nerveusement. Par-dessus le marché, il s'était mis à pleuvoir. Aux environs de Cornhill, Charlotte s'était plainte que ses vêtements étaient mouillés, qu'elle avait mal aux pieds, et qu'elle avait besoin du pot de chambre. J'avais retroussé ses jupes pour qu'elle puisse se soulager dans une allée. Elle avait refusé, blême d'effroi, insistant pour utiliser un pot de chambre, au point qu'il m'avait fallu, pour la convaincre, lui montrer l'exemple. Elle avait esquissé un rictus, comme si je lui faisais honte, mais je n'avais pas réagi.

Keziah est enfin apparue à sa fenêtre. Quelques secondes plus tard, elle a ouvert la porte et s'est dépêchée de nous faire entrer.

Ses deux fils étaient installés devant une tourte à la viande. La table était haute et leurs pieds flottaient au-dessus du sol. Keziah s'est agenouillée devant Charlotte, les mains posées sur ses épaules.

— Tu dois être Clara ! Je suis tellement contente de faire ta connaissance.

Elle l'a attirée dans ses bras. Charlotte était raide comme un piquet, son visage pâlot mangé par ses grands yeux noirs.

— Je m'appelle Charlotte, a-t-elle protesté, et Keziah a ri.

— Parfaitement. Regardez-moi cette frimousse ! C'est ton portrait craché, Bess.

Charlotte s'est dégagée de son étreinte pour se réfugier dans mes jupons.

— Charlotte, je te présente mon amie Keziah et ses fils, Jonas et Moses. Keziah vend des robes à des dames de l'East End.

Charlotte a jeté un œil à la pièce miteuse et aux garçons attablés qui la dévisageaient en silence. J'ai retiré son châle humide et lui ai caressé les cheveux.

— Charlotte a rencontré beaucoup de monde, ces derniers temps, n'est-ce pas ? Plus qu'en une année, à mon avis. Si tu t'asseyais avec Moses et Jonas pendant que je discute avec Keziah.

Elle a secoué la tête. Je me suis accroupie à sa hauteur :

— Qu'est-ce qui ne va pas ? Tu n'es pas timide, pourtant. Souviens-toi de Biddy Johnson. Si tu allais raconter ses aventures aux garçons. Va !

J'ai essayé de la pousser vers la table, mais elle a secoué la tête, au bord des larmes. J'ai lâché un soupir.

— D'accord, viens t'asseoir avec moi, dans ce cas.

Keziah a étendu nos châles au-dessus de la cheminée, puis nous nous sommes assises de part et d'autre de l'âtre. Keziah m'a laissé le rocking-chair, et Charlotte s'est installée sur mes genoux. Le mouvement régulier du fauteuil avait toujours su m'apaiser. Spontanément, j'ai imprimé un rythme régulier à mon pied tandis que je faisais à Keziah le récit des événements de la veille au soir et de la matinée. Mon amie a ôté sa coiffe et m'a écoutée d'un air grave en tirant sur les mèches de ses cheveux cotonneux.

— Tu peux rester ici aussi longtemps qu'il le faut, a-t-elle déclaré à la fin, et je l'ai remerciée.

Charlotte reposait lourdement contre moi, et je me suis aperçue qu'elle s'était assoupie. Je pouvais parler librement. J'ai poursuivi dans un murmure :

— Mme Callard a mis un *bailiff* à mes trousses. Je suis tombée sur lui à Black and White Court, et il a failli nous coincer.

J'ai dégluti, une question me taraudait.

— Tu crois qu'ils vont me pendre, Kiz ?

— Ils ne vont pas te pendre sous prétexte que tu as repris ton enfant !

— Mais ils ne savent pas que c'est ma fille. Mme Callard jure que c'est la sienne.

Keziah s'est mordillé les lèvres. À table, Jonas et Moses nous regardaient d'un air incrédule. Le regard de Keziah a glissé jusqu'à Charlotte.

— Tu es sûre que c'est ta fille ? a-t-elle chuchoté.

— Oui. Regarde ce que j'ai trouvé chez Mme Callard.

J'ai sorti de ma poche les deux portions du cœur en os de baleine. Keziah me les a pris des mains, l'air éberlué.

— Le mien est gravé des lettres B et C. Mme Callard avait l'autre.

— D comme Daniel. Mais alors tu as la preuve ! Il y a bien un registre à l'orphelinat ?

— Oui, tout est consigné par écrit. Mais ça, je l'ai volé chez elle !

J'ai secoué la tête :

— Je ne comprends pas qu'elle ait pu avoir le gage sans me reconnaître. C'est insensé.

Keziah a ouvert la bouche pour me répondre, puis s'est ravisée dans un soupir.

— J'en sais rien, Bess. Toute cette histoire est insensée.

Je me suis sentie soudain accablée d'une grande fatigue. Par-delà le carreau, la lumière déclinait. J'ai posé la tête un instant contre le dossier de la chaise, tandis que Keziah se levait pour faire du feu et que les garçons sortaient de table. J'ai laissé mon regard flotter à travers la pièce, sur les murs humides et le linge taché qui pendait au plafond. Chez Keziah, la vaisselle était ébréchée, il manquait toujours des barreaux aux chaises, pourtant je ne m'étais jamais arrêtée sur ces imperfections. Si je n'avais pas été à ce point épuisée, la simple idée que leur couple se tuait à la tâche pour gagner une misère, alors que Mme Callard baignait dans l'opulence, m'aurait mise dans une rage folle. L'irascible Mme Callard, qui traitait tout le monde avec condescendance et à qui on servait les repas sur un plateau d'argent, passait ses journées en socques de soie à arpenter ses escaliers.

Le bruit de pas dans la cour m'a sortie de ma torpeur, mais les fenêtres étaient barrées d'un rideau, me dérobant aux regards. Pour la toute première fois, j'ai compris ce que Keziah subissait au quotidien. Elle était contrainte de cacher ses fils, et voilà que je faisais de même avec ma fille. La seule différence est que j'avais bon espoir d'arriver un jour au bout de mes peines : un jour, ma fille et moi serions en mesure de marcher librement dans la rue, sans craindre de faire une mauvaise rencontre. Le tourment de Keziah et ses enfants était sans fin ; ils allaient devoir vivre toute leur vie comme des souris cachées sous les lattes du parquet. Je l'avais toujours su, mais ce n'est qu'en cet instant que j'en ai réellement pris conscience. Pourquoi elle était constamment sur le qui-vive, pourquoi son cœur inquiet s'emballait constamment pour ses fils. Je l'ai regardée nettoyer les braises de l'âtre, et soudain j'ai ressenti une bouffée d'amour et de loyauté envers elle. J'ai serré ma fille contre ma poitrine, et en cet instant, j'ai compris que l'amour et la peur n'étaient pas si éloignés l'un de l'autre.

Nous avons passé toute la semaine suivante chez Keziah, où je me suis efforcée de me faire toute petite.

J'ai donné quelques pièces pour participer au loyer et aux courses et je me suis rendue utile : je reprisais les fripes destinées au marché et gardais les garçons quand Keziah partait travailler. William avait sa routine à lui : il dormait et répétait la journée avant de partir, son violon sous le bras, au crépuscule. La nuit, nous dormions dans le grand fauteuil à côté de la cheminée. Charlotte s'était renfermée, mais dans les parenthèses de calme, je voyais bien qu'elle étudiait le logis avec curiosité. Elle n'avait pas pour habitude de dormir, manger et passer sa journée dans une seule et même pièce. Au demeurant, Keziah tenait un intérieur propre et chaleureux et préparait des plats simples et bons à partir des produits du marché. Charlotte avait vécu toute sa vie sous le même toit en compagnie de trois personnes, dont deux à son service. Mais elle a fini par se détendre en présence des Gibbons, car au fond leur famille avait un profil traditionnel – la mère, le père et deux enfants – comme dans ses livres de lecture. C'était aussi pour cette raison que je trouvais moi-même leur compagnie réconfortante.

Le deuxième soir, Charlotte s'est intéressée à la pile de fripes que Keziah rangeait dans un coin de la pièce. Jonas s'est prêté à son jeu, la laissant l'accoutrer de manteaux et de chapeaux, tandis que nous assistions au spectacle depuis nos fauteuils au coin du feu. Son frère aîné a aussitôt décidé qu'ils allaient ouvrir une boutique et, un vieux cageot retourné en guise de comptoir, ils se sont lancés dans la vente des habits à un penny pièce. Des dés à coudre et des boutons nous tenaient lieu de monnaie. Charlotte, affublée d'une robe à rayures dix fois trop grande et d'un chapeau bicorne, s'en est donné à cœur joie pendant plus d'une heure. Elle nous présentait des articles que nous faisions mine de passer au peigne fin à la recherche de puces et de taches. En cours de jeu, William est arrivé avec un sachet de châtaignes grillées, que nous avons partagées avant de fermer la boutique et de mettre les enfants au lit. Au matin, Keziah est allée travailler, William est parti répéter avec son quatuor et je suis restée à jouer à la marchande avec les enfants. Les garçons aimaient bien Charlotte, dont la timidité s'estompait en leur présence. Elle leur a appris le rami et à faire des patiences. Ils lui ont parlé du canari de Mme Abelmann, et elle a demandé à le voir, mais bien évidemment ce n'était pas possible. Après quoi, Charlotte nous a fait la lecture jusqu'à ce que mes paupières se ferment. Quand je les ai rouvertes une heure plus tard, ils étaient tous les trois allongés à plat ventre et jouaient à celui qui récolterait la plus grosse pile de poussière. L'après-midi a cédé le pas à la soirée sans que j'aie la moindre nouvelle de Lyle. Bien après que j'ai débarrassé la table du dîner et que tout le monde est allé se coucher, l'arrivée de William m'a tirée d'un sommeil agité. Il a refermé la porte sans faire de bruit et s'est assis sur le banc pour retirer ses chaussures.

— William ? ai-je chuchoté.

Il a suspendu son geste, et j'ai attendu, immobile sous le poids de Charlotte, qui respirait profondément, tandis qu'il allait chercher un bout de chandelle. À la lueur de la flamme chétive, j'ai vu qu'il portait une perruque grise et une élégante veste bleue.

— Quelle heure est-il ? lui ai-je demandé.
— Un peu plus de deux heures.

Il a jeté un œil à la porte de la chambre avant de s'asseoir devant moi.

Je me suis frotté les yeux et, malgré le peu de lumière, j'ai lu l'inquiétude sur son visage.

— Que se passe-t-il ?

Après quelques secondes de tergiversations, il s'est lancé.

— Tout à l'heure, on a joué à l'Assembly Rooms de Piccadilly, a-t-il commencé d'une voix égale. On était assis à côté d'une grande porte qui nous séparait des couloirs que le public emprunte pour aller d'une salle à l'autre. Pendant l'intermède, j'ai surpris une conversation entre deux invités. Ils parlaient d'une enfant disparue.

La mèche de la bougie a vacillé dans un crachotement.

— Un des hommes – je crois qu'il était lieutenant-général, mais je n'ai pas fait attention à son nom – a raconté que la fillette d'une riche veuve avait été enlevée d'une maison de Bloomsbury. Tous les gardiens du quartier ont été alertés.

Mon cœur battait à se rompre.

— Ils cherchent une femme d'environ vingt-cinq ans, les cheveux et les yeux foncés, habillée d'une robe en coton à motifs.

Je me suis recroquevillée contre le dossier du fauteuil, mais Charlotte n'a pas bronché dans son sommeil. Nous sommes restés sans rien dire pendant une longue minute, le temps que je saisisse la gravité de la situation.

— Tu as entendu autre chose ?

Il a secoué la tête ; de nouveau, la bougie a crachoté.

Je me suis frotté le visage vigoureusement des deux mains.

— Où, mais où est passé Lyle ? Il était censé nous rejoindre sans tarder. Et même si je le retrouve, comment faire pour aller à Lambeth si on me cherche partout ?

Après réflexion, William a suggéré :

— Ils ne feront pas attention à un petit garçon. Charlotte pourrait s'habiller avec les vêtements de Moses et cacher ses cheveux sous une casquette.

— Bonne idée. C'est déjà ça. Mais que se passera-t-il si la sœur de Lyle n'a pas de poste pour moi ? Oh, pourvu qu'il arrive vite, je ne sais plus quoi faire.

William, immobile, avait l'air sombre, comme s'il se retenait d'ajouter quelque chose.

— William ?

Il s'est agité sur sa chaise, l'air coupable.

— Je ne sais pas comment te dire ça, Bess.

J'avais la bouche sèche. Un courant d'air glacial a balayé la pièce.

— Qu'est-ce qu'il y a ?

— Eh bien, Keziah et moi étant ce qu'on est… si on te voit ici, ça risque de jaser. On ne peut pas faire croire que tu es de la famille, et si en jetant un œil par la fenêtre, quelqu'un voit une fillette blanche…

J'ai serré les paupières.

— Bien sûr. Je comprends. On va bientôt partir, je te le promets.

Après un hochement de la tête, William s'est levé pour aller se coucher, me laissant seule avec l'obscurité et ma culpabilité. Si je restais, ils nous mettraient la main dessus. Ce n'était qu'une question de temps. Charlotte, excédée par la situation, finirait bien par ouvrir les rideaux ou demander à sortir. En attendant, je mettais mes amis en danger. L'image d'une foule de visages haineux, brandissant des torches devant chez Keziah, m'a traversé l'esprit. Ce genre d'affaires criminelles déchaînait les passions. J'avais déjà assisté à un jour de pendaison – la Paddington Fair[1], qu'ils appelaient ça, de ce nom qui évoquait guirlandes et pique-niques. La veuve qui habitait le numéro 7 chez nous confectionnait les cordes pour le bourreau.

J'ai songé à Abe, qui dormait sous notre toit. Savait-il que sa fille était une criminelle recherchée ? Il ne le lirait pas dans les journaux, mais il risquait de l'entendre de la bouche de Nancy, ou encore des hommes de Billingsgate et de leurs épouses. Comment réagirait-il en apprenant que sa fille était une ravisseuse d'enfant ? Je lui avais caché la vérité, bien évidemment, lorsque j'avais pris mon poste à Devonshire Street. Abe était resté incrédule quand je lui avais annoncé que j'allais être nurse d'enfant, et encore, il était loin de se douter de la vérité. J'avais alors vaguement le projet de rentrer à la maison en compagnie de Charlotte, en expliquant que je l'avais retrouvée et que l'emploi ne me convenait pas, en priant pour qu'il ne me pose pas de questions. Abe était un homme discret et pudique. Une fois à Lambeth, je lui ferais parvenir un message pour le rassurer. Mais pour l'heure, il était le cadet de mes soucis, et je remerciais le ciel qu'il ne se soit pas aperçu que Charlotte était sous son toit l'autre soir.

Cette nuit-là, j'ai dormi par intermittence. Je me suis imaginé les articles dans les journaux avec, imprimés en noir sur blanc, mon nom et mon adresse. J'avais réussi

---

1. *Fair* signifie « fête foraine ».

à faire croire au docteur Mead que mon nom de famille était Smith, en lui racontant que je m'étais présentée à l'orphelinat sous un faux nom, et que l'on m'appelait Eliza et non pas Bess. Il avait donné foi à mon récit, habitué qu'il était à côtoyer quantité de femmes soucieuses de cacher un enfant illégitime. De cacher leur honte. Une patte folle, avait raillé Ned. Je lui aurais bien brisé les deux pattes, à celui-là. C'était à cause de lui que j'étais enfermée entre ces quatre murs comme une passagère clandestine, dépendante de la bonté de mes amis. Mais peut-être étais-je mieux ici que dans une chambre d'hôtes, coincée entre les soupçons de la logeuse et la curiosité des voisins. Je savais à quel point les nouveaux venus sont jugés à l'emporte-pièce et à quel point les réputations sont tenaces. Au moins ici, je dormais dans un fauteuil confortable et je gardais un peu d'argent pour nous reloger plus tard.

Je n'ai pas eu à patienter très longtemps. Avant que l'aube ne perce, j'ai entendu un tapotement contre la vitre. Somnolant, le bras engourdi par le poids de Charlotte, j'ai rechigné à la réveiller. Le bruit était si léger qu'il aurait pu provenir des étages supérieurs. Mais il s'est répété, et j'ai su sans l'ombre d'un doute qu'on cognait au carreau. J'ai déposé Charlotte délicatement sur le grand fauteuil, je l'ai emmitouflée dans la couverture et suis allée écarter le rideau. L'aube effleurait à peine l'intérieur de la cour. Au début, je n'ai vu personne, puis en plissant les yeux, j'ai reconnu Lyle, sa casquette rabattue sur son visage. Instantanément, ma peur a cédé le pas à un immense soulagement. Je me suis précipitée dans le couloir pour lui ouvrir la porte après avoir pris la clé au clou. Il m'a suivie à l'intérieur, puis s'est délesté de sa torche dans l'entrée. Il portait mon sac, qu'il a déposé délicatement par terre.

— Tu es là, ai-je murmuré.

Il a retiré sa casquette. La politesse de son geste me l'a rendu encore plus attachant, et je me suis rendu compte à quel point il avait occupé mes pensées, à quel point je languissais de le voir. Je me suis agenouillée pour fouiller dans mes affaires.

— Tu te trimballes ce sac depuis une semaine ?

— Je l'ai caché dans un entrepôt. Un copain à moi gardait un œil dessus. Qu'est-ce qui s'est passé à Paternoster ?

Je lui ai raconté comment nous avions échappé de peu à un *thief-taker*. Il a laissé échapper un juron, a remis sa casquette, l'a de nouveau retirée et s'est gratté la tête. Je brûlais de lui demander ce qui l'avait retenu si longtemps, mais je me sentais tout à coup intimidée, et déroutée par mes sentiments. Je lui ai tourné le dos pour sortir du sac nos vêtements, que j'ai pliés sur la table de la cuisine.

— Tu dois te demander pourquoi j'ai mis tout ce temps à venir : c'est parce que je me suis dit que quelqu'un devait surveiller chez toi. Je sais pas ce que je m'étais imaginé, que j'allais me pointer là-bas la figure enfarinée. Bref, alors j'y suis allé et j'ai traîné un peu dans le coin, et puis je suis allé boire un café pendant une heure. Je sais pas comment ils font pour boire ça, les bourgeois, c'est infâme. Alors comme ça, on est chez ta camarade ?

— Keziah dort encore.

— Et elle, elle est K.-O., a-t-il commenté en pointant le menton en direction de Charlotte, emmaillotée dans la couverture, les pieds dans le vide. Nous l'avons contemplée sans trop savoir que faire, et je me suis rappelé la raison de sa visite.

— Tu as des nouvelles de Lambeth ?

— Ah, oui. Tu es embauchée à la ferme comme laitière. Plus précisément, Beth Miller et sa fille Clara sont attendues. On a raconté au fermier qu'elle avait neuf ans, alors il faudra peut-être qu'elle se mette sur la pointe des pieds. Elle travaillera avec toi. Tu es la veuve d'un marin de Shadwell. Vous partagerez un lit dans le corps de ferme.

De soulagement, je me suis sentie faiblir. Je me suis tournée vers lui pour le remercier. Les mains serrées sur sa casquette, il m'a dévisagée.

— Tu n'auras plus à te cacher. Anna sera aux petits soins, elle veillera sur vous.

— Je peux commencer quand ?

— Après-demain. Enfin, c'est déjà le matin, donc demain. Retrouvons-nous à minuit ce soir au pont de Westminster, et on ira ensemble. Anna nous attendra. C'est juste à côté du fleuve, à une lieue à peine.

— C'est assez loin de Londres ?

— Une ferme laitière à Lambeth ? Avec la Tamise entre les deux, c'est comme si tu partais à l'étranger.

— Et le *thief-taker* ?

— Oh, lui. Il était à tes trousses, en effet. Il s'appelle Bloor : il a son repaire à Chancery Lane. Je l'ai pas lâché d'une semelle pendant un temps – c'est un malin, mais il a un faible pour le pâté en croûte. Le moment venu, t'aurais pas de mal à le semer, a-t-il ajouté avec un petit sourire en coin.

Je lui ai souri en retour.

— Ne prends pas cet air inquiet, a-t-il dit à mi-voix en réduisant l'écart entre nous. Vous serez bientôt loin d'ici.

La faible lueur du matin a transpercé le rideau rouge, jetant une ombre sur son visage. Dès qu'il cessait de parler, il avait l'air grave et, en cet instant, j'ai eu l'impression qu'il voulait me dire autre chose. D'instinct, j'ai fait un pas vers lui.

Dans la pièce d'à côté, quelqu'un a toussé ; avec l'aube, la maisonnée se réveillait. À l'étage aussi, ça commençait à bouger. J'ai resserré sur mes épaules mon châle qui avait glissé.

— Minuit, ai-je répété. Pont de Westminster. J'y serai.

Chapitre 18

Abe fermait l'étal de crevettes sur le coup des trois heures, et je connaissais par cœur l'itinéraire qu'il empruntait pour rentrer à la maison : Thames Street en direction de London Bridge, puis au nord par Fish Street Hill jusqu'à Monument, avant de monter la côte à l'ouest depuis Great Eastcheap jusqu'à St. Paul. Comme je voulais éviter la proximité à la fois de Billingsgate et de Black and White Court, j'ai opté pour un entre-deux, adossée à la rambarde d'un vieil enclos paroissial près de Budge Row. J'ai attendu, mon châle remonté sur ma tête. Je suis arrivée à trois heures, en priant pour que mon père n'ait pas dérogé à ses habitudes en faisant un crochet par la taverne Darkhouse, ou par les quais pour la lecture des journaux. J'ai fixé mon attention sur le flux régulier de la circulation qui s'éloignait par l'ouest, jusqu'à ce que, vingt minutes plus tard, je manque de justesse de rater sa vieille silhouette fatiguée qui remontait la rue d'un pas lourd. J'ai traversé en courant, évitant de peu une charrette, et, sans un mot, l'ai attiré dans un passage sombre. Il s'est débattu, plissant les paupières dans la pénombre. J'ai posé un doigt sur mes lèvres, et il a ouvert les yeux tout grand en me reconnaissant. Je l'ai poussé dans le passage jusqu'à déboucher sur la cour attenante – une belle placette pavée, bordée de maisons en brique rouge, au milieu de laquelle s'élevait un arbre.

— Bess, a-t-il balbutié.

Mais je lui ai intimé le silence et, d'un geste furtif, j'ai ramené le châle sur ma tête.

— Je dois faire vite. Je suis venue te dire que je pars ce soir. Je suis désolée que ça se passe comme ça, et de t'avoir laissé seul.

— Alors comme ça, la petite est avec toi ?

— Tu es au courant ?

— Tout le monde est au courant, Bess. Dans les journaux, dans la rue, on ne parle que d'Elizabeth Bright, la nurse qui a volé l'enfant dont elle avait la charge. Dans tout Billingsgate ! Même les portiers me demandent si c'est vrai ; ils n'en croient pas leurs oreilles. « Ta fille Bess, voleuse d'enfant ? » Et moi, je ne sais pas quoi leur répondre. J'en perds le sommeil. Elle n'était pas avec toi quand tu es passée l'autre soir, si ? Tu étais seule.

— Non. Elle était dans la chambre.

Abe a gonflé ses joues avant de pousser un gros soupir en secouant la tête.

— Tu joues un jeu dangereux, mon petit. Tu étais passée où ?

— On loge chez Keziah. Mais je pars ce soir, pour aller à Lambeth, dans une ferme. J'ai l'aide de mon ami Lyle. Je le retrouve au pont de Westminster ce soir, et il va m'y accompagner. Sa sœur est laitière, elle nous a trouvé du travail, à Charlotte et à moi.

Il a secoué la tête de plus belle.

— J'espère que tu ne vas pas te faire prendre, parce que les gardiens te cherchent partout. Et un autre gars aussi, un *thief-taker*. Il est déjà passé trois fois à la maison, à cogner contre la porte. Il voulait savoir si tu avais rendu visite à ton père. J'avais peur que tu rentres quand il était là.

— Je sais qu'il me traque, mais avec un peu de chance, il ne me trouvera pas. Tiens.

J'ai extirpé du fond de ma poche les derniers shillings qui me restaient et lui en ai tendu trois. Il a protesté, mais on savait l'un comme l'autre que cela ne servirait à rien, et qu'il en avait besoin. Sans un mot, il les a empochés avec un soupir.

— Je t'enverrai plus d'argent dès que possible, lui ai-je assuré.

— Bon sang, fais attention à toi.

— Mais qu'est-ce que tu crois ? Elle était avec moi, l'autre soir à la maison, et tu ne t'en es pas rendu compte. Si seulement tu l'avais vue, Abe. Tu l'adorerais, c'est sûr.

Il m'est soudain apparu très vieux, comme si les rides autour de ses yeux et de sa bouche venaient de se creuser.

— C'est mal, Bess. Tu n'aurais pas dû faire ça. Quel pétrin ! Tu ne crois pas qu'elle serait mieux dans sa belle demeure ? Quel genre de vie tu peux lui offrir ? Tu aurais mieux fait de la laisser là où elle était.

J'ai senti une bouffée de colère.

— Elle vivait avec une mère qui ne l'aimait pas, qui ne voulait pas d'elle. C'était une véritable prison, Abe.

Elle ne sortait jamais. Je suis peut-être sans le sou, mais je suis sa *vraie* mère.

— Peut-être bien, mais cette petite a besoin d'un père. Comment vas-tu faire pour t'en sortir ?

— Je viens de te dire qu'on avait trouvé un emploi. Elle est suffisamment âgée pour travailler. Bonté divine, maman était à peine morte que tu me faisais déjà trimer à l'étal ; c'est presque pareil. Tu m'as élevée seul, toutes ces années. On ne s'en est pas si mal sortis, non ?

Il a encore secoué la tête. À cet instant, une des portes colorées de la placette s'est ouverte et une bonne est sortie, chargée d'une pelle à poussière. Elle nous a toisés d'un air sévère, puis elle a vidé ses déchets sur les pavés et a attendu. Je voyais bien dans ses yeux qu'elle nous prenait pour deux vagabonds misérables qui n'avaient rien à faire dans les beaux quartiers. Je lui ai lancé un regard noir avant de retourner dans le passage.

— Je dois y aller, mais je suis venue te dire que je vais bien, et que je te verrai… oh, je ne sais pas quand je te verrai, mais ne t'inquiète pas.

Je l'ai attiré tout contre moi. Il avait sur lui l'odeur du marché, qui m'a rappelé la maison. C'est à ce moment-là que l'énormité de ce que j'étais en train d'entreprendre, de ce que je laissais derrière moi, m'a frappée de plein fouet. Je l'ai serré de toutes mes forces. Quand il m'a étreinte à son tour, j'ai senti ma gorge se nouer. Nous n'avions pas besoin de paroles, mon père et moi. Nous dormions sous le même toit, nous réveillions de concert, allions travailler ensemble. Quand je partais vendre à la criée, j'avais beau faire le tour de la ville, la tournée des cafés, des tavernes et des marchés, je revenais immanquablement vers lui et immanquablement un nouveau panier de crevettes m'attendait, comme s'il pressentait mon retour. Sa façon de retirer mon assiette d'entre mes mains quand je m'endormais et ma manière à moi de lui tendre son chapeau quand on se mettait en route valaient toutes les paroles. Comme les dimanches pluvieux que nous passions à la maison, à faire infuser les feuilles de thé laissées par la nettoyeuse de Black and White Court.

J'ignorais combien de temps il me faudrait attendre avant de pouvoir retourner là-bas, mais jamais je n'oublierais cet endroit. Les lattes du parquet où j'avais fait mes premiers pas, le plafond de guingois. Les affichettes frivoles, aujourd'hui fanées, qui représentaient des bals et des couples enlacés, les paroles des ballades trouvées dans la rue, que j'avais punaisées au mur quand j'étais petite. J'étais incapable d'en déchiffrer le texte, mais j'aimais les dessins des filles aux longs cheveux noirs comme les miens, dont les regards alanguis se perdaient au loin dans les champs. La dentelle ternie aux fenêtres, le fauteuil d'Abe, avec son vieux coussin rouge, et la porte de la chambre qui hébergeait les rêves, les murmures et les rires que je partageais avec mon frère Ned, la cruche en émail d'un côté, le coffre en bois de ma mère, gravé d'un dessin de roses, de l'autre.

— Bonne chance, Bess, m'a souhaité mon père d'une voix brisée. Fais attention à toi, promis ?

— Merci.

Au bord des larmes, j'ai déposé un baiser sur sa joue, incapable de croiser son regard de peur de lire dans ses yeux laiteux l'incertitude, la honte et la peur qui m'assaillaient moi-même. Je l'ai serré une dernière fois contre moi, avant de laisser la foule m'emporter.

Quand l'horloge a sonné dix heures et demie du soir, nous étions prêtes à partir. Il nous faudrait environ une heure et demie pour traverser la ville jusqu'au pont de Westminster. Une bruine légère avait commencé à tomber. Nous allions longer le fleuve, sur notre gauche, et épouser sa ligne incurvée comme une pipe à tabac posée à l'envers. Mon sac en toile était bouclé, et nous nous étions bien emmitouflées contre le vent et la pluie. L'idée de William, d'habiller Charlotte en garçon, était bonne. Elle avait rouspété copieusement quand nous avions attaché ses tresses avec des barrettes pour les camoufler sous une casquette de Moses. Et aussi quand elle avait dû enfiler une veste et un pantalon appartenant à Jonas.

— Un vrai petit gentleman ! s'était exclamée Keziah, et Charlotte avait pris un air renfrogné qui nous avait fait rire.

Sous le regard amusé des garçons, j'avais boutonné ses vêtements et lacé ses bottines. Quand l'horloge avait sonné dix heures, j'avais senti mon estomac se nouer. J'avais tout passé en revue une ultime fois : robes, châles, sous-vêtements, deux couvertures, quelques bouts de bougie, deux tasses en étain, une bouteille de bière, le jeu de cartes de Charlotte et son exemplaire de *Biddy Johnson*. J'avais demandé à Keziah de lui acheter une orange, que je lui offrirais en guise de friandise le moment venu. Nos préparatifs avaient un caractère irrévocable qui me glaçait le sang, à croire que nous partions pour un long voyage dans une contrée lointaine, alors que nous allions à peine à quelques lieues d'ici.

— Tu ne veux vraiment pas que William t'accompagne ? a demandé Keziah.
— Merci, mais je ne préfère pas. C'est à nous seules de faire le chemin. Tu ne vas pas nous suivre, promis ?

Il a secoué la tête. Il avait relâche, ce soir-là, et il était sorti acheter des bières pour accompagner le ragoût de tripes. Sentant vraisemblablement le changement d'atmosphère, Charlotte avait été difficile à table. Comme elle refusait de manger, j'avais perdu patience, en lui expliquant vertement qu'elle allait commencer à travailler à l'aube et qu'elle n'y arriverait jamais l'estomac vide. Je m'en étais voulu. J'aurais dû la border dans son lit avec une poupée au lieu de lui faire traverser tout Londres à pied en pleine nuit. La perspective de nous coucher semblait lointaine ; un de ces gestes pourtant si simples que je ne prendrais jamais plus pour acquis.

De façon insidieuse, un bourgeon de pensée né de la honte et de la haine s'était frayé un chemin dans les tréfonds les plus sombres de mon esprit, tandis que Charlotte gémissait, et me soufflait de ne pas suivre le cours de la rivière mais d'entrer dans la ville, d'emprunter les grandes artères, là où le dédale des ruelles cédait le pas à de larges rues flanquées de grandes bâtisses, et d'aller frapper à la porte du numéro 13. J'ai laissé le scénario se déployer dans ma tête, me représentant le visage scandalisé de Mme Callard, le soulagement affolé d'Agnes. Et Charlotte, accrochée à mes jupes, secouée de sanglots sur le pas de la porte… non. C'était impossible. Jamais je ne pourrais faire machine arrière. Charlotte était à moi.

Je l'avais prévenue que dorénavant, la vie serait une épreuve. Elle allait devoir se lever aux aurores, travailler d'arrache-pied, endurer la fatigue et la faim. Mais sa maman serait toujours à ses côtés. Je savais que le changement serait brutal, qu'elle avait toujours été choyée, et qu'il faudrait lui apprendre la vraie vie. Je l'avais préparée à toutes ces tâches qui l'attendaient – baratter, traire, charrier des seaux – au cours des longues heures que nous avions passées chez Keziah, mais je voyais bien qu'elle m'écoutait comme s'il s'agissait d'une histoire et non pas de la dure réalité. Et si elle refusait de travailler ? Si elle piquait une crise, se donnait en spectacle, nous faisait perdre notre emploi ? Que ferions-nous ensuite ? Non, il ne fallait pas penser cela. Pour l'heure, l'important était d'arriver sans encombre à Westminster, et d'attendre Lyle comme convenu au pont. Viendrait-il à pied ou dans une carriole louée pour l'occasion ? Je devais faire en sorte de rester sur le qui-vive tout en prenant soin de ne pas attirer l'attention.

Nous avons fait nos adieux à la famille Gibbons en toute discrétion à l'intérieur du logis. J'ai vu la peur se dessiner sur le visage de Keziah. Je lui ai promis de trouver le moyen de lui faire parvenir un message. Elle a ri en me répondant que si jamais j'apprenais à écrire, elle encadrerait ma lettre et l'accrocherait au mur. Nous avons échangé une accolade chargée d'émotion. Puis la porte s'est refermée derrière nous. En voyant le rideau bouger à notre passage, j'ai senti ma gorge se nouer – de douleur mais aussi de soulagement, à l'idée qu'en m'éloignant, j'éloignais d'eux le danger.

— Au revoir ! a lancé Charlotte.

Je lui ai aussitôt ordonné de se taire. Elle a reculé, le front plissé, comme si elle craignait une nouvelle réprimande.

Je me suis agenouillée à sa hauteur et j'ai arrangé les quelques mèches de cheveux qui s'étaient échappées de sous sa coiffe.

— Nous allons devoir marcher longtemps. Je sais qu'il fait nuit et qu'il pleut, mais nous n'avons pas le choix. Tu restes bien tout près de moi et tu me promets de continuer sans te décourager ?

Elle m'a regardée d'un air solennel. Je l'ai encouragée d'une caresse sur la joue. Elle a fait oui de la tête.

— Bravo. Alors en route.

Le trajet jusqu'au pont de Westminster s'est révélé périlleux dans la nuit noire. Nous ne pouvions pas longer la Tamise, dont les quais étaient aménagés de toutes sortes de plateformes, escaliers et jetées crénelées, pour la bonne raison qu'aucun sentier n'en suivait le cours. J'ai fait de mon mieux pour poursuivre à l'ouest sans perdre sa ligne de vue. La certitude que le large ruban de ses eaux étincelantes nous accompagnait sous le ciel nocturne était un soulagement, aussi mince soit-il. Je devais ma subsistance à ce fleuve, et sa présence à nos côtés, comme un chien fidèle, me réconfortait.

Chemin faisant, j'ai décrit le marché à Charlotte, l'arrivée des bateaux, leurs chargements et leurs camelots hauts en couleur. Elle a été impressionnée par l'anecdote du requin déguisé en sirène hideuse.

À mi-chemin, la bruine s'est arrêtée, et j'ai soudain distingué avec effroi que Thames Street, de plus en plus étroite, arrivait à sa fin. Nous n'étions plus qu'à quelques pas de Fleet Ditch, la rivière qui prenait sa source au nord de Londres et s'écoulait sous la ville pour réapparaître à

Farrington, où elle s'engouffrait dans un boyau étroit qui se déversait dans la Tamise. Un unique point de passage permettait de la traverser : un pont situé à l'extrémité de Ludgate Hill. Le lacis étroit de rues et de ruelles qui venaient buter contre la rivière était plongé dans le silence. À cette heure, les tavernes le long des berges étaient bondées de débardeurs, de dockers et de gabariers. À part eux, je ne risquais pas de croiser grand monde. J'ai fermement enroulé mon châle autour de ma tête avant d'allonger le pas en direction du nord, en rappelant à Charlotte de garder le menton baissé. Fort heureusement, les alentours étaient déserts. Nous avons traversé précipitamment, sans nous retourner.

À notre arrivée sur la rive nord du pont de Westminster, trempées mais triomphantes, il était minuit moins le quart. Quelques torches trouaient la nuit ici et là dans les quartiers rupins, et à nos pieds la Tamise charriait ses eaux noires qui s'élargissaient pour former un coude. La lune était cachée par un banc de nuages, qui jouait en notre faveur. Une main posée sur la balustrade, je me suis enfin autorisée à me détendre. Dans quinze minutes, Lyle serait là. Nous avions réussi : nous étions arrivées au point de rendez-vous.

— Le plus dur est fait, ai-je annoncé à Charlotte en la soulevant pour l'asseoir sur le parapet. Voyons voir, qu'est-ce que je peux bien avoir dans mon sac pour une petite fille si courageuse ?

Elle m'a regardée fourrager dans nos affaires. La pointe de sa petite langue rose dardait dans le trou laissé par sa dent de lait. Quand j'ai brandi l'orange, son visage entier s'est illuminé. Elle m'a demandé de la lui peler.

— Allons au milieu du pont, tu pourras la manger pendant qu'on attendra Lyle.

Nous n'étions pas seules sur les lieux : deux hommes en grande conversation marchaient de l'autre côté du pont et, à mi-course, un vagabond en guenilles était avachi contre la balustrade. J'ai pris Charlotte par la main et nous avons franchi la rivière sillonnée par une dizaine d'embarcations. La nuit, le trafic fluvial était plus calme.

— Là-bas, c'est un chalutier, tu vois ? C'est celui qui ramène les crevettes de Leigh. Et tu aperçois toutes les petites embarcations qui se faufilent entre le gros bateau et le quai ? Ce sont des barges, elles servent à transporter la cargaison à terre, parce que le bateau est trop gros pour accoster, tu comprends ? On dirait bien qu'elles charrient du bois d'œuvre, regarde.

Au bout de quelques pas, nous nous sommes immobilisées au milieu du pont. Une calèche tirée par deux chevaux nous a dépassées. Les malles-poste n'allaient pas tarder à quitter Londres pour se lancer dans leurs longs périples à travers le pays. J'ai proposé à Charlotte d'écrire dès notre arrivée une lettre à Moses et Jonas. Leur père la leur lirait. Je lui ai frictionné les mains, parce que l'air avait fraîchi après la pluie. Au bout de quelques minutes, j'ai vu Lyle arriver par la rive nord, arc-bouté contre le vent, sa casquette rabattue sur le visage. Mon cœur s'est mis à battre la chamade, et j'ai souri en m'écartant de la balustrade pour qu'il nous voie. Mais il ne m'a pas fait de signe de reconnaissance, il n'a pas ralenti à notre approche ni n'a relevé la tête. Tandis que l'écart se comblait entre nous, je me suis rendu compte que ce n'était pas Lyle. Ses traits étaient plus pâles, sa silhouette plus haute et maigre, ses yeux larges étaient clairs. J'ai deviné les touffes de cheveux roux qui dépassaient de sa casquette.

— Ned ! Qu'est-ce que tu fais ici ? ai-je balbutié.

J'ai souri, les sourcils froncés, tant la situation était saugrenue, comme si je nageais en plein rêve. Mais alors j'ai compris.

Derrière Ned, un autre homme s'est avancé furtivement : il était de grande taille, avec un bicorne noir et un épais manteau. Les mains gantées de cuir. C'était lui et Ned que j'avais aperçus de l'autre côté du pont cinq minutes plus tôt.

J'ai senti mon échine se glacer. Le *thief-taker* m'a dévisagée d'un air implacable. Nous nous sommes reconnus en même temps. D'effroi, j'ai serré la main de Charlotte si fort que son visage s'est tordu de douleur. Je l'ai repoussée derrière moi, priant pour qu'elle ne sente pas mon corps trembler.

Le regard fuyant, Ned s'est tourné vers l'homme pour affirmer d'une voix monocorde, en désignant Charlotte du menton :

— C'est elle.

— Nous nous sommes déjà croisés, a commenté l'homme à mi-voix.

Une voix grave, craquelée comme du cuir.

— Non…

Ned m'a prise par les poignets, j'ai poussé un cri. L'homme s'est jeté sur Charlotte, l'a agrippée par les épaules alors qu'elle s'accrochait à moi dans un sanglot. Une violente poussée nous a arrachées l'une à l'autre,

Charlotte a battu l'air de ses mains, tentant en vain de me rattraper.

— Ned, non ! Ne fais pas ça !

Une calèche est arrivée à notre hauteur depuis l'extrémité nord du pont. Dans une grande bousculade sombre, le *thief-taker* a soulevé ma fille. Ses hurlements ont résonné dans l'habitacle, déchirant l'air nocturne et mon âme tout entière. En un éclair, les rênes ont tressauté, le cheval a démarré. Les roues ont tourné, et la calèche a fait un ample demi-tour sur le pont pour repartir par où elle était arrivée. Au même instant, une silhouette s'est précipitée sur nous depuis la rive nord. Elle portait un long objet, comme une matraque, ou une torche. J'ai poussé un cri :

— Lyle ! Il a enlevé Charlotte !

Le double étau des mains de Ned sur mes poignets entravait mes mouvements. En désespoir de cause, je lui ai craché au visage. Lyle est arrivé à notre hauteur et lui a envoyé son poing dans la figure. Mais Ned, ayant vu venir le coup, l'a esquivé. Il m'a lâché les mains pour riposter. Le temps que je réagisse, les deux hommes roulaient sur le sol. Je me suis précipitée vers la calèche, manquant de trébucher sur la torche que Lyle avait fait tomber. La nuit a englouti l'attelage, qui a disparu à l'extrémité du pont. Ce n'était pas la peine de lui courir après ; je connaissais parfaitement sa destination.

Je suis restée figée, brisée, les yeux rivés sur le pont désert, essayant de dérouler le fil des événements. Derrière moi, le ahanement des deux hommes en train de se battre ricochait sur les pavés. Lyle avait empoigné sa torche, qu'il a brandie telle une matraque. Elle s'est abattue sur mon frère dans un craquement sourd. Je voulais qu'il le tue. Si j'avais eu un pistolet, un couteau, un gourdin, je l'aurais fait moi-même. Je lui aurais arraché son dernier souffle à coups de poing et de pied, jusqu'à ce que sa vie s'écoule de son corps dans un flot rouge et que ses yeux vitreux ne distinguent plus les étoiles. Mais le sang qui coulait dans ses veines n'était pas rouge. Il était aussi noir que son âme.

QUATRIÈME PARTIE

ALEXANDRA

Chapitre 19

Cet après-midi-là, l'homme à la tignasse rousse se présenta chez moi. J'avais pris place sur un fauteuil près de la fenêtre, emmitouflée dans une couverture, pour pouvoir regarder discrètement dehors. Six jours s'étaient écoulés. Pendant toute la matinée, la pluie n'avait cessé de siffler contre les carreaux, recouvrant la rue d'une couche glissante. Quand le son du heurtoir avait résonné dans le vestibule, j'avais déjà l'esprit ailleurs, perdu dans ce lieu lointain que je semblais habiter désormais. Mais le coup sec m'avait brusquement sortie de ma torpeur. Par-delà la fenêtre, la rue était déserte. Le visiteur n'était donc pas arrivé en calèche. Un instant fugace, mon cœur s'emballa puis, passé le sursaut, la chape de langueur se referma sur moi. C'était vraisemblablement le docteur Mead, qui avait veillé sur moi au cours des derniers jours avec la dévotion d'un neveu soucieux de sa tante invalide. J'avais refusé ses tonifiants et sels ; c'était à peine si je m'étais sustentée, picorant ici et là des morceaux de viande et de pain sans quitter mon fauteuil, où je restais jusqu'aux premières heures de la nuit. Plongée dans le noir sans la moindre bougie, c'est là que je voyais le mieux la rue. Aucun de mes vêtements ne parvenant à me réchauffer, malgré le feu ronflant dans la cheminée, j'avais pris l'habitude d'enfiler une vieille houppelande ayant appartenu à Daniel, qui me donnait des allures de général en retraite.

J'attendais qu'Agnes vînt introduire le visiteur, lorsqu'une minute plus tard, la porte de la chambre s'ouvrit en frottant contre le tapis. Je sentis aussitôt sa présence dans la pièce, mais je restai prostrée face à la fenêtre. Elle m'annonça qu'un gentleman, dont le nom m'était inconnu, demandait séance. Elle le fit entrer, referma la porte derrière elle. C'est alors que je me tournai dans mon fauteuil. Devant moi se tenait le frère de Bess. Je reconnus instantanément le visage pâle et émacié du jeune homme qui avait épié par-dessus le muret quelques semaines plus tôt.

Agnes avait tort : il n'avait rien d'un gentleman. Habillé misérablement, il tremblait plus qu'il ne frissonnait, et il posa sur moi un regard intense qui me donna l'impression que ses mains me tripotaient tout entière. Son zèle me révulsa. Mais ce n'était pas le plus répugnant chez lui, comme me l'apprit la suite. Lorsqu'il m'offrit de me livrer des informations sur Charlotte, ou plutôt le lieu précis où il serait possible de l'intercepter, je songeai d'abord qu'il me jouait un tour. Je restai sans rien dire tandis qu'il me débitait d'une voix saccadée que, moyennant finances, il me révélerait où se trouvaient Bess et Charlotte. Il savait qu'elles tenteraient cette nuit même de fuir la ville, et se disait en mesure de mettre la main sur la fillette. Son élocution était si hésitante et tout son corps tremblait si violemment que je crus qu'il était souffrant, jusqu'à ce que je remarque son marmonnement caractéristique et son teint livide. Semblant âgé d'une vingtaine d'années, il avait déjà le visage sillonné d'un lacis de vaisseaux éclatés de couleur pourpre. *Oh*, pensai-je avec mépris. *C'est un ivrogne.* Ce qui expliquait qu'il trahît sa sœur – j'étais persuadée que Bess était en effet sa sœur, car ils avaient le même nez étroit et les mêmes yeux légèrement globuleux, qu'on retrouvait chez Charlotte. Ce qui voulait donc dire que cet homme était lui aussi un parent de Charlotte.

Je l'écoutai avec attention, puis l'interrogeai sur son prix. Il considéra la question d'un air pensif, puis après s'être raclé la gorge, il annonça d'un air bravache que cent livres devraient y suffire.

Après un long silence, je répondis :

— Fort bien.

Il fit un drôle de rictus. Je finis par comprendre que c'était un sourire. Il se confondit en remerciements :

— Merci, madame, je vous en suis très reconnaissant, madame, vous n'aurez pas à le regretter, madame, merci infiniment.

L'idée me traversa soudain l'esprit qu'il n'était pas lui-même à l'origine de cette entreprise. Dès lors, je ne désirai plus qu'une chose : qu'il s'en aille. Il empestait l'alcool, et son désespoir avait quelque chose de profondément déstabilisant, tout comme la déférence dont il ne cessait de faire preuve à mon endroit. Mais le voyant hésiter, comme s'il voulait m'en dire plus, je décidai d'attendre. Il finit par reprendre la parole dans un marmonnement, en raclant la pointe de ses chaussures par terre :

— La seule chose, madame, comme c'est ma sœur qui a pris la petite et que j'aimerais pas trop qu'elle aille en prison... surtout à cause de moi, vous voyez. Comme c'est ma sœur, j'avais bon espoir que vous la laissiez partir. En échange contre la petite.

— Ah, fis-je.

Enfin, tout s'éclairait. Ainsi, le frère et la sœur étaient de mèche. Pendant toutes ces années, j'avais verrouillé portes et fenêtres, persuadée que c'était là le meilleur moyen de dissuader les voleurs. À la place, j'avais convié une voleuse à élire domicile sous mon toit. Au point d'en être contrainte en cet instant à donner mon argent à ce gredin.

— Fort bien, répétai-je. Vous irez accompagné : avec M. Bloor, de Chancery Lane. Son bureau se trouve à l'enseigne du faucon. Vous lui direz de prendre une calèche.

Il hocha la tête, tandis que ses lèvres continuaient à remuer en silence comme s'il mâchonnait un bout de tabac à chiquer. À peine eut-il quitté la pièce que je frissonnai, saisie du besoin impérieux d'ouvrir grand les fenêtres pour aérer.

Sur le manteau de cheminée, la pendulette d'officier égrenait les secondes dans son coffret en bois d'acajou. Je suivis des yeux la fine aiguille dorée tourner sans relâche autour du cadran jusqu'à ce que la pièce se vide de sa lumière. Personne, pas même le docteur Mead, ne me rendit visite. Sur la table à côté de moi reposait une pile de journaux – j'avais fait paraître dans chacun un avis sur la disparition de Charlotte – ainsi que la carte de

Benjamin Bloor, le *thief-taker* que le docteur Mead avait trouvé dans les colonnes du *General Advertiser*. L'encart était accompagné d'une gravure le représentant coiffé d'une casquette en toile et armé d'une massue en guise de réclame pour ses services d'enquête et de maintien de l'ordre. Le docteur Mead s'était chargé de son recrutement et de sa rémunération. M. Bloor s'était présenté à la maison pour monter son dossier, prenant scrupuleusement des notes de son écriture arrondie dans un carnet relié en cuir. La carrure de cet homme m'avait impressionnée ; il avait les mains comme des battoirs. Il avait la peau lisse et tannée comme du cuir et de petits yeux porcins resserrés sur son nez difforme. Je n'avais aucun portrait de Charlotte à lui fournir : pas de miniature, pas même un croquis. Il nous avait exhortés de faire paraître un avis dans la presse, ce dont le docteur Mead, là encore, s'était chargé : douze annonces au total.

— Quant à la jeune femme, Bess, j'imagine que vous souhaitez son arrestation ? avait demandé M. Bloor.

J'étais restée silencieuse. La pendulette avait continué à faire entendre son tic-tac et MM. Bloor et Mead avaient attendu impatiemment que je tranche la question.

— Quelles en seraient les conséquences ? demandai-je alors.

— Ma foi, j'en informerais le magistrat, après quoi elle serait appréhendée et détenue dans une cellule en attendant son procès.

— Et ensuite ?

— Ensuite, elle serait soit acquittée, dit-il d'un ton nonchalant qui indiquait que cette issue était peu vraisemblable, soit inculpée. Auquel cas Newgate, probablement, si c'est la prison. À moins qu'elle ne soit déportée dans les colonies. Ou pendue. Cela dépend du juge qui manie le marteau ce jour-là.

Il sourit, comme s'il venait de signer un trait d'humour. J'avalai ma salive, changeai de position sur ma chaise avant de répondre :

— Quand vous la trouverez, amenez-la-moi. Je déciderai à ce moment-là.

Le *thief-taker* avait haussé un sourcil d'un air interloqué, avant d'en prendre discrètement note dans son carnet. Le docteur Mead avait serré ma main dans la sienne.

Et voilà que le frère de Bess s'était manifesté. Il ne m'inspirait aucune confiance et je ne l'estimais pas capable de me ramener l'enfant. À minuit passé de quinze minutes, je décrétai que j'avais vu juste et qu'il était temps de monter me coucher. Je serrai la houppelande à mes épaules et m'apprêtais à gravir l'escalier, mon verre de brandy à la main, quand le heurtoir résonna à travers toute la maison comme un coup de marteau. Je me figeai, une main sur la rampe. Agnes et Maria dormaient déjà. Je ne leur avais pas rapporté mon entrevue avec Ned. Deux étages plus haut, le parquet émit un craquement, Agnes un grommellement. Enhardie par l'alcool, je m'aventurai dans le vestibule plongé dans le noir. Sans me départir de ma houppelande, je gagnai la porte à pas traînants et fis jouer la clé dans le verrou. Deux formes se tenaient sur le perron : la carrure impressionnante de M. Bloor et, se débattant dans ses bras, un garçonnet qui pleurait à chaudes larmes. Derrière eux, un attelage de deux chevaux était garé le long des grilles. Je les dévisageai d'un air perplexe, en me demandant comment cet imbécile avait fait pour confondre ce garçon avec Charlotte.

D'un geste, M. Bloor ôta la casquette de l'enfant, laissant se dérouler une masse de cheveux sombres retenus par une tresse. C'est alors que je reconnus ses grands yeux effrayés.

Je tombai à genoux, les bras tendus vers elle. Elle recula, mais l'étreinte ferme de M. Bloor l'empêcha de battre en retraite et elle regimba avec véhémence. Nous la transportâmes dans le vestibule au moment où Agnes arrivait au pied de l'escalier à la lueur de sa chandelle. En l'apercevant, elle poussa un cri retentissant, et je sentis mes jambes se dérober sous mon corps.

— Mademoiselle Charlotte, s'égosillait Agnes sans s'arrêter.

Et c'était bel et bien Charlotte qui se tenait là, devant nous, les joues empourprées, crottée de la tête aux pieds, secouée par une violente toux. Agnes, aux anges, sanglotait en la serrant dans ses bras. Maria arriva sur ces entrefaites, emmitouflée dans une couverture. Tout à coup, l'effervescence dans le vestibule vint attester la réalité de la situation : Charlotte était rentrée à la maison et mon calvaire, long de six jours et six nuits, venait de prendre fin.

On m'avait conduite jusqu'à une chaise où je restai assise, hébétée, tandis que les deux domestiques entouraient Charlotte de leurs attentions, lui retirant son manteau détrempé, lui essuyant le nez à chaque éternuement. M. Bloor surplombait cette scène sentimentale telle une statue de Pall Mall, tandis que Charlotte sanglotait et crachotait tant et si bien qu'il fut décidé de la transporter à l'étage pour lui donner un bain.

— Elle aura besoin d'une attention constante, me mit en garde M. Bloor. Je vous recommande de faire venir le docteur.

Mon esprit embrouillé peinait à démêler le sens de ses mots. À l'étage, Charlotte s'époumonait dans des hurlements insupportables, comme les notes discordantes d'un violon. M. Bloor coiffa son chapeau en m'assurant qu'il repasserait le jour suivant, puis il prit congé. Je restai immobile, les mains crispées sur l'armature de la chaise à dossier droit, caressant machinalement du pouce la surface lisse du bois.

Je n'avais eu d'autre choix que de tout avouer au docteur Mead. À savoir que Charlotte n'était pas ma fille – celle de Daniel, mais pas la mienne – et que j'étais allée la chercher, tel Moïse dans les roseaux, pour l'élever comme ma propre enfant. Cette nuit funeste, quand Bess l'avait enlevée – sachant qui elle était, je ne pouvais pas me résoudre à l'appeler Eliza –, nous nous étions assis à la lueur de la lune dans la chambre de Charlotte, moi sur son lit, lui sur celui de Bess, et j'avais dévidé tout l'écheveau de cette triste affaire. Il m'avait écoutée dans un silence recueilli lui raconter les événements de cette fameuse soirée d'hiver, toutes ces années auparavant, quand Ambrosia avait fait irruption chez moi alors que je m'apprêtais à me coucher. À cette époque, j'étais veuve de fraîche date ; Daniel était décédé sept mois plus tôt. Le paysage de mon existence avait été effacé au profit d'un tout nouveau canevas auquel je commençais à peine à me familiariser.

Ma sœur était entrée dans ma chambre dans une bourrasque de rubans et de jupons, emportant dans son sillage l'air revigorant d'une soirée de novembre. Elle avait les joues rosies, les yeux étincelants.

— Daniel a une fille, avait-elle déclaré.

Plantée devant elle, pieds nus dans ma chemise de nuit, les cheveux qui tombaient en cascades dans mon dos, je n'avais pas saisi les mots qui venaient de sortir de sa bouche. Elle les avait répétés, je lui avais demandé si elle en était sûre, elle m'avait répondu : « Oui, oui, sûre et certaine. » Et m'avait interrogée sur ce que j'allais faire.

— Ce que je vais faire ? avais-je lancé, interloquée.

— L'enfant se trouve à l'hôpital des Enfants-Trouvés, à moins d'une lieue d'ici. Vas-tu la laisser là-bas, dans une chambre pleine de marmots malades, jusqu'à ce qu'elle ait l'âge de travailler comme domestique ?

— Comme domestique ?

Comme si c'était l'aspect le plus choquant de sa révélation. À tâtons, j'avais trouvé le rebord de mon lit pour m'y asseoir. L'oreiller de Daniel serré contre mon ventre, j'avais écouté avec incrédulité le récit d'Ambrosia. Des mois plus tôt, en janvier, février peut-être, elle s'était rendue à proximité de l'Exchange dans une taverne bondée, de celles qui acceptaient les femmes et où les prostituées déambulaient entre les tables. Elle était accompagnée d'une amie et de son époux, sergent de son état, qui avaient fait venir à leur table un groupe de soldats pleins de fougue. Soudain, à travers les volutes de fumée et de sciure, elle avait aperçu Daniel tout au fond de la salle. Le brouhaha l'avait empêchée de l'interpeller et, un instant plus tard, il s'était levé. Il tenait alors une femme par la main – plutôt une fille, d'ailleurs –, qu'elle avait prise pour une prostituée. Prenant son verre, elle les avait suivis, s'arrêtant en chemin à sa table pour s'enquérir de l'identité de la jolie demoiselle. Les compagnons de Daniel s'étaient contentés d'un haussement d'épaules, si bien qu'elle était sortie de l'établissement pour les suivre jusqu'à ce qu'ils disparaissent à un coin de rue. Elle s'en était retournée à sa table sans en souffler mot à quiconque. Peu de temps après, Daniel était mort, et cet épisode lui était totalement sorti de l'esprit. Jusqu'à ce que, un an plus tard, par une soirée de novembre, elle ait été conviée à assister à la loterie de l'hôpital des Enfants-Trouvés, où les femmes venaient déposer leurs bébés à l'orphelinat. Elle m'avait raconté le déroulement de la soirée, comment les femmes piochaient une balle de couleur dans un sachet ; un procédé épouvantable, mais qui avait le mérite d'apitoyer les convives, qui rechignaient moins à mettre la main à la bourse. Mais *là*, avait-elle poursuivi, elle avait vu la même femme, accompagnée de son père. L'air effrayé, un nouveau-né dans les bras, elle avait plongé la main dans le sachet de toile. Il avait fallu quelques instants à Ambrosia pour la resituer, mais elle en avait conclu avec certitude qu'il s'agissait de la même fille. Dissimulée derrière son éventail, elle l'avait regardée tirer une balle avant d'être conduite dans une pièce attenante, dont elle était revenue dix minutes plus tard le visage blême, sans son enfant. Son père l'avait escortée solennellement depuis la grande salle, se frayant un passage entre les plateaux de punch, le tintement des verres, les rires qui noyaient les supplications des jeunes mères et les cris étouffés des nouveau-nés. Ambrosia avait replié son éventail et gagné la pièce adjacente à grands pas pour enjoindre au clerc de lui donner le nom de la jeune femme à la chevelure noire vêtue d'une robe grise. Il avait fait savoir que le patronyme des mères n'était pas archivé. Alors, d'une voix encore plus mielleuse, elle avait demandé tout en s'éventant de quelle nature étaient les fameux gages dont elle avait entendu parler. Était-il possible d'en voir un exemplaire afin de pouvoir raconter de quoi il retournait à ses amies dans la grande salle ? Le clerc, avec son haleine chargée par le café et ses dents gâtées, lui avait alors expliqué que les mères célibataires laissaient de petits souvenirs d'elles-mêmes, découpant un lambeau de leur robe et gravant leurs initiales sur des piécettes. Les gages accompagnaient les enfants, dans l'éventualité où les mères décideraient de venir un jour les chercher. Sur la table du clerc reposait un étrange objet en forme de D, semblable à un jeton de jeu ou à une petite broche, qu'elle lui avait désigné d'un air interrogatif. L'homme s'était empressé de déposer l'objet dans le creux de sa main gantée. Le gage était en réalité la moitié d'un cœur, en os de baleine, gravé des initiales B et C.

Fort heureusement, j'étais assise à ce moment de son récit, car le moindre doute que j'avais encore – sur le fait que la fille fût une prostituée, ou que le géniteur de cet enfant pût être n'importe quel homme, de Westminster à Whitechapel – s'évapora instantanément : je sortis alors mon coffret en bois d'ébène pour montrer à Ambrosia ma moitié de cœur. Le visage de ma sœur s'était empreint de la même blancheur que l'os de baleine. Je savais pertinemment que Daniel prenait des femmes ; c'est moi qui le lui avais demandé, la troisième ou quatrième fois qu'il avait rejoint mon lit. Chaque fois, tout mon corps s'était transi d'appréhension et je m'étais refermée comme une huître. Jusqu'au jour où j'avais pu, à mon grand soulagement, entièrement cadenasser cette partie de moi-même.

Ce soir-là, Ambrosia avait suivi la femme à la chevelure noire vêtue d'une robe grise qui s'était présentée à l'orphelinat avec son père. Elle les avait pistés discrètement depuis sa calèche jusqu'à un quartier bondé de la ville, après que les grandes demeures cédaient le pas aux cours malodorantes et aux ruelles sombres. Elle s'était attendue à arriver à un bordel. Quand le cocher s'était arrêté le long de Ludgate Hill devant l'entrée étroite d'une cour, elle lui avait demandé de patienter. Elle s'était glissée derrière eux jusqu'à une porte qui semblait donner sur des logements tout à fait ordinaires. Elle avait attendu que quelqu'un en sorte, bien consciente qu'elle risquait pourtant de se faire dépouiller à chaque instant, pour pouvoir l'interroger sur l'identité de la fille aux cheveux noirs qui vivait avec son père et avait récemment été enceinte. Ainsi avait-elle appris qu'il s'agissait de Bess Bright, qui vivait au numéro 3 à Black and White Court. Et non, la jeune femme n'était pas une prostituée – elle était vendeuse de crevettes. Forte de ces informations, Ambrosia s'était précipitée à Devonshire Street.

J'avais écouté son récit, prostrée sur mon lit en chemise de nuit, avec la sensation que ma tête était remplie de coton. Elle m'avait alors assuré qu'elle se chargerait de tout, qu'elle enverrait une domestique retirer l'enfant, avec pour consigne de donner le nom et l'adresse de Bess, de sorte que l'enfant ne puisse jamais être retrouvée si sa mère décidait un jour d'aller la chercher. Ambrosia avait déclaré que c'était la chose la plus charitable que nous puissions faire, outre le fait que l'enfant me tiendrait compagnie, d'autant plus que veuve de mon état, à l'âge qui était le mien – trente-quatre ans passés d'une quinzaine –, il était fort peu probable que je porte un jour un enfant. Je devais bien ça à Daniel, avait-elle insisté, qui m'avait arrachée d'une vie de misère chez ma tante Cassandra, sans parler du fait que l'enfant se verrait offrir une existence confortable. À l'entendre, un chien errant avait surgi au seuil de la cuisine.

Quand enfin j'allai me coucher ce soir-là, j'avais consenti, d'une certaine manière, à devenir mère et à accueillir une fille. Le lendemain matin, un berceau en bois poli ayant appartenu à Ambrosia fut livré à la maison, accompagné d'une montagne de barboteuses, couvertures, bonnets et brassières immaculées, sans oublier des ensembles en coton à motifs pour quand le bébé serait plus grand. Il me fallut trouver de la place. Je finis par perdre patience et congédier les domestiques qui ne cessaient de me demander où les ranger. Dans l'après-midi, le heurtoir avait résonné dans le silence sans vie de la maisonnée. Ambrosia se tenait sur le perron, une minuscule créature d'un rose duveteux entre les bras, de la couleur des lapins écorchés vifs de Maria. Elle me l'avait tendue, je l'avais prise avec raideur, les yeux fixés sur son nez minuscule et ses sourcils translucides comme du fil de soie. Elle faisait la taille d'un sac de farine ;

pourtant, je sentis instantanément l'énormité du poids du changement qui venait de faire sombrer irrévocablement mon existence d'ordre dans le chaos.

— Quel nom dois-je lui donner ? murmurai-je dans le vestibule faiblement éclairé.

— Pourquoi pas Marianne, comme maman ?

Je secouai la tête. Ce prénom ne lui avait pas porté chance. Je songeai au gage que la mère avait laissé à l'orphelinat, le B de Bess et le C de…

— Charlotte ? proposai-je.

— Charlotte Callard, avait lancé Ambrosia avec joie. C'est merveilleux.

Sans doute était-elle persuadée que Charlotte marquerait le début de ma renaissance, ou tout du moins le déclin de celle que j'étais devenue. J'allais la décevoir sur les deux tableaux.

Le docteur Mead m'avait écoutée en silence, les mâchoires serrées de spasmes, les yeux rivés sur moi. Nous nous connaissions depuis des années ; pourtant, il ignorait quantité de choses à mon sujet – l'assassinat de mes parents, les infidélités de Daniel, le fait que je ne lui avais pas donné d'enfant, mais que lui m'en avait laissé un d'outre-tombe.

À la fin de mon récit, la lumière du soir creusait les ombres, mettant en relief les toits des maisons d'en face. Le docteur Mead ne disait mot, les doigts sur ses lèvres rougies par l'inquiétude, de ce geste si familier et qui me manquait déjà tant je craignais de ne plus jamais le voir. Son silence m'était insupportable :

— Me trouvez-vous méprisable ?

Il fronça les sourcils. J'avais espéré une réponse prompte, mais il n'en fut rien.

— Non, laissa-t-il tomber enfin.

— Me trouvez-vous égoïste ?

De nouveau, il me répondit par la négative. Il poussa un lourd soupir et ramassa un jouet de Charlotte, une toupie. Un éclair traversa alors son visage, comme s'il comprenait tout à coup l'affection plutôt froide que j'avais portée à Charlotte, pourquoi je ne la prenais pas sur mes genoux comme le faisaient les mamans dans les livres d'images. Enfin, il leva les yeux sur moi et me posa une question d'une telle simplicité qu'elle me déconcerta :

— Pourquoi ne m'avez-vous rien dit ?

J'ouvris la bouche, la refermai, puis je rivai mon regard, au-delà de son visage, aux rayures du papier peint.

— Sans doute, articulai-je avec lenteur, avais-je peur que vous me trouviez faible.

— C'est-à-dire ?

— Que vous pensiez que j'avais raté ma vie, si vous préférez. La raison d'être des femmes est de devenir des épouses et la raison d'être des épouses est de devenir des mères. Quelle femme désire élever un enfant qui n'est pas le sien ?

— Mais il existe à travers tout Londres, à travers tout le pays des enfants qui sont élevés par des femmes qui ne sont pas leur mère. Il arrive que des hommes se remarient après le décès de leur épouse ; que des proches prennent en charge les enfants. Certaines femmes s'en acquittent très bien, d'autres moins, mais Charlotte et vous-même êtes mère et fille en tout, sauf par le sang.

— Charlotte était une enfant illégitime ; Daniel et moi étions mariés. Vous devez bien comprendre pourquoi j'ai agi ainsi ; il ne fallait pas qu'elle apprenne qu'elle n'était pas ma fille. Ambrosia était au courant, bien évidemment, et les domestiques s'en seraient aperçues parce qu'un jour un bébé serait apparu à la maison alors que je n'avais pas été enceinte. Mais si je m'en étais ouverte à quelqu'un d'autre – non pas que mon choix fût grand –, le récit aurait pu remonter aux oreilles de Charlotte.

— Je comprends que vous ayez rechigné à le lui dire. Mais j'ai pour ma part le sentiment d'avoir été floué, pas une fois, mais deux.

— Que voulez-vous dire ?

— D'abord par vous, puis par Eliza – ou Bess, quel que soit son nom. Elle m'a dit qu'elle s'appelait Bess, au tout début. Puis elle m'a dit que c'était un prénom d'emprunt, parce qu'elle avait trop honte. Je l'ai crue. J'ai compati.

— Je vous interdis de me mettre dans le même sac qu'elle. Elle vous a menti dans son seul intérêt ; elle nous a joué un tour diabolique à tous les deux. Et elle n'en est pas restée là : elle nous a trompés, encore et encore, un jour après l'autre. Comment osez-vous nous comparer ?

Je lus la défaite dans son regard désemparé.

— J'aurais préféré qu'elle me dise la vérité, mais elle n'avait d'autre choix que de me duper. Imaginez un peu si elle était venue me voir en m'annonçant que vous aviez sa fille ! Je l'aurais prise pour une folle. Tout du moins, je l'aurais congédiée.

Il frotta son poing fermé contre ses lèvres avant de poursuivre :

— Et maintenant, je me sens responsable de vous l'avoir présentée, de l'avoir fait entrer dans votre vie. Mais j'ai de la compassion pour elle.

— Comment pouvez-vous dire une chose pareille ? Elle m'a volé mon enfant.

— Elle pourrait en dire autant de vous !

La sécheresse de son ton était évidente. Il s'en excusa aussitôt, avec sincérité, me sembla-t-il, mais il était trop tard – les mots étaient sortis de sa bouche, et il ne pouvait plus les reprendre.

— Bien entendu, conclut-il, il devient difficile de l'accuser de vol, étant donné qu'elle est la mère de cette enfant.

Je lui adressai un regard noir.

— Je ne suis pas sûre de vous comprendre.

— Les tribunaux ne poursuivront pas en justice une femme qui a volé sa propre fille.

— Bien sûr que si, assénai-je. C'est moi qui l'ai élevée, qui l'ai nourrie, qui l'ai vêtue. Je lui ai prodigué des leçons, j'ai veillé sur elle quand elle était malade. J'ai plus de droits qu'elle sur cette enfant. Ce n'est pas moi la prostituée qui l'ai abandonnée dans une institution lépreuse.

Le docteur Mead tressaillit.

— D'autant plus, ajoutai-je, que c'est sa parole contre la mienne. Elle n'a pas la preuve que c'est son enfant.

Il me regarda droit dans les yeux.

— Êtes-vous prête à abuser le magistrat en la traitant de menteuse ?

— Je n'ai pas réfléchi aussi loin.

— Ma foi, vous devriez, Alexandra, parce que le vol d'enfant est une accusation sérieuse ! Souhaitez-vous l'envoyer à la potence ?

Je me murai dans le silence. Manifestement, le docteur Mead avait décidé de me mettre à l'épreuve. Il me dévisagea, dans l'expectative, le corps tout entier secoué de tressaillements. Puis une ombre passa sur son visage, il inclina la tête avec retenue et se leva.

— Je vais voir auprès du veilleur s'il y a du nouveau, annonça-t-il.

Sur ce, il quitta la pièce sans un regard pour moi.

Depuis ce jour-là, il y avait entre nous une grande froideur, comme une couche supplémentaire de glace qui venait alourdir une situation déjà cauchemardesque. À force, je ne savais plus ce qui était le pire : le chagrin ou la honte.

Je trouvai Charlotte seule dans sa chambre, le visage enfoui dans ses draps, en train de sangloter comme une âme en peine. Elle était torse nu, vêtue seulement d'un pantalon, et semblait sortie tout droit du caniveau, ce qui était vraisemblablement le cas. Je m'agenouillai à côté d'elle.

— Cessez de pleurer. Vous êtes à la maison, à présent. Pourquoi vous mettre dans cet état ?

Ses sanglots redoublèrent. Où était Agnes ? Je m'accroupis sur mes talons, incapable de trouver le moyen de la réconforter. Je m'affairai à allumer des bougies. Si seulement quelqu'un d'autre était là – Ambrosia, le docteur Mead. Eux sauraient quoi faire.

Bess saurait quoi faire.

Dans un coin, son lit fait avec soin la rappelait ostensiblement à mon souvenir. Je n'avais pas la force de le regarder.

Un instant plus tard, Agnes apparut tout essoufflée dans l'encadrement de la porte. Elle avait monté un seau d'eau bouillante et la baignoire en cuivre qui était accrochée au mur de la cuisine. Je l'aidai à la disposer devant la cheminée, puis elle y déversa l'eau dans une grande volute de vapeur.

— Allez, mademoiselle Charlotte. Venez par là, on va vous remettre sur pied en un clin d'œil.

Malgré ses sanglots, Charlotte tint tête à la domestique avec une volonté inflexible. Agnes et moi échangeâmes un regard affligé, chacune espérant que l'autre ait une meilleure idée pour l'apprivoiser. Maria arriva sur ces entrefaites avec un plateau garni d'épaisses crêpes chaudes dégoulinantes de beurre et d'une tasse de chocolat chaud, qu'elle disposa sur la desserte sous la fenêtre, mais Charlotte l'ignora. Quand je voulus lui retirer cet affreux pantalon infesté de puces, elle me frappa de son petit poing serré.

Choquée, je portai ma main à ma joue. Une vague de fureur déferla en moi.

— Cessez immédiatement de geindre !

Ce qu'elle fit, l'espace d'une seconde, deux peut-être, en me dévisageant avec une telle haine qu'un nouveau coup eût été moins violent. Puis elle se mit à hurler à s'en étrangler, un chapelet de borborygmes sortit de son corps malpropre, puis elle se plia en deux et vomit sur le tapis.

Qui était cette créature inconnue ? La fillette bien élevée et calme qu'on avait arrachée à mon toit m'était revenue profondément avilie. Elle avait les cheveux farcis de nœuds, le visage et le cou striés de crasse. À croire qu'elle avait rampé à quatre pattes dans du charbon. D'où me venait soudain l'impression que c'était elle la captive et nous les ravisseuses ? Aucune de nous ne savait que faire de cette enfant. Agnes s'agenouilla pour nettoyer ses vomissures avec son tablier, tandis que Maria, blême, s'agrippait au chambranle.

— Maria, énonçai-je d'une voix égale. Veuillez vous rendre chez le docteur Mead à Bedford Row et demander à sa gouvernante de bien vouloir le réveiller. Qu'il vienne séance tenante avec un remontant et de quoi l'aider à dormir.

Maria, bouche bée, acquiesça avant de se précipiter dans l'escalier. Je fis quelques pas en direction de Charlotte comme on s'approche d'un chien enragé, lui expliquant qu'elle devait prendre un bain pour ne pas tomber malade. Elle battit aussitôt en retraite et avant que je n'aie pu l'empoigner, elle se rua nue hors de la chambre.

— Charlotte !

Elle s'apprêtait à esquiver Maria pour s'enfuir vers la rue comme un petit diable lorsque la cuisinière la rattrapa *in extremis*. Elle la tira par les aisselles à l'intérieur et referma promptement la porte avant de se laisser glisser contre le battant.

— Ah, ah ! s'écria-t-elle en se serrant la poitrine. Ah, mademoiselle Charlotte !

— Montez dans votre chambre, hurlai-je en montrant l'escalier du doigt.

Elle se faufila à côté de moi en poussant un cri strident, puis elle gravit les marches comme si elles étaient en feu.

— Maria, partez chercher le docteur Mead, *immédiatement* !

Étouffant un cri, la cuisinière sortit de la maison en haletant. Force était de reconnaître que les hurlements décuplés de Charlotte me terrifiaient. Il ne me restait d'autre solution que de trouver la clé de sa chambre et de l'y enfermer jusqu'à ce qu'elle ait recouvré son calme. Je lui annonçai à travers le battant qu'elle allait devoir prendre un bain et se nourrir, et que je déverrouillerais sa porte une fois le silence revenu.

J'attendis que ses plaintes ne soient plus qu'un gémissement épuisé et j'allai chercher mon fauteuil. Je pris place devant la porte de sa chambre en attendant l'arrivée du docteur Mead. Je tremblais si fort que mes dents claquaient.

Le docteur arriva une demi-heure plus tard, montant l'escalier à grandes enjambées. Il était une heure et demie du matin. Lorsque, enfin, je fis jouer la clé dans la serrure, Charlotte n'était toujours pas lavée et n'avait pas touché à son assiette ; elle était assise en pantalon sur son lit, les bras serrés autour de ses genoux repliés sous son menton, le corps secoué de tremblements violents. J'attendis sur le pas de la porte, tandis que le docteur Mead l'auscultait. Il passa près d'une heure dans la chambre et finit par lui administrer une gorgée de remède. Je les observai depuis l'embrasure : assis sur le rebord du lit de Charlotte, il avait posé une main apaisante sur son front et attendait qu'elle succombe au sommeil. Luttant contre les derniers assauts de la fatigue, elle murmura :

— Où est maman ?

Ses premiers mots depuis qu'elle était rentrée.

— Elle est sur le palier, répondit-il. Vous la verrez demain matin. Elle est très heureuse que vous soyez de retour.

— Pas *elle*, cracha-t-elle. Ma vraie maman. Je veux ma maman.

Les larmes revinrent, coulant librement, silencieusement. Sur ses joues et sur les miennes.

Je m'essuyai les yeux et, quelques instants plus tard, le docteur Mead souffla la bougie et referma la porte de la chambre derrière lui. Il s'approcha de mon fauteuil. J'étais encore transie de froid et il me proposa de descendre prendre une boisson chaude dans la cuisine. Il glissa une petite fiole de calmants dans le creux de ma main.

— Demain matin, elle ira déjà mieux. Vous devez être soulagée, dit-il à mi-voix.

En bas, la grande horloge battait les secondes.

— Oui.

Maria et Agnes buvaient un verre de sherry pour fêter le retour de Charlotte, et trinquaient avec des airs de victoire, mais je déclinai l'offre de me joindre à elles. J'aurais aimé ressentir le même soulagement pur et simple, comme si nous venions ni plus ni moins de retrouver un collier égaré au fond d'un placard. Mais pour moi, la situation était bien plus compliquée. Maria et Agnes n'avaient pas vu Charlotte battre en retraite devant moi, comme si j'étais l'incarnation du démon.

Chapitre 20

Le lendemain matin, son état n'avait pas évolué. Agnes m'apporta le petit déjeuner au lit et j'en profitai pour lui demander si elle était allée voir Charlotte.

— Elle n'est pas en grande forme. Je pensais que la potion du docteur allait la faire dormir pendant une semaine, mais elle est réveillée.

— Est-elle souffrante ?

— Elle a arrêté de pleurer, mais la tiédeur de sa peau ne me dit rien qui vaille. Sitôt que j'ai aéré la pièce, elle a eu froid et a remonté le couvre-lit sous son menton.

— Elle a peut-être de la fièvre ; ça ne me surprendrait pas, après qu'on l'a traînée dans des rues plus sales les unes que les autres. Le docteur Mead est de garde aujourd'hui, mais il s'est engagé à passer plus tard.

Agnes hocha la tête, mais je la trouvai bien effacée.

— Y a-t-il autre chose ?

— C'est que… balbutia-t-elle… la petite demande sa maman.

— J'irai la voir après le petit déjeuner.

Agnes opina du chef et, comme moi, fit semblant de croire qu'il était question de moi. Je m'attaquai à mon repas, et elle s'en alla en refermant soigneusement la porte. Charlotte se trouvait de l'autre côté du couloir – je n'avais qu'à poser le plateau sur mon lit, enfiler une robe de chambre et parcourir les quelques pas qui me séparaient d'elle. Une affaire de quelques secondes. Au lieu de quoi, je restai les yeux dans le vide pendant que mes œufs et mon café refroidissaient.

Tandis que je m'habillais enfin, le heurtoir cogna au rez-de-chaussée et j'entendis résonner une voix d'homme, suivie de celle d'Agnes. Puis leur murmure se fit plus urgent et j'entendis la porte d'entrée se fermer – non, *claquer*. Un instant plus tard, un tapage effroyable monta à l'extérieur de la maison : un homme s'était mis à hurler dans la rue. Sans doute un mendiant ou quelque ivrogne avait-il toqué à la porte – parfois, les garçons de ferme passaient par Devonshire Street après avoir bu plus que de raison lors d'une soirée passée à se divertir à la ville, mais il n'était pas encore huit heures du matin. D'un geste machinal, j'ajustai mes manches et descendis jusqu'au petit salon pour jeter un œil à la rue.

Le frère de Bess, que je reconnus à sa tignasse rousse, était en train de brailler des obscénités en direction de la maison. Il m'était totalement sorti de l'esprit et sa présence entre ces murs, pas plus tard que la veille au soir, me revint en mémoire. En m'apercevant à la fenêtre, il me prit directement pour cible de sa fureur.

— Eh, vieille peau ! Je veux mon argent !

Sa voix fendit le carreau comme une lame brûlante dans une motte de beurre. Ses paupières tuméfiées – elles ne l'étaient pas la veille – bleuissaient autour de son œil. Sur sa lèvre entaillée, du sang séché formait une croûte. Ainsi avait-il été mêlé à une bagarre depuis notre rencontre. Je me rendis compte, non sans étonnement, que je n'avais pas peur de lui. L'éventualité que cet homme entre chez moi par effraction et me prenne à partie ne me plongeait pas dans des abîmes d'angoisse. Je décrétai que, le cas échéant, je le tuerais avec tout ce qui pourrait bien me tomber sous la main : un tisonnier, un couteau, une bouteille. Forte de cette détermination, je refermai le rideau.

— Vieille salope ! s'époumona-t-il. Donne-moi mon argent. On a passé un marché. La petite contre cent livres. Elle est pas chez toi, peut-être ? Je veux mes cent livres, tu m'entends ?

Il y eut un court silence, suivi du bruit d'un projectile cognant contre la vitre, puis de celui de personnes se jetant sur lui. Ned, il s'appelait Ned. Ma manière d'appréhender les choses avait changé du tout au tout au cours de ces derniers jours, à croire que le poids de l'effroyable angoisse qui me poursuivait depuis trois décennies s'était volatilisé, comme celui des godillots que l'on retire après une interminable journée de marche. Le changement ne s'était pas opéré à la faveur du retour de Charlotte, mais pendant sa disparition. D'une certaine manière, un traumatisme était venu en effacer un autre, cautérisant la première plaie de manière inattendue.

Ned réapparut peu de temps après. Il tambourina à la porte, puis contourna la maison, escalada le mur et s'attaqua à la porte de la cuisine. Maria le coursa avec un hachoir, comme un personnage sorti tout droit d'une comédie. Je la regardai brandir son arme en lui hurlant de ne jamais remettre les pieds ici, puis j'allai voir Charlotte. Je m'attendais à la trouver peu ou prou comme à son arrivée, secouée de sanglots, mais quelque peu tranquillisée par la potion du docteur Mead. Son état avait encore empiré. Vidée de ses forces, elle posait sur toute chose un œil hagard, dans une indifférence absolue à ce qui l'entourait, à commencer par moi. Je m'assis, non sans difficulté, sur une chaise pour enfant en face de son lit.

— Comment vous sentez-vous ? demandai-je.

Elle avait le teint hâve, les yeux cernés de traces violettes. Son regard flottait quelque part au milieu de la pièce, comme fixé sur un spectacle particulièrement inintéressant. Je changeai de position, la petite chaise émit un craquement.

— Je suis si heureuse que M. Bloor vous ait retrouvée ! Nous nous faisions un sang d'encre.

Pas un mot de Charlotte ; en contrebas, la rue reflétait son silence. Pas même un gaillard imbibé de gin pour hurler des obscénités. Je me demandai si elle avait entendu Ned, si elle le connaissait. Car il faisait peur. Peut-être l'avait-elle croisé, peut-être l'avait-il terrorisée. Peut-être l'avait-il réprimandée, frappée, ou pire encore. Impossible de me souvenir si le docteur Mead s'était assuré qu'elle n'avait pas d'hématomes. Mais il est des contusions invisibles, qui se développent à l'intérieur – celles-là, avait-on cherché à les voir ? D'après le docteur, Charlotte refusait de dire où elle était allée, ce qu'elle y avait vu, et tout un théâtre d'horreurs se mettait en scène devant moi, comme si j'avais fait défiler les images d'un illustré : Charlotte abandonnée dans une mansarde, le ventre vide ; Charlotte réduite à la mendicité en pleine rue ; Charlotte esseulée dans un coin pendant que Bess et un quelconque amant sans visage se battaient ou forniquaient devant elle.

— Est-ce... est-ce qu'on vous a fait du mal ?

Elle aurait tout aussi bien pu être assoupie, si ce n'est qu'elle avait les yeux ouverts.

— Y avait-il un homme avec vous ? Avez-vous eu peur ?

Elle était recroquevillée sous sa courtepointe, et Agnes avait vu juste : une fine pellicule de sueur recouvrait son front et mouillait la racine de ses cheveux.

— Voulez-vous jouer à un jeu ?

Je cherchai des yeux un moyen de la distraire, mais tous les livres, illustrés et jouets avaient été rangés.

— À moins que vous ne préfériez une leçon ?

Si elle ne réagissait pas en anglais, je doutais fort qu'elle le fît en français. Je poussai un soupir d'impuissance. Pourquoi, au bout de six années, n'avais-je toujours pas trouvé ma place ? J'avais la nostalgie de cette époque aujourd'hui révolue, quand la nourrice m'amenait un bébé joufflu qui n'avait pas encore appris à me détester. J'avais cru que l'arrivée d'un nouveau-né éveillerait chez moi un instinct maternel, me propulsant dans la maternité comme le chien jeté dans le fleuve apprend à nager. La facilité avec laquelle Bess s'était occupée de Charlotte, l'attention béate qu'Ambrosia prêtait à ses enfants, même les mères que je croisais à l'église formaient un véritable tandem avec leur progéniture – comme les paires de roues d'une calèche se mouvant à l'unisson. Je savais pertinemment que je ne serais jamais comme elles, quand bien même Charlotte passerait le restant de ses jours à mes côtés.

— Parlez-moi, Charlotte.
Silence.
— Charlotte !
— ...
— Charlotte.
— ...
— Pour l'amour de Dieu, regardez-moi !

C'est alors que je remarquai quelque chose : elle avait le poing serré, comme si elle agrippait un objet.

— Que tenez-vous dans votre main ?

Elle la serra davantage. La preuve qu'elle m'entendait.

— Charlotte, qu'avez-vous dans la main ?

J'ignorais pourquoi je me cramponnais à cette question, pourquoi le seul élan irrépressible qui m'incitait à la toucher n'était non pas le fruit de la sentimentalité, mais de la méfiance. J'écartai ses doigts de force, elle résista en poussant un faible geignement qui me fendit le cœur, sans pour autant m'arrêter. Une piécette finit par tomber sur le lit. Je n'aurais su dire à quoi je m'attendais – une lettre, peut-être, ou un gage d'attachement –, mais certainement pas à cela. La pièce de bronze était lisse, de la taille d'une couronne. Je me jetai dessus avant Charlotte, repoussant d'un geste ses petites mains pressées. Ce n'était pas une pièce de monnaie, mais un jeton d'entrée pour les jardins d'agrément du Ranelagh.

— Pourquoi avez-vous ceci ?

Elle s'était de nouveau murée dans son silence, mais cette fois avec animosité. Ses yeux noirs brûlaient de colère.

Je me levai, laissai tomber la pièce dans ma poche, et quittai la chambre.

— Je vous déteste.

Je me figeai, une main sur le bouton de porte. Elle me regardait droit dans les yeux avec une haine plus véhémente que je n'aurais jamais cru possible chez un enfant.

— Je vous demande pardon ?

— Je vous déteste. Je déteste cette maison. Je veux ma maman.

Je songeai à la gifler, à la traîner hors de son lit, lui fouetter les jambes et la paume des mains. Je n'en étais encore jamais arrivée à de telles extrémités, mais un poison puissant inondait mes veines, me picotait le bout des doigts, me brûlait le cou. La dernière fois qu'une telle flambée m'avait consumée, je m'étais jetée sur eux dans le salon. Depuis, l'hydre somnolait. Jusqu'à cet instant. Elle se moquait bien de savoir quelle brindille venait la perturber. Le mal était fait et elle dressait déjà la tête, scrutant alentour de son air borné. Je me forçai à rester immobile. Et quand la bête tapie en moi comprit que cette émotion viscérale était le fruit de la peur – exactement comme la fois précédente, sauf qu'en cet instant il n'était pas question de vie ou de mort –, elle poussa un bâillement, s'enroula sur elle-même et sombra dans le sommeil.

Je fermai la porte, laissant Charlotte seule.

Ses pleurs me réveillèrent en pleine nuit. Le roulement de ses sanglots imprégna l'étoffe de mes songes pour m'en arracher. Je restai allongée dans le noir à l'écouter. J'aurais voulu aller à son chevet, mais le mépris qu'elle avait pour moi formait un mur de feu devant sa porte. Au-dessus de ma tête, j'entendis le parquet craquer, puis les pas d'Agnes dans l'escalier. Agnes la douce, Agnes la loyale, qui ouvrait déjà la porte de Charlotte en lui murmurant des paroles réconfortantes. Un bref instant, les sanglots s'échappèrent sur le palier. Je rassemblai mes esprits et allai attendre Agnes à la porte de ma chambre. Le bruit guttural des sanglots déchirants de Charlotte était entrecoupé par les chuchotements apaisants d'Agnes.

— Maman, hurlait-elle sans relâche.

Agnes la berçait en fredonnant, si bien que ses cris finirent par s'estomper. Au bout de cinq minutes, la porte se rouvrit.

— Agnes.

La vieille domestique poussa un jappement effrayé.

— Ah, madame ! Vous m'avez fait une de ces peurs.

— Pourquoi pleure-t-elle encore ?

La coiffe blanche d'Agnes flottait dans le noir.

— Croyez-vous qu'il lui soit arrivé quelque chose pendant son absence ?

— Je ne sais pas, madame.

— Ce n'est plus la même enfant.

Agnes resta silencieuse.

— Vous a-t-elle dit où elle était ?

— Non, madame.

J'attendis. L'horloge du vestibule lâchait son tic-tac. Le docteur Mead était revenu la veille au soir, après le souper, chargé d'un étui de petites fioles qui avaient tinté tout au long de l'escalier, comme quand Agnes m'apportait la carafe sur un plateau. L'estomac noué, je me demandai si Charlotte était devenue comme moi.

L'hiver semblait ne pas vouloir céder le pas au printemps, et l'aube du jour suivant se leva dans un ciel de grisaille froide. L'état de Charlotte empira. La fièvre s'installa, trempant sa chemise de nuit et ses draps, tandis qu'elle gisait sur son matelas, la fenêtre ouverte sur la rue. Je craignais de laisser entrer les miasmes, mais Agnes certifiait que le seul moyen de combattre la fièvre était une bonne aération, qu'elle suppléa de cataplasmes pour la poitrine et de tissus humides pour le front. Charlotte était déjà tombée malade, à une ou deux reprises, chaque fois contaminée par Maria qui était sujette aux rhumes. Mais cette fois était différente. Une trop grande tristesse s'était logée en elle, affectant tout son organisme. Le docteur Mead mettait sa réaction sur le compte du choc. Je passai la matinée sur la minuscule chaise à côté de son lit, ou à lire le journal sur le palier.

Peu avant midi, j'allai chercher quelque chose dans le petit salon. La vue d'un homme dans mon fauteuil me coupa dans mon élan.

J'étais intimement persuadée de l'avoir déjà aperçu quelque part. Parfaitement à son aise, les jambes croisées, une cheville sur l'autre genou, il s'amusait à faire rouler un presse-papiers d'une main à l'autre. Il avait vingt-deux ou vingt-trois ans, une tignasse sombre, le regard rehaussé de sourcils sérieux. Malgré son front plissé, son attitude n'était pas menaçante : elle dégageait plutôt de la détermination, une certaine curiosité, peut-être, comme un savant déconcerté par une formule. Je restai figée dans l'encadrement de la porte, mais avant que je n'aie pu ouvrir la bouche, il leva la main en guise de salutation.

— Madame Callard. La femme providentielle. C'est douillet, chez vous.

Je pris une inspiration, prête à hurler à l'aide, mais il poursuivit :

— Je sais que vous maniez le tisonnier avec maestria, alors je vais jouer cartes sur table, inutile de vous époumoner. Je ne suis pas armé.

Il écarta les pans de sa veste, dont les poches intérieures bâillaient, vides.

— Qui diable êtes-vous ? lançai-je d'une voix plus assurée que je ne l'étais réellement. Comment êtes-vous entré chez moi ?

Il agita la main avec une modestie feinte et poursuivit sur le ton de la conversation :

— Ça m'a pris une minute. Vos serrures de fenêtres ne font pas le poids face à une pince-monseigneur. Il vaudrait mieux qu'elles soient en plomb, à vrai dire ; à votre place, je les ferais changer.

Je restai bouche bée d'horreur.

— Que voulez-vous ? Non, laissez-moi deviner : vous êtes encore une connaissance de Bess.

— Encore ?

— Ou de Ned, plutôt.

Toute sa gaieté reflua, et il me lança un regard inflexible.

— Pas lui, non.

— Mais alors, qui êtes-vous ?

— Un ami de Bess.

— Je vous ai déjà vu quelque part.

— Je suis falotier. Allumeur de réverbères. Alors à moins que vous ne voyiez dans le noir, je ne crois pas.

— Vous êtes déjà venu. Ici, devant la maison. Je vous reconnais.

Il haussa l'arc sombre de ses sourcils.
— On ne peut rien vous cacher.
— Que faites-vous ici ?
— J'ai une proposition à vous faire.
— Si c'est de l'argent que...
— Non, me coupa-t-il avec sévérité, et je me tus. S'il vous plaît.

Il me fit signe de m'asseoir face à lui. Les jambes flageolantes, je traversai lentement la pièce, remarquant l'absurdité de le voir s'imposer en maître de maison et de me traiter comme une convive. J'étais à sa merci. J'observai la pièce à la dérobée ; le tisonnier était à sa place, un vase reposait sur la table à côté. Mais je n'avais aucune chance d'être plus rapide que lui.

— Je promets de ne pas vous toucher, dit-il en surprenant mes regards furtifs.

L'idée qu'il eût crocheté la serrure pour se glisser chez moi... Comme s'il avait utilisé mes pires cauchemars pour les retourner contre moi.

— Écoutez, madame C., poursuivit-il aimablement en se laissant aller contre le dossier du fauteuil.

Il avait les ongles sales et je remarquai qu'il dégageait la même senteur de tabac que Daniel.

— Vous avez des raisons bien à vous de vouloir cette enfant. Je comprends. Sincèrement. Elle vit sous votre toit depuis des années, vous vous êtes merveilleusement occupée d'elle. Elle brille comme un sou neuf, cette petite ! Et on vous retrouve en elle. J'avoue que je ne vous imaginais pas comme ça.

À ma grande honte, je me surpris à rougir.

— Et le fait que vous ayez épargné Bess, que vous ayez choisi de ne pas l'envoyer au cachot... vous avez un cœur, madame C. Et une conscience. Mais cette enfant... Bess l'aime. Elle l'adore. Sans elle, elle perd sa raison de vivre.

Je déglutis, le bout de mon nez me démangeait, les larmes me piquaient les yeux.

— Comment va-t-elle, la petite ? demanda-t-il.

— Elle est souffrante. Elle a de la fièvre. Je ne sais pas où elle est allée traîner avec vous et Bess. Mais quand elle est arrivée ici, elle était sale et elle tremblait dans un état de nerfs dont elle ne s'est toujours pas remise.

— Ça, c'est parce que le frère de Bess l'a balancée.

— Ned ?

— J'ai tendance à lui donner d'autres noms, personnellement. Des noms d'oiseaux, fit-il en s'examinant les ongles. J'imagine qu'il a passé un marché avec vous.

Ce n'était pas une question. Je rougis de plus belle, d'abord gênée, puis indignée.

— Il est passé me voir le soir où Charlotte a été sauvée. Il disait savoir où elle se trouvait. Je ne l'ai pas encore payé.

— Et vous allez le faire ?

— Je n'ai pas encore tranché. Je n'aurais aucun scrupule à escroquer un escroc.

Un fin sourire plana sur son visage.

— Comme je vous comprends, madame C.

— Comment vous appelez-vous ?

— Lyle.

— Et je suis censée vous croire sur parole ? Bess s'est présentée ici sous un faux nom ; rien ne me dit que vous ne faites pas pareil.

— Je m'appelle Lyle Kozak. Enfin, mon vrai prénom c'est Zoran, mais je me fais appeler Lyle, parce que ça fait plus anglais, vous voyez. Il n'y a que ma vieille *majke* qui m'appelle comme ça.

— Et vous êtes un ami de Bess, me dites-vous ?

— Bess, Eliza, Ebenezer, selon le prénom du moment. Oui, je la connais.

— Ça en fait au moins un de nous deux. Je me rends compte que je ne la connaissais pas du tout. Où est-elle ?

— Elle fait profil bas. C'est de ça que je suis venu vous parler : elle aimerait avoir le plaisir de votre compagnie.

Je le regardai fixement.

— Alors bien sûr, comme elle sait bien que vous ne sortez pas, elle ne va pas vous proposer une taverne de Clerkenwell. Pas plus qu'elle ne s'attend que vous l'invitiez à prendre le thé. Elle sera à la chapelle de l'hôpital des Enfants-Trouvés aujourd'hui à trois heures, et espère sincèrement vous y retrouver.

— Vous m'en direz tant. Eh bien, monsieur Kozak, vous lui ferez savoir que je n'irai pas et que je suis stupéfaite qu'elle suggère une réconciliation après m'avoir à ce point dupée. Elle a volé mon enfant, si vous vous souvenez bien.

— Elle a volé sa *propre* fille.

— Comme je vous le disais, je n'irai pas. Et si vous entrez une fois encore chez moi par effraction, j'enverrai le veilleur à vos trousses.

— Oooh, lequel ? Je les connais tous.

Il me toisa de ses yeux rieurs. Ce garçon était parfaitement exaspérant. Une conversation avec lui était un véritable jeu de raquettes.

— Vous semblez oublier que j'ai embauché un *thief-taker*. Je peux de nouveau faire appel à M. Bloor ; il a ses entrées chez les magistrats.

— Ah ! Capitaine Canaille ? Il serait pas fichu d'attraper un rhume. Vous auriez mieux fait d'embaucher un mendiant aveugle. Et puis il l'a pas arrêtée, si ? C'est son lâche de frère qui lui a grillé la politesse.

— Êtes-vous en train de me dire que le frère et la sœur n'étaient pas de mèche ?

— Vous pensez réellement qu'elle allait vous rendre la petite, après tout le mal qu'elle s'était donné pour la retrouver ?

— Donc, son frère l'a trahie. Je suis sûre qu'elle ne méritait pas mieux.

— Vous l'avez laissée sans rien. Et même sans rien, elle vaut dix fois la femme que vous êtes.

Je sentais en moi la peur le disputer à la fureur.

— Vous ignorez tout de moi, monsieur Kozak. Je peux encore changer d'avis, vous savez. Un mot au magistrat et je suis sûre qu'on trouvera de la place à Newgate pour une ravisseuse d'enfants.

— Soyez prudente quand vous brandissez des menaces, madame Callard, souffla-t-il avec un rictus mauvais. Vous autres de la haute, vous ne comprenez rien à rien. Vous êtes là, confortablement assis dans vos salons, la tête délicatement posée sur un coussin, à vous dire que la prison, c'est pour les autres. Vous en entendez parler dans les journaux, mais pour vous, c'est de la fiction pure. Une abstraction. Moi, je peux vous dire à quoi ça ressemble *véritablement*, ce que ça voudrait *vraiment* dire pour Bess. Voyez-vous, pour commencer, elle n'a pas d'argent, or les prisons sont des places de commerce, n'est-ce pas. Elles veulent dégager un bénéfice. Il ne vous viendrait pas à l'idée d'entrer dans une auberge et de demander une chambre et le souper si vous n'aviez pas un sou – faudrait pas se fâcher avec le tôlier, hein ? Donc, notre amie Bess serait obligée de payer sa place en prison.

Il poursuivit tout en faisant mine de compter sur ses doigts :

— Il y a le gîte et le couvert, le boire et le manger, oh, et si on préfère éviter les chaînes qui écorchent la peau jusqu'à l'os, il faut encore ajouter pour avoir l'insigne honneur qu'on vous les enlève. Elle n'a pas les moyens pour tout ça, vous voyez, alors comme toutes les pauvres âmes infestées de poux dans cette boîte à sel, elle en sera réduite à manger les rats et les souris qui partagent sa cellule. Ce sera son arrêt de mort, en plus cruel et indigne encore qu'à Tyburn[1].

Il poursuivit d'un ton de nouveau avenant, tandis que je l'écoutais dans un silence mortifié :

— Mais ce n'est peut-être pas la vermine qui aura raison d'elle. À mon avis, il faut une semaine avant d'être désespéré à ce point. Je me dis que la maladie l'aura la première. À part ça, les sacs qui leur servent de matelas n'ont probablement pas été nettoyés depuis la peste, alors ça m'étonnerait pas qu'elle l'attrape à temps pour être morte au dîner. Et tout ça, dit-il en faisant claquer sa main sur la table, parce que votre mari en a fait

---

[1]. Entre les XIIe et XVIIIe siècles, les exécutions capitales avaient lieu dans le village de Tyburn, proche de l'emplacement actuel de Marble Arch.

une duchesse. Vous trouvez ça juste, vous ? Je sais que lui-même loge actuellement six pieds sous terre, paix à son âme, mais je ne vois pas pourquoi faire de Charlotte une orpheline si on peut l'éviter. Alors ?

Je pris la parole d'une voix chevrotante.

— Si seulement elle était venue me voir tout de suite, en me disant qui elle était…

Lyle s'esclaffa.

— Vous lui auriez rendu la fillette, c'est ça ? « Excusez-moi, madame, puis-je me permettre de vous déranger pour reprendre ma fille, dont vous vous êtes occupée pendant toutes ces années ? Merci infiniment pour votre générosité, nous ne vous dérangerons pas plus longtemps. » Ah, mais pourquoi n'y a-t-elle pas pensé ? Si seulement elle avait toqué à votre porte ! Vous ne l'auriez pas chassée ; je parie que vous l'auriez conviée à prendre le thé avec des petits gâteaux pour faire sa connaissance !

Je fermai les paupières.

— Je ne suis pas un monstre. Quoi que vous pensiez de moi, je ne suis pas cruelle. Je ne l'aurais pas chassée.

— Bien sûr que non ! Vous n'auriez même pas répondu à la porte.

La véracité de ses paroles me coupa le souffle. Au même moment, la porte du petit salon s'ouvrit, nous faisant sursauter l'un comme l'autre, et Agnes poussa un glapissement en nous apercevant.

— Agnes, annonçai-je calmement. M. Kozak s'apprêtait à partir.

Je me tournai vers lui et conclus froidement :

— Je vous souhaite une bonne journée.

Comme je restais assise, il finit par se lever après m'avoir longuement dévisagée, et reposa le presse-papiers sur la table.

— Trois heures, dit-il.

J'enfilai mon manteau pour le retirer aussitôt, décidant plutôt d'aller voir Charlotte, qui avait refusé le petit déjeuner, puis la tasse de thé fumant qu'Agnes lui avait apportée.

Depuis son retour, je ne voyais plus que Bess dans ses traits. Il n'y avait pas une once de Daniel, avec ses cheveux blonds et ses yeux au teint clair et changeant. Elle tenait de Bess. Dans son attitude, aussi : elle était curieuse et obstinée, rusée comme un renard. Elle avait glissé la tranche de pain du petit déjeuner dans le cadre de son lit, avant d'élire domicile sur celui de Bess. Depuis, elle attendait que je réagisse, mais je ne laissais rien paraître.

— Je veux ma maman, dit-elle.

Comme je restais mutique, elle empoigna la soucoupe posée à côté de son lit et la jeta contre le mur, où elle éclata en mille morceaux.

— Je veux ma *maman* !

Après l'avoir réprimandée vertement, je ramassai les éclats de porcelaine à mains nues, accablée soudain d'une très grande lassitude. Je quittai la chambre en l'enfermant une fois encore à double tour, avec la sensation que j'aurais pu m'allonger en boule à même le sol et dormir une semaine entière. À présent que la fièvre était retombée, combien de temps allait-elle encore s'entêter dans cette attitude ? Son obstination courroucée était susceptible de se muer en une matière inflammable qui n'était pas sans me rappeler les passes d'armes que j'avais pu avoir avec tante Cassandra au cours des années qui avaient suivi la mort de mes parents. Elle aussi m'enfermait à double tour quand je me lançais dans une de mes *comédies*, comme elle les appelait. Aujourd'hui, c'était moi qui détenais les clés. Je ne cesserais jamais de m'étonner de la propension de l'histoire à se répéter, malgré tout le mal qu'on pouvait se donner pour l'enrayer.

Depuis son arrivée sous mon toit, j'avais fait de mon mieux pour offrir à Charlotte une existence saine et stable, loin de la violence et des vicissitudes de ce monde. En côtoyant un nombre restreint de personnes et sans jamais s'exposer à l'extérieur, elle s'épargnerait le manque sous toutes ses formes. Enfant, j'étais choyée par mes parents, un véritable petit animal de compagnie. Je vivais entourée d'une dizaine de domestiques, je fréquentais les bals et d'autres enfants issus eux aussi de grandes demeures telles que la nôtre. Rien ne m'avait préparée à ce qui m'attendait. Moi qui ne désirais pas d'enfant, j'avais néanmoins prodigué à Charlotte une éducation qui en fît une personne apaisée, intelligente et curieuse. En dépit, ou à cause de cela, elle se comportait exactement comme je l'avais fait dans les mois et les années qui avaient suivi la disparition de mes parents : avec une violence incontrôlable, un débordement de rage. Pourquoi les vaisseaux féminins que nous habitons ne pourraient-ils contenir des sentiments exacerbés ? Pourquoi ne pourrions-nous pas, nous aussi, être traversées par la colère, le dégoût ou le chagrin au point d'en être transfigurées ? Pourquoi nous résoudre au sort qui nous est assigné ?

L'horloge du vestibule sonna deux heures, m'incitant à m'extirper du passé pour rejoindre le présent. Peut-être était-ce une entreprise vaine. Peut-être étions-nous profondément façonnées par les deux, présent et passé, qui s'imbriquaient parfaitement dans nos existences, comme un cœur aux bords irréguliers.

En semaine, la chapelle était méconnaissable. Je ne m'étais pas attendue à trouver sa porte ouverte. Le lieu silencieux invitait à s'y aventurer, comme les premières pages d'un livre, ou l'eau claire d'un bain chaud. J'étais entrée par le petit vestibule et pour me donner une contenance, j'avais pris un hymnaire sur une étagère, de sorte que les curieux installés dans la galerie haute pensent qu'en ce mercredi après-midi, j'étais tout simplement venue prier. Il y avait une seule personne au rez-de-chaussée de l'église, assise à l'avant de la nef face au lutrin. Le sol venait d'être ciré, laissant s'étirer un long ruban luisant entre nous. La lumière du jour entrait à flots par les fenêtres du haut. En l'absence des trois ou quatre cents fidèles que j'avais l'habitude de voir en ces lieux, je pris le temps de regarder autour de moi, contemplant la courbe du plafond en plâtre, aussi délicate qu'un nappage pâtissier, et les arabesques de la balustrade. Les bancs ressemblaient à de grands girons de bois attendant patiemment d'accueillir corps et prières.

Devant le lutrin, la personne était immobile, tête baissée. Je m'approchai à pas lents, l'hymnaire entre mes mains gantées, mes socques crissant sur le sol étincelant. J'avais fait tout le chemin jusqu'à la chapelle à pied.

Après avoir remonté Devonshire Street, j'avais pris à droite dans Great Ormond Street, dépassant la demeure de feu Richard Mead, puis à gauche, là où écuries, étables et jardins ouvriers marquaient la limite de Londres avant de céder le pas aux champs. Je n'avais informé personne de mon rendez-vous, m'éclipsant discrètement de la maison que j'avais fermée à double tour avant d'empocher la clé.

Bess leva les yeux comme j'arrivais à sa hauteur. Elle portait une simple cape de teinte brune nouée à son cou et elle était tête nue. Elle cligna des yeux, braquant brièvement son regard derrière moi, à hauteur de ma taille, avant de les poser de nouveau sur moi.

— Je ne pensais pas vous voir, avoua-t-elle.

— Pourquoi donc ?

— Parce que... dit-elle avant de baisser les yeux. Parce qu'à votre place, je ne serais peut-être pas venue.

— Vous n'êtes pas à ma place, rétorquai-je en m'asseyant sur le banc voisin du sien.

Elle tourna la tête légèrement vers moi, le regard fuyant. Je remarquai le ruban de soie rose pâle qui nouait ses cheveux.

Nous restâmes un instant en silence.

— Vous êtes venue seule ? finit-elle par demander. Le docteur Mead ?

— Je suis seule.

Je voyais bien qu'elle rassemblait tout son courage pour me poser la question qui lui brûlait les lèvres, si bien que je patientai.

— Vous n'avez pas prévenu le magistrat ? dit-elle enfin.

— Non. M. Bloor est un enquêteur privé, pas un représentant de la loi. Je vous assure que personne ne vous attend aux portes de la chapelle.

Elle hocha la tête.

— C'est mon frère qui m'a trahie. Vous saviez ? Oh, vous étiez au courant, évidemment. Je sais qu'il est allé vous voir. En fin de compte, il m'aura tout volé.

Elle tira d'un air absent sur un fil de sa cape.

— On était si proches quand on était petits. Abe, mon père, n'arrêtait pas de dire qu'on était unis comme les doigts de la main. C'est fini, tout ça.

— Je ne lui ai pas donné d'argent. Je m'y refuse. Votre ami, M. Kozak, l'allumeur de réverbères…

— Lyle ? demanda-t-elle d'une voix pleine de tendresse.

— Un personnage bien singulier. Il vous est très loyal.

— Vous l'avez impressionné, vous savez. Il m'a dit que vous étiez une vraie tigresse.

— Moi ?

J'avais ressenti une pointe de fierté. Elle pivota vers moi, une main posée sur le dossier de son banc, sans pour autant croiser mon regard.

— Comment va Charlotte ? Lyle m'a dit qu'elle avait de la fièvre.

— Elle se repose. Le docteur Mead la surveille. D'après lui, elle est en état de choc.

Nous tournions autour du noyau dur, du cœur de la question, attendant de voir qui des deux s'en emparerait la première. Bess baissa la tête et une mèche de cheveux châtain s'échappa de son ruban pour caresser sa joue. À travers les hautes fenêtres nous parvenait le son des enfants qui jouaient dehors ; dans les jardins qui flanquaient l'allée de l'hôpital, les garçons de l'orphelinat étaient occupés à confectionner des cordes à partir de tours colorés de ficelles. Quant aux filles, vraisemblablement penchées sur leur ouvrage d'aiguille, elles étaient invisibles. Je finis par briser le silence.

— J'imagine que vous vous demandez comment j'ai connu l'existence de Charlotte ?

Elle acquiesça.

— C'est ma sœur qui me l'a appris.

Elle leva brusquement les yeux sur moi.

— Je ne savais pas que vous aviez une sœur.

— Vous auriez pu faire sa connaissance, si elle n'avait pas décidé de fuir Londres pendant l'hiver. Auquel cas, bien évidemment, la partie aurait tourné court. En temps normal, elle me rend visite une à deux fois par semaine. Elle s'appelle Ambrosia. C'est elle qui vous a aperçue à l'orphelinat ce soir-là, elle encore qui vous a vue dans une taverne des mois plus tôt en compagnie de mon époux.

Je vis ses oreilles virer au cramoisi. Elle acquiesça avec raideur.

— Je crois me souvenir d'elle. Ce soir-là, il y avait une femme qui n'arrêtait pas de me regarder. J'ai trouvé ça bizarre, et puis je me suis dit qu'au fond tout le monde nous regardait comme ça. Elle avait une plume bleue dans les cheveux.

— Ça ressemble à Ambrosia, en effet.

Elle reprit, après un nouveau silence.

— Je tiens à vous dire... Je voudrais que vous sachiez... Je ne savais pas qu'il était marié.

— Je vous crois.

Sans doute s'attendait-elle à une résistance farouche de ma part. Ses épaules s'affaissèrent, comme si elle avait poussé un immense soupir.

— N'allez pas croire que j'étais amoureuse de lui.

— Pourquoi ?

— Parce… parce que je ne l'étais pas. Je ne l'avais vu qu'une fois. Et puis après… dit-elle avant de déglutir avec difficulté. Après cette nuit-là, je ne l'ai jamais revu.

— Cela n'a aucune importance, affirmai-je avec sincérité.

— Comment avez-vous découvert mon nom ?

— Ambrosia, encore une fois. Elle vous a suivie à bord de sa calèche.

Je vis son corps tressauter, et je finis par comprendre qu'elle réprimait un petit rire.

— Je n'y ai vu que du feu ! Elle a dû faire vite pour retourner à l'orphelinat dès le lendemain.

— En effet. Elle est venue directement chez moi après vous avoir suivie. Au début, je ne l'ai pas crue, même si je savais que Daniel allait avec d'autres femmes et que son récit n'avait rien de bien surprenant. Mais de là à m'annoncer qu'il avait un enfant… une fille, en chair et en os… C'est quand elle a décrit le gage que j'ai compris que c'était vrai, parce que l'autre moitié était en ma possession.

Bess sourit.

— Comme Charlotte, n'est-ce pas ? Moitié à moi, moitié à vous. Ça me fait penser…

Elle fouilla un instant sous sa cape, dont elle ressortit son poing fermé. Elle versa son contenu sur la paume de ma main gantée.

— Je tenais à vous le rendre.

Ma moitié du cœur, que Daniel avait gravée d'un D de son écriture penchée.

— Je n'aurais pas dû le prendre, concéda-t-elle.

Je repliai mon poing et le serrai fort.

— Madame Callard…

— Je vous en prie, laissez-moi parler, l'interrompis-je précipitamment, assaillie par l'émotion. Je n'ai jamais voulu être mère. C'est le destin, et non Dieu, qui m'a donné un enfant.

Bess, immobile, me dévisageait de ses yeux sombres et graves – les yeux de Charlotte.

— J'ai lu quelque part qu'un bon parent préparait son enfant à quitter le nid et à affronter le vaste monde.

J'avalai ma salive, serrai le cœur dans la paume de ma main, sentant mon propre cœur battre dans ma poitrine, et les larmes qui me montaient aux yeux.

— Je ne peux pas dire que j'aie été un bon parent. Mais je crois… je crois qu'elle est prête à quitter le nid.

Les grilles de la maison franchies, je sortis la carte pliée de ma poche de poitrine. Malgré le tremblement de mes mains, je traçai du doigt mon itinéraire sur la feuille, avant de lever les yeux sur la ruelle déserte. L'après-midi était froid mais ensoleillé, quelques nuages mouchetaient le ciel ici et là, et un nombre équivalent de vaches parsemaient les champs. Seule dans la ruelle poussiéreuse, entourée de part et d'autre par des étendues de verdure, j'éprouvais une sensation étrange : j'étais exposée à la vue de tous, pourtant je restais anonyme. Je suivis le muret en pierre sèche en direction du sud, dépassant les jardins ouvriers et les étables. Des palefreniers en livrée battaient le pavé avec leurs chargements de selles et de balais, mais personne ne fit attention à moi. Je m'arrêtai à l'intersection où, chaque dimanche, ma calèche bifurquait à droite pour poursuivre à l'ouest. Je tournai à gauche, remontant une ruelle bâtie de petites maisons de ville où l'étroitesse de la chaussée permettait tout juste le passage d'une carriole, avant de déboucher sur une rue plus large à côté d'une chapelle d'allure modeste. Quelques personnes passaient leur chemin : des gouvernantes en coiffe avec leurs enfants, des charroyeurs avec leurs ballots. Un balayeur reprenait son souffle, appuyé sur son balai. Personne ne fit attention à moi tandis que je continuais au sud en direction d'une place verdoyante plantée de jeunes arbres. Une calèche passa soudain devant moi dans un grand fracas de ferraille. Je battis en retraite, recroquevillée contre un arbre, les paupières closes. L'attelage parti, je consultai de nouveau la carte que je tenais serrée dans mon poing. Les maisons qui entouraient la placette ressemblaient à la mienne, exception faite des balcons en fer forgé qui paraient le premier étage, et des trois fenêtres étroites aux étages supérieurs qui venaient en remplacer seulement deux, mais plus larges, chez moi. J'empruntai l'allée jusqu'à l'angle sud-est de la place, puis je traversai la route poussiéreuse pour pouvoir distinguer les numéros sur les portes. Celle que je cherchais était verte, surmontée d'un linteau de brique blanche. L'imposte était parée de deux cannes croisées.

Je gravis les marches et frappai à la porte. Un instant plus tard, elle s'ouvrit, découvrant un visage interloqué.

— Bonjour, docteur Mead.

Je me faufilai devant lui et, une fois à l'intérieur, je refermai délicatement la porte derrière moi. Le vestibule était obscur, silencieux ; au-dehors, le bruit d'une charrue se fit entendre, et un chien aboya au loin. Le docteur était en manches de chemise. Une tache d'encre s'étirait dans son cou là où il avait ajusté son col. Il sentait la laine et le savon et une autre odeur encore, qui lui était propre : celle de sa peau, peut-être.

— Madame Callard.

Sa voix était étouffée, comme s'il n'osait respirer. Au pied de l'escalier, l'horloge laissait échapper son tic-tac.

— Que faites-vous ici ?

Je retirai mes gants, posai une main sur sa joue, qui était chaude.

— Ne dites rien.

— Est-ce Charlotte ? Est-elle ?...

Je posai mes lèvres sur les siennes en un baiser. Puis je lui murmurai dans le creux de l'oreille :

— Vous et moi dans le marbre. Le reste n'est que poussière.

Chapitre 21

BESS
Avril 1754

Nous sommes allés directement à Bloomsbury depuis l'église de St. Giles. Un trajet rapide, à une demi-toise à peine de là où Lyle habitait à Seven Dials. Pourtant, on se serait cru à l'autre bout du monde. Sa famille était venue au mariage : autant de frères et sœurs qu'il avait pu prévenir, ici et là dans la rue, et sa maman, une toute petite femme de forte carrure qui ressemblait à une poupée en bois, avec le regard doux et les épais sourcils que l'on retrouvait chez Lyle. Ce jour-là, son père travaillait dans son atelier de confection, et Abe était au marché, mais l'un comme l'autre avaient donné leur bénédiction. Le matin, mon père m'avait offert un mouchoir en dentelle ayant appartenu à ma mère, et dont j'ignorais l'existence. Il était brodé des initiales MB. La cérémonie, aussi brève que joyeuse, a rassemblé deux bancs entiers de Kozak, qui ont passé tout l'office à chuchoter dans un mélange très spécial de slave et d'anglais, coupé de temps à autre par les chut! de leur mère. Keziah, William et les garçons étaient assis fièrement de l'autre côté de l'allée ; pour mon mariage, mon amie m'avait offert une robe neuve d'un bleu pâle ainsi qu'un bonnet et un ruban assortis. Jamais je n'avais vu si belle toilette. Un des frères de Lyle, Tomasz, nous attendait sur le parvis avec la carriole et le poney que nous avions achetés. En sortant de l'église, nous l'avons trouvé en train de faire la course à dos de poney avec une ribambelle de gamins dépenaillés. Nous avons serré dans nos bras, l'un après l'autre, tous les membres de la famille Kozak. La mère de Lyle m'a pincé la joue en me disant quelques mots slaves et Lyle l'a remerciée chaleureusement avant de l'embrasser sur le front. Moses et Jonas ont joué avec les autres enfants, et Keziah a étreint ma main en me souhaitant bonne chance tandis que William me gratifiait d'une accolade toute paternelle et serrait la main de Lyle. Puis nous avons mis cap au nord dans la bruine matinale.

La semaine précédente, nous avions déménagé nos affaires dans le quartier rural de Fulham, où Lyle avait loué à bail trois parcelles à cultiver pour des légumes : des petits pois, des navets, des panais et des carottes, dont il attendait deux ou trois récoltes annuelles, et du maïs et de l'orge le reste du temps. La location comprenait en plus du terrain un petit cottage – deux chambres, un sol en terre battue et une grande cheminée –, un gros poney et une vieille carriole bringuebalante. Le silence qui régnait à la campagne était incroyable, comme si toute chose était emmitouflée dans une épaisse couverture. Nous étions à peine à deux lieues de Covent Garden, mais on s'y serait cru à deux cents. Non pas que Londres me manquât. Partir n'avait pas été un grand déchirement. Nous en avions assez de vendre des crevettes et de la lumière.

Nous avons fait halte devant le numéro 13. Aussitôt, un visage s'est éclipsé à la fenêtre du premier. La porte vernie de noir s'est ouverte avant même qu'on n'y frappe, et Charlotte a déboulé comme un chiot dans un jupon. Lyle l'a juchée sur ses épaules, et elle a balancé ses jambes avec allégresse. Plusieurs malles étaient entassées dans le couloir. Sous le regard de la femme en rouge qui scrutait la scène depuis son cadre, deux silhouettes sont sorties de l'ombre : Alexandra, et une autre femme qui lui ressemblait, mais aux formes plus généreuses, dont le visage avenant semblait éclairé d'un sourire perpétuel.

— Voici ma sœur Ambrosia, a annoncé Alexandra. Ambrosia, je te présente Bess Bright et Lyle Kozak.

— C'est Bess Kozak, maintenant, ai-je rectifié.

Alexandra a haussé un sourcil. Son visage s'est fendu d'un large sourire en découvrant le fin anneau d'or qui parait ma main.

— On sort tout juste de l'église de St. Giles.

Elle a lancé un regard chaleureux à Lyle. Ambrosia l'a imitée avant de me gratifier d'une œillade coquine.

— Au moins, vous ne serez pas surprise quand arrivera la fin de journée.

Nous nous sommes esclaffées toutes les deux, et Alexandra a eu l'air si choquée que nous en avons gloussé de plus belle.

Charlotte, toujours perchée sur les épaules de Lyle, a tiré sur ma coiffe :

— Qu'est-ce qui vous fait rigoler ?

Ce qui a déclenché une nouvelle salve de rires.

— Lyle ! s'est soudain rappelée Charlotte. Maria a dit que je pouvais donner une pomme à manger au cheval. Tu m'emmènes à la cuisine ?

— Avec votre permission, mademoiselle, a répondu Lyle. Attention à la tête !

Il s'est éloigné au galop dans le couloir. Nous les avons regardés partir, puis Ambrosia s'est tournée vers moi.

— C'est donc vous, la tristement célèbre Bess. Je vous reconnais, maintenant que je vous vois.

— Et moi, je ne sais rien de vous.

Une question m'est venue à l'esprit, qui m'avait taraudée après mon entrevue avec Alexandra à la chapelle, quand nous avions décidé que nous ne pouvions pas continuer à écarteler Charlotte plus longtemps. La semaine qui avait suivi, nous avions passé une soirée dans le salon d'Alexandra, tels deux chefs militaires échafaudant leurs plans de campagne, à dessiner les contours de l'avenir de Charlotte. Alexandra avait sorti de son bureau une plume, de l'encre et du papier. Je lui avais fait remarquer que je n'avais d'autre choix que de lui faire confiance, étant donné que je ne savais pas lire. Elle s'était mise à écrire. Au fil de la conversation, elle s'était livrée sur son passé et m'avait expliqué la réaction violente que la peur avait déclenchée chez elle à notre retour du jardin d'agrément. Je m'étais sentie mortifiée, brûlante de honte. Depuis le début, je pensais avoir pris la mesure de cette femme, mais en réalité j'ignorais tout d'elle. C'était tout à coup étrange de la côtoyer dans une telle intimité, presque d'égale à égale. Dès les premiers instants, avec son attitude raide et ses manières brusques, elle m'était apparue d'une très grande froideur. Je l'avais trouvée belle, tout en songeant que le mot s'attachait plutôt à une image de la féminité qui évoquait volontiers des femmes bien en chair, au sourire rêveur. Si elle avait été un tableau, Alexandra aurait été un navire intrépide fendant une mer démontée.

— Ambrosia, une question me tourmente depuis que j'ai appris que c'est vous qui m'aviez vue. Comment avez-vous découvert mon nom ?

— Je me suis rendue à votre adresse et j'ai interrogé la première personne que j'ai vue.

— À quoi ressemblait cette personne ?

Elle a froncé les sourcils, s'efforçant de se remémorer la scène.

— Si je me souviens bien, une femme est sortie après m'avoir aperçue depuis sa fenêtre. Elle était imposante et, dans le demi-jour, j'ai vaguement distingué son visage, qu'elle avait quelconque. Je crois qu'elle tenait un balai.

J'ai failli éclater de rire. Évidemment que Nancy Benson, brossière de son état, avait dû être aux anges de voir une femme aussi distinguée qu'Ambrosia poser des questions sur moi. Elle devait se douter que l'intrigue tournait autour du bébé, qui était né le matin même. Elle m'avait forcément entendue quand j'étais en couches ; je n'aurais pas été très étonnée d'apprendre qu'elle s'était confortablement installée sur une chaise, l'oreille collée à ma porte, pour assister à l'accouchement de bout en bout.

Alexandra et moi avons échangé un regard. Elle m'a interrogée d'une voix bienveillante :

— Qu'est-il advenu de Ned ?

Ma bonne humeur s'est envolée, et j'ai senti mon cœur se serrer.

— Il a été arrêté il y a deux semaines pour le cambriolage d'une orfèvrerie. Il sera envoyé le mois prochain aux colonies. Pour l'heure, il est à la prison de Fleet, pas trop loin de la maison.

— J'avoue ne pas être navrée d'apprendre cette nouvelle, a-t-elle concédé d'une mine grave.

— Moi non plus, ai-je murmuré.

Pourtant, j'étais triste pour le Ned d'autrefois, celui qui s'amusait à faire des voix derrière le rideau de notre chambre. Et triste pour la Bess d'autrefois. Mais pas pour celle d'aujourd'hui.

Le docteur Mead a descendu les dernières marches de l'escalier chargé d'un ultime bagage – la perruche de Charlotte, qui piaulait hargneusement dans sa cage –, et l'a déposé délicatement par terre à côté de la tortue qui patientait dans un cageot capitonné de paille. Au même instant, Charlotte, tenant une pomme d'un rouge brillant, est revenue avec Lyle et Maria dans leur sillage. Cette dernière m'a tendu une génoise enveloppée dans un tissu en gage de réconciliation, même si elle m'en voulait sans doute encore d'avoir chapardé dans son garde-manger la nuit où j'avais pris la fuite. Je l'ai remerciée. Ensuite, le docteur Mead et Lyle ont entrepris de charger la carriole.

— J'emporte la plupart de mes livres, m'a expliqué Charlotte. Mais je n'ai pas pu tous les prendre. Et j'ai laissé mes beaux habits pour aller à l'église, parce que maman dit qu'ils sont trop bien pour Fulham.

Alexandra a rougi violemment, et je me suis empressée de sourire en répondant que je trouvais la décision très judicieuse. Puis le moment des au revoir est arrivé.

Alexandra s'est agenouillée devant Charlotte dans le frou-frou délicat de ses habits de soie bleue, et tout le monde s'est tu. Charlotte a plongé la main dans la poche de sa robe et en a ressorti un dessin : un homme avec un tricorne, un élégant manteau à boutons et des chaussures bouclées, à côté d'une femme vêtue d'une jupe ample et d'une veste raffinée. Elle était tête nue, comme Alexandra, et un fin sourire planait sur son visage. Entre les deux personnages était tracé un cœur scindé en deux par une coupure au tracé irrégulier.

— C'est vous et le docteur Mead, a-t-elle affirmé.

— C'est très réussi, l'a complimentée Alexandra. Vous avez un don pour le dessin, je n'aurais vraiment rien à vous apprendre.

Agnes est arrivée sur ces entrefaites. Elle a emmitouflé Charlotte dans un manteau de laine car, pour un début d'avril, il faisait encore froid, avant de la coiffer d'un chapeau de paille qu'elle a noué d'un ruban bleu sous son menton. Avec sa robe couleur maïs et ses collants blancs, elle avait des airs de fille de la campagne.

— Vous m'écrirez, c'est promis ? lui a demandé Alexandra. Je ferai attention à toujours avoir des pièces pour le garçon des postes, et je l'attendrai tous les jours sur le perron, dans l'espoir qu'il m'apporte quelque chose.

— Le garçon des postes passe à Fulham ?

— À Fulham et partout ailleurs.

— Il mettra combien de temps à arriver jusqu'ici ?

— Si on le demande poliment au cocher, il fera le trajet dans la journée.

Charlotte a acquiescé.

— Vous me décrirez dans le détail où vous habitez. Je veux tout savoir. Je veux connaître toutes les fleurs du jardin, la vue de la chambre et l'intérieur de la maison. Je veux savoir à quoi ressemble la vaisselle et combien de fois vous brossez vos cheveux avant d'aller dormir.

— Je ne me souviendrai jamais de tout !

— Vous m'écrirez ce dont vous vous souvenez. Et je vous verrai tous les quinze jours : vous resterez le vendredi et le samedi, et nous irons à l'église ensemble le dimanche matin.

— Et on mangera des oranges à la crème ? s'est exclamée Charlotte pour la plus grande joie de tous.

— Et on mangera des oranges à la crème.

— Et le docteur Mead sera là ?

— Il sera là, oui. Avez-vous pensé à votre livre de français ?

Elle a hoché la tête.

— Elle va me donner des leçons, ai-je annoncé. N'est-ce pas, Charlotte ?

— *Oui !* a répondu l'intéressée, déclenchant nos rires.

J'avais grand-hâte de me mettre en route. Alexandra a dû s'en apercevoir, car elle s'est approchée de moi et m'a glissé un sachet en soie renfermant de l'argent.

— Pour ce mois-ci. Considérez cela comme un cadeau de mariage.

Je l'ai remerciée, avant de sonder Lyle du regard. Il a hoché la tête avec un clin d'œil. Notre petite troupe s'est approchée de la porte, Lyle et le docteur Mead ont chargé la dernière malle sur la carriole et recouvert d'un tissu la cage de la perruche. Charlotte a installé sur ses genoux la tortue qui a étiré le cou comme pour lancer un ultime regard à son ancienne maison avant de battre en retraite dans sa carapace. Nous étions enfin prêtes à partir. J'ai levé les yeux vers la fenêtre de notre chambre, puis vers celle du petit salon, où j'avais aperçu Alexandra postée dans une attente anxieuse, des semaines plus tôt. Elle se tenait à présent sur le pas de la porte, entre Ambrosia et le docteur Mead, et nous avons échangé un sourire, de ceux que partagent les gens qui ont traversé une épreuve et en sont ressortis victorieux. Une pluie fine crépitait sur la carriole. Charlotte s'est nichée sous mon bras sous le toit en toile. Nous tournions le dos à Lyle, qui tenait les rênes. Nous avons fait un grand au revoir de la main, et leur petit attroupement nous a imitées en retour, les visages réjouis d'Agnes et Maria nous apparaissant par intermittence entre les balancements de leurs bras.

— Au revoir ! a crié Charlotte en agitant la main de toutes ses forces.

Alexandra lui a répondu d'une main, l'autre fermement serrée dans celle du docteur Mead. Elle avait le visage baigné de larmes, irradiant un mélange de crainte, d'amour et de fierté.

— On est prêtes ? ai-je demandé, et Charlotte a acquiescé d'un oui sonore.

Lyle a fait claquer sa langue, et la carriole s'est ébranlée pour quitter Devonshire Street, et remonter le long du fleuve.

Le Foundling Museum

Le Foundling Hospital fut fondé en 1739 par le philanthrope Thomas Coram pour recueillir les bébés dont les parents ne pouvaient pas s'occuper.

Pour en savoir plus sur l'histoire du Foundling Hospital, vous pouvez visiter le Foundling Museum à Londres.

Pour plus de renseignements :

www.foundlingmuseum.org.uk

Remerciements

Un immense merci à Sophie Orme, Margaret Stead, Jennie Rothwell, Francesca Russell, Clare Kelly, Ellen Turner, Stephen Dumughn, Felice McKeown, Sahina Bibi, Nico Poilblanc, Stuart Finglass, Vincent Kelleher, Alexandra Allden, Kate Parkin, Sarah Clayton, Jennie Harwood, Jeff Jamieson, Alan Scollan, Robyn Haque et Katie Lumsden. Il y a deux ans, vos noms m'étaient inconnus. Aujourd'hui vous êtes des astres qui illuminent ma vie. Et un grand merci, bien évidemment, à Juliet Mushens, maîtresse de l'univers.

Cet ouvrage a été composé par
Fr&co - 61290 Longny-au-Perche

Imprimé en France par

Maury Imprimeur
à Malesherbes (Loiret)
en août 2022

Visitez le plus grand musée de l'imprimerie d'Europe

POCKET - 92 avenue de France, 75013 PARIS

N° d'impression : 264555
S32352/01